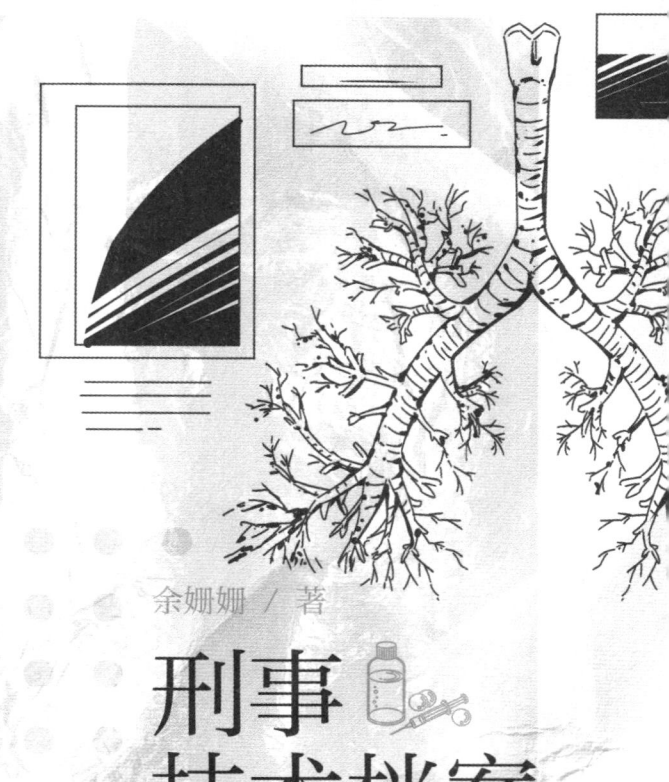

余姗姗 / 著

刑事
技术档案

中国友谊出版公司

Chapter 1

一切罪恶的开始

车祸发生得很突然。

事发时，就听到"砰"的一声，伴随着轮胎用力摩擦地面的声音，黑色轿车被冲破路障的货车撞到侧身，被推着一路拱向路边的大树。

直到停下来，黑色轿车被撞成肉饼，引擎盖冒着烟。汽油滴滴答答地落在地上，不一会儿，就着起火来。

货车司机醒过来，他身上淌着血，用最后一点力量推开车门，随即摔坐在地上，拖着半副残躯往安全的地方挪动。

很快就听到一声巨响，两辆车一起爆炸，火云蹿到半空。

路人连忙报警，但火势太猛，没有人敢上前救人。

轿车整个车体迅速被火势包裹，时不时地还会发出爆炸声，车体冒出层层叠叠的黑色浓烟，现场散发着呛人的烧焦味。

没过多久，车体烧成了空架子，里面露出两具焦尸，表面皮肉已经炭化，又黑又狰狞，一个倒在驾驶座，一个仰在后排。

有的围观路人当场就吐了，还有一些人在拿手机拍照。

有人在说："天哪，太惨了！"

有人在问："看清怎么回事了吗？"

这时，一个女人骑车刚好经过，自行车后座上坐着一个小女孩。

女人停下车，张望了一眼，被那烧焦的尸骸吓了一跳，连忙对后面的小女孩说："芃芃别看啊，太吓人了，咱们赶紧回家，爸爸也快到家了。"

小女孩却瞪大着一双眼，透过人群露出来的缝隙，瞄到了一眼。

她的脸立即就白了，两眼发直，却没有捂住眼睛。

就在那个烧焦的车架子后座，有一具焦尸，它的头歪向一边，肢体扭曲着，就像是童话故事中描述的黑暗森林里那些张牙舞爪的枯树。

小女孩从没见过比这更可怕的东西，直到女人骑车蹬出一段距离，她的表情仍是呆呆的。

就在车祸的当天，薛芃的母亲张芸桦被一通电话叫出了门。

回来时，张芸桦在屋里哭了很久，又有电话进来，断断续续地聊了很久。

第二天，家里来了几个人。

薛芃躲在姐姐薛奕身后，睁着大眼睛看着进出家里的叔叔阿姨们，两个女孩都有些不知所措。

虽然她们还年幼，却也能感受到家里弥漫着沉重而诡异的气息，听到母亲的哭声，她们便知道家里一定是出了不得了的事。

还有，爸爸一整宿都没回来，是在加班吗？

几天后，薛奕、薛芃跟着整日红着眼睛的母亲一起，参加了父亲薛益东的遗体告别仪式。

也不知道为什么，到了现场没多久，比薛芃年长两岁的薛奕也跟着母亲哭了，有两位阿姨在安慰她。

薛芃心里慌，去找母亲张芸桦，问她："爸爸呢？他去哪儿了？"

张芸桦蹲下来，声音沙哑地说："爸爸去了另外一个地方，暂时回不来了。"

直到两年后，薛芃渐渐懂了点事，这才知道，薛益东是两年前那日心脏病突发，就那样走了。

转眼又过了一年，薛芃已经升到小学二年级。

一天，薛芃放了学没有立刻回家，跟着几个同学到附近的小公园玩滑梯。

有个滑梯做得很高，年纪小一点的孩子都不敢上去。

但薛芃和几个同学打了赌，谁不上去谁是小狗。

结果大家就一起上了。

慌乱之间，也不知道是谁推搡了一下，薛芃摔了下来。

大约是小孩子的骨头软吧，这一摔，当时并没有什么大碍，薛芃缓了缓就站起来了，额头上有点擦伤，看上去倒是不严重，就是两个膝盖全都磕出了血。

薛芃一瘸一拐地回了家，被张芸桦教训了一顿。她也不敢说自己是从滑梯上摔下来的，也没看见是谁推了她，又或者根本没有人推她，就是上面太窄了，大家挤来挤去，她自己没站稳就摔了。

结果这天晚上，薛芃就做了个噩梦。

那个已经淡忘的车祸现场，那具仰在烧焦汽车后座的焦尸，又一次出现在她的记忆里。

梦里的她，原本走在街上。快到校门口时，却看见路中央冲出来一个身上冒着烟的男人，他见人就抓，抓到了就去撕咬，路人都吓坏了，到处跑。

薛芃站住了脚，盯着男人的背影。

等男人回过身，她这才看清，他的脸黑得糊成一片，两只眼睛是空的，烧焦的嘴上沾着很多血，手里还拎着刚被杀死的那人的尸体。

男人向薛芃走过来，伸出手要抓她，薛芃转头就跑。

男人一直在后面追，薛芃没命地跑，她怕极了，一路冲进一户人家，被保护起来。

可那男人又闯了进来。

那天晚上，薛芃在尖叫声中醒来。

薛奕也被薛芃的尖叫声惊醒，下床钻进她的被窝，安慰她许久，陪着她一起睡。

到了第二天，薛芃又做了同样的梦。

除了前面的剧情一致，后面又延续了一段，大概就是她又跑到下一个地方，那男人穷追不舍……

如此反复，等到差不多一个月的时候，薛芃的母亲张芸桦终于坐不住了，把薛芃带去医院检查。

张芸桦起初还以为是那阵子学习压力大导致的，又或者是几年前经历那个车祸现场，孩子被吓坏了，也不知道怎的就又想起这茬儿，日有所思，夜有所梦，还把它带进梦里。

直到检查出来，证实是轻微脑震荡。

医生开了药，薛芃吃了一阵子，总算不再做噩梦。

可是等脑震荡好了以后，她却离不开那些药了，只要一停，噩梦就又会回来。

根据医学和心理学上的解释，这是心理压力大或是潜意识心理投射导致的结果。医生也没有更好的办法，只得给张芸桦开了一些维生素，替换掉之前的药，让她继续给薛芃吃。

薛芃吃了维生素，竟没有继续做噩梦，反而还非常相信只要继续吃药，就能好好睡觉。

直到薛芃升上高中，这种用维生素哄骗小孩子的谎言才被戳破，薛芃也不需要再依赖药物。

事实上，薛芃后来还会梦到那具焦尸，会惊醒，可她不会再像小时候那样尖叫，也不会怕黑，更不会相信这世界上有冤魂索命或是鬼怪的存在。

无论是心魔还是梦魇，似乎都已经被她克服了。

倒是有一点，可能是姐妹连心吧，若是薛芃前一天晚上做了噩梦，翌日见着薛奕，一定会被她看出端倪。

薛芃还记得，她们最后一次谈论这个话题，还是她十六岁那年的一月二十六号。

寒假。星期六。

那天薛芃起床，张芸桦已经上班去了，薛奕也要赶着去学校上补习课，姐妹俩就坐在餐桌前，就着早餐闲聊了几句。

薛奕问："又做梦了？"

薛芃点头。

薛奕又问："晚上要一起睡吗？"

上初中以后，两姐妹就各自有了自己的房间，房间里开始建立属于自己的小秘密。她们会串门，会在对方的房间里待很久，却不会去窥探彼此的隐私。

有时候，她们也会睡在同一个被窝里，聊天到深夜。

但说起做噩梦这茬儿，薛芃一般都会摇头，说："我还是要自己克服，再说我也不怕那个梦，它要来就来。"

薛奕微微笑了。

她的眸色偏浅，不似薛芃的漆黑深邃，倒像是一对透亮的琥珀，而且她待人一向温和，笑起来时眼睛弯成月牙形状，怎么看怎么亲切。

不仅如此，薛奕还是品学兼优的学生会主席，无论老师还是同学都很喜欢她。

薛芃望着姐姐的笑容，心里尤其踏实。

这时候的薛芃自然不会想到，就从这一天开始，她的黑夜将会再添一个噩梦。

薛奕已经升上高三，等到寒假结束，就是高三生最紧张的几个月。

但以薛奕的成绩，保送不是问题，就连专业都选好了，要读法律。

早饭后，薛奕去学校上补习课。

周六的课时只有半天，到中午，同学们就陆续回家，薛奕还要处理学生会的事，通常会留到下午三点多再走。

因为晚上没睡好，薛芃精神不济，原本是想中午补个觉的，谁知拐进厨房倒水时，却发现薛奕忘记带饭盒了。

饭盒里装得满满当当的米饭和炒菜，都是薛奕喜欢吃的。

薛芃将饭盒放进微波炉里热了热，装进饭盒袋，出门骑上车就往学校走。

从薛家到学校，骑车最多十五分钟，中午不堵车，红灯也没赶上几个，薛芃速度很快，十分钟就到了。

学校里的停车棚，只余下十来辆自行车，松松散散，有两辆还倒了。

薛芃停好车，拿着饭盒往教学楼的方向走，途中要穿过操场。

操场上有几个男生在打篮球，其中一个个子很高，投篮姿势很娴熟，他一个三步上篮，漂亮得分。

薛芃走得急，刚越过那几个男生，就听到后面水泥地上"咚"的一声，篮球从其中一个男生的手里脱落，落在地上又弹起来，朝着薛芃的背影就去了。

就是那么寸，薛芃的后脑勺被球砸了一下，她跟着惯性往前点了下头，很快就捂着后脑勺回过身，诧异地盯着几人。

前面三步上篮的高个子男生几个箭步追上来，也有些惊讶，看着她说："抱歉。"

薛芃这才看清是谁，当场挂脸："三次了。"

这事儿说来也巧，也是薛芃倒霉，上高中第一年，就被篮球砸中三次头，而且三次上前道歉和捡球的都是这个男生。不管这球是不是他打的，薛芃后脑勺也没长眼睛，自然是看谁道歉就认定是谁。

男生抿了抿嘴唇，抹了把额头上的汗，知道就算解释薛芃也不会相信，但他还是说了一句："不是故意的，很抱歉。"

薛芃瞪了男生一眼，掉头就走。

男生又立在原地待了两秒，直到有个男同学走上来，说："这女生瞧着眼熟啊……"

男生垂下眼帘，将球交给男同学，交代道："这事儿换作谁都会生气。我再去说一声吧。"

随即抬脚就朝薛芃的方向跟过去。

男同学在后面叫他:"哎,陆俨,你怎么说啊,别去了,只会越描越黑的!"

薛芃已经一路小跑到教学楼跟前,也不知道是谁,从楼上甩下来一沓试卷,很快就被冷冽的风吹开,天女散花一样地飘飘荡荡,有的被风吹到十几米外,有的就散落在薛芃周围。

薛芃停下脚步,抬头时,下意识伸出手,刚好接住一张。

试卷上还没有答过题,却被揉得皱皱巴巴,上面有清晰的褶皱,还蹭着红色的擦拭痕迹。

那些红色触目惊心,像是血一样,薛芃乍一见,就愣住了。

正前方忽然传来"啪啦"一声。

薛芃醒过神,刚好见到一本书掉在几步远的地上,灰尘被扬了起来,又被风吹开了。

那本书的封皮上也有同样的血红色,似乎还能看出半个清晰的掌印。

又是一阵风吹过,书页"哗啦啦"作响,翻开了又盖回去。

陆俨已经走到薛芃身后几步,脚下一顿,脚尖刚好踩到一张染着血红色痕迹的卷子。他皱起眉,捡起卷子看了看,再抬眼看向薛芃。

就在这时,又有几本书从楼上掉下来。

陆俨眼疾手快,将薛芃往后拉了一把。

薛芃跟着那力道踉跄两步,却没有转头去看是谁拉她,她的眼睛一直盯着第一本掉下来的书。

封皮上用油水笔签了两个大字,即便隔了几步,她也能看到。

薛芃定定地立在原地,安静了几秒就甩开拉她的手,一步一步地缓慢上前。

陆俨看了眼薛芃的背影,又抬起头,谨慎地盯着楼上。

因为逆光,陆俨不得不眯着眼,抬起一手盖在眉宇上,根据书落下的地方,顺着一层层往上找。

在这条线上,每一层的窗户都是关着的,正值寒冬,教室一般不会开窗太久。

四周围上来几个同学,已经开始交头接耳了,有的还发出低呼声。就连篮球场那边几个男同学也跟着凑过来,看看到底发生了什么事。

两个女同学捡起旁边的卷子,其中一个喊道:"哎呀!这粘的是什么呀,快扔了吧！"

另一个连忙扔了，小声说："不会是血吧？"

然而周遭的变动，薛芃完全没有注意，她的耳朵嗡嗡的，好像被杂音塞满了，装不进其他，四肢也越发冰凉，心更是一直往下沉。

她已经走到那本书跟前，低着头，盯着那上面两个大字看了片刻，随即蹲下来，将书抓在手里，然后又好像突然醒过神一样，去捡其他几本散落的书。

所有书上都是一样的签名，龙飞凤舞的字体——薛奕。

薛芃吸了一口气，抬起头，顺着书坠落的角度往上看。

陆俨也走了过来，看到她手里那几本书上的签字。

等他再次往上看时，就和薛芃一样，逆着光，看到了天台上似乎探出一个脑袋，但很快又缩了回去。

等到陆俨再低下头，薛芃已经跑上台阶。

陆俨也不知道怎么想的，拔脚追了过去。

薛芃跑得很快，她抱着那几本书，进了教学楼就往楼梯间里冲。

天台在五楼上边，薛芃中间没有停歇，几乎是一口气上去的，途中冲撞了两三个同学，她也没顾得上看是谁。

直到越上五楼，踩上最后几级楼梯时，薛芃膝盖一软，差点跪下去。

陆俨就跟在她后面，就势托了她一把。

薛芃就着陆俨的力道，缓了两口气，跟着迈过最后几级。

天台的门大开着，冷风迎面打在两人脸上、身上。

透过那扇门，还可以看到天台上飞舞盘旋的试卷，和风一起呼呼作响。

薛芃也不知道自己是怎么走进那扇门的，是她自己迈过去的，还是有人拖着她过去的，她只觉得浑身都冷，那是从血液和骨髓里散发出来的寒意。

然后，她就看到了那个倒在角落里、背靠着金属护栏的女生。

女生闭着眼，头无力地歪向一边，棉质外套上有一摊湿漉的痕迹，因为外套颜色深，看不出那些痕迹的颜色，但在那片湿漉中间，却插着一把刀，刀刃没入棉服，刀柄露在外面。

女生的手上也沾着血，手臂垂下，手掌向上摊开着。

薛芃走近，直到跟前，她终于跪了下去。

那一瞬间，整个世界都变成了血红色。

江城这座城市曾有过不少传说，骇人听闻的故事也不少。尤其是在这三十年间江城简直是天翻地覆。

就好比说五年前，曾经在江城地产界占据半壁江山的承文地产，竟在一夕之间轰然倒塌。

这里不仅牵扯了人命案，还有贪腐、器官买卖、化工污染等骇人听闻的案件，公司老板顾承文，后来还离奇地死在荒废了三十年的化工厂里。

这之后的事更是牵一发而动全身，相关事件一件件被抖出来，霸占网络热搜长达三个月。

事发那年，薛芃刚满二十岁，还在公安大学念书。

她对这个腐朽"王国"从兴盛到衰落的过程并没有多大兴趣，甚至连一个吃瓜群众都算不上，只是偶尔听师兄弟们聊起几句。

像承文地产这样的公司，能做到那样的程度绝非仅凭运气，它的地基必然深厚，人脉资源必定宽广，而要给它造成那样大的震荡，也绝不可能只靠外力。

人人都说，是承文地产出了内鬼，与外人里应外合，而这个人就是顾承文的独生女。

听说顾承文这个女儿蛰伏十年之久，收集的犯罪证据非常详尽可靠，条理清晰，不仅每一个点都踩在痛处，而且举报直接捅到了公安部，明显就是要往死里弄的节奏。整个江城司法界都震惊了。

自然，要收集亲人的犯罪证据，过程中难免要狼狈为奸，毕竟只做纯粹的白，是永远无法掩盖黑的。

顾承文的女儿自然不是省油的灯。

所谓草蛇灰线，伏脉千里，她这十年也累积了深厚的人脉资源，告状之前就将公司变卖，变卖的资产除了捐助孤儿院、熊猫血基金会，还资助了几家大型医院的专科研究项目。

这之后，她更是找了一位手段了得的刑事律师为其辩护，争取到法院对她的从宽量刑。

整个故事峰回路转，哪怕薛芃对这些没什么兴趣，听到这里也不由得称奇。

这番作为绝非常人所能，不仅要绝，也得够狠、够毒，伤敌一千自损八百。这种连自己都能下狠手的人，还有什么害怕的？

只不过这些事和她的世界太过遥远，以后也不会产生交集，听过也就算了。

直到后来，薛芃无意间听到那个女人的名字：顾瑶。

薛芃终于愣住了。

在薛芃的记忆里，顾瑶的职业一直都是心理咨询师，最起码她们的每一次见面，都是以咨询师和"病患"的身份，薛芃无论如何也不可能将顾瑶和那个财大气粗的地产公司联系到一起。

十六岁那年，薛芃因为姐姐薛奕的惨死，不仅精神遭受巨大冲击，还患上严重的失眠症，甚至引起三叉神经痛，连安眠药都救不了她。

所谓心病还须心药医，精神上的事还得从心理上开导。

就在第一次见顾瑶那天，薛芃刚刚又度过一个失眠夜，天蒙蒙亮才闭了一会儿眼，整个人精神萎靡。母亲张芸桦陪着她去心理诊所的路上，她都还在醒困。

其实这也不是薛芃第一次见心理咨询师，前面几次经历都不太愉快，令她对这个职业产生了强烈的逆反心理。

尤其是第一次见陌生人，就要在短时间内建立起信任关系，还要将自己的心事和对方分享，这对薛芃来说，几乎是不可能完成的任务。

进了门，薛芃只扫了一眼顾瑶，就到沙发上坐下。

很少有人会愿意承认自己心理有问题，见个心理咨询师还要面带微笑，积极主动，薛芃也懒得掩饰自己的不情愿，更没有假装礼貌。

顾瑶将薛芃的神情尽收眼底，并未往心里去，也没有一上来就进入正题，反而先给薛芃倒了杯金橘茶，随即笑着跟她聊起闲天。

薛芃起初还觉得意外，见顾瑶东拉西扯也不知道是什么意思，但她只安静了一会儿就开始回应。

等半杯金橘茶进了肚子，身体也暖和些，薛芃便开始打量顾瑶的办公室。

四周有几个书架，上面放满了书和文件资料，面前的桌上摆着一个静止状态的沙漏，旁边还有两本心理学期刊。

薛芃随便翻了两下，扫了一眼目录，突然说："我原本是打算考心理学的。"

顾瑶挑了一下眉，注意到她的用词：原本。

顾瑶问："那现在呢？"

薛芃抬眼，很是冷漠，没有答话。

顾瑶细微地眯了眯眼，再次打量眼前这个小姑娘。

薛芃皮肤偏白，身材纤细，虽面有疲倦，但那双透着异样成熟的眼睛，清澈、复杂，有多种情绪在里面流淌，却不毛躁，只是少了几分这个年纪会经常浮现出的茫然，多了一分通透。

顾瑶又问："还是说，你有更好的选择了？"

薛芃没有立刻接话，放下杯子，站起来走到角落的书架前，打量着上面各种心理学书籍，从社会心理、变态心理、犯罪心理，最后到儿童心理。

约莫一分钟后，薛芃收回视线，转头看向坐在沙发这边始终微笑的顾瑶。

薛芃轻轻点了下头，就两个字："公大。"

顾瑶又一次挑眉。

说意外，却又不那么意外。

顾瑶："因为你姐姐的事，所以你想做刑警？"

薛芃扯了下嘴角，只说："做技术。"

这一次，顾瑶没有接话。

薛芃的答案，完全在她的意料之外。

在发生了那样的惨剧之后，这样一个小女生在亲眼看到亲人罹难之后，价值观是很有可能被颠覆的。

因为对亲人深切的怀念、对悲剧的不理解、对突发事件的难以接受，心底一定会留下很多疑问，那股要伸张正义的欲望也会越强烈。

成为刑警，通常是第一考虑，也是要抒发这种强烈情绪的出口。

但薛芃却说，她要做技术。

一般人如果不知道公安内部职务划分，单凭薛芃言简意赅的用词，很难明白她的意思。

这里所谓的"技术"，指的就是"刑技"，全称"刑事科学技术"，也叫"物证技术"，类似于港剧里的法证、法医，以及美剧里的CSI。

其实薛芃在见前面那几个心理咨询师的时候，也提过这事儿，他们有的一头雾水，有的只大概知道她说的"技术"是什么，但一般人也说不出一二三来。

这时候，薛芃会简单解释两句，然后观察对方的表情。

她需要的不是他们的肯定和鼓励，她只是想借细节来判断，眼前这个心理咨询师到底有没有本事辅导她。

结果，当他们听完她的描述和规划时，有的流露出轻视，有的觉得她幼稚，还有的劝她不用太急于下判断，还说非常明白她是因为姐姐的事受到打击，才会一时被情绪左右。

薛苨看着他们脸上那些公式化的笑容，听着他们轻描淡写地说"我很理解你"，只觉得厌恶：你不是我，你怎么理解我？连我自己都理解不了。

有一次，薛苨甚至直截了当地问："那你有什么好建议？"

接着也不等对方接话，便又说："干你这行倒是不错，一小时几百块，甩几句不痛不痒的片汤话就行了。"

话落，薛苨起身便走。

张芸桦就等在门外，见薛苨这么快就出来了，很是诧异。

薛苨抬眼，就三个字评价："烂透了。"

可想而知，自那以后薛苨有多排斥接受心理咨询。她甚至觉得，与其把时间浪费在这里，倒不如等时间抚平伤口。她相信自己足够坚强，也会走出来，会学着接受事实，更不会报复社会。

但张芸桦却不放心，千方百计托了人，好不容易才找到顾瑶，并告诉薛苨，顾瑶曾经和北区分局合作过，还通过心理学协助警方破过两个案子，她和前面的心理咨询师都不一样。

正是因为这层经历，薛苨才答应张芸桦，就再试这最后一次。

这边，薛苨提到"技术"之后，顾瑶沉默了许久。

就在薛苨开始对顾瑶的经历产生怀疑的时候，顾瑶开口了："技术的范围很广，门类也多，不管是出现场，还是做鉴定，都是技术。你有更具体的想法吗？"

薛苨说："犯罪现场，才是一切罪恶的源头。"

犯罪现场？

这倒是有意思。

顾瑶只停顿了两秒，便开始分析利弊："据我所知，出现场很辛苦，条件恶劣，什么突然情况都会遇到。而且人手不足的时候，出完现场还是要回实验室做鉴定，上完白班还要加夜班，就是俗称的'白加黑'。就算加上现勘补贴、夜班补贴，再怎么吃苦耐劳，一个月也就是大几千的工资。

"当然，往好的一面说，倒是能多长些见识，专业进步快。不过要想升职，不仅要熬年资、熬实力，还要再加一点破案的运气，才能有机会立功。换句话说，如果没有坚定的信念和维持公正的热血，没有理想主义的话，是很难坚持下来的。恐怕只有这样的人，才能找到实现自我的价值。"

顾瑶说的都是非常现实的问题，而且客观，她没有流露出规劝薛芃放弃的意思，更没有轻视，或是先入为主地认定她只是一时冲动。她只是将利弊放在台面上，让薛芃看清楚。

有人求财，有人求名，承认这些并不可耻。

这一次，薛芃没有急着回应，反而还认真思考起顾瑶的建议。

顾瑶说的这些，是她一个即将十七岁，还在学校里对抗课本和考卷的女生根本不会想到的东西。她必须承认，成年人的眼界的确比较宽广、长远。

屋里又一次陷入沉默。

顾瑶也没催促，只是拿起薛芃的杯子，又续了一杯金橘茶。

直到顾瑶折回来，薛芃抬眼说了这样几句："这世上有什么事是不辛苦的？最起码，'证据'它足够真实，对所有人都是一视同仁。比起难以揣测的人心，我更喜欢这种公平的较量。"

这还是薛芃进门以来说的最长的句子。

顾瑶一顿，目光十分专注地落在薛芃脸上。

有那么一瞬间，这个小姑娘脸上划过一丝超龄的智慧。

顾瑶说："较量，这两个字听上去很像是在下战书。其实任何行业都是一样，精英都是少数。所谓的高智商犯罪，除了精准计算、反复推演，还需要长时间的策划、修整，甚至是推翻，当然还要有足够丰富的知识基础、缜密的布局、大胆的想象，并且小心地求证。最重要的是，足够的耐心。我想，大概只有遇到这样的对手，才称得上'较量'二字。你确定将来的你，会有这个实力和毅力吗？"

顾瑶的话明显比刚才犀利得多，甚至有点故意刺激薛芃。

但那依然不是轻视，而是进一步告诉她，这场"较量"游戏，不是人人都有资格入场的，要拿到资格证，不仅要拼专业、拼耐性，还需要打磨性格。

只是薛芃没有回应，她心里清楚，不管有没有毅力和实力，都不是嘴上说一句"我可以"就真的可以。实践才是检验真理的唯一标准，其他的多说无益。

然而就在这一刻，薛芃发现这场咨询开始有意思了，而她也没有刚来时那么困了。

薛芃盯住顾瑶的眼睛，一眨不眨。

顾瑶淡定地任她打量，同时也在窥视她的内心。

当一方试图探寻另一方的内心时，也会在无意间打开一扇窗。

有那么一个瞬间，薛芃似乎感受到某种"力量"，虽然它只出现了一下，现在的她还不知道那是什么。

半晌过去，薛芃突然问："对了，你姓顾？我没记错吧。"

顾瑶点头："我叫顾瑶。"

薛芃一顿，说："哦，顾老师，我想咱们可以正式开始了。也许……你真的能帮到我。"

顾瑶将两人面前小桌上的沙漏掉了个儿，说道："虽说咨询基本上都是一问一答的形式，咨询师通过问问题，来分析你的性格、想法、心理状态，然后在分析中穿插一些建议，进一步做心理辅导。不过你的情况比较特殊，不如咱们就设定一个你感兴趣的话题，逐步深聊，其间如果你有任何问题想要问我，都可以。"

"好啊。"薛芃盯着那个沙漏，两眼发直地说，"我失眠两个月了，头每天都在疼。我有一个疑问，想得头都要裂开了……"

话落，薛芃抬眼，眉头皱得很紧："我姐是不可能和人起冲突的，她人缘很好，方紫莹很崇拜她，为什么要杀她？"

顾瑶没有回答，只问："你觉得这件事在动机上解释不通？可我听你妈妈说，所有证据都和方紫莹的供述吻合，罪证确凿。"

薛芃冷笑："所以方紫莹只是一时心理变态？"

显然，她不相信。

顾瑶一顿，仍是不答反问："我不认识薛奕，也没见过方紫莹，单凭你几句描述，我也不能给你答案。再说，就算我分析出来了，那答案能改变什么？也许你需要一个合理的动机，只是这样就满足了吗？"

薛芃摇头，许久才吐出几个字："我也不知道。"

九年后。

陆俨醒来时，已经是傍晚五点。

窗帘紧闭，外面的光完全透不进来，屋里漆黑一片。

陆俨在床上静坐片刻，便在黑暗中起身，动作很轻，很利落，没有开灯，就凭着对屋子的熟悉度和隐约可见的家具轮廓，穿过客厅，拐进厨房。

这一路上，他随手按开了两盏灯，一盏是客厅沙发旁边的落地灯，另一盏是厨房的小吊灯。

陆俨从冰箱里拿出一瓶矿泉水，往肚里灌了半瓶，又将前一天剩下的炒饭放进微波炉里加热，随即端着炒饭坐到沙发上，一边吃一边翻看手机。

有几条未读微信。

最上面的是禁毒支队队长林岳山发来的："明天去刑侦支队报到的事，你小子可别忘了。别给我丢脸，知道吗！"

隔了两分钟，又有一条："我知道你不想去，这次调职也就是暂时的，你就当是去进修，过个一年半载我再把你调回来。"

这条明显比上一条语气软些。

但话锋一转，又说："我可警告你啊，那件事不许再查了，这是命令！别把我的话当耳旁风！"

陆俨没有回复，直接翻过林岳山的微信，又点开下面的窗口。

第二个的微信头像上有一朵手绘的杜鹃花，显然是个女人。

她说："明天常锋就出狱了，我想去接他，你要一起来吗？"

接着是第二条："都过了好几年了，我想他也应该想通了。咱们聚一聚，把事情说开了，毕竟是有一起长大的情分……"

陆俨动作一顿，手指挪到回复条上，刚打了一个字"我"就停了，隔了两秒又将字删掉，又去点下一个窗口。

结果，陆俨看了两分钟微信，一条都没回。他将最后一口饭咽进去，这才打开置顶的微信对话窗口。

对话是前一天的，备注名王川。

王川："陆队，您问的事，我查到点眉目了，但不方便在电话里说。"

陆俨："那就见面聊。"

王川也没犹豫，很快发来一串地址，又问："那今晚七点？"

陆俨："可以。"

陆俨将碗筷放进水池里，靠在洗碗池边上，将王川发的地址复制到导航App上，很快找到最佳乘车路线。

他喝光余下半瓶水，进卧室换了便服，不到十分钟，就拿着手机出门了。

这会儿正是晚高峰，人群车群一窝蜂地涌出，将城市的道路填满。

陆俨没有开车，从家里到他要去的地方，坐地铁加上步行，最多也就四十分钟。

等出了地铁，拐了两个路口，再拐进一条小路，四周一下子清静不少，外面是车水马龙的闹市，里面却是颇有情调的酒吧一条街。

这条小路蜿蜿蜒蜒，拐弯很多，酒吧和其他商户全都是用老式平房改造的，一家挨着一家，错落有致。

陆俨在一家酒吧门前站定，门口挂着几串红色的照明灯，红光映在他脸上，在眼睛、眼窝、鼻梁上落下阴影，令这张冷峻的脸也透出几丝诡秘。

推开门，风铃"叮叮"作响。

酒吧里还没开始上人，酒保正在吧台后忙着。正在收拾桌子的服务生一抬眼，看到陆俨，招呼道："欢迎光临！先生几位？"

整个酒吧也是暗色调的，就吧台那里亮堂一点。

陆俨环顾一圈，站定了："我约了王川。"

正在擦拭酒杯的酒保和服务生一起愣了，对视一眼，服务生说："请问您怎么称呼，是我们老板的朋友？这事儿没听他提啊……"

陆俨也没解释，从手机里翻出他和王川的微信窗口，举到服务生眼前。

服务生定睛看时，刚好看到陆俨和王川约定今天见面的那两句。

陆俨动作很快，等了几秒钟就将手机揣起来。

服务生反应了两秒，随即挤出笑脸，推三阻四："您看，我也没我们老板微信，我也不知道您这是不是……"

这回陆俨没说话，径自绕过服务生，直接走向通往后面工作区的小门。

服务生反应慢了半拍，连忙追上去，想要拦住陆俨。

但陆俨个子高，肩宽力气大，还高了服务生大半个头，而且他的动作很灵活，服务生的手好几次明明都要抓着他了，却不知道怎么就被拨开了。

直到陆俨穿过通向王川办公室的小走廊，到了跟前，挡在办公室门前的两个彪形大汉堵上来。

办公室的门没有关严实，留了一道缝。

陆俨眼皮抬起，掠过两人。

楼道窄小，光线也是要死不活的亮度，陆俨本就深刻挺拔的五官，在这样的光影中，越发显得深沉，隐藏在外套领口下的颈肌若隐若现。

服务生连忙挤到陆俨旁边，说："先生，你要是再不出去，可别怪我们不客气了！"

陆俨居高临下地扫了服务生一眼，又将兜里的手机拿了出来，当着保镖和服务生的面，拨通了王川的手机，同时按下扬声器。

等了两秒钟，扬声器里响起一阵彩铃声。

与此同时，只隔一道门的办公室里，传出一阵劣质躁动的网红歌。

一时间，走廊里四个大老爷们儿谁都没吭声，全都在等待王川接起电话，赶紧停止这杂音。

结果，这门里门外此起彼伏的"合唱"愣是响了半分钟，王川都没接电话。

这下，服务生和保镖一致认为是王川拒绝见客。

可陆俨却渐渐皱起眉。

服务生跟着就来劲了："哦，不好意思，先生，看来我们老板不想见你，请你马上离开。"

铃声戛然而止，门里的声音也停了。

陆俨只安静片刻就侧过身，就在保镖和服务生都以为他要离开的时候，他又转了回来，就势伸出腿，一脚将门踹开。

两个保镖立刻去抓陆俨。

服务生一边往后躲一边鬼喊鬼叫，要向门里的老板表忠心。

就在门开的瞬间，陆俨挡住两个保镖的攻势，目光也刚好透过两人中间的缝隙扫进屋里。

这一看，眉头直接打结，方才心里就浮上来的不好预感，真的应验了。

服务生也恰好回过头，嘴里还叫着："老板，我们这就……"

直到他看进屋里，当即傻掉了。

实木办公桌正对着大门口，王川就瘫软在桌后的老板椅中，上半身歪歪斜斜的，头无力地倒向一边，双目紧闭，脸色发白，嘴角和肩膀的衣服上有呕吐过的痕迹，脖子上有一大片红色瘢痕，还有被指甲抓出的血痕。

种种迹象表明，王川要不就是死了，要不就是休克了。

服务生慢了半拍，叫出声："老板！"

两个保镖也有点傻眼，三人立刻要冲进去。

陆俨却比他们都快了一步，箭步将三人挡住。

服务生："你干什么！"

陆俨只问："你们知道怎么救人吗？要是人已经死了呢？"

三人又一起愣住。

陆俨不再理会三人，转头看到放在门口的伞架上有几个塑料袋。

他拿起两个快速将鞋底包住，这才转身绕过正中间的地板，在屋里绕了个大圈，从外围靠近王川。

陆俨先探了探王川的脖颈，没有脉搏，这样近距离观察，才发现王川脖子上的红斑不仅肿而且呈片状，大大小小连接在一起很像是皮肤过敏，上面还散落着清晰的血痕，从角度和划痕的走向来看，应该是王川自己抓的。

陆俨转而看向王川的手，指甲里的确有血迹，而且甲床轻度发绀，再顺着往手臂上看，小臂上有个血点，像是针孔，血点周围已经肿起来了。

王川面前的办公桌上，散落着一个笔记本、一部手机、一个水杯和一个纸巾盒。陆俨从纸巾盒里抽出纸巾，用手垫着纸巾拨开王川的眼皮，瞳孔浑浊而且已经大片散开。

人死透了。

门口三人都有些不知所措，直到陆俨放下纸巾，服务生才问："怎……怎么样了……还活着吗……"

陆俨没有表示，转头时眼神缓慢地掠过三人的表情，试图从那些惊慌失措中找出一丝端倪。

随即他拿出手机，拨通报警电话。

电话接通，陆俨吐字清晰道："我要报警。地址是……死者王川，性别男，疑似氯胺酮中毒死亡，请尽快派人过来。报案人，禁毒支队陆俨。"

门口三人一听是禁毒支队，全都一愣。

陆俨已经切断通话，对服务生道："去守住大门，暂停营业，保护现场，警察一会儿就到。"

服务生愣愣地"哦"了一声，很快离开。

陆俨却没跟着出去，目光落在老板椅另一侧地面的足迹上，足迹一直延续到对面的玻璃窗。

陆俨走到窗边，打开手机的手电筒，让光线在窗台和窗棂上照了一圈。

窗台上果然也有足迹，足迹上还卷着一点泥，泥没有完全干透，也就是说有人从窗户翻进来，刚离开不久。

但是锁上没有撬痕，屋里也没有打斗和挣扎的痕迹，有人翻窗进来，却没有"惊动"王川，给王川注射了疑似氯胺酮的东西，王川也不反抗，要不然但凡屋里稍有动静，门外的保镖都不会听不到。

也就是说，来者是王川的熟人。

可就算是熟人，王川也不会放任对方给他注射氯胺酮，还是足以致命的剂量。

陆俨正想到这儿，外面突然传来一阵吵闹声，声音虽然隔得有点远，但那叫嚣中还掺杂着服务生的尖叫。

陆俨快步走出王川的办公室，顺手把门带上，同时对两个保镖说："在警察来之前，不要让任何人进去。"

陆俨从穿过来时的走廊走到外面酒吧营业间一看，桌椅歪歪斜斜地散落在地上，强行清出来的空场中几个小混混正在示威。

居中的那个混混头尤其嚣张："欠债还钱，这是规矩，白纸黑字写得明明白白！少废话，赶紧叫姓王的出来！"

与此同时，一阵铃声响起，是陆俨的手机。

众人下意识看过去，只见陆俨拿出手机看了看，把电话按掉了，又装回兜里。

电话是林岳山打来的，八成是为了刚才的报警电话。

服务生支支吾吾地跟几人解释道："我们……老板他、他、他……他没法见你们了……"

混混头："除非他死了！"

服务生："就，就是死……"

混混头受不了服务生的"结巴"，上前一步刚要揪住他，手却扑了个空。

陆俨抓着服务生的后领，将他拎到一边，随即对上混混头。

混混头一顿，问："你谁啊？"

陆俨只问："王川欠了你们多少钱？"

混混头笑了："怎么，你小子要出头？你听好了啊，总共三百万，算上利息，差不多八百多万了吧。"

"哦，高利贷啊。"陆俨淡淡落下几个字，随即道，"欠债还钱，天经地义，合情合法，不如等警察来了，你再把事情好好说清楚。"

混混头："把警察搬出来吓唬我啊？行啊，那你们就报警啊，报啊！我告诉你，警队里老子也有人！"

不到半个小时，市局刑侦支队和禁毒支队的车，把原本狭小的巷子口堵了个水泄不通，引起不少人围观。

原本这种人命案是归刑侦支队负责，命案发生地是江城南区，就算要出警也是南区支队，可这通报警电话非比寻常，报案人是陆俨，还在电话里提到疑似氯胺酮中毒死亡。

由于陆俨的身份，又和毒品犯罪有关，接警员不敢马虎处理，立刻请示了上级。

上级很快通知了市局支队，又和禁毒支队打了招呼。消息传得很快，两队人马几乎同一时间挤出市局大门，阵仗惊天动地，不知道的还以为遇到了什么重案要案，两队要联合作业了。

这要说起来，市局刑侦支队的上一任副队刚调职没两天，新任副队明天才上岗，人选已经定了。

其实刑侦支队大家心里都有数，知道新副队是从禁毒支队调过来的，还是个"风云人物"，前两年在禁毒支队那边立下过不少功劳，深受禁毒支队队长林岳山的器重。

可大概就是从一年前开始，这位爷的境地开始急转直下，也不知道是中了什么邪，先是在工作上接连出了几次岔子，跟着又干了几件违反纪律的事，一下子就从人人称颂的功臣，变成了让人闻之色变的"烫手山芋"。

而这个"烫手山芋"不是别人，正是陆俨。

就在从市局赶往案发现场的路上，刑侦支队负责值夜班的四人，还在车上讨论这件事。

这里面消息最灵通的女警，名叫李晓梦，不出意外又是第一个发言："哎，我听说，这案子的报警电话是陆队亲自打的！"

正在打哈欠的是队员张椿阳："那他可真够雷厉风行的啊，明天才上任，今天就来了一出大的。这是提前布置作业了！"

"行了。"这时接话的，是正在开车的队员方旭，他皮肤偏白，长相斯文，还带点书卷气，"都收敛点，这话可别让陆队听见。"

李晓梦："切，我们当然不会当着他的面说了。"

张椿阳："就是。"

车上四人，唯独许臻一言不发，始终盯着窗外。

直到车子拐过最后一个路口，许臻才落下两个字："到了。"

这小路里的阵仗可真不小，就连禁毒支队队长林岳山都亲自来了。

林岳山耷拉着脸，明显有些气急败坏，却囿于周围都是同事，正努力压着火。

林岳山是出了名的暴脾气，队里少有人敢跟他硬碰硬，他骂起人来肺活量尤其惊人，不仅声如洪钟而且穿透力强，经常是他在三楼的办公室里大骂，一楼和五楼都能听得见。禁毒支队就没有人见林岳山笑过，脸色一年到头都是黑沉沉的，下面的人一个个风声鹤唳，生怕犯了点小错被他抓着。

不过这一年来，林岳山的火力都被陆俨一个人吸引走了，最近几个月尤其厉害。

陆俨也不知道抽了什么风，好几次顶撞上司，不听指挥。可也不知道为什么，就算陆俨想不开，非要拿自己的前途开玩笑，这些事却还是被林岳山一力压了下来。

林岳山刚一脚迈进酒吧门，声音就扬开了："陆俨呢，叫……"

紧跟着他的是刑侦支队四人。

结果，林岳山那后半句直接卡在喉咙里。

就见凌乱的酒吧大堂中间，老老实实地蹲着几个人，一个个穿得五颜六色，态度却很老实，还都低着头，双手搁在脑后，明显是被"教育"过了。

听到有人进来，只有一个匆匆抬头看了一眼，见全是穿警服的，又吓得低了下去。

陆俨就在旁边站着，双手抱胸，没什么表情，见刑侦这边的新下属和禁毒那边的前领导都到齐了，就用脚尖碰了一下混混头蜷缩的腿，轻描淡写地问："认认，哪个是你的人？"

王川的小酒吧里很快就挤满了人。

刑事科学技术实验室派来了法医和技术员，在刑侦现勘人员的指挥下，到第一案发现场王川的办公室采集证据和做初步尸检。

先前叫嚣的小混混们，在现场回答了简单的问话，就被送上警车。

外间，服务生、酒保和保镖都在接受盘问。

据服务生所说，上晚班的原本不止他一个，还有两个人，一个习惯性迟到，另一个生病请假了，但这会儿整个酒吧都被围住了，估计也进不来了。

两个保镖说，王川办公室的门锁有点问题，这两天都锁不上，索性就掩着，反正一般也不会有人闯进去。

王川的办公室里，方旭和许臻正在组织现场勘查。

痕检这边由孟尧远主导，法医是陈勋，照相和测绘也都是老熟人，从照相到采集，再到保存，大家都合作惯了，运作起来得心应手。

陈勋做完了初步尸检，先一步离开，要回实验室做详细尸检。孟尧远这边也刚进行完第一轮物证和痕迹提取，准备休息两分钟，再检查第二轮。

方旭这时凑过来，说："可真是奇了，像是这种夜班出现场，十次有八次都是薛芃来，今儿个怎么换你了？"

说起薛芃，那可是整个市局最有名的夜猫子，她好像就没在晚上睡过觉，但凡夜间报案，基本都是她一马当先带人到现场，而且每次都精神十足。

孟尧远说："她啊，上礼拜连着破了两个案子，老师怕她累坏了，打算让她放假。正好她年假一直攒着没用，这两天就回去休息了。"

方旭："薛芃也会请假？我还以为她已经把实验室当家了。"

孟尧远："具体的我也没细问，就听说是家里有点事，等处理好了，明儿就回来了。"

隔了两秒，孟尧远又道："哦，不过话说回来，就今天这个现场，等明儿个薛芃知道了，肯定后悔没来。尤其是这种跟毒品沾边的，她肯定盯住不放……"

刑事技术里面有一项非常重要的工作，就是理化检验，但凡和毒物、毒品相关的物证，都要经过这一轮筛选和鉴定。

薛芃和孟尧远都是痕检，按理说和理化检验不相干，可就是从一年前开始，薛芃突然"性情大变"，也不知道怎么就跟理化检验死磕上了。

既然工作上不该她插手，那么她就私下里研究，还会去进修这方面的课程，向关系比较近的法医季冬允请教各种问题。

薛芃这人本来就不爱笑，那段时间更是生人勿近，还白加黑连班倒，恨不得把自己的所有私人时间都搭进去，要不是后来因为疲劳过度在实验室晕倒了，被人送去医务室，恐怕还不会回家睡觉。

这事儿后来也有人开玩笑，说不出三年，刑技实验室就要出个女科长了。

同一时间，酒吧大堂靠近吧台的角落里，林岳山正黑着脸训斥陆俨，但这现场比较特殊，刑侦支队就在另一边做笔录，林岳山也不好发挥，就只得压低嗓子，这火气堵在胸口乱窜，憋得都要炸了。

林岳山道:"我说你是怎么回事?我给你发的微信看见没有,我让你别再碰那个案子,你听见没有!我问你,你跑到这里干什么,你明天就去刑侦支队报到了知不知道!"

陆俨站得笔直,表情严肃,目光如炬。他明显是很尊重这位老上司的,但回话时却一点都不留余地:"林队,王川是我的特情线人,一向是单线联系,今天是他约我过来的,说有……"

"你!"林岳山顿觉有点上头,"他是你的特情线人?那他购买毒品的事是你批准的?你别忘了,你有对他控制交付的责任,可要是查出来他参与贩卖毒品,连你都得判刑!这事儿你得有分寸哪!"

安静了两秒,陆俨抬眼,对上林岳山愤怒的目光:"王川没有参与任何贩卖毒品的活动,他也不吸毒,更不会购买氯胺酮。"

林岳山:"现在人都吸毒吸死了,你还睁着眼睛说瞎话,你能替他做担保吗!"

陆俨:"王川的死有蹊跷,我认为,氯胺酮不是他自愿注射的。"

林岳山依然很生气,可他毕竟是禁毒支队的队长,毒品案见多了,而且也十分了解陆俨的性格和为人,他这人是有点执拗,不知变通,认准的道理绝不会轻易动摇,被他咬住的毒品线也不会轻易撒嘴。

今天的事要是换作别的下属,早就被林岳山的脸色和怒火噎得不敢吭声了,就算自己再正确,那也不着急非要在这个时候顶撞上级,完全可以等事情缓和之后再慢慢说。

可陆俨却是个"睁眼瞎",无论林岳山有多火冒三丈,他好像全都感受不到,只专注在自己的分析当中。

就是因为了解陆俨的脾气,林岳山知道生再大的气也没用,反正所有的训斥到陆俨这里就只是空气,最终气得头疼的只是自己。

林岳山索性深吸了两口气,等刚才那股劲儿过去了,这才看向依然面不改色的陆俨,只问:"既然现场你已经看过了,你倒说说看有什么蹊跷。"

陆俨抬眼,缓慢道:"王川对氯胺酮的成分过敏,他几年前试过一次,很少量,吸食之后没多久就长了急性荨麻疹,喉咙和眼结膜出现水肿,不仅呼吸困难、当场休克,还差点丧命。"

一听这话,林岳山的眉头皱起来了,两眉中间出现一道很深的印痕。

林岳山:"这件事是他告诉你的?你就信了?"

陆俨："我原本也不相信，也许只是他随口一说，但是刚才我检查过尸体，王川的脖子上的确有大量荨麻疹的痕迹。而且窗户虚掩，无撬痕，窗台和地板上还有明显的足迹，留下的足迹还没有完全干，这说明在我之前有人从窗户进来，而且离开不久。

"再说，王川明明约了我七点见面，为什么要在见我之前吸食氯胺酮？就算他不过敏，吸食过后也会产生幻觉。难道他约我过来，就是为了让我看他吸毒后怎么飘？"

陆俨的分析和推断，所有逻辑都严丝合缝。如果真是王川自主吸毒，这件事怎么都说不通，而且王川既然知道自己吸食氯胺酮会有生命危险，自然就不会在办公室放这个，那么唯一的可能就是，氯胺酮是别人带进来的，目的就是要给王川注射。

显然这人知道王川的体质，也知道注射的量会要了王川的命。

林岳山听了许久没有接话，他眉头依然紧皱，垂着眼皮，仿佛正在思考陆俨的话。

就像林岳山了解陆俨一样，陆俨也了解这位领导的脾性。

林岳山是急脾气，可他也足够睿智，禁毒支队队长的位子可不是谁都能坐的。

陆俨见林岳山已经消了气，便继续说自己的分析："至于办公室里的足迹，我也想过，是犯罪嫌疑人不够时间清理呢，还是太过粗心大意所以忽略了？我也从王川办公室的窗户往外看过，前一天下过雨，这里巷子比较窄，有些地方平日照不到阳光，还有点潮。他窗外的小路上有很多泥土，泥土吸收了雨水，泥泞未干，犯罪嫌疑人从后窗进来，泥水难免会粘在脚上。也就是说，就算他想到要擦拭屋里的足迹，也有充足的时间，但外面小路上的不可能处理得毫无痕迹，所以他就连屋里的也放任不管。"

说到这儿，陆俨停下了。

一阵沉默过后，林岳山开口了："不管怎么样，现在人死了，你和他的特情关系也解除了。我还是那句话，做好你的本职工作，坚守好你应该坚守的岗位，不该你管的不要管。明天，你就去刑侦支队了，以后好好表现，好好反省自己的行为，以你的能力，等你想明白了，再立几个功，我很快就申请把你调回来，你——"

"是，林队。"

结果，还没等林岳山说完，陆俨就不卑不亢地应了。

林岳山一愣，他这才刚开始发挥，后面才是正题，而且按照经验来说，就算他把嘴皮子都说烂了，陆俨都未必听劝，这回怎么这么快就想明白了？

林岳山目光狐疑地扫过陆俨："你这回倒是配合，早这样多好啊。"

陆俨的神情已经不似刚才的肃穆，唇边还露出一点笑意："可是林队，现在出了命案，按规矩，这得归我们刑侦支队负责，所以绕了一圈，这案子还是我的。"

林岳山："……"

嘿，这还没正式过去呢，就开始"你的""我的"了。

林岳山的眼珠子差点瞪出来，丹田里的气都提到半路了，正准备来个狮子吼，直到余光瞄到不远处的李晓梦正好奇地朝这边张望。

林岳山又只得把那股火儿强行压回去，说："王川是你的线人，就算调查，你也得避嫌。就算是他杀，就算找到真凶，这件案子既然牵扯毒品线，那就要移交给禁毒支队。你等着，我明天就让人打报告，你给我老实一点！"

陆俨动了动嘴唇，刚要说话，刑侦支队的方旭就从通往走廊的小门里出来了。

方旭来到两人跟前，看了看林岳山的脸色，低声说："林队，有些情况我想再详细问一下陆副队。"

等几拨人马相继返回市局，已经接近凌晨。

经过初步勘查，这个案子倒是不复杂，起码根据现场痕迹和尸体情况来看，痕检和法医的初步判定都是他杀。

至于下一步鉴定和尸检结果，最快也要一天以后。

王川的尸体已经被送回刑事科学技术实验室大楼，法医陈勋要连夜尸检，理化实验室那边也准备加个班。

另一边，陆俨跟着刑侦支队的车，直接来了队里。

刑侦支队和禁毒支队平日里交集不多，这还是陆俨第一次到刑侦支队的办公室。

他打量了一圈工作环境，接过李晓梦倒的热茶，就叫张椿阳和方旭进了询问室。

按理说，陆俨是上级，应该是他分配好工作，指挥下属去做事，但他也是案发现场的第一目击者，按照程序要先做个详细笔录。

虽说大家都在市局的一个大院里工作，分属不同的部门，张椿阳、方旭和陆俨也打过照面，但像是现在这样坐下来对话，还是头一次。

新官上任，肯定要讲几句话立一下规矩，让大家熟悉他的脾气，没想到陆俨还没正式接棒，就给刑侦支队出了这么一道难题。

张椿阳这人平日里有点大大咧咧，还有点嘴欠，可他就算再神经大条，也知道这个差事不好办，要是一不小心没注意措辞和语气，把陆俨问得不高兴了，趁机记他一笔，那这小鞋可就穿定了。

这边，张椿阳正在犯嘀咕，不知道该怎么"下嘴"。

旁边，方旭已经放好笔记本电脑，见张椿阳犹犹豫豫的，便越过笔记本电脑朝对面的陆俨看了一眼。

陆俨坐得笔直，肢体却很放松，就是表情有些严肃，而且即便坐着，那股强烈的存在感和气势也是不容忽视的。

等了一会儿，张椿阳还不开口，陆俨率先说道："开始吧，不用顾忌。"

张椿阳一愣，"哦"了一声，立刻问："那就……姓名。"

陆俨："陆俨，大陆的陆，俨然的俨。性别男，年龄二十七岁，住址是……工作单位是江城市公安局刑侦支队，职务是江城市公安局刑侦支队副队长。"

说完职务，张椿阳心里就是一抖。别看他私下里和李晓梦经常接下茬儿，但他也就是私下里叫唤两声，真对上上级就没声了。

方旭也有些尴尬，推了一下眼镜，攥了攥有些汗湿的手心，眼睛始终盯着笔记本电脑屏幕。

张椿阳轻咳两声，说："其实询问程序，陆队您都清楚，接下来就请您交代一下情况吧。"

陆俨："我和死者王川原本约在晚上七点在他的酒吧里见面，微信上有我们的对话记录。我大概是六点四十五到的……"

前半夜，陆俨在陈述整个经过，把他所知道、看到的细节，巨细无遗地全都提到了，而后接过方旭递过来的笔录，又非常仔细地核对一遍，还指出两点漏掉的地方，让方旭补上，最后才签字。

离开询问室，陆俨就把工作分配下去了。这个案子和他有牵扯，他不方便插手，就移交给张椿阳负责，还让他做这个案子的小组长。

张椿阳原本还以为自己就是问个话，最多也就是参与调查，没想到陆俨上下嘴皮子一碰，就把案子压在他头上了。

张椿阳心里直打鼓，也不知道这是看重他还是给他下马威。

等交代完正事，支队在场的人都凑了过来，正打算逐一跟陆俨介绍一下自己，走个过场。谁知陆俨却是一笑，还用手指着头，说："你们的资料我都看过了，都在这里。今天太晚了，都回去休息吧，案件调查明天开始。"

队员们鱼贯而出，都是一副疲倦的模样，唯有走在后面的张椿阳嘀嘀咕咕。

等走出大楼，李晓梦才推了他一下，问："你念叨什么呢？"

张椿阳一脸的苦大仇深："你说，这案子怎么就交给我负责了？陆队那是信任我啊，还是在给我挖坑啊？要说信任，也不能够啊，这才第一次正式见面，话都没说上几句，完全没有信任基础啊……"

李晓梦："你们说得还不够多啊？一个笔录做了两个小时！"

张椿阳："那说的都是正事，我说的是聊天，就是加深同事之间彼此了解的那种！"

走在后面的方旭说："刚才陆队说了，咱们的资料他都看过了，我想他已经很了解咱们了，分配任务也有他的道理。"

张椿阳更茫然了："资料的话……我好像也没负责过几个案子吧，基本都是协助啊……"

唯独许臻，一贯沉默。

直到李晓梦把话递过去："臻哥，你也给分析两句。"

许臻已经走下台阶，站定了，回身朝楼上望了一眼，见队里的灯还亮着，再低头时见张椿阳和李晓梦一起盯着他看，便问："这意思你们还看不出来？"

李晓梦瞪眼："啥意思？"

张椿阳摇头："看不出来。"

许臻叹了一口气，和方旭对上一眼，说："咱们只是刑侦队，只负责立案抓捕凶犯，后面怎么做，还得看禁毒那边。"

张椿阳："你是说，这案子最后会移交给禁毒那边？也不一定吧，最主要还是要看案件性质，除非是重大毒品案——"

方旭将他打断："你别忘了，今天林队也去了现场。林队是冲着谁去的？咱们这边，陆队明天才正式接手，能让他上任前一天跑去和特情线人拿情报，这毒品案的牵扯肯定很大。没准儿啊，禁毒那边已经开始打报告了。"

方旭边说边转向另一栋禁毒支队的大楼，林岳山所在的三层也亮着灯。

方旭又看向张椿阳，说："依我看，也许陆队就是让你交个棒，只要案子送到禁毒那边，你也就算完事了。"

李晓梦："哦，我在酒吧做笔录的时候，还听到林队和陆队嚷嚷呢，好像就是因为今天的事……可我看陆队那样子也不像是妥协了，好像还在争取。"

许臻："争不争取都没用，刑侦和禁毒一向泾渭分明，互不干涉，陆队被调过来，就是不让他再插手。"

李晓梦："欸，我听说啊，陆队在那边挺不受待见的。最近这几个月林队骂了他好几次，大家都说，指不定哪一天，陆队就要挨纪律处分了！"

方旭："调到咱们这儿当副队算是纪律处分么，你见过二十七岁就当上副队的吗？"

张椿阳越听越没底，跟上聊得起劲的三人，在后面追问："那到底是怎么回事啊，这传来传去也没个准话……"

李晓梦白了他一眼："你问我，我怎么知道？有本事问林队去！"

张椿阳："嘿，你个丫头片子！"

江城男子监狱的大门"呼啦"一声开了，从里面一前一后走出来两个人。

时隔几年终于重见天日，这感觉有些陌生，有些不适应，刚迈出门口时，走在后面的年轻男人脚下明显一顿。

而走在前面的男人已过中年，虽然面带沧桑，头发却梳得整齐，腰板很直，经过守门民警时，还非常客气地和对方打了招呼。

他身上的便服是当年进去时的穿着，样式旧了些，也有点褪色，但很干净，风格倒是和本人气质相吻合，儒雅斯文。

后面的年轻男人晚了几步，跨出大门，刚迎上外面的日头，就被那阳光刺激得皱眉眯眼。

他身材偏瘦，同样换回进去时的衣服，碎花衬衫、西服裤、黑皮鞋。这身衣服穿不好就容易显得流气，但他在里面受过两年"教育"，气质上已经脱胎换骨，收敛不少，这样一穿仿佛不像是他的衣服。

男子监狱门前是一大片空地，差着辈分的两个男人相继来到空地上，同样站在烈阳下，一个往左看，一个往右看，谁都没有先迈开步，也没和对方说过一句话或是眼神交会，好似彼此根本不认识。

这是一个值得高兴的日子，出来了就是新的开始。

但反过来说，也将产生新的迷茫。

案底已经留了，以后要重新爬起来，不是易事。

两人都在等人来接，就这样站了半分多钟，年轻男人下意识地想去摸烟，这才想到出来之前都留给狱友了。

这时，从停车场方向平稳地驶过来一辆深蓝色的私家轿车。

车子在两人跟前停稳，门开了，走下来一个身材纤细、眉目清秀、穿着素净的女人。

正是薛芃。

薛芃皮肤比一般人要白，因为职业的关系基本不化妆，齐肩的头发随意在后脑勺扎了一个马尾。她在原地站定，停了一秒才上前，脸上的墨镜清晰地反射出两个男人身后的监狱大门和上方的蓝天。

薛芃摘下墨镜，瞳仁深处波澜不惊，好像习惯了这种场面。

直到目光对上中年男人，她才勾起很浅的笑，说："常叔，我来接您回家。"

听到薛芃的话，常智博有些干涸的嘴唇动了一下，似乎要问什么。

薛芃又道："我妈在家等您呢。"

常智博恍然地"哦"了一声，又点了一下头，倒是没注意到年轻男人表情不屑地把脸转向一边。

薛芃打开后备箱，常智博跟过去，将手里的包交给她。

薛芃把行李包放好，却没有立刻盖上后备箱盖，反而抬了一下眼皮，跟还站在远处的年轻男人对上眼神。

年轻男人一直看着这边，表情依然是那个调调。

薛芃只问："你还不过来？"

年轻男人没动，隔了两秒，才好像绷着劲儿地说："我朋友会来接我。"

薛芃似是笑了一下，明显不信。

她转头对常智博说："常叔，您先上车吧。"

常智博用余光瞥了一眼年轻男人，应了一声，随即坐进副驾驶座。

薛芃直接走向年轻男人，背对着车门，声音很低，也很轻："常锋，跟我较劲对你没好处。"

常锋一顿，跟着皱起眉。

薛芃又问:"你说的朋友呢?他好像迟到了。"

常锋正要开口,就在这时,又驶过来一辆车,是出租车。

出租车开到不远处停下了,车上下来的还是女人,长头发,皮肤很白,顶着一张清纯的初恋脸,气质十分干净。

女人见到常锋,飞快地露出笑容,走上前时却有些迟疑和尴尬。她注意到薛芃和常锋的站位,以及两人脸上都不够友善的表情。

女人一时不解,也不知道这是什么情况,直到她瞥见蓝色轿车副驾驶座上的常智博,先是愣了一下神,又定睛一看,认出来了。

女人脚下一转,来到副驾驶座门前,亲切地打了声招呼:"常伯伯,好久不见。"

常智博按下车窗,眯着眼,像是在回忆女人是谁:"你是……"

女人说:"我是艾筱沅哪,您还记得我吗?"

常智博恍然大悟:"哦,筱沅,是你啊。哎!我都没认出来……"

薛芃侧身朝这边扫了一眼,再看向常锋,见他一直盯着那边,面露不自在,他抓着包的手也跟着紧了紧,却没有走向艾筱沅。

显然艾筱沅的出现,令他措手不及。

薛芃问:"她就是你说的朋友?"

常锋倏地别开脸,眼里闪过狼狈:"我没叫她来。"

薛芃把他的所有小情绪都看在眼里,只说:"你要是不上我的车,难看的只会是你自己。"

常锋咬了一下牙,颌骨映出清晰的痕迹,这回倒是一个字都没说,抬脚就往车尾走。

他将包扔进后备箱,直接盖上盖。

听到动静,艾筱沅诧异地看过来,脸上的笑容也收了几分,随即和常智博打了招呼,就迎上常锋。

艾筱沅尴尬地解释:"常锋,我原本是想……但我没想到已经有人接你了。对不起,我应该提前跟你打招呼的……"

常锋绷着脸:"没事,你先回吧。"

艾筱沅点点头,朝薛芃那边看了一眼,又对常锋说:"那咱们保持联系。"

出租车开走了。

薛芃也坐进驾驶座，正准备驱车离开，这时监狱大门又是一声响，门再次开了。

这回走出来的男人个子不高，年纪应该已经过了四十，皮肤黝黑，身材很结实，脸上映着清晰且深刻的纹路，周身缠绕着阴沉气。

薛芃只瞥过去一眼，目光就凝住了，随即像是回忆什么似的皱起眉心。

副驾驶座的常智博忽然推开车门，快步朝那男人走过去，步子很快，没有半点迟疑。

肤色黝黑的男人对上常智博，脸色也不再沉着，一下子客气了不少。

常智博跟他说了几句话，他点头应了。

可是当常智博要拉他手臂，把他往车子这边带时，男人却拒绝了。

常智博也没强求，叹了一口气，拍拍他的肩膀，随即走了回来。

等车子开出一段距离，薛芃还从后视镜里窥了一眼，那男人没有站在空地等人来接他，他仰着头，对着蓝天深吸了两口气，很快就往出口走。

他叫陈末生，四十三岁，十年前因为故意杀人罪而坐牢。

但就在前不久，陈末生的案子反转了，他是冤枉的。

因为十年前的办案技术有些落后，而且陈末生当时嫌疑最大，无法拿出不在场证据，又有人声称在案发之后曾在现场附近见到过陈末生，同时还有几个间接证据指向他。

尽管陈末生一直说自己是冤枉的，但是当时所有人证、物证都对他不利。

就这样，陈末生坐了十年冤狱。

车子驶上大路，常智博看着窗外，皱着眉头叹了一口长气。

薛芃看了常智博一眼，没说话。

倒是常智博，隔了几秒主动说道："听说他家里人都走了。"

他指的自然是陈末生。

这件事薛芃倒是不知道，只说："他不是还有个儿子吗？"

常智博："走了，连儿媳也跟着去了。"

常锋的表情也很不好看，忍了片刻，终于蹦出来一句："据说是因为技术鉴定上有漏洞，当时负责案件的警察急于立功，这才害他坐了冤狱，连家人最后一面都没见着。"

薛芃通过后视镜，对上常锋不屑且带着指责的眼神，倒是平和："任何技术都有漏洞，所以才需要不断更新。"

常锋嗤笑："借口，都是人为的。"

薛芃没说话。

常智博转头道："行了，这又不是小芃的错。"

常智博又看向薛芃，问："我听说这次老陈翻案，物证鉴定你也参与了？"

薛芃"嗯"了一声，目光掠过后视镜里神情诧异的常锋，随即转向常智博笑了笑："我只是照章办事，虽然还没有找到真凶，但也没有证据可以直接指证陈末生是凶手。"

这之后的一路，车上三人交谈很少。

刑满释放原本是件值得高兴的事，但薛芃的车上却坐着一对"仇人"父子，这气氛自然不会好。

俗话说，冰冻三尺非一日之寒，常家父子的矛盾也不是一天两天了，外人不方便干预，内部又无法调和，就连这几年关在同一个监狱里，彼此之间都很少来往，见面也当作不认识。

常智博和常锋一路上再无对话，薛芃也有自知之明，知道他们的关系不是她几句话就能缓和的，索性也不管，反而还有点享受这种耳根清净的感觉，最起码两父子一路上都没有争吵。

反正只要这一趟把人平安地送回家，她的任务就算完成了。

约莫半个小时，车子停在一个住宅小区大门外。

常智博往窗外一看，街边的景致又陌生又熟悉。

小区入口有个小卖店，还有间理发店，台阶上围着一群男人，有老有少，中间坐着两位老人，正在下象棋。

再往前是几家底商，有卖蛋糕的，也有卖日用品的，还有一家小型超市和一家图文打印店。

这会儿不是上下班高峰时间，四周行人不多，车辆也少，整条街散发着浓郁的生活气息。

常智博叹了一声："这里真是一点都没变啊。"

薛芃笑了下，解开后备箱的锁，说："常叔，我就不送您了，我妈已经做好了饭在家等您。"

常智博诧异地看了薛芃一眼，又用余光瞄向后面的常锋。

常锋也有点惊讶，可他没吱声，只转头盯着薛芃。

薛芃说:"待会儿等我送常锋到住的地方,就要回局里上班了,我只有半天假。"

常家父子这才恍然大悟。

这样的安排有些意外,却又合情合理,两人都能接受。

常锋既然和常智博不对盘,又怎么可能会住到薛芃母亲张芸桦那里呢?

就在几分钟前,常锋还在琢磨,等车子停了他就拿行李走,叫辆车,先随便找个快捷酒店住下,等到明天再张罗住处。

结果,薛芃都安排好了,而且考虑得很周到。

常锋没有说话,也没拒绝薛芃的安排。常智博已经下车拿走行李包,透过窗户跟薛芃嘱咐几句。

常智博:"那你呢,怎么不一起吃饭?饿着肚子工作可不行啊。"

薛芃:"放心吧常叔,我回局里吃。"

常智博:"那,要不要给你留个晚饭,晚上几点回来啊?"

薛芃:"我现在不住家里。"

常智博明显一愣:"不住家里,那你住哪儿……"

薛芃:"我爸的实验室。"

常智博又是一愣,神情里带着一点恍惚:"哦,好、好。"

常智博不再多话,安静了两秒便转身,步履缓慢地走进小区。

一直到常智博的背影消失了,薛芃将车子开出小路,左转又拐进另一条小路。

常锋终于开口:"你帮我租了房?"

薛芃没应,也没什么表情。

常锋又道:"房租多少,我回头转你。"

结果这话刚落,薛芃就将车停到路边了,总共开了也就三四百米。

常锋一顿,朝车窗外看了一眼,又见薛芃拉好手刹,随即伸长手臂,从车载储物盒里拿出一个牛皮纸袋,递给常锋。

常锋接过纸袋,还有些蒙。

薛芃言简意赅地说:"这里面有地址门牌号、门禁卡、租房合同副本、手机和我的汇款账号。等你安顿好,再把房租和手机的钱转给我。"

常锋消化完这些信息,满脸的不可思议,隔了几秒才指向路边不远处的小区入口,问:"你是说,我就住这里?"

薛芃只扬了一下眉。

常锋彻底无语了，完全想不到薛芃找的房子就和常智博、张芸桦住的地方相隔一条街，这低头不见抬头见的……

只是常锋也不好意思觍着脸挑三拣四地提意见，咬了咬牙，只撂下三个字"算你狠"，便拿着牛皮纸袋下车。

后备箱盖又一次盖上，常锋头也不回地拐进小区。

薛芃正准备回市局，手机忽然响了。

来电的是刑技实验室痕检科科长冯蒙，五十来岁，现场经验丰富，全江城冯蒙说第二，没人敢说第一，薛芃进市局之后就一直跟着他学习。

平日冯蒙很少给薛芃打电话，只要打，就必然是重案、要案。

薛芃很快接起："老师。"

冯蒙不是拖泥带水的人，上来就问："家里的事办得怎么样了？"

薛芃："完事了，正准备回。"

冯蒙："你别往回赶了，我们正准备出队去女子监狱，你直接到那里跟我们会合。你的工具箱，我让小孟给你带过去。"

女子监狱？

薛芃很快应了："好，待会儿见。"

电话挂断，薛芃重新设置导航路线。

虽然在电话里她什么都没问，但这并不影响脑补。

冯蒙带队，地点还是女子监狱，那多半就是命案，而且不是一般的命案，现场必然有诸多疑点，或是在专业上太过棘手，否则狱侦科也不会破例请公安机关协助调查。

总之不管是什么样的案件，竟然连冯蒙都惊动了，必然非比寻常。

市局刑侦支队和刑技实验室一行人，正在赶往江城女子监狱的路上。

痕检科科长冯蒙坐在后排，一上车就闭目养神。

坐在副驾驶座的，是来了不到三个月的实习生程斐。

车子开出去不到五分钟，程斐就问后排的孟尧远："欸，师哥，你去过女子监狱吗？"

孟尧远笑了下："别说是女子监狱，男子的我也没去过啊。你小子可真够走运的，这种开眼的机会，让你逮着了。"

程斐说:"其实我毕业的时候,原本是想去狱侦科的,后来我家里不同意,说不放心我整天跟犯人相处,就没同意我去……"

孟尧远接道:"想也知道,一天到晚见得最多的就是犯人,不管是轻还是重,管理他们肯定一天二十四小时都得绷着劲儿,指不定还能碰上恶性事件。"

程斐瞄了一眼冯蒙,见他一动不动,好像真的睡着了,下意识把音量放得更轻:"我听说啊,狱侦科办事都有自己的一套方法,一般不会跟外面通气儿,也不会轻易牵扯其他机构,特别神秘!像是咱们这么跨片区作业,合规矩吗?"

"连咱们市局都会有人手不够的情况,何况是狱侦科?招人难、专业素养低、普遍不达标,这都是致命问题,所以偶尔也会跟咱们借兵。"孟尧远话锋一转,又道,"对了,待会儿到了那边机灵点,这次到底在人家的地盘,咱们是以'协助'的名义过去的,最多也就是打个辅助。等出完现场做完鉴定,再出一个书面报告,就算交差了。至于这案子以后破不破、怎么破,犯罪嫌疑人怎么处理,别说咱们了,就是陆队也无权过问。"

要说孟尧远这人,也是痕检科一景儿,痕检科就数孟尧远平日话最多,他和惜字如金、言简意赅的薛芃刚好是两个极端。

新人初来乍到,要想尽快熟悉环境,只要跟着孟尧远待一个月,听他那张嘴叭叭地一通科普,保准比自己摸索来得快。

但只要出几次现场就会知道,要真想快速学到干货,还是得跟紧薛芃。

说来也奇怪,孟尧远话多,有时候连冯蒙都嫌他聒噪。薛芃性子冷、不爱笑、难相处,谁也摸不准她的喜好,不知道该怎么亲近她。可整个实验大楼,却只有薛芃能忍受孟尧远那张嘴,而且从没见过她露出过一丝不耐烦。

刚好,两人都是一毕业就跟着冯蒙,算是"嫡系",平日也都会尊称冯蒙为老师。

冯蒙在专业上的严要求也是出了名的,对男女学生要求一致,也不管出现场上山下海有多辛苦,就只有一句话:"你去不去?"

事实上即便在全国,也找不出来几个女痕检。

孟尧远对薛芃的最初印象就是因为出现场,这种"脏活"有多辛苦,无论男女,都绝不是一句"不怕苦、不怕累、力气大、耐性好"就能概括的,不但要二十四小时待命,还要学无止境,有足够持久的热情和耐心,要用一辈子的时间积攒专业以外的知识。

可就是把实验室里所有痕检、法医都算上,孟尧远也没见有谁像薛芷一样,一听到要出现场就精神抖擞,两眼发亮,跟着冯蒙冲锋陷阵,跋山涉水。

孟尧远起先还以为薛芷就是死撑要面子,也亲眼见过她实习的时候,被叫去给正在解剖高腐尸体的法医季冬允辅助。

听说她那天刚给尸体拍了三张照片,就忍不住冲出解剖室大吐特吐,很久都没回去。

直到季冬允叫痕检科再派一个人过去,大家才见到薛芷扶着墙回来了。

她脸色比纸还白,白里还透着青,可嘴上却一个字都没说,重新穿好装备,再次端起相机,一直撑到结束。

像是那种高腐尸体,颅骨一开,绿汤就流了一盆,更不要说那惊人的恶臭和肚子里存活的小生物了。

那阵仗,别说是痕检,就是法医,刚接触时也都是吐过来的,那下意识的生理反应,是人都会有。

就在薛芷吐完的当天中午,孟尧远看她脸色像是随时都能昏厥过去似的,知道她那几天肯定见不得肉,就好心跑到食堂打饭,还特意给她带了两个素菜。

其实薛芷一点胃口都没有,可她看到绿油油的蔬菜,还是对孟尧远笑了一下,就着米饭慢吞吞地吃了。

也就是因为这件事,孟尧远觉得薛芷也没有那么高冷。

几天后,冯蒙又喊人去现场,还特意嘱咐了一句:"做好心理准备啊。"

这话一听就让人心里发毛。

可薛芷又是第一个举手的。

孟尧远一愣,觉得她肯定是得了失心疯了,还问她:"你还没吐够啊?"

薛芷笑了下,只说:"也许再多吐几次,我就能习惯了。"

孟尧远:"……"

孟尧远没办法,也只能跟着去了。

这事儿换作别人,能躲就躲了,但孟尧远不敢躲啊,一来他也是直接跟冯蒙的,还是和薛芷同期;二来他是个大男人啊,这种时候哪能认怂?

结果,这样的事一出接一出,薛芷始终"乐此不疲","自虐"上瘾,孟尧远却是赶鸭子上架,有苦说不出。

这样的情况持续了差不多一年,孟尧远才从最初的顶着薛芷给的压力上场，到后来开始习惯跟薛芷组队搭档。

再到现在，出现场要是少了薛芷，他都觉得不够刺激。

话说回来，孟尧远跟程斐科普完待会儿的注意事项，也没有忘记发微信跟薛芷通个气。

同一时间，薛芷也正在赶去女子监狱的路上，等红绿灯的时候扫了一眼手机，刚好看到这样一段：

"对了，你还不知道吧，刑侦支队来了一个新副队，而且登场方式特别别出心裁！就昨儿个，这位副队亲自打了报警电话，正好我值夜班，就落我手里了。你猜怎么着——死者是酒吧老板，案发现场是自己的办公室，死因初步推断是氯胺酮中毒。我们到的时候尸体还是热乎的！"

薛芷的注意力成功被吸引过来，脑海中快速掠过几个关键信息：新来的副队，怎么会刚好出现在案发现场？

"哦，我听说，好像死者是这个副队的特情线人，副队约好了去拿情报，没想到变成收尸了。而且案发现场的办公室门虚掩着，凶犯是从窗户进来的，门口的保镖一点察觉都没有，现场也没有挣扎和打斗痕迹，这说明凶犯和死者是熟人。"

孟尧远描述着几个疑点，薛芷一边看一边琢磨着：这新来的副队第二天就要到刑侦支队报到了，按理说禁毒那边的工作包括特情线人多半也应该交接出去了，没有道理再插手禁毒的事，怎么前一天还跑去跟线人拿情报？

这人到底是责任心太重，还是立功心切，吃着碗里看着锅里？

薛芷趁着绿灯亮起之前，回了四个字："有点意思。"

孟尧远嘚瑟起来："是吧，我就知道你感兴趣！哦，还有，虽说这新来的副队的脾气、性格我还没摸清楚，不过这几个月，禁毒那边就数他'名声'最响亮，隔三岔五地就能听到林队发脾气，基本都是冲着他去的……怎么样，都提示到这里了，能猜着是谁了吧？"

看到这儿，薛芷眉头下意识一皱，脑海中很快浮现出一道人影。

只是她还来不及说话，再一抬眼，女子监狱已经近在眼前。

市局的车先到了一步，薛芷的车驶近了，刚好见到冯蒙一行人从车上下来。孟尧远把手机揣进兜里，正在从后备箱里拿工具。

薛芃停好车，快速走向冯蒙。

"老师。"

冯蒙笑着点点头，按照老规矩，先铺垫一句让薛芃有个心理准备："不出意外，今天又是个大夜班。"

冯蒙亲自带队，还把痕检科几个能干的都叫来了，这就意味着今天的"主战场"一定很刺激。

薛芃受了这剂预防针，也跟着笑了："昨晚那出我没赶上，今天可要加倍补回来。"

孟尧远听了，凑过来说："啧，出现场这么来劲的，全市局也就你一个！"

薛芃扫过去一眼，刚要开口，目光却越过孟尧远的肩膀，看到几步开外那道正在和方旭说话的背影。

那人身材高大，腰背笔直，薛芃逆着光，眯着眼看了几秒，跟着就见到方旭朝他们这边指了指。

那道背影也跟着转身，正是带队的陆俨。

阳光下，那立体的五官被清晰地映照出来，眉骨高，鼻梁高，颧骨高，眼窝很深，眉毛和上眼睑之间的距离较短，嘴唇薄厚适中，却习惯性地抿着，透出几分严肃。

陆俨略一抬眼，拔脚往这边走，来到跟前时扯出一抹浅笑，算是以副队的身份跟痕检科正式打了照面。

"冯科你好，我是陆俨。"

冯蒙笑眯了眼："陆队可真是年轻有为啊，我经常听林队提起你。来，给你介绍一下，孟尧远、薛芃。"

陆俨目光一转，先对上孟尧远。

孟尧远难得端正起来："陆队，咱们昨天见过了。"

陆俨跟孟尧远点了下头。

再一转，和始终没什么表情的薛芃撞个正着。

这回，陆俨没点头，薛芃也没打招呼。

四目相交，沉默了几秒。

时间并不长，但气氛却诡异且快速地跌至冰点，仿佛两座雕像立在地上，一座石像，一座冰雕。

直到周围几人都感受到这莫名其妙的尴尬，孟尧远和方旭下意识对了一眼。

方旭清清嗓子,很快小声提醒陆俨:"陆队。"

孟尧远也碰了一下薛芃的手臂。

陆俨嘴唇动了动,这才打破沉默:"你好。"

薛芃扬起嘴角,扯出笑容,却是冷笑。

一秒的停顿,薛芃也开口了:"久仰大名。"

Chapter 2

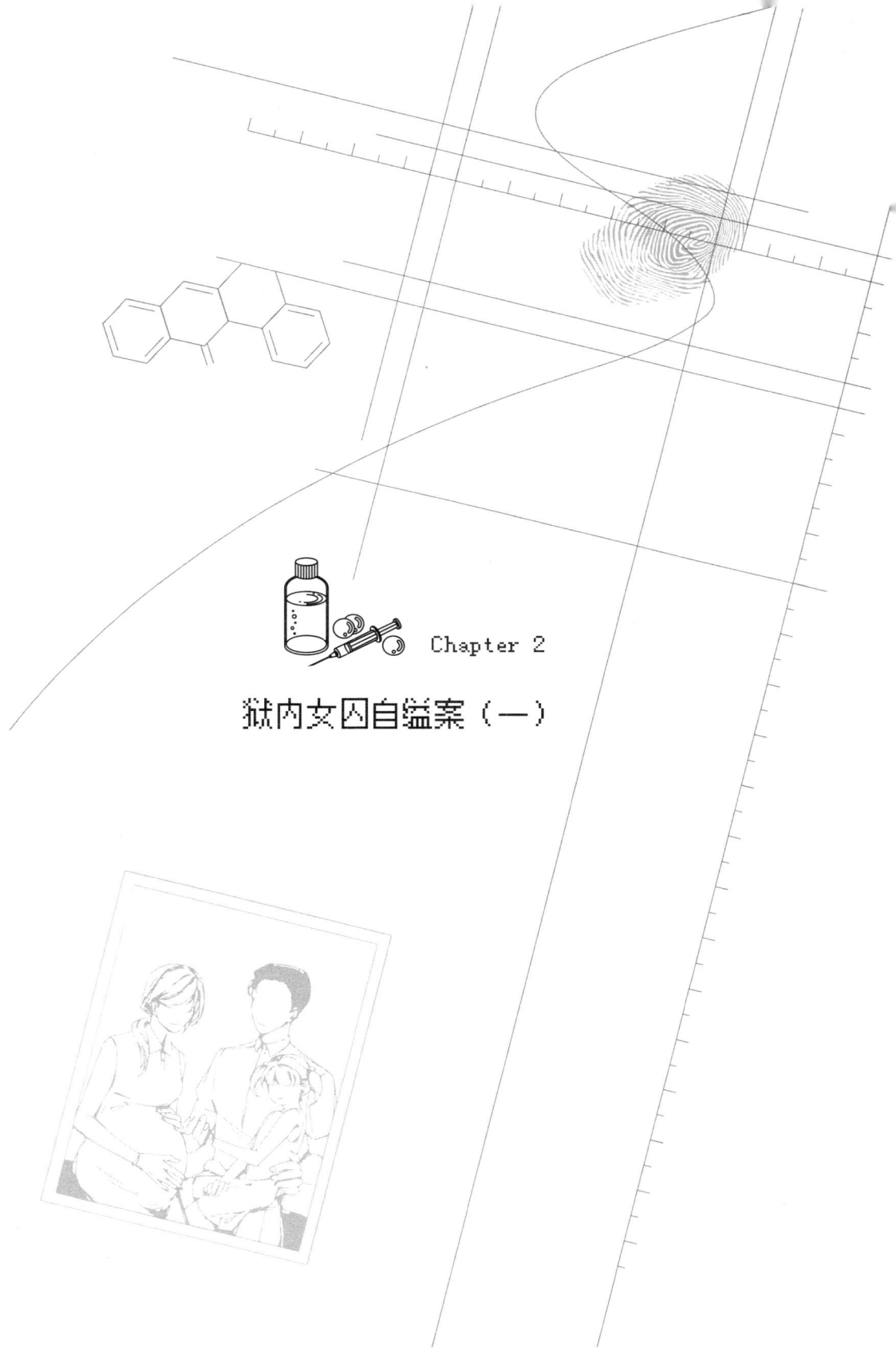

狱内女囚自缢案（一）

虽说两人都开了口,可僵局非但没有打破,反而比刚才还要诡异。

按理说,薛芃平日里话就不多,对人也是淡淡的,她对陆俨的态度也算符合她的一贯风格,可就是那语调、那眼神,在细微处总有点不一样。

别说是冯蒙和孟尧远了,就是方旭也琢磨出点味儿来。

幸而陆俨没打算一直站在这里跟薛芃大眼瞪小眼,很快就挪开眼神,非常平静地对冯蒙说:"冯科,在大家进去之前,有些事我想先和您沟通一下。"

冯蒙点头:"哦,应该的,那咱们就去那边聊吧。"

两人很快走开十几步,来到一棵大树下。

陆俨站定,表情淡漠。阳光透过树叶筛下来,洒在他身上,说话时他的嘴唇浮动很小,话不多,却很谨慎。

"来的路上,我和狱侦科电话沟通了一下现场情况,这案子有点棘手,今天恐怕要多辛苦各位了。"

对现场勘查来说,最怕的就是这么几种情况:一种是年代久远,追溯尸源难度大,证据也损失殆尽;一种是现场环境恶劣、复杂,这会无形中加大取证的工作量,而且容易有疏漏;还有一种就是人为破坏严重。

今天的案子事发大概在深夜,地点是囚犯们的宿舍里,不是在野外,更没有遭遇水、火、泥沙等不利因素,加上狱侦科反应迅速,第一时间就打报告给公安机关,没有浪费取证和破案的黄金时间,起码前两种情况是不会发生的。

冯蒙跟着问:"陆队的意思是,现场被破坏过?"

陆俨点头:"听狱侦科的意思,囚犯在通知教管民警之前,曾经接触过死者,而且当时还清理过现场,后面也进出过很多人,有些痕迹已经造成无法挽回的破坏。"

冯蒙听到陆俨的转述,神情逐渐凝重。

冯蒙自然也能感觉出来这个案子不同寻常。就算陆俨和冯蒙过去打配合的机会不多，或多或少也听过冯蒙的故事，他是刑技实验室里"直觉"最准的痕检，而这种"直觉"都是通过经验得来的。

陆俨侧过身，选了一个其他人看不到的角度，压着口型说："我想，或许冯科跟我一样，都嗅到了一点东西。"

冯蒙注意到陆俨的动作，说："狱侦科请外援，本身就比较少见，而且还来得这么急，不像是狱侦科的作风啊。"

陆俨："书面文件做得很'干净'，只提到有一名死者，没有提及和其他犯罪组织是否有牵扯。而且这次现场环境特殊，反复来回取证也不现实。"

陆俨是话里有话，有些意思也不方便说透。

按理说，如果只是监狱内死了一名囚犯，狱侦科完全可以按照过往经验和处事手法自行解决，根本没必要这么兴师动众。

所以要么就是这名死者身份特殊，要么就是死因太过蹊跷，或是有其他不便明说的牵扯，狱侦科亲自下场有顾虑，这才找了外援。

冯蒙也是明白人，很快应了："陆队的信息对我们很宝贵，你放心，薛芃和孟尧远都是我一手带出来的学生，早就独当一面了，有他俩在，不会出岔子。"

另一边，薛芃的目光不经意地瞟向陆俨和冯蒙的方向，只停留了一秒，就波澜不惊地收了回来。

这番小动作却被触觉敏感的孟尧远看在眼里。

正巧方旭被人叫走，孟尧远便趁机问薛芃："我说，你有点不对吧？瞅什么呢？"

薛芃神情如常，不回答也不反驳。

孟尧远从她的表情中窥不出一二，跟着又问："你跟这新来的陆队……认识？打过交道？有过过节？还是说……"

薛芃眼睛都不带眨的："这些会影响到我的专业吗？"

"哦，那倒不会，就你的专业素养……"孟尧远接了半句，转而又觉得不对，"咦，等等，这么说，是让我猜中了？"

薛芃不接话，从后备箱里拿出她的铝合金工具箱，放在脚边。

孟尧远看了看薛芃的动作，又看向树下的陆俨和冯蒙，嘴碎道："你说，他们聊什么呢，好像挺严肃啊……这都到了大门口了，这位陆队怎么也不着急啊？"

薛芃起身道："还能聊什么，这里除了他，所有人都合作习惯了，他应该是想在进场之前先沟通好，省得待会儿指挥的时候出丑。"

这话倒是不假，今天在场的不论是记录人员、技术人员还是法医，大家在现勘任务上配合得多了，彼此之间有足够默契，出入现场不仅快速而且保质保量。

要说"初来乍到"的也就陆俨一个，可他今天不仅是刑侦支队的副队长，还是现场勘查的总指挥。

最主要的是，陆俨今天刚上任，还没来得及和各部门同事沟通，就接到狱侦科递过来的手续文件，也就只能赶在进去之前抓紧时间对一下工作重点。

薛芃说的情况，其实孟尧远也心里有数，可她偏偏用了"出丑"二字。

孟尧远反应迅速，很快来了个"同气连枝"："嗐，默契这玩意儿提前聊也没用啊，都是靠经验磨出来的，多大官职都不管用。"

薛芃却没接这茬儿，朝后面看了眼，就把话题带开："对了，今天是陈法医还是季法医，怎么没见到人？"

孟尧远一转头，抬起下巴："这不来了吗？"

说话间，从入口处开进来一辆车，很快走下来三人，两男一女。

率先下来的男人身材精瘦，皮肤偏白，唇色偏浅，脸上带着一点倦色，正是法医科的季冬允。

季冬允迎着太阳眯了下眼，先向四周扫了一圈，掠过刑侦支队和树下两个男人，随即看向薛芃和孟尧远。

隔着一段距离，孟尧远抬手示意，薛芃微微笑了。

等季冬允走近了，孟尧远问："刚出差回来？我还以为季法医会休息半天。"

季冬允笑道："本来是想找机会打个盹儿的，但听说这案子狱侦科很重视，一早就递交了文件，要求协助，我一听就来精神了。"

话落，季冬允又问薛芃："家里的事处理完了？"

薛芃："嗯。"

这时，陆俨和冯蒙走了回来。

陆俨个子本就高，人又结实，刚走到跟前，几人便一同感受到无形的压迫，加上不了解他的脾气和性格，一时间全都沉默了。

陆俨站定，率先道："季法医，你好，我是陆俨。"

两人握了手，季冬允笑道："陆队，你好。"

陆俨："今天要辛苦你了。"

季冬允："应该的。"

又是两秒的沉默。

陆俨不再多话，对冯蒙点了下头，很快走回刑侦队伍。

薛芃只用余光扫了一眼从地上掠过的影子，便垂下眼帘一言不发，接着就听冯蒙将刚才的情况转述一遍。

简而言之，今天都得打起十二分精神，因为很有可能没机会再返场，绝不能留尾巴。

另一边刑侦队，陆俨已经折回。

正在闲聊的许臻、方旭、李晓梦等人立刻站好，等待陆俨发号施令。

说实话，大家在这里等得都有点不耐烦了，都来到大门口了却站在外面看风景，真有点吊人胃口。

陆俨将几人的表情尽收眼底，开口时语气很淡："我知道，或许各位的现勘经验都比我丰富，有些事不用我说你们也懂，但是在进去之前，我还是要提醒三条原则——'手揣兜，睁大眼，闭上嘴'。这里不比其他现场，里面人多眼杂，而且现场已经被人为破坏过，这个案子的难度已经增大，咱们任何一个小失误都有可能令情况变得更复杂。最主要的是，咱们是以协助的名义过来的，有些尺度一定要注意，切勿越权，避免矛盾。"

陆俨一番话落下，方旭几人立刻挺直腰板，不敢怠慢。

而另一边，冯蒙也刚好讲完话。

陆俨侧身时，和冯蒙的眼神对了一下，两人不约而同地迈开腿，两队人马一同朝监狱大门进发。

进入女子监狱，按规矩要做一些登记和交接手续。

狱侦科派来的接待员小刘早已等在里面，见到陆俨一行人，立刻迎上来，一边引路一边交代事发经过。

就在今天清晨，差不多到了囚犯该起床的时间，七号房突然传来呼救声。

管教民警赶到时，见七号房的囚犯全都围在一个床位前。

进门一看，发现其中一名叫陈凌的女囚已经死在床上。

因为陈凌死状可怖，现场痕迹有扩散，当时围在床边的囚犯和陈凌的尸体均有接触，其中还有两名女囚进行过施救，不仅自己身上沾到血迹，或许也将自己指纹或是皮屑留在尸体上。

比较可疑的是，其中一名施救的方姓女囚和陈凌一向不睦，两人之前还多次发生过口角和推撞，有一次甚至打起来。

陈凌当时一巴掌打到方姓女囚脸上，造成她轻微耳膜穿孔。

说话间，一行人已经来到囚犯的宿舍区，这个时间女囚们都在外面做工，宿舍区只有管教民警。

小刘接着说，狱侦科接到消息第一时间赶过来时，因为现场散发腥味和臭味，管教民警和七号房的女囚已经简单打扫过，对现场造成了一定面积的破坏。

换句话说，现场保护原则基本都违背了，想要复原是不可能的。

情况讲到这里时，众人也来到宿舍C区，案发宿舍就在前面不远处。

陆俨站住脚，先向四周扫了一圈，随即回身说道："大家就在这里换装备吧。"

不到五分钟，所有人都穿戴好防护服、头套、手套和头套，陆俨和队员先一步来到七号房宿舍门口。

只是乍一看到屋内情形，几人都是一愣。

宿舍内有四张床，都是上下铺，其中一张床的上铺有床褥，其余三张床包括陈凌的上铺都是空置的。

死者陈凌身着囚服躺在床上，衣着有些凌乱，尸体明显被人动过，面色发绀，双目紧闭，鼻下有流注状液体，脖子上有一道马蹄形缢沟。

要说缢死的案发现场，现勘人员都见过不少，只是这次的现场有一处细节非常不一般——死者陈凌的口唇部，竟然从外面被棉线缝合上了！

别说在场几人，就是有多年侦查经验的老刑警也未必见过。

陆俨将心里的震惊压下，眯了下眼，开始观察陈凌口唇上的走线。

部分缢死的死者会有舌头少量顶出口唇的现象，但因为陈凌的嘴唇已经被缝合，所以舌头没有顶出。

她的嘴角还有一些已经干涸的血迹，只是这种血迹颜色很不自然，其中掺杂着咖啡色。

陆俨的目光缓慢移动，发现陈凌身侧，也就是枕头旁有一截麻绳。

麻绳附近的枕头和床单上也沾着一些咖啡色血迹，地面上还有明显的擦拭清理过的痕迹。

这间囚犯宿舍整体还算整洁，女囚的私人物品摆放也都按照监狱的规定，一眼望过去除了简单的生活用品，并无其他可疑。

只是这屋里始终散发着一股腐臭味儿，虽然对面墙壁上的窗户开了半扇，灌进来的微风将气味冲淡了些。

陆俨不动声色地将现场环境收入眼底，转向小刘："窗户是谁打开的，什么时候打开的？"

小刘："哦，是案发后住在这间房的犯人打开的，因为这屋里一直有股异味儿。其实这味道已经比一开始好多了……"

陆俨没接话，再次扫了一眼现场，在经过了一番思考和初步判断之后，很快将照相、测绘、记录和场外证据收集的任务分配下去。

随即陆俨检查了一下宿舍门锁的位置，没有撬痕，再将门关上、打开，来回试了两次，均有明显的"吱呀"声，这基本就排除了有人深夜进入房间作案的可能。

另一边，方旭几人很快行动起来，第一步就是照相，先将现场环境和方位记录下来，等到取证、验尸之后，才能一路倒推回最原始的情况。

随即轮到技术人员进场。

陆俨让出门口，对冯蒙说："冯科，到你们了。"

痕检科几人二话不说，拎着箱子依次入内。冯蒙和孟尧远走在前面，薛芃排在第三个，经过陆俨时目不斜视。

再一抬眼，见到了床上的女尸。

薛芃下意识地眯起眼。

通常来说，侦查人员接到报案来到案发现场，第一件要做的事就是判断案件性质，有些案件会用一些犯罪行为来掩盖另一种犯罪行为，有的会将他杀伪装成自杀。

像是陈凌的这种死法，别说是陆俨和薛芃了，就是冯蒙也没见过。

不管是自缢还是他杀，为何要先缝合口唇呢？

所有人心里都落下同一个疑问。

因为是在监狱宿舍里发生的案件，囚犯的人身行动受到限制，在休息之前宿舍的门都会锁上，外面还有管教民警值夜，所以基本上可以排除有第二案发现场，或是有外人潜入作案的可能。

据狱侦科小刘说，在发现陈凌的尸体之后，宿舍里进出过很多人，不仅有住在这间宿舍的另外四名女囚，还有管教民警、狱医和急救人员。

管教民警和囚犯都有顺手扫地和整理房间的习惯，当时就有女囚拿着笤帚清理地面上的污渍。

这边，薛芃和孟尧远正在用静电吸附器提取宿舍地面上的足迹。

陆俨一边看薛芃和孟尧远操作，一边想，以陈凌这种死状，当时在场的囚犯见了应该都非常惊慌才对。

在慌乱之间能想到施救倒是不奇怪，在事后情绪稳定下来想到整理房间也不奇怪，可是为什么会在大家最混乱且忙着救人的时候，顺手清理地面呢？

思及此，陆俨问小刘："当时清理地面的人是谁？"

小刘说："好像是今天的值日生，叫李冬云。"

另一边，几人采集完足迹之后，冯蒙很快开始分配任务，除了用记录和拍照来"固定"现场，还要进一步提取痕迹物证。

从陈凌脖子上解下来的麻绳，就放在陈凌的枕头旁。

程斐正在拍照，薛芃则拿着多波段灯在床上缓慢搜寻，通过不同的特种光源，试图找出在自然光下肉眼难以发现的痕迹。

就在薛芃小心取证的时候，陆俨听小刘讲述完了大概的案发经过。

这间宿舍一共住着五名女囚，清晨到了起床洗漱的时间，宿舍里其他四名女囚都已经相继起身，可陈凌却迟迟没有动静。

临近陈凌床位的女囚就去叫陈凌起床，谁知走近一看才发现陈凌双目紧闭，脖子被麻绳缠绕，嘴唇还被棉线缝上了。

一声尖叫后，其他女囚也纷纷上前查看究竟。

小刘说，陈凌被发现的时候是仰卧在床上的，脖子上捆绑着一条粗麻绳，麻绳的一端就系在上铺的床头杆上。

这种吊死姿势大家都没见过，有悖过去的认知，而且她当时身上还是温的，其他女囚都以为她只是休克，所以立刻把人解下来进行施救。

陆俨皱了一下眉，问："陈凌生前和其他女囚的关系如何？"

小刘想了下，说："因为陈凌身体不好，经常胃疼，还要定期去找狱医拿药，很多时候都是自己一个人待着，其他几个女囚也会比较迁就她。她话很少，也没见她跟谁大小声过，不过就在前几天，也不知道是什么原因，她和同宿舍一个女囚起了口角，还动了手，吓了所有人一跳……"

身体虚弱，有胃病，不爱说话，经常一个人，性格偏内向、孤僻。

陆俨快速抓住这几个关键信息，脑海中逐渐产生几个疑问。

既然经常找狱医拿药，就说明胃病不轻。

通常有胃病的人胃口都不会太好，疼得厉害了浑身使不上力，连腰都直不起来，长此以往体质也会偏弱。而且陈凌看上去很瘦，不像是力气大的人，在打架上必然不占优势。

那么又是什么事会突然刺激到她，跟人动手呢？

把所有人吓了一跳，这说明陈凌很少动气，这是一次突发事件。

还有，不管陈凌是自缢还是死于他杀，要在深夜将绳索绑在上铺的床杆上，这番动作一定要非常轻，否则会惊扰到其他女囚。

而且不管是他杀还是自杀，不管下针的是陈凌自己还是凶手，既然都要死了，为什么还要多此一举把嘴缝上呢？

这样做除了加深皮肉之苦，还能有什么寓意？

最主要的是，无论是缢死还是缝合口唇，陈凌都不可能毫无痛觉，就算同宿舍女囚都睡着了，也有被这番动静惊醒的可能，难道前一夜就没有人听到什么？

陆俨很快将疑问道出，狱侦科小刘回忆了一下，说："好像没人听见，她们几个都说昨晚睡得很沉，其中一个比较浅眠的，还说已经很久没睡得这么好了……"

很久都没睡得这么好了？

如果这种情况只发生在一个人身上，还可以说是偶然，但是同宿舍四人都说睡得很沉，这点就非常可疑。

陆俨了解完基本情况，很快就让方旭和李晓梦跟着小刘去一趟狱侦科，拿一份住在这间宿舍里的女囚资料。

与此同时，陈凌床边的初步痕迹取证已经完成，法医季冬允和法医助手进场，准备提取生物物证和初步尸检。

就尸体而言，这具尸体十分"新鲜"，身体已经形成尸僵，而且遍布全身，但是还没有达到高峰。

尸体温度比正常人体温度低了10摄氏度，按照现在的环境温度推断，陈凌的死亡时间应该是深夜零点到一点。

陆俨走到法医助手旁边，季冬允正在检查陈凌的面部，又将她的眼皮掀开，说："面部呈窒息征象，两眼瞳孔等圆，眼结膜明显充血，并且有散在性出血点。鼻下和口角有少量唾液斑痕和血迹。血迹里有咖啡色物质……"

季冬允话音一顿，等法医助手提取了血迹和唾液斑，他又用手套沾了一点，在手指上搓了搓，试图进一步辨别。

陆俨这时开口了："死者生前经常胃疼，还会定期向狱医拿药。"

季冬允恍然："如果是这样的话，死者生前很有可能患有严重的胃溃疡，不过确切结果要等尸检鉴定过后才能知道。"

陆俨点了下头，目光一瞥，看向不远处的薛芃。

薛芃刚好从陈凌的抽屉里翻出一个药瓶。

薛芃看着药瓶上的字迹，说："药瓶上的日期是本月十五号开的，也就是说七天前陈凌找狱医拿过药，数量有十四颗，一天服用两颗，刚好是一星期的量。"

薛芃拧开瓶盖，往里看了一眼，随即转头看过来："这里面的药片少说有十颗，看来陈凌停药已经有一段时间了。"

薛芃语气很淡，态度也是公事公办，只是眼神刚和陆俨对上，不到一秒就闪开了，又开始检查其他物证。

季冬允接道："如果有严重胃溃疡，胃疼会在饭后半小时出现，还会有呕血现象，血液中会有深棕色变性血块。就现场来看，死者应该是在死亡之前呕吐过一次。"

陆俨应了一声，不再多言。

狱内备药一般都是按次数给，陈凌却能一口气拿到这么多，要么就是受到照顾，有"特权"，要么就是外面有人托关系送进来，让里面的人转交给她。

在这以前，陆俨也接触过患有多年胃溃疡的病人，初期症状并不明显，时间越长，症状加重，痛感会越来越强，并且很规律，不仅饭后会胃疼，有时候还会在夜间从睡梦中疼醒。

显然陈凌的病情已经非常严重，可她又主动停药，这样做只会加重她的病情。

这种停药的举动，是不是意味着陈凌已经有了轻生的念头？

陆俨脑海中很快浮现出一幅场景。

在一片昏暗中，四周很安静，其他几名女囚都已经睡着。

陈凌在床上翻过身，趴在床沿呕血。

那些咖啡色血迹流到地上，有的还沾在她的面颊、囚衣、枕头和床褥上，而且散发着腥臭味。

陈凌刚刚呕吐完，很不舒服，她缓了很久，然后就从枕头下拿出针和线，一手固定住嘴唇，另一手将针刺进肉里。

等等……

好像有哪里不太对？

按照逻辑推断，如果陈凌是自己缝合口唇，比较大的概率会随手将针线放回到枕头下，没必要再下床，特意将针线放进抽屉或是柜子里。

反过来，如果是他杀，那么凶手很有可能已经将针线拿走，趁机销毁，或是放在其他人的物品里栽赃嫁祸，塞在陈凌枕头下的可能性反而比较小。

当然，不管是自己缝合还是他人缝合，嘴唇上的肉没有固定点，要缝合就必须用另一只手扶住，那么陈凌的嘴上就会留下指纹、皮屑和油脂。

除非戴手套操作，那就另当别论了。

就在陆俨沉思的当口，季冬允已经检查完陈凌脖颈上的马蹄形缢沟，初步尸检判断，应该就是枕头边发现的麻绳造成的。

陆俨一抬眼，见季冬允和助手已经开始搬抬尸体，让尸体侧卧，露出后背。

季冬允按压背后的皮肤，检查上面的尸斑，一边口述一边让助手做记录。

因为尸体的姿势变了，枕头也有一大块空了出来，露出上面的圆形凹痕。

薛芃注意到了，很快唤了一声："程斐。"

程斐立刻端着相机跟薛芃走上前。

像是枕头这种棉质物品或针织物，很难提取痕迹，残留在上面的往往是血迹、皮屑、汗液等。

果然，薛芃用紫外线光源在枕头上仔细寻找，只发现一些微量物证。

就在薛芃正准备将枕头装进证物袋时，陆俨也靠近一步，低声道："等一下，先看看枕头下面，小心。"

薛芃一顿，随即动作很轻地将枕头缓慢掀开一角，很快露出一个棉线捆，上面还插着一根针，而且针和棉线都沾着血迹。

薛芃和程斐都是一顿。

程斐很快拍照记录，薛芃等法医助手提取针头上的血液样本，将针线装好，再一抬眼，刚巧撞上陆俨的目光。

这次，是陆俨先移开视线，说话的对象却是季冬允："我曾经见过两次自缢死亡的现场，不过那两位死者都是常见的悬空式正位缢死。听狱侦科的人说，陈凌的尸体被发现时是以仰卧姿势躺在床上，绳索就吊在上面。像这种姿势，有没有可能是他杀之后再伪装成自缢？"

季冬允接道："其实仰卧姿势也可以导致机械性窒息死亡。除此之外，还有一些比较特殊的，像是站位、坐位、跪位、蹲位或是俯卧，这种非典型缢死虽然少见，下坠力也各不相同，但事实上，只要重量达到拉紧绳套、压迫血管使之闭塞的作用就可以了。"

陆俨下意识地皱了皱眉："也就是说，不是姿势决定的，而是重量。"

季冬允："可以这么说。压闭颈静脉只需要两公斤，压闭颈动脉差不多三点五公斤，压闭椎动脉和气管需要十五六公斤。而这些非典型缢死无论是哪一种，坠力最低也会超过体重的百分之十，完全满足机械性窒息的条件。"

陆俨没再接话，转而想到一个可能性——或许，陈凌事先了解过这种仰卧式缢死？

显然，陈凌并不是某些有特殊癖好的人。有些人会在短暂窒息和休克中寻求异样的快感，往往在睡前用绳索勒住自己的脖子。

但勒死和缢死不同，缢有重量垂坠的意思，而勒就是靠外力勒住。如果是陈凌自勒，那么她昏迷休克之后，双手就会自然松开，等到几分钟后就会恢复意识。

如果陈凌是这种人，没必要把自己的口唇缝合上，"缝合"这个动作似乎就意味着没打算给自己留后路。

也就是说，陈凌可能知道这种仰卧式自缢可以达到机械性窒息死亡的目的，否则她完全可以换一种更有把握的姿势。

当然，这些推断都是以陈凌是自缢为前提。

想到这里，陆俨又朝四周看去，见孟尧远正在检查其他女囚的私人物品，仿佛发现了一些不同寻常的东西，正在和冯蒙商量。

冯蒙表情严肃，盯着那一小袋东西看了半天。

陆俨走近几步，冯蒙将小袋子交给他，说："你看看。"

陆俨观察着小袋子里的药片形态，又倒出一颗放在掌心上观察，通过经验推断大概方向："可能是海米那。"

很轻的几个字，但在场几人脸色都变了。

海米那是一种有安眠成分的管制类药物，也是前些年流行的新型毒品。

在缢死案件中，有小概率事件是将他杀伪装成自缢，凶徒在作案时为了防止死者剧烈挣扎，通常都会先用安眠药令死者入睡。

虽然眼下还不能确定这两者之间有联系，但是有一点可以确定，就是这间女囚宿舍牵扯了不止一桩案件。

孟尧远很快将小袋子装进证物袋，做好标记。

陆俨也跟顺着字迹，看到记录上清楚地写着一个名字：李冬云。

又是李冬云？

在发现陈凌的尸体之后，拿着笤帚清理地面的也是她。

陆俨沉思片刻，转而走向七号房的门口。

按理说这个时间，方旭和李晓梦应该已经将资料拿回来了。

其实只要仔细研究囚犯的资料，再检查一下现场，大多数情况下，就应该就能判断出陈凌的死有无可疑，进而锁定相关嫌疑人。

可如果真这么简单，狱侦科完全可以自行解决，今天之内就可以"结案"，根本没必要申请协助。

陆俨正想到这里，方旭和李晓梦回来了。

方旭从袋子里拿出资料："陆队，资料拿到了。"

陆俨点头，刚要接过，却见两人神色有异，欲言又止。

陆俨问："怎么了？"

两人对视一眼，李晓梦小声说："是这样的，我们见到了住在这儿的几个囚犯，也要了一份狱侦科做的笔录，还补充了几个问题。本来一切都很顺利，直到其中有一个囚犯，听说我们是市局过来的，突然就追问我们刑技实验室是不是也来人了，又问……"

说到这儿，李晓梦下意识地朝里面望了一眼，清清嗓子，把声音压得更低："又问痕检科的薛芃是不是也来了。"

薛芃？

陆俨动作一顿，下意识地侧过身，望向屋里。

薛芃仍在取证，她就蹲在地上，仔细检视着陈凌的私人物品。

阳光从窗户外透进来，刚好落在薛芃的背上，将她身上的防护服照得有些透明，蒙上了一层金色。

恰好这时，薛苊感受到外来的视线，抬了下眼，隔着半间屋子，刚好看到站在门外的三人。

就算薛苊再迟钝，也能感受到三人的目光指向。

薛苊的目光狐疑且缓慢地掠过方旭和李晓梦，最终看向陆俨。

双方都戴着口罩，虽然看不清彼此的全部表情，却依然能从眼神中窥见一二。

安静了几秒，薛苊扬起眉梢，隔空询问："你在看什么？"

只是陆俨下一秒就挪开目光，转过身用后背阻挡薛苊的视线。与此同时，心里也埋下疑问——问起薛苊的女囚似乎对公安机关和狱侦科的程序有些了解，只是她为什么会知道薛苊在市局的痕检科呢？是彼此认识还是……

想归想，陆俨面上却不动声色，一边翻看档案，一边问李晓梦："那个女囚叫什么？"

正好翻到一页，李晓梦看见了，指着说："哦，就是她……方紫莹！"

方紫莹？

陆俨瞬间愣住了。

陆俨快速接过方旭手里的资料，找到方紫莹的档案复印件，很快就在过往经历那一栏找到"北区十六中"几个字。

果然是那个方紫莹。

陆俨眼神沉了沉，问："除了打听薛苊，她还说了什么？"

方旭和李晓梦对看了一眼，这次由方旭回话："陆队，我们没有透露今天来现场的技术人员名单，不过方紫莹让我们给薛苊带句话，说……"

陆俨抬眼，盯住方旭。

方旭话音一顿，心里没由来地咯噔了一下，但他很快推了一下眼镜，说："她说，她知道一些薛苊姐姐的秘密，只会告诉薛苊一个人，如果薛苊来了，她希望见一面。陆队，你看这事儿……"

事实上，在听到方紫莹的这番话之后，方旭和李晓梦也看过方紫莹的档案，上面很清楚地写着方紫莹的入狱原因，就是故意杀人罪。

而当年被她杀害的死者，名叫薛奕。

按理说，方紫莹如果知道这次在现场取证的人有薛苊的话，心里一定会忌惮，或多或少也会担心薛苊会不会因为杀姐之恨而在证据上做手脚，借机诬赖她。

当然，这种想法可行度并不高。

毕竟尸检是法医主导，痕检和其他技术员辅助，痕检只对案发现场负责，判定此处是否为第一案发现场。

只是话虽如此，但架不住方紫莹会自己瞎脑补啊。

最主要的是，方紫莹怎么知道薛芃在市局刑技实验室工作？难道这些年她一直在关注薛芃？

方旭和李晓梦吃不准该怎么办，这事也不是他们该管的，两人在回来的路上商量了一下，决定还是先将这条信息告诉陆俨再说。

陆俨又翻看了几眼资料，随即将方紫莹的档案放回袋子里，说道："这事儿先不要声张，我会找机会跟薛芃谈。"

嗯？

方旭和李晓梦又对视了一眼。

虽说这么做也没问题，但陆俨说话的口吻和表达方式，怎么好像哪里怪怪的……

一直到第一现场取证结束，陆俨都没提过这短暂的小插曲。

屋里几人开始收拾工具，陈凌的尸体也被小心翼翼地包裹好，要送到刑技实验大楼做进一步尸检。

冯蒙向陆俨汇报了工作，陆俨签了字，抬眼时，淡淡道："案发时和死者接触过的女囚都在狱侦科询问室，我需要一名技术员和季法医跟我过去一趟，进一步取证。"

"没问题。"冯蒙点头，转而回过身，扫过痕检科几人，"那就……"

"薛芃。"

结果冯蒙还没说话，陆俨就点名了。

冯蒙一顿，却没意见，对着薛芃的方向说："薛芃，你和季法医跟陆队去一趟狱侦科，早去早回。"

薛芃刚合上工具箱，听到这话抬了下头："好。"

几分钟后，薛芃面无表情地跟着陆俨走出七号房。季冬允和法医助手走在前面，和他们隔了没几步。

薛芃手里的箱子虽然有些重量，但她这几年早就习惯了，也很清楚无论是取证还是破案都要抓住黄金时间，效率和质量都很重要，加上这一路上陆俨都走在她旁边，也令她下意识地加快脚步。

然而薛芄走快了，陆俨却不着急，反而还缩小了步幅。

在几人穿过一条户外走廊时，薛芄扫了一眼地上的影子，陆俨的影子都快从视线中消失了。

薛芄侧过头，用余光瞄向后方。

陆俨眼皮微抬，在原地站住了。

沉默几秒，两人都没开口，似乎都在绷着劲儿。

薛芄眼神很冷，只无声地和陆俨对视。

陆俨率先迈开步子，在她面前三步远站定，说道："有件事，在过去之前，我要先和你说清楚。"

薛芄扬眉，眼里滑过讥诮："陆队要现在跟我说与案件无关的闲话？不合适吧。"

陆俨说："与案件有关。"

薛芄明显不相信，透过口罩发出很轻的一声嗤笑。

直到陆俨说："方紫莹，你还记得吧？"

谁……

薛芄一愣，再看向他时，语气不善："你提她做什么？"

陆俨："方紫莹也住在七号房，她接触过陈凌的尸体，刚才方旭和李晓梦过去要资料的时候，和她照了一面，方紫莹还跟他们打听你。"

什么？

薛芄愣了，眼里流露出的诧异十分清晰。

陆俨低声道："我不清楚方紫莹要见你的动机是什么，但她选在这个时候，我必须给你提个醒……"

只是陆俨的话还没说完，就被薛芄打断了："无论方紫莹的动机是什么，都不会影响我的专业判断。如果陆队不放心，可以换孟尧远过去，我也会按照规定上报避嫌。"

听到这话，陆俨极轻地蹙了一下眉，但语气还算平和："你和方紫莹既不是亲属，在本案中也没有利害关系，更没有私下接受过她的请客送礼，我告诉你这件事，只是让你心里提前有个数，你不用这么敏感。"

薛芄没接话，又看了陆俨一眼，转身就走。

两人一前一后地迈进最后一条走廊，就见季冬允和法医助手站在入口处，似乎已经等候他们多时了。

　　陆俨和薛芃走上前，四人都是一言不发，气氛无比诡异，直到迈进狱侦科。

　　询问室里，薛芃和季冬允大约用了十分钟时间，分别在四名女囚身上取证。

　　住在七号房的四名女囚的身上，或多或少都沾着一些血迹和污渍，而且囚衣上还有擦拭过的痕迹。

　　案发后，四名女囚是一起离开的现场，来到狱侦科后就一直待在询问室里，其间除了到洗手间，也没去过其他地方。

　　像是血迹，沾在衣服上不容易去掉，狱侦科的科员也说，几人就算去洗手间也没有过久停留，衣服上的痕迹没有清洗过。

　　在给前面三名女囚取证时，薛芃和季冬允就几个互相有冲突的痕迹商量了一下，很快达成一致，各司其职，将物证收进证物袋，并做好记录。

　　直到前面三名女囚离开，轮到第四名女囚，薛芃小心翼翼地接过对方换下来的囚衣，用多波段灯在上面仔细寻找，拍照记录。

　　季冬允正在检查女囚手臂上的血痕，见到有掐痕和指印，示意薛芃。

　　薛芃走过来观察指印。

　　这时，女囚开口了："你是……薛芃？"

　　女囚声音很轻，也很低，但屋里十分安静，这四个字就显得格外清晰。

　　不仅薛芃，就连旁边的季冬允，以及一直站在几步外，无声观察每个女囚脸上表情和肢体动作的陆俨，都听到了。

　　几人的目光齐刷刷地落在女囚身上。

　　唯独薛芃没有抬头，她非常仔细小心地将手里的工作做完，按照程序做好记录，确定步骤没有遗漏，这才抬了一下眼。

　　这还是薛芃进来之后，第一次正视女囚的眼睛。

　　而女囚不是别人，正是方紫莹。

　　但说实话，若非方紫莹突然出声，薛芃绝对认不出来。

　　方紫莹现在的模样说是面目全非也不为过，整个人早已脱了相，非但没有昔日的半点影子，甚至比她的实际年龄看上去老了十岁不止。

　　她和薛奕同届，比薛芃高两届，成绩中游，也没什么特长，平日里性格温顺，虽然朋友不多，人缘一般，但也没有跟谁起过冲突，连口角都很少。

可想而知，薛奕的案子一发生，跌破了多少人的眼镜，还真是会叫的狗不咬人，别看方紫莹平时蔫不唧的，说话也细声细气，要么不出事，一旦出事就是震惊整个江城的恶性事件。

有谁能想到当年那个长着圆脸盘、身材娇小、体育成绩在全班垫底的小女生，动起手来会那么狠？

而现在的方紫莹，原本的圆脸盘已经塌陷下去，骨相很清晰，但脸上的脂肪却抽掉了一大半，肤色偏黄，还带着一点灰色，皮肤上有一些色斑，右边脸颊比左边肿一点，上面还有清晰的瘀青，像是一个手掌印。

方紫莹已经换上新的囚衣，囚衣宽大，囚衣下空荡荡的，越发衬托出那副瘦弱的肩膀，她的手臂也十分细，十指粗糙，指甲剪得很短，在取证之后她的指甲盖里还残留着一些污渍和血迹。

薛芃的目光落在那双手上，缓慢地扫过那上面的老茧和细小的伤痕。

即便现在，她都无法想象正是这双手拿起了那把刀，用力捅进薛奕的腹部。

那刀刃刺入皮肉里的声音，那血液溢出来的温热感，还有薛奕临死前的眼神，这些细节，在这九年中也不止一次地出现在薛芃的梦里。

都是噩梦。

薛芃无声地吸了一口气，再次对上方紫莹那双带着疲倦的眼睛。

方紫莹的眼下有些凹陷，她的眼神原本是空洞的、飘忽的、不确定的，隐隐还带着一点担忧。

直到这一刻，那里面又忽然浮现出一丝激动，好似全然不在意薛芃眼里的冰冷。

方紫莹倏地从椅子上站起来，一把揪住薛芃的防护服。

薛芃不躲也不闪，显然不相信手无寸铁的方紫莹能拿她怎么样。

可方紫莹的举动却惊动了狱侦科的警卫，以及陆俨和季冬允。

季冬允正要上前，但陆俨快了一步，已经站在薛芃身后。

方紫莹飞快地看了陆俨一眼，又对上薛芃的目光，声音带着一点压抑的颤抖："你是薛芃，我没认错！"

薛芃依然没表情，不回应也不挣扎，只安静地看着她，像是在看一出悲剧。

方紫莹的双手却开始颤抖，就连嘴唇和牙齿也禁不住打起架。她将防护服紧紧攥在手心里，就连警卫上前呵斥着要将她拉开，她都不为所动。

直到陆俨抬手示意警卫少安毋躁。

就在这时，方紫莹再次靠近薛芃，不仅整个身体都贴了上去，嘴唇更是靠近薛芃的耳朵。

薛芃下意识地往旁边躲，直到耳垂感受到激动且颤抖的呼吸，脑海中第一个浮现出的预警，就是防着方紫莹情急之下咬住她的耳朵，尽管在薛芃看来，方紫莹并没有这样做的理由。

然而，就在薛芃摆出防御姿态，陆俨也回过身随时准备出手时，方紫莹却只是动了一下嘴，用低得几乎只剩下气音的声音说："你姐姐，不是我杀的……"

就在那个瞬间，薛芃的眼睛倏地睁大，身体紧绷，制服下的皮肤上也迅速泛起战栗。

下一秒，薛芃的手攥紧了。

方紫莹却退开一点距离，看着薛芃的眼睛，几乎无声道："真凶另有其人。"

这话落地，方紫莹松了手。

几乎是同一时刻，薛芃反手将她抓住，她戴着胶皮手套的手用力捏紧方紫莹的骨头，几乎要将她捏碎。

屋里所有人都很震惊这一幕的转变，但除了薛芃，谁也没听到方紫莹说了什么，那声音太轻了。

薛芃的声音从口罩后面透出来，像是从牙缝里龇出来一样："你说什么！"

方紫莹缓缓扯着嘴角，像是苦笑："你已经听到了。"

薛芃眯着眼，仍不松手。

方紫莹看了看胳膊上的手，又看向她，说："陈凌的死和我无关，只要你还我清白，我就告诉你'凶手'是谁。"

只要你还我清白，我就告诉你"凶手"是谁。

这句话屋里所有人都听到了，但是只有薛芃一个人明白方紫莹指的"凶手"，不是陈凌案，而是薛奕案。

几秒的沉默，方紫莹一直在等薛芃的反应。

然而当最初的震惊落下时，薛芃手上的力道却渐渐松了，紧绷的脸色也缓和下来。

薛芃轻叹了一口气，瞬间又恢复原先波澜不惊的模样，声音清晰地从口罩后面传出来："任何案子，我都会秉公办理。如果你真是清白的，证据会说明一切。"

只是这话落地，薛芃心里也跟着浮出疑问：为什么方紫莹这么急切，甚至有点病急乱投医的感觉，难道她觉得有人会把陈凌的死算在她头上？如果方紫莹真是清白的，根本无须多此一举。

数分钟后，一行人离开狱侦科，来到女子监狱大门外的空地上，其他人已经陆续离开，还要赶着回市局做鉴定。

薛芃没和任何人打招呼，一言不发地回到自己的车前，将工具箱放进后备箱。

谁知刚盖上盖子，一转身，就迎上一道高大的身形。

陆俨不知道什么时候跟着她过来了，和她隔了两步，杵在那儿不说话。

眼下两人都没戴口罩，彼此的表情看得很清楚。

薛芃快速流露出一丝惊讶，跟着就挪开视线，下意识地蹙眉。

陆俨就三个字："聊两句。"

薛芃闭了闭眼，好像很累："你是想问，方紫莹跟我说了什么。"

陆俨点头。

薛芃也无意隐瞒他，她知道陆俨一定会刨根问底，他对人对事都很执着，就算她不说，他也会追查，到时候她只会更烦。

再说这件事也没什么可瞒的。

"我姐的死，你还记得吧。"薛芃口吻很淡，"方紫莹说，杀害我姐的人不是她，真凶另有其人。"

陆俨一顿，反应也很快："如果不是她，又会是谁？她为什么要替这个人认罪？"

薛芃扯了下嘴角，得出结论："她说你就信？她摆明了撒谎。"

陆俨却有些保留："如果是撒谎，为什么选在这个时机？难道她觉得这个案子会牵扯到她，所以用这种方式跟你做'交易'？"

薛芃叹了一口气，烦躁地看向远方。

那边的季冬允和法医助手已经离开，方旭和李晓梦就站在警车旁等陆俨，冯蒙和孟尧远的车已经开远了。

薛芃又把视线转回来，对上陆俨，说了今天最长的一段话："这件事只有两种可能，要么方紫莹觉得有人会把陈凌的死算在她头上，要么陈凌就是方紫莹杀的。无论是哪一种可能，她都想把自己择出来，所以才会撒这种谎。我只负责鉴定物证，没时间分析一个犯罪嫌疑人的心理活动，而且人会撒谎，证据不会。"

薛芃显然是想速战速决，撂下这番话就越过陆俨，打开驾驶座的门。

陆俨的声音却跟了上来："可我记得，以前你质疑过方紫莹杀害薛奕的动机。"

是啊，她的确质疑过，她觉得方紫莹的动机说不通，也无法用方紫莹只是心理变态这种说辞来搪塞自己。

那时候，方紫莹是非常崇拜薛奕的，她为什么要对自己的偶像痛下杀手？

薛芃坐进驾驶座，在合上车门之前，说："你也说了，那是以前。"

随即听到"砰"的一声，薛芃发动引擎，一脚油门踩下去，车子很快开走。

陆俨立在原地，皱着眉吃了两口尾气，一声不吭地上了车，准备返回刑侦队。

一路上，车里的气氛无比古怪。

方旭和李晓梦自然都看出不对了，可他们也不敢多问，更加不知道该怎么问，只能放任气氛尴尬下去。

这种场合要是有张椿阳在，或许会好很多。张椿阳在生活中有点神经大条，尤其不太懂一些微妙的人情世故，往往只要给他一个信号，他就能问出大家都想知道却不好意思问出口的问题。

李晓梦拿出手机，把刚才的事以文字方式快速发到微信群里。

微信群很快就刷起来，聊得最起劲的就是张椿阳和李晓梦。

张椿阳："这么精彩，不会吧！为什么我不在现场，为什么错过的又是我！他俩以前认识？怎么认识的？我说你消息后置了啊，这么大新闻怎么没有及时更新！"

李晓梦回道："嘿，这事儿我上哪儿打听去啊？在食堂也从来没见过他们俩同桌啊……至于认不认识，其实也说不好，就是那个感觉吧，怪怪的。你说要是不认识，那感觉又好像挺熟悉。你说要是认识吧，又好像装作不熟似的。你是没看见，薛芃那眼神，好像很针对陆队，特别冷……"

张椿阳："薛芃对谁不都那样吗，除了冯科、老孟、季法医，我就没见她对谁有过好脸色，是不是你敏感了？"

李晓梦："绝对不是，我告诉你，这是女人的直觉，很灵的！"

两人又闲聊了一会儿，李晓梦话题一转，忽然问："对了，昨天王川那个案子，你们跟得怎么样了？"

一说到王川，张椿阳就脑仁疼。

张椿阳："别提了，我盯着监控看了一上午，看得头晕眼花，好不容易才锁定一个嫌疑人，结果他还没露脸，戴着帽子，遮遮掩掩，身上包得特别严实，好像知道监控在哪里，进出酒吧街巷子的时候，还特意溜边走，专挑盲点……总之白忙一场。许臻叫了几个人去调查王川的社会关系了，这会儿应该还在走访，估计中午就能回了吧。"

这时，车子来到一个红绿灯前。

负责开车的方旭瞄了一眼蹦出好几十条消息的手机页面，随手点开微信群，快速爬了一下楼，很快就愣住了。

方旭轻咳两声，瞄了一眼红灯倒数时间，飞快地点开李晓梦的微信窗口，发了一句："你们就没发现，微信群里多了一个人？"

跟着就是绿灯。

方旭很快将车开出斑马线。

而坐在副驾驶座的李晓梦，在飞快地点开微信群名单之后，就彻底石化了。

李晓梦出神地盯着路面，过了一分钟才解冻，虽然这时候告诉张椿阳已经晚了，她还是不忍心，默默点开张椿阳的微信窗口，把微信群名单截图发了过去。

张椿阳扫了一眼，问："咦，你发这个干吗？怎么多了一个人，谁啊？"

李晓梦回了三个字："你说呢？"

张椿阳那边很快就沉默了。

隔了好一会儿，张椿阳才开始"发作"："陆队！"

"不会吧……"

"谁把陆队拉进群里的！"

"拉就拉吧，怎么不说一声啊！"

李晓梦一脸心虚地看了一眼后视镜，里面清晰地映出坐在后排的陆俨。

陆俨挨着左边的车门坐着，手肘就架在车门上，手撑在太阳穴上，另一手正在刷手机，低眉敛目地盯着屏幕，表情倒是很正常，也看不出来什么。

李晓梦这会儿只能希望陆俨没有在看微信,希望那么多条消息已经被刷上去了。

　　这时,张椿阳问她:"陆队没看见微信吧?是不是一上车就睡着了?"

　　李晓梦咽了下口水,连忙打字,几乎是同一时间,微信群里就多了一条新消息。

　　点开一看,正是陆俨发的:"锁定嫌疑人的那段监控,稍后发给我一份,也给技术那边一份。"

　　"……"

　　李晓梦的脸已经红透了,她把头转向一边,盯着窗外,单手盖在眼睛上。

　　张椿阳一直在微信上狂敲她:"太尴尬了,怎么办啊!"

　　这话刚落,陆俨又在群里发了第二句:"至于我和薛芃,之前的确打过交道,大家都是同事,没有特别的关系,不算熟,更没有在一起过。"

　　这下,群里彻底炸了。

　　又到了一个红绿灯前,方旭连忙进群表态,顺便打圆场:"抱歉陆队,我们没有八卦的意思,只是出于关心,以后不会再说这些了。"

　　李晓梦也跟着说:"都是我的错,陆队对不起!"

　　张椿阳接道:"陆队,我错了,我写检查!"

　　陆俨没再说话,只是点开表情包,选了一个微信自带的微笑笑脸小表情,发到群里。

　　"……"

　　所有人都沉默了。

　　这表情,不是骂人的意思吗?

　　直到许臻也出现在群里,说:"我已经回市局了,陆队,稍后跟你汇报。"

　　陆俨看了眼窗外,回道:"好,我们大概还有十分钟。"

　　另一边,薛芃一回到市局实验室,连口水都没喝,换上一身防护服,就去了法医解剖室。

　　尸检除了法医和法医助手,还需要配备一名痕检在一旁拍照记录,所以薛芃在回去的路上就跟冯蒙报了名,等冯蒙批准,一分钟都没耽搁。

　　季冬允见到来人是薛芃,好似一点都不惊讶,还笑着说:"你好像比我还着急。"

薛芃似笑非笑地应道:"这么'刺激'的案子,怎么能落在别人手里?我一定要亲眼见证。"

季冬允:"那就开始吧。"

季冬允很快给尸体做了全身表皮检查,除了颈部的马蹄形缢沟,没有其他致命伤,只是颈部左侧的缢沟要比右侧深一些。

尸体的胳膊和肩膀处有少量瘀青,皮下瘀血已经散开,应该是三四天前推撞造成的。

尸斑集中在背部,这说明陈凌的确是以仰卧的姿势死亡,尸体没有被人翻动过。

再说口唇,要想知道陈凌的口唇是被他人还是自己缝合的,可以提取口唇上的手印和指纹,和陈凌以及同宿舍几名女囚的手印、指纹作比对。

薛芃试图用碘蒸气熏染出陈凌脸上的手印,但第一次的效果并不理想。薛芃又反复试了几次,终于提取到一点痕迹,虽然不够完整,但基本可以辨认出指印的方向和着力点。

接着,季冬允开始拆陈凌口唇上的棉线。

薛芃在旁边拍照记录时,也注意到这条棉线的走向,是从嘴唇外面开始下针,从外面穿到里面,又从里面穿出来,先右后左,如果是陈凌自己操作,其实也可以做到。

然后,薛芃的目光顺着季冬允的动作,看到陈凌的口腔内。

陈凌的嘴已经被打开,但和其他尸体有些不同,她的舌头下好像有什么东西……

直到季冬允从里面摸出一个长方形的透明塑料袋,长宽只有四五厘米,塑料袋上沾着血迹和唾液,里面还装着一张叠起来的字条。

季冬允的目光和薛芃对上,两人眼里都写满了惊讶。

只是现在还不能将字条从塑料袋里拿出来,要保持原状,先送去做文件检验,而文件检验一向是孟尧远的强项。

这边,季冬允准备继续进一步解剖。

然而就在这时,解剖室的门忽然开了。

屋里三人都是一顿。

来人竟是陆俨。

陆俨已经换上防护服,走到解剖台前,对上季冬允的目光。

季冬允挑眉问:"陆队也是来看解剖的?"

这又不是刑侦队的案子,就是个协助调查,却这么上赶着,不知道这算不算是新官上任三把火?

解剖台上方的灯光又白又明亮,清晰地照在尸体和在场四人身上,在这样的灯光下,所有人的眼神都无所遁形。

陆俨不动声色道:"这个案子或许还牵扯其他案件,我需要进一步确认。"

季冬允已经将陈凌的尸体剖开,一刀到底,划开皮肤、皮下组织和腹膜,随即开始检查胃内容物,通过食物消化的程度来判断死亡时间。

陆俨作为一个"旁观者",大部分时间都站在一旁,既不插手也不给意见,就听季冬允在解剖过程中口述,看着法医助手将内容记录下来,偶尔也会看向负责拍照的薛芃。

薛芃始终专注于自己的工作,似乎拿陆俨当透明人,全程无视他的存在。

季冬允说:"就胃内容物来看,陈凌的进食量很小,可能这也和她的胃溃疡有关。她胃里的这些包块就是溃疡的组织,就这个量来看,陈凌每次进食后的疼痛感应该非常强。还有,通常一个人死亡,膀胱括约肌和肛门直肠括约肌会相继失去功能,这时候身体就会自动将肠道里的东西排泄出来。但是就尸体的排泄量来看,少进食的情况应该持续了一段时间。"

陆俨默默听着,脑海中下意识地勾勒出陈凌的生活状态。

陈凌即将四十岁,到了下个月就刑满释放,但在监狱外早已没有亲人,心里没有寄托,出狱之后又该去哪儿呢?

陈凌平日吃得很少,因为她有严重的胃溃疡,往往在进食后会伴有胃疼,久而久之就会减少进食。

然而少进食,身体能摄取的营养不够,身体就会越来越虚弱,人也会越来越瘦。

陈凌饱受胃溃疡的折磨多年,最近越发严重,早已精疲力竭,既没心情也没力气去对抗疾病,心里产生了厌倦感,进而就想到死。

毕竟如果这样拖拖拉拉地活下去,到了外面的世界只会更艰难,不仅要花上一大笔钱治疗自己的病,还未必治得好。

而在监狱里,她没有这层经济负担,还能通过狱中劳动获得少量工资。

还有,陈凌在上一次保外就医的时候,就发现她的胃溃疡已经癌变,而这些癌细胞也随着胃部的血液流向全身，也就是扩散了。

这些因素加起来，的确都会让一个长期被病痛折磨的人产生轻生厌世的心理。

只是一个即将离开人世的人，为什么要先将口唇缝合起来呢？

陆俨心里滑过这个疑点，很快问道："季法医，在过去的案件里，你有没有见过类似这种，明明都要自杀了，却在自杀之前做出一些自残行为？"

季冬允："你指的是陈凌把自己的嘴缝上？"

陆俨："嗯。"

季冬允："说实话我也是第一次见，我无法给出合理的解释，不过在你来之前，我刚在陈凌的嘴里发现一些东西。"

陆俨："是什么？"

季冬允直起身，抬了抬下巴，示意陆俨看向一旁的推拉车。

车上有几个金属盘，盘子里装着从尸体中取出来的组织，稍后要进行保存，还要取其中一些组织做进一步检验。

其中一个盘子里有一个很小的塑料袋，就像是装小药片的那种，里面有一张叠起来的字条。

陆俨用镊子将小塑料袋夹起来，举到眼前就着灯光，想看看里面写了什么。

但字条叠得很小，而且叠了不止一层，只能隐约看到里面有字迹，难以分清具体内容。会不会是陈凌的遗言？

如果是，为什么要用这种方式来封存？她完全可以和针线一起放在枕头下，等到尸体被发现时，遗言也会被翻找出来。而且陈凌已经没有亲人了，还会有什么话想跟什么人说？

显然，将字条缝合在嘴里，这个动作不仅是这个案子最大的疑点，也是重点。

从这以后，陆俨再没提过任何问题。

直到整个尸检结束，季冬允告诉陆俨，就今天的尸检情况来看，无论是缢沟的角度、麻绳在皮肤上滑动留下的擦伤痕迹，还是身体外的其他损伤，这些都不像是他杀伪装自缢。

也就是说，陈凌是死于自缢的可能性更大，他杀的可能性可以暂时排除，但是更详细的结果还要等内脏组织检验之后。

其实就案发现场来看，陆俨也更倾向认为陈凌是死于自缢。

如果是他杀缢死，在没有事先下药使被害人陷入昏迷的前提下，被害人被绳索勒住脖颈一定会剧烈挣扎。

就算是自缢也一样，挣扎是身体的本能反应。

在挣扎过程中，被害人的头发、脖颈和身体上都会和床铺或是地面发生摩擦，留下很多痕迹。

被害人会下意识地去抓挠脖颈，试图解开绳索，还会去抓攻击他的人，那么凶手的皮肤上就很容易留下抓痕，被害人的指甲里也有机会提取到凶手或是自己的DNA。

当然，也有凶手会用掐颈、捂住口鼻甚至是压迫胸部的方式，先让受害人死亡，再伪装成自缢现场。

只是他杀伪装现场和自杀现场有显著不同，加上陈凌的死等于是在"密室"中发生，同"密室"还有四名女囚，如果伪装现场反而很容易被拆穿，狱侦科也不需要打报告请外援。

最主要的是，狱侦科既然请求协助，那就说明陈凌案不同于一般囚犯自杀案，或许在她背后还藏着其他秘密。

又或者，那些事和这张字条有关？

陆俨从解剖室里出来，在更衣室里换衣服时沉思许久，直到看到张椿阳发来的微信。

陆俨来到电梯前，一抬眼，就看到不知等在那里多久的薛芢。

薛芢表情很淡，不夹杂一点私人情绪，可她的目光却很直接。

陆俨一顿，刚走上前，就听薛芢说："这个案子我仔细想了一下，有个问题我要先说清楚。"

陆俨站定了，两人都没有按电梯按钮。

陆俨："你说。"

"之前你问我，方紫莹为什么要选择这个时机跟我做'交易'。"薛芢停了一秒，继续道，"这件事我想过了，的确很奇怪。案件在深夜发生，上午开始取证，从案发现场来看只能初步判断是自杀还是他杀。目前来说，经验再丰富的办案人员也不敢在现阶段下结论，而且目前也没有锁定犯罪嫌疑人，方紫莹为什么这么着急找我谈条件？这也太此地无银三百两了。"

陆俨点了下头："这点的确说不通，好像她知道有人会把陈凌的死算在她头上，这么迫不及待地站出来'澄清'，反而惹人怀疑。"

薛芃没接话，只是抬手按了下电梯按钮。

陆俨就盯着顶上的数字。

两人不约而同地沉默了，气氛一下子跌落谷底。

直到电梯响起"叮"的一声，门开了，薛芃侧过身，这才再次开口："还有一件事。"

陆俨刚要抬脚，又顿住。

就听薛芃说："王川的案子鉴定正在做，我也会参与，稍后会出一份鉴定报告。"

陆俨嘴唇动了动："辛苦了。"

薛芃没理他，继续说："你现在到了刑侦队，有些情况或许你还不了解，未免以后发生不必要的分歧，有些话我想说在前头。"

陆俨一顿，抬手按住电梯按钮，随即转头看她。

薛芃盯着他的眼睛，声音透着凉意："刑侦队的案子一样很重要，并不亚于禁毒。而一个人的能力是有限的，想要做好一件事已经很难了，两边都占着只会吃力不讨好。我不希望看到因为某个人的立功心切，而带乱整个团队节奏，我也不想被连累。"

陆俨脸色一变，却没接话。

都说打人不打脸，可薛芃的话就等于是明着打脸，就算旁边没有第三人听到，也够难堪了。

不管从职位上还是人情世故上，痕检都应该跟支队副队搞好关系才是，毕竟日后要共事的机会还有很多，还要经常碰头讨论案情。

薛芃却一点面子都不留。

过了好一会儿，陆俨才开口："你的话，我会记住的。"

他的语气倒是平和，好像并未生气。

薛芃飞快地笑了一下，带着一点讥诮："但愿如此，好自为之。"

薛芃转身就走，身后也跟着传来电梯门合上的声音，陆俨下楼了。

薛芃一路拐进走廊，正准备回痕检科继续后面的工作，谁知刚过拐角，就看到猫在墙边笑容古怪的孟尧远。

薛芃一顿，只看了他一眼，径自往前走。

孟尧远咧嘴一乐，对着她竖起大拇指："牛！"随即一路小碎步跟上薛芃，边走边说，"一个小科员，竟然敢跟支队副队摞狠话，你这是吃了熊心豹子胆了？还想不想混了！"

薛芃没理孟尧远的阴阳怪气，直接进了茶水间。

趁着薛芃冲咖啡的工夫，孟尧远又凑到她跟前，小声问："哎，你偷偷告诉我，你俩到底有什么过节？仇人，还是情人啊？"

薛芃不吭声，往杯子里倒了小半杯热水，将咖啡搅拌开。

孟尧远又道："你别忘了这可是刑侦支队，一个个的都是破案小能手，稍微有点蛛丝马迹，都逃不过咱的法眼！我劝你啊还是趁早交代，争取宽大处理。再说了，这男人跟女人嘛，无非就是那么点事儿，男未婚女未嫁，也没什么见不得人的。而且就咱俩的交情，要是一个不小心将来被其他人知道了，没准我还能帮你遮掩呢？"

薛芃依然不吭声，又往杯子里兑了点凉水。

孟尧远仍不死心："对了，这事儿张椿阳他们几个也觉出不对了，还在微信群里问呢，你猜陆队是怎么回的？"

薛芃的动作终于停了，眼睛瞟向孟尧远。

孟尧远笑道："原话是——不算熟，更没有在一起过。嘿嘿，我采访一下啊，他说得对吗？你俩真没在一起过？真的不熟？你可想好了再回答啊，小心将来打脸啊！"

薛芃定定地看着孟尧远两秒钟，眼神一点没变，随即当着他的面端起杯子，凑到嘴边喝了一口，整个过程淡定极了。

就在孟尧远的紧迫盯人之下，薛芃淡淡地问了句："从陈凌嘴里挖出来的字条，你验了吗？里面有什么？"

话题忽然被转开。

孟尧远骂了一声，说："根本不用验，白纸黑字挺清楚的，也没有故弄玄虚，害我白兴奋了！"

薛芃："哦，写了什么？遗言？"

孟尧远："也不算吧，上面就一句——我们的故事，要从三十五年前说起。有意思吧？你说哪来的'们'啊，这个'们'还包括谁啊？我记得这个陈凌好像快四十岁了，就算要说自己的故事，也得从四十年前说啊，你说是吧……"

薛芃顿住了。

要从三十五年前说起？

听上去有点古怪，可是仔细一琢磨，又好像没什么特别。

而且就这样一句话，为什么要用这种方式"藏"起来呢？陈凌是想引起谁的关注，还是希望有人能顺着这句话，去探索她生前的故事？

薛芃一边想着，一边端着咖啡杯走出茶水间。

孟尧远一愣，连忙跟上："欸，我回答了你的问题，你还没回答我呢！"

半个小时后，陆俨已经回到刑侦支队的办公桌前，面前的电脑里正在播放一段监控录像，正是张椿阳看了一上午截取出来的片段。

片段里，有一个将自己裹得很严实的男人，刚好拐进酒吧一条街的小巷子。

他一路贴着边，低着头，从头到尾都没有四下张望，好像很熟悉里面的地形。

转了两个弯，男人忽然钻进一条小路，而这条小路的尽头就是王川酒吧的后巷。

只是监控的角度存在盲点，只能拍到男人进去，却拍不到进去以后的画面。

十五分钟后，男人从里面出来了，依然裹得严实，但步子明显加快了。

男人沿着原路，在通向大路的巷子口处转身。

就在这时，巷子口又出现一道人影，正是刚拐进巷子的陆俨。

两人擦肩而过，肩膀还撞了一下。

陆俨转头朝男人扫了一眼，说了一句"抱歉"。

看到这里，陆俨愣住了。

这个监控里全程都没有露脸的男人，很有可能就是王川案的犯罪嫌疑人，而他还和这个犯罪嫌疑人曾经在巷子口有过接触。

陆俨闭上眼，用手敲了敲额头，试图在记忆里寻找出一些有用的信息。

对，他想起来了，昨晚他的确在拐进巷口时撞到一个人。

对方走得很急，也很快，但他没有看到对方的脸，就在他转头的刹那，那个人已经走开了好几步，只留下一个背影。

陆俨绷着脸，又将监控录像调回到最开始，反复看了好几遍。

方旭、张椿阳、李晓梦三人，这时就坐在自己的位子上，在这十几分钟里，三人眼神交换了数次，谁也没有出声，心里别提多紧张了。

虽说陆俨回来以后只字未提微信群里的小插曲，可几人到底是"做贼心虚"，就怕"暴风雨之前的宁静"，而陆俨就是那种嘴上不说什么，但心里却揣着一个小本子随时记黑账的主儿，那以后的日子可就精彩了。

等了一会儿，李晓梦又给张椿阳使了个眼色，示意他赶紧提个话题，缓和一下气氛。

结果就在这时，陆俨点名了："张椿阳。"

张椿阳一个激灵，条件反射地从椅子上弹起来："是，陆队！"

陆俨抬了抬眼皮，指着屏幕上的男人身影，说："除了监控里这个人的形态特征，还有一个细节我记得很清楚，他身上有一股很奇特的香味儿。"

香味儿？

张椿阳不敢耽搁，立刻记录下来，跟着问："那具体是哪种香味儿？"

陆俨垂下眼帘，似乎正在回忆。

张椿阳一边观察他的脸色一边举例："是不是某种香皂的味道？还是香水？还是洗发水、沐浴液？或是……"

"都不是。"陆俨的手指在桌上敲了两下，说，"闻上去像是某种植物香料，但我形容不上来，而且还有点刺鼻。对了，我经过他的时候，肩膀撞了一下，也许我昨天穿的衣服上能发现什么……"

陆俨停顿两秒，又问："王川的社会关系调查得怎么样了？"

许臻跟着走过来，将一份通话记录递给陆俨："王川最近的社交活动很少，问了他几个朋友，他们都说约过王川，但王川都以事为由拒绝了，就说自己在忙。我查过他的电话，这半个月联系得比较勤的只有两个号码，现在已经变成空号了。"

两个号码已经用红笔圈出来，陆俨扫了一眼，指着其中一个说："这个号码之前是一个毒品分销商在用。"

许臻跟着说："王川刚出事，这个号码就成了空号，看来消息很灵通。"

陆俨："这个人叫张力，还有个外号，叫栓子，你顺着这条线查，一定会有收获。"

只是这话落地，许臻却没应，好像还有点迟疑。

陆俨问："怎么？"

张椿阳这才小声说："是这样的陆队，禁毒已经打好报告了，这个案子明天就要交接过去了……而且林队那边催得很急啊。"

安静了两秒，陆俨"哦"了一声。

这下彻底没人说话了。

张椿阳和许臻又站了片刻，两人也不知道该怎么接话，才相处一天，也不了解陆俨的脾气，只能对视一眼，回到自己的位子上。

这之后又过了几分钟，陆俨依然坐在那儿维持着刚才的姿势，低眉敛目的也不知道在琢磨什么，也看不出任何情绪。

直到手机亮了一下，进来一条微信消息。

是陆俨的母亲齐韵之发来的："小俨啊，你秦叔叔出差回来了，晚上要不要早点回来，咱们一块儿吃个饭？"

陆俨的拇指在屏幕上按了几下，就一个字："好。"

王川的案子要是换作以前，张椿阳和许臻几人肯定要加班加点地调查，但因为林队插了一脚进来，陆俨没动声色，也没坚持，很早就让几人回家。

陆俨也没久留，开车穿过小半个江城，一路来到北区某个知名住宅区。

陆俨的母亲齐韵之很早就吩咐了家里的阿姨张罗晚餐，备出来一大桌子菜，只等两个男人回家就可以开炒了。

陆俨到家时已经过了七点，听到开门声，齐韵之亲自去开门，脸上堆满了笑容。

"快，让妈看看。唉，好像瘦了点，是不是最近又没好好吃饭，晚上还是很晚睡吧？不是妈念叨你，千万别仗着自己年轻，查案再辛苦也要注意睡眠，只有自己休息好了，才能做好工作。对了，我听说昨天又出一个命案，你是不是又在局里加班了？现在这些人啊，一个个都不知道怎么想的，好好的日子不过，尽做些违法乱纪的事……"

齐韵之许久没见到陆俨，这一照面就说个不停，陆俨根本没机会插嘴，直到齐韵之提到昨天的案子，陆俨这才将齐韵之打断了。

"妈，您怎么知道昨天又出命案了？"

齐韵之一愣，飞快地眨了两下眼，说："哦，我是看新闻知道的。"

陆俨扬了扬眉，非常平静地将齐韵之拆穿："这事儿局里没对外通报，媒体也不知道。"

"哦，那我就是……"齐韵之眨眼的频率更快了，就像是个说谎话被抓包的小孩子，眼神闪烁，脸上更是涨满了心虚。

陆俨先去洗了个手,出来时见齐韵之还有点手足无措,便轻叹一声,搂着她的肩膀说:"妈,我现在已经调岗了,禁毒那边的事我插不上手,您不用老惦记,也没必要跟林队再打听我的工作。而且像是这种案子,林队也不方便跟您说太多。"

齐韵之这才尴尬地顺了顺头发,点头应了。

齐韵之活了大半辈子,生活一直很平顺,没遭过难,也没遇到过大坎儿,自然也就没什么城府,她心里唯一挂念的就是陆俨。

陆俨先前在禁毒支队,经常要出任务,好多天见不着一面,齐韵之不放心,就只能在家里担惊受怕。

如今陆俨已经被调到刑侦支队,齐韵之还是不踏实,这才调过去第一天,就忍不住给林岳山去了电话。

陆俨和齐韵之一起坐到沙发上,陆俨捡起一个苹果,慢条斯理地削着皮,同时说道:"现在的刑事案,基本上都是各片区的刑侦大队来负责,平日里支队也就是负责指导工作,除非是重案、要案才会上报到我们这里。至于缉毒的事,这几年也分到禁毒那边了,刑侦这边管得很少。"

齐韵之看着陆俨坚毅的侧脸,以及嘴角浅淡的笑意,心头的大石却没有因此放下,她知道陆俨说这些是为了让她宽心,也知道就算她坐在家里胡思乱想也没用,生死由命,富贵在天,很多事都是注定的。

齐韵之说:"你说的这些妈都明白,妈是过来人,你爸爸当年也是这么说的,他说就算在一线,出事的概率也是很低的,让我不要没事自己吓自己,结果……"

陆俨已经削完皮,听到这儿动作一顿,随即若无其事地将苹果切成块,摆在盘子里,然后将盘子推到齐韵之面前。

"我知道我爸的离开,一直是您心里的一块儿病。可是我想,如果他现在还在,如果再给他一次选择的机会,他还是会那么做的。而且,我也以他为荣。"

齐韵之吃了一块儿苹果,跟着点头。

陆俨笑了下,目光瞟向电视。

电视里正在播放江城的晚间新闻,副市长秦博成身着干净整洁的中山装,正在郊区某养老院慰问。

陆俨话锋一转,问:"对了,秦叔叔回来了吗?"

齐韵之说:"哦,比你早一点,一回来就进书房了,他有几个电话要打,我也没敢去打搅他。这样,你拿点水果去看看,他之前还问起你呢……"

陆俨端着半盘苹果走向书房,敲了两下门,随即将门推开。

书房里,秦博成刚挂上电话,正在闭目养神,听到动静睁开眼,见到是陆俨,很快笑了:"什么时候回来的?"

秦博成长着一张国字脸,气质儒雅,微笑时和颜悦色,没有一点官架子。

陆俨走进书房,合上门,将苹果放在秦博成面前,说:"没几分钟。"

秦博成站起身,拍拍陆俨的肩膀,和他一起坐到沙发那边。

秦博成:"换岗第一天怎么样,还习惯吗?"

陆俨:"还可以。"

一阵沉默。

陆俨垂眸不语,也没再开启其他话题的意思。

秦博成见了,也明白他在想什么,说道:"让你去刑侦支队,这事儿只是暂时的,副队只是挂职。等过个一年半载,你要是还想回禁毒,随时都可以。我知道,你想多点机会立功表现,但去年那件事真是把你妈妈吓坏了,她前阵子还做噩梦来着,我想还是再等等看吧。再说,刑侦支队也有很多表现的机会,把你调过去,也不是当闲人哪。"

陆俨抬起眼皮,笑了下:"我明白,秦叔叔,因为我的事,您也没少操心。您说得对,要想立功,在哪里都一样。既然我现在去了刑侦支队,一样会努力表现。"

秦博成也跟着笑了:"这就对了,男人嘛,在哪里都可以做事业,哪里都需要人才。"

两人聊了没一会儿,很快就到了晚饭时间。

一家三口坐在餐桌前其乐融融,聊的都是家长里短。

秦博成很少在家里提工作上的事,官场上的事更是只字不提,偶尔聊起工作,也都是新闻里播过的,比如到养老院视察。

其他的事,齐韵之也从来不问,她心里有数,问了也帮不上忙,平白让自己多添烦恼。

吃完饭,阿姨过来收拾桌面,齐韵之将煮好的茶端上桌,对陆俨说:"对了,你之前不是说有个挺喜欢的姑娘吗,这都过去这么久了,妈也没问过你,你跟那个姑娘怎么样了?"

陆俨刚拿起茶壶准备倒茶，听到这话反问："还有这事儿？我什么时候跟您说过？"

齐韵之："欸，好像就是去年吧？好像当时我正准备住院做手术，你跟我说的，等我病好了，带她来家里见见。"

"哦。"陆俨应了一声，端起茶杯抿了一口。

齐韵之一愣："'哦'就完了？你可别搪塞我啊。哎，老秦，你也说说他！"

始终作壁上观的秦博成这才笑了下，看向陆俨，说："你妈妈说得对，你都二十七了，也该着急了。"

齐韵之："就是。那姑娘到底怎么样了？"

陆俨轻叹一声，放下茶杯，这才说："都那么久的事了，我没再提，自然就是没下文了。"

齐韵之倒也没失望，很快就拿出手机，从里面调出几张照片给陆俨："我就知道，你看，这是王阿姨给介绍的。你看这面相，长得挺好的，性格也不错，家境清白，父母都是教授，爷爷以前还当过校长，标准的书香世家……"

陆俨只瞥了一眼，也没看清，只听齐韵之念叨，一声都没吭。

直到齐韵之催促他："你也说两句啊，怎么样，要不要见个面？"

陆俨知道，要是他说不见，齐韵之保准要刨根问底问为什么，然后就是苦口婆心地劝说开导，那这个话题就没完没了了。

陆俨只好说："我没意见，您来安排吧。"

齐韵之这才笑了："那我可就去张罗了，到时候你可别找借口说忙啊！"

陆俨："嗯。"

鉴于白天微信群的乌龙事件，张椿阳和李晓梦又建了一个微信群，当然群里不能只有他俩，还得叫上方旭和许臻。

等方旭和许臻进了群，张椿阳就撂下话了："我可事先声明啊，之前那个群只说工作，不聊闲天！"

李晓梦接道："行了，你就直说吧，你就是好奇陆队和薛芃的事儿，我要去告发你！"

张椿阳："呸，你们也是共犯，都跑不了！"

方旭这时接道："其实就算他俩有过什么，也没什么。咱们做刑警的，有几个好找对象的？在市局里发展也很正常。"

只是这话刚落，李晓梦就说："啊，都听好了啊，我有最新消息。"

张椿阳："速度！"

就连进群后不吱一声的许臻，都发了一个小表情。

三人齐刷刷地坐等，李晓梦清清嗓子，宣布道："嘿嘿，据档案室的妹子说，薛芃和咱们陆队高中上的都是北区十六中。"

张椿阳："江城就那么几个重点中学，同一个高中毕业也不稀奇啊。"

李晓梦："档案室妹子还说，两人上公大的时候，走得就很近了！"

张椿阳："学校里就认识也很正常啊。"

李晓梦："那我就不知道了，反正人家说了，他们以前关系挺好的，还有说有笑呢。"

"有说有笑？"方旭想了想，说，"我觉得可信度不高。"

张椿阳："就是。你们谁见薛芃笑过？还有说有笑……"

李晓梦："反正我的消息就这么多，你们爱信不信。"

群里安静了一会儿。

直到许臻站出来说了一句："这种事还是要讲究真凭实据，不能凭空捏造。"

张椿阳笑了："问题是咱们也没真凭实据啊！"

这话刚落，很快群里就多了一个人。

张椿阳吓得一激灵，还以为又撞枪口上了，再定睛一看，进来的人不是陆俨，而是刑技实验室的知名话痨孟尧远。

孟尧远一蹦出来就连着发了五六个付费表情，还说："各位同人，大家好啊！"

所有人都知道，刑技实验室跟薛芃走得最近的就是孟尧远，有时候两人还会一起去食堂吃饭，就算薛芃没出现，孟尧远也会顺手多打一份饭，十有八九都是给薛芃捎回去的。

实习生程斐刚来那会儿，就曾误会过薛芃和孟尧远是一对，后来才知道，孟尧远就是保姆属性，话又多又密，除了薛芃还真没人受得了他。

而薛芃无论是作息还是饮食都不走常人路线，对人对事也很少流露情绪，跟谁都是冷冷淡淡的，也就在冯蒙和季法医面前才会笑一下，其他人没事也不会跟她培养友谊。

见孟尧远冒出来了，李晓梦跟着就问："欸，老孟，你来得正好，我们刚才还在说陆队和薛芃的事呢，你快给我们科普一下，让我们有个心理准备，避免以后踩雷。"

孟尧远清清嗓子，说："你们还真问对人了。我可以非常肯定地告诉你们，就食物链的角度来说，我们薛芇肯定是在上游，陆队肯定是下游！"

"等等！"张椿阳第一个接话，"你这结论有根据吗？"

孟尧远很快就将白天在电梯间外听到的话转述了一遍，然后说："你们是没在场，陆队被薛芇噎得都没脾气了！"

李晓梦明显不相信："不是吧！真的假的？陆队横看竖看也不像这么窝囊啊！"

方旭沉吟："陆队是让着薛芇。"

话不多的许臻接道："如果两人之间没有恩怨，也说不上谁让谁。"

孟尧远："所以啊，肯定是以前有什么事儿，而且你们陆队摆明了理亏、心虚，要不然薛芇也不至于那么针对他啊，是吧？"

就在孟尧远几人八卦陆俨和薛芇的关系时，陆俨也已经从秦博成和齐韵之的住处离开，驱车回到自己的小房子里。

前一天晚上穿的外套就在洗衣机盖子上放着，陆俨拿起来，凑到鼻下闻得很仔细，但这次却好像没有发现异味，随即就着灯光仔细看了一遍，一无所获。

陆俨站在原地定了一会儿神，很快从兜里翻出手机，点开一个微信聊天窗口。

他犹豫了几秒，还是问了这样一句："在局里吗？"

对方没回。

陆俨抿着嘴唇，又打了一行字："关于王川的案子，我有点发现。"

几秒后，对方回了："在实验室。"

陆俨先是一顿，随即说道："那好，我带着东西过来找你。"

话落，他就将手机揣起来，将衣服放进塑料袋，拎着出门。

不到半小时，陆俨的车开回市局。

停车场上剩下的车不多，陆俨直奔实验室大楼，一路坐电梯上四楼。

谁知刚拐过拐角，就见薛芇从痕检科里出来了。

陆俨站在那儿，没吭声。

薛芇扫了他一眼，将门关上，经过他身边时目不斜视，对着空气问："这个案子不是已经移交给禁毒了？"

陆俨脚下一转，跟上薛芄，说："我也是突然想起来有新的疑点，还不能肯定。"

薛芄没接话，等两人穿过走廊，来到一道门前，薛芄一手搭在门把手上，转头看向陆俨。

陆俨比她高了大半头，站得又直，薛芄要适应他的高度，不得不仰起头："我听说有人问起咱俩的关系，你说不算熟。"

陆俨一愣，眼神里闪过惊讶，避无可避，随即变成了尴尬。

他轻咳了一声，喉结也跟着动了动，说话时语气有点干涩："如果我说已经认识很多年了，他们只会刨根问底。"

安静了几秒，薛芄的目光直勾勾的："我怎么觉得是越描越黑呢？既然不熟，那陆队现在又是以什么名义拿着物证过来呢？这案子已经不归刑侦队了。"

陆俨吸了一口气，解释道："我那么说，只是不希望给你带来困扰。我没别的意思。"

薛芄没接话，眼神自他脸上飘过，很快将门打开。

两人一前一后进了屋，来到一个实验室的案台前。

薛芄戴上胶皮手套。

陆俨也从塑料袋里拿出衣服，放在台面上。

薛芄一顿："这就是你的新发现？"

陆俨说："昨天我就是穿着这件衣服去了案发现场，在那之前还和嫌疑人撞了一下，当时我好像闻到了一股奇特的香味儿，我想或许在这件衣服上还有机会找到线索。而且你的嗅觉一向很灵，也许……"

陆俨说话间，薛芄已经将衣服拿起来凑到鼻下，仔细闻了闻。

她很快皱起眉，说："的确有点味道。"

隔了一秒，又问："你怀疑是什么？"

陆俨说："某种新型毒品，或是改换香料配方的冰毒。"

不管什么样的毒品，本身都会带有一些气味，有的明显，有的不易发现。

就好比说，麻古本身自带一种浓郁的香气，有经验的缉毒警一闻便知。

大麻的味道类似于烟草味，海洛因因为成分里有醋酸酐，闻着发酸，但吸食的时候会有一种烧焦味，所以很多吸毒者都会躲在卫生间里。

有的毒品味道很冲很难闻，制毒者为了掩饰就会在制毒过程中添加香料。

但只要是稍有经验的缉毒警，都可以凭着毒品的气味和特点，第一时间锁定目标，等抓捕毒贩之后再进行血液检验，基本上百发百中。

其实不光是缉毒警，就连薛芃在痕检科待得久了，类似的气味儿也闻过不少。

虽说这是法医的毒检工作，但她这一年来对毒检的事尤其上心，私下也做过不少毒物、毒品研究，加上她的嗅觉本就异于常人，有时候遇到一些需要辨别气味的物证，冯蒙都会叫薛芃先闻闻看。

只是这两年，制毒者学精了，知道警方会靠气味儿辨别嫌疑人，也开始改变香料配方。

陆俨的这件衣服，正如他所说，上面的确沾着一点味道，只是已经过了一天，就算衣服是叠放的，对气味和物证都起到保护作用，可味道还是太淡了，几乎要消失了。

薛芃连着闻了好一会儿，嗅觉已经开始麻木，她只好将衣服放在台面上抚平，随即拿起多波段灯，借着特种光源，仔细寻找着衣服上的痕迹。

陆俨就站在一旁，安静等了片刻，跟着说："昨天和嫌疑人碰撞的地方在左肩，虽然只撞了一下，但也许还会有机会提取到他的生物样本。"

像是棉麻类织物，因为质地的特殊，皮屑粘上去就很容易陷入织物缝隙，就算反复清洗也不可能完全清理干净。

但要从这些织物中提取出来，过程会比较烦琐，因为织物表面不够光滑，附着在上面的微量物证不容易转移，所以要从大量纤维物里取出微小的皮屑，不仅需要观察力，还需要足够的时间和耐心。

从这以后又过了半个小时，薛芃就坐在案台面前的椅子上，坐姿不变，拿着棉签，仔细地在衣服上反复滑动。

陆俨也保持着沉默，坐在旁边耐心等待。

两人别说交谈了，就连呼吸都放得很轻。

薛芃一旦沉浸在自己的事情里，就会进入旁若无人的状态，完全拿陆俨当空气。

而陆俨又是个耐得住性子的人，他时而看看衣服，时而顺着棉签的轨迹，看向戴着口罩只露出一双眼睛的薛芃。

陆俨脑海中跟着回想起几年前在公大时，他第一次看到薛芃在实验室里跟一件棉麻质地的衣服死磕，差不多也像现在这样。

那时候所有人，包括学校里的老师，大家都认为从中提取有效微量物证的机会太少了，几乎不可能，唯独薛芃，一次又一次地试。

想到这儿，陆俨垂下眼帘，无声地吸了一口气。

直到薛芃直起身，陆俨这才跟着抬眼，问："怎么样？"

薛芃说："的确找到一些皮屑，但你要有个心理准备，这些皮屑可能来自你说的嫌疑人，也可能来自王川，或是其他人。而最大的可能，就是属于你。"

这一点陆俨也很清楚，想要借此锁定嫌疑人的希望有多渺茫。他昨天去见王川坐的是地铁，当时又是下班高峰，一路上接触了不少人，这件衣服和很多陌生人都产生过摩擦，而他在巷子口和嫌疑人也只是擦肩了一下，后来又碰触过王川的尸体，还有酒保、保镖，以及来酒吧闹事的小混混，甚至和林岳山谈了一会儿，最后又回到市局做了两个小时的笔录。

也就是说，就算在这件衣服上提取到皮屑，除了他自己的，其余的可能性最低的就是那个巷子口撞了下肩膀的嫌疑人。

陆俨想了想，说："如果在皮屑里面发现有毒品成分，那么这个人就很可能是我在巷子口遇到的嫌疑人。"

薛芃将衣服叠起来，说："我只能说我会尽力。如果真的检测到毒品成分，鉴定报告我也会按照程序交给禁毒那边。你没意见吧？"

陆俨一顿："没有，应该的。"

薛芃没再看他，转而将台面上的东西收好。

直到陆俨忽然叫她的名字："薛芃。"

薛芃抬起眼皮，望向眼前这个如同小山一样高的男人。

陆俨低眉敛目，神情里不辨喜怒，只说："白天在监狱门口，你说了这样一句话——人会撒谎，证据不会。"

薛芃歪着头看他，缓慢道："这话不是我说的，所有跟物证技术打交道的人，包括你们刑侦、禁毒，还有检察院、法院，大家都知道这是不变的真理。"

"的确如此。"陆俨说，"可我认为没有事情是绝对的。证据虽然不会撒谎，但是人却有可能在'证据'已经拼凑出来的故事里撒谎，只要不出这个逻辑圈，对自己的言辞稍做修饰，这样的谎言就很难戳破。"

薛芃扬了一下眉梢，带着一点挑衅："哦，比如呢？"

陆俨倒是很认真："比如，现在有一个精神病人或是未成年人死了，是自杀，但是在他自杀之前，有人教唆他、诱导他，甚至胁迫他，这才导致他有了实际行动。可是在教唆过程里，没有目击者，也没有直接录音、录像，更没有其他证据可以证明死者曾经被人教唆。

"也就是说，现有的证据，无论是物证还是尸检，都只能证明死者是自杀。而教唆他的人，就可以在'证实自杀'的故事里玩个游戏，他完全可以承认自己接触过死者，甚至可以说在死者自杀之前就发现死者有轻生的念头，还曾经规劝过，可惜没有阻止悲剧发生。像这样的故事，物证技术就无法戳破其中的谎言。"

薛芃起初听时还有点不屑，只是越往后听，神情越严肃，到最后甚至眯起眼睛盯住陆俨。

就陆俨的故事逻辑，的确很难找到破绽，但薛芃却觉得，这只是一个逻辑自洽的文字游戏罢了。

薛芃冷笑："你说的只是个例，而且不是人人都有这样的心理素质，懂得在逻辑圈内圆谎。这个人，不仅要懂刑侦心理学，还要具备基本的物证技术理论，演技也要好，犯罪逻辑清晰，思维缜密，呵……除非是自己人，否则根本做不到。"

陆俨没接话，仿佛又一次被薛芃噎得没话了。

薛芃问："你突然跟我说这些，就是为了反驳我白天的话？"

陆俨这才开口："人心难测，当一个人有意利用证据来圆谎时，证据是不可能开口反驳的，尤其是当这个游戏完全在逻辑圈内进行，它几乎可以说是毫无破绽。我只是想告诉你，物证技术的确可靠，但无论是技术还是刑侦，都不能完全依赖它，那样只会被牵着鼻子走。"

几秒的沉默，这一次，薛芃彻底冷了脸。

"原来你是想教训我，让我走出思维定式，别被专业牵着鼻子走。"

陆俨一顿："我不是说这个……"

可话还没说完，就被薛芃打断了："那我也想请教陆队，禁毒的案子已经和你无关了，你还这么上赶着，图什么？这回又想害谁？"

这回又想害谁？

陆俨表情一愣，没有反驳，只是目光也没有挪开，就站在那里和薛芃对视。

要是一年前他听到这话，或许还会有点反应，或是解释，或是逃避，可一年的时间过去了，他心里有些东西早已想通，有些结也是时候解开了。

人这一辈子，总不能一直跟自己较劲地活着，逃得了事情，逃不过自己，倒不如用自己的方式去解决。

沉默几秒，陆俨低声道："王川的死让我很意外，他生前是我的特情线人，我一直跟他暗中联络，不是因为禁毒的案子，只是我想查一年前那件事。几个月前我无意间得到一些线索，让我对那件事产生怀疑，我只是想把事情弄清楚。"

按照薛芃的性格，这时候本该撑回去。

可这一次，她却没有半点情绪起伏，只是说："就算弄清楚又如何，离开的人会回来吗？你只是想让自己心里好受，结果可能会牵连更多人。"

"不光是为我自己。"陆俨接道，随即抿了一下嘴唇，说，"也是为了你。"

为了她？

薛芃一下子愣住了，但她很快转开眼："你说得倒是好听。"

薛芃抬脚就往门口走。

陆俨跟上几步，声音追着她："我听说这一年你对毒检的事很上心，可那是法医的工作。你是痕检，为什么要插手？"

薛芃又站住了，盯着门板没动。

陆俨走到她旁边，看着她的侧脸，又道："你说得对，有些事就算弄清楚了也不会改变什么。这道理虽然简单，可有几个人能做得到？你做不到，我也做不到，我也不知道最终想要什么结果，但我控制不了不去查。"

控制不了不去查，就好像她这一年来一样，明知道就算把毒检专业研究透彻，有些事依然不会改变，知道归知道，却无法控制自己不去做。

安静片刻，薛芃转过头。

两人只隔了一步的距离，离得很近，可以闻到对方身上的气息。

薛芃轻声说："可你的线人已经遇害了，你还能做什么？"

陆俨："这条线并没有完全断掉，就算真的断了，我还会去找其他线索。"

半晌，薛芃似是笑了一下，很难得，不是冷笑。

一年了，这还是陆俨第一次见到。

薛芃的嘴唇动了动，似乎想说什么，可她没有说出口，很快就拉开门走了。

薛芃一路心不在焉地走回科室，坐在办公桌前发了一会儿呆。

她脑子里有些混乱，一时间有很多思绪涌入，还有很多回忆翻出来，它们搅在一起，让人很是心烦气躁。

这个时间，痕检科没有其他人，孟尧远和冯蒙去吃夜宵了，吃完夜宵还要回来加班。

刑技实验室加班是常有的事，最出名的"加班狂魔"就是薛芃，好似除了工作和专业，她就没有别的消遣爱好，连电影、电视剧都不看，手机也只是用来通话联络，虽然注册了微博，却只是用来看新闻。

不过痕检科的人都知道，薛芃一向有失眠的毛病，就算睡着了也会多梦，很难进入深度睡眠。久而久之，她对睡觉也就没那么渴求，除非将精力用光，让身体和精神陷入疲倦，才会睡上几个小时。

薛芃呆坐片刻便起身，准备找点事情做。

她想了一下，很快将七号房带回来的"无关"物证找出来，一件一件地复查。

其实下午的时候，他们已经挑拣过一遍了。

不管是什么案子，在做检验鉴定之前，都会先进行一轮物证筛选，有些和案件有关，就会做进一步检测，有些无关的，那就暂时放到一边，等出鉴定结果之后会还给家属。

当然这种筛选也不是绝对的。有时候他们认为有关的物证，到了立案起诉阶段，又会出于各种各样的原因被认定无效，而有时候看似无关的物证，在案情回溯重组的过程里，又会发现它的用处。

这次他们从七号房带回来的证物有很多，包括陈凌在内的五名女囚，光是无关证物就分出来三大箱。

薛芃逐一看过去，有的物品只需要扫一眼就可以放到一边，比如润肤乳液，起码现阶段和案件没有直接联系。

薛芃挑拣了一遍，最终留下三件让她迟疑的物品，而它们也恰好是在第一轮筛选时，她就有所保留的。

三件物品分别是一瓶水、一个空白的笔记本和一张看诊记录。

其实这个案子就死因鉴定来看，十分简单，无论是案发现场还是今天下午的尸检，基本上都可以确定陈凌是死于自缢，征象并不符合他杀的特点。

除非在毒检中验出足以改变案情的关键证据，或是再找到其他线索，那这个案子或许还会反转。

做了几年痕检，薛芃也见过不少案发现场，参与过数次特殊死亡案例的鉴定，更听过不少案件背后的故事，像是陈凌这个案子，换作以前根本不会引起她的特别关注，但这次不知道为什么，虽然理智告诉她这个案子很简单，就是自缢，最多在自缢背后有人教唆，可在情感上她却总觉得少点什么。

或许，是因为陈凌在嘴里藏了一张字条，还将嘴唇缝了起来。

又或者，是因为狱侦科的兴师动众。

就连陆俨白天的那句话，也在这时突然浮现在薛芇的脑海中。

陆俨问她：要如何证明一个人的自杀是经人教唆导致的？如果教唆的人是在逻辑圈内玩这个游戏，那么物证技术又该如何甄别呢？

思及此，薛芇吸了一口气，转而开始检查挑出来的三件"无关"物证。

首先是一瓶水，瓶子就是普通的小号矿泉水瓶子，里面的水装了七分满，有一些杂质。

下午做过水质检验、电导率测试和毒物检测，证实是非常普通的，未经过混凝、消毒、过滤等工序的湖水。

只是陈凌为什么要收起一瓶湖水呢？

然后是空白的笔记本。

薛芇将笔记本翻开，一页一页地翻找，没有发现任何字迹，其中有一页被撕下去了，留下一点毛边。

傍晚的时候，孟尧远将笔记本里的毛边和从陈凌口中找到的纸比对过，证实是从这个本子上撕掉的。

薛芇将本子拿起来，又翻了几页，直到在末尾的时候，注意到其中一页上似乎有些落笔的痕迹，是笔尖透过纸张留下的，只有一句话。

薛芇将笔记本拿起来，借助光线的角度试图看清上面的字迹，但只能勉强看到两个字，好像是"饿狗"。

饿狗？

什么意思，指的是狗，还是某个人？

薛芇皱起眉头，盯着看了好一会儿，随即将本子放到一边，又拿起最后一件物品，就是看诊记录。

这张看诊记录是半年前陈凌保外就医的时候留下的，上面清楚地写着看诊人的基本信息、看诊时间、病症，还有医生开的药。

也正是这次保外就医，确诊了陈凌的胃溃疡转癌。

胃病在中国人的观念里一向得不到重视，所以大多数胃癌患者一经确诊就基本是中晚期了，而且胃是身体主要的消化器官之一，所有食物、水、药物都是通过它来消化传输，之后再运送到身体其他消化器官，而癌细胞也会随着这个过程一起运输出去。

陈凌确诊胃癌的时候，癌细胞已经扩散到淋巴了。

显然陈凌很清楚自己的病情，不过因为还在坐牢，她暂时还不能做手术和化疗，只能保守治疗。

难道是因为这半年的保守治疗，不仅没有改善病情，反而还加深了痛苦，所以她才选择自缢？

薛芃刚想到这儿，正巧冯蒙和孟尧远回来了。

两人进门见薛芃站在实验台前发呆，面前摊着几件物证，不用问，一看就知道薛芃又在复验了。

冯蒙笑了笑，对此早已习以为常，回到桌前端起杯子喝了一口茶。

孟尧远直接凑到薛芃旁边，手肘就靠着桌沿，问："有新发现？"

薛芃一顿，摇头："说不上，就是觉得有点奇怪。"

冯蒙放下杯子："你一向心细，说说看。"

薛芃将三件东西摆在面前，一件一件地说："这瓶水，装的既不是矿泉水也不是自来水，而是湖水。陈凌准备这个做什么，自己喝吗？"

孟尧远接道："不可能，都没过滤过，喝了肯定拉肚子。"

薛芃跟着问："那这瓶水是从哪里来的？"

孟尧远："也许是朋友来探监的时候，给她捎进来的。"

薛芃："来探监，特意捎一瓶湖水？"

孟尧远没接话。

这瓶水无论是谁给陈凌的，都很奇怪。

陈凌已经没有亲人了，就算有人来探监也只能是朋友，或是其他手续通过的被监狱允许的人，但不管是谁，为什么要给陈凌这样一瓶水？

薛芃又拿起笔记本，将她划过的痕迹递给孟尧远："哦，还有这个。文件检验你最在行，我发现了一行字迹，交给你了。"

孟尧远接过来一看，说："哦，这个啊，我下午已经用文件检验仪验过了，她写的是……"

孟尧远边说边从自己的办公桌上找出一个本子，翻开给薛芃看："悭贪者报以饿狗。"

薛芃盯着看了几秒，一时没懂："什么意思？"

冯蒙这时接道："大概意思就是，贪婪的人会有报应。"

孟尧远："不过目前来看和本案没有关系。也许她这句话是写给别人的，也许是写给自己的，而且写完就撕掉了。"

薛芃沉吟着又看向病例，本想再针对病例讨论一番，可话到嘴边又咽了回去。

其实这份病历也没什么可说的，病例是真的，陈凌的病也是真的，上面的看诊记录和开的药也都没有问题，无论怎么较真儿，它都是一份普通的看诊记录，唯一的用处就是让他们知道陈凌的胃溃疡已经癌变。

而这一点，在尸检过后，陈凌的内脏组织做了切片检验，已经得到证实。经过半年的保守治疗，陈凌的病情并没有明显改善，她每天都要遭受病痛的折磨。

很快，薛芃就将三件东西放回箱子，眉头依然皱着。

冯蒙见状，说："虽然这几件东西和案发现场没有直接关系，但是依然可以写在附件里，或许可以帮助陆队他们完整拼出陈凌生前的故事。"

薛芃抬了下眼，总算笑了："嗯。"

隔了两秒，薛芃又道："那接下来就是等毒检那边的结果了。"

只是话音刚落，冯蒙办公桌上的电话就响了。

冯蒙将电话接起来，很快脸色凝重起来。

薛芃和孟尧远交换了一个眼神，一起盯着冯蒙。

冯蒙讲完电话，说："毒检那边已经出结果，他们正在写报告，说先跟咱们通个气。"

薛芃："怎么说？"

冯蒙："说是在陈凌的血液里检验出大量的海米那，浓度很高，推测服用周期超过三个月。"

海米那？

不就是孟尧远在女囚李冬云的私人物品里翻出来的新型毒品？

海米那又叫安眠酮，属于管制类药品，有安眠效果，服用后身体就会开始发麻、肌肉放松、运动机能失调，进而产生困倦感和快乐感，主观感觉也会随之变化。

薛芃想了想，说："陈凌有严重的胃溃疡，有时候半夜都会疼醒，或许她是因为对自己的病情已经丧失信心，所以才破罐子破摔，私自服用海米那，换来每天睡一个好觉？如果服用超过三个月，应该已经成瘾了。"

但问题是，陈凌是不是在服用海米那之后，趁着昏睡之前自缢的呢？利用海米那给身体带来的感受，来减轻机械性窒息的痛苦？

还是说，陈凌在服用海米那入睡之后，有人在她的脖颈上套上绳索，借此伪装成自缢？

既然服用了海米那，那么就算是他杀伪装自缢，陈凌在临死前也不会有剧烈挣扎，也就不会和凶手有过多肢体接触，留在身上的痕迹也会比较少。

看来要证实这个疑点，还要进一步检验绳索上的痕迹，还有陈凌嘴唇缝合的手印和指纹痕迹，借此确定到底是陈凌自己做的，还是他人所为。

冯蒙说："还有一点很有意思，毒检那边不仅在陈凌体内验出了海米那，也在和她同宿舍那四个女囚的尿液和血液里找到相同成分，只不过浓度很低。推断是案发之前的晚上，四人同一时间服下海米那。"

这下，薛芃和孟尧远一起沉默了。

冯蒙再次开口："不管怎么说，陈凌的死表面上看似简单，但却牵扯出一条毒品线，或许这才是狱侦科找外援的原因。"

这一夜，薛芃只睡了三个小时，手头不仅有陈凌案的报告要写，还有王川案的物证要验，加上陆俨又拿了一件衣服过来。她检查完陈凌案的报告之后，已经累得睁不开眼，不知不觉趴在桌上睡着了。

薛芃睡得并不踏实，虽然意识昏沉，但大脑却不肯休息，前半段睡眠还在消化杂七杂八的信息，白天经历的一切又以梦境的方式上演了一遍。

到了后半程，梦境一转，薛芃又一次见到了薛奕。

薛奕就靠坐在教学楼天台的墙边，身上还插着那把刀，衣服吸走了大部分血液，只有少量的血流出来。

薛奕面色苍白，唇色更是发紫，眼皮微微睁开，露出半截颜色偏浅的瞳孔。

薛芃很清楚地知道，当人死后，代谢消失，血液停止流动，浑身肌肉会开始松软，之后又会开始收缩，就连眼皮也是一样，尤其是死后一到三小时，因为眼肌变硬，就会出现半睁眼的现象。

可尽管如此，薛芃盯着薛奕那双已经失去光彩的眼睛，心里还是觉得很难受，她知道这是正常现象，却又对自己说，或许这也是"死不瞑目"。

薛芃走上前，抬手盖在薛奕的眼皮上，试图帮她合上眼。

可薛芃的手刚离开，薛奕的眼皮就又睁开了。

薛芃吸了一口气，再次抬手。

就在这时，薛奕的身体却倏地直起，她的双手冰凉，手劲儿奇大，用力抓向薛芃的肩膀，嘴里叫道："不是方紫莹杀的我！不是她！"

薛芃身体一震，瞬间从梦境中惊醒。

她的上半身依然趴在桌上，一时惊魂未定，脖子上出了一层薄汗，心口"怦怦"跳得很快，脸上的血液也因为这番惊吓而阵阵发凉。

再向四周一看，孟尧远就躺在沙发上睡得香甜，冯蒙不在，应该是回宿舍了。

薛芃坐起来，靠着椅背缓了好一会儿，又摸了一下脖子上的汗，闭上眼调整好呼吸，直到心悸平复。

这还是薛芃第一次在梦里见到那样一个薛奕，之前虽然也会梦到薛奕，但大多是她生前的音容笑貌，有时候会梦到她遇害那天的模样，甚至还梦到过方紫莹拿着刀用力捅进她腹部的画面。

那里面的每一个薛奕，都是以温和的受害者形象存在的。

薛芃呼了一口气，撑着桌子起身，想着，也许这只是日有所思夜有所梦，只是方紫莹昨天那番话的梦境投射罢了。

薛芃去洗手间洗了把脸，就心不在焉地拿着手机和饭卡坐电梯下楼，浑浑噩噩地走向食堂。

她嘴里有点发苦，不是很有食欲。上一次进食已经是昨天傍晚，后来又喝了咖啡，食物消化得更快，肚子早就觉得饿了，再说今天上午还有工作要做，就算再不想吃也得先把肚子填饱。

这个时间食堂人很少，只有角落里坐着两名穿着制服的同事，应该也是加了夜班，一脸的疲惫。

薛芃走到窗口前，要了一碗粥、一个花卷，又点了酱牛肉和两勺素菜，端着餐盘找了张桌子坐下。

这时，食堂里又进来一人。

薛芃不经意抬眼，便是一愣。

是陆俨。

陆俨见到薛芃也有点诧异，经过她的桌子时，只轻轻点了下头，并无意打搅,随即往打饭窗口走去。

薛芃转头看去,陆俨身材高大,站在那儿将整个窗口都遮住了,隐约可以听到他的嗓音。

薛芃一直保持着回身的姿势,等陆俨端着盘子转过身,她都没有动,就那样旁若无人地盯着他。

陆俨一顿,犹豫了一秒,还是朝她的方向走来,在桌前站定,问:"是不是有话要跟我说?"

薛芃缓慢地眨了一下眼:"你站这么高,我还得仰着脖子看你。"

陆俨张了张嘴,"哦"了一声,在她对面坐下。

Chapter 3

狱内女囚自缢案（二）

薛芃喝了一口粥，等咽下去才说："痕检报告我已经做好了，毒检那边也有了结果，待会儿你找个人过来拿。另外还有些新发现，目前来看虽然和案子没有直接关系，但我也写在附件里了，你们自己判定吧。"

陆俨扯了下嘴角："辛苦了。"

薛芃没吭声，继续低头喝粥。

陆俨盯着她看了片刻，问："又熬了一宿？眼睛有点红。"

薛芃飞快地抬了下眼皮："只是有点发炎。"

"哦。"安静了两秒，陆俨又问，"现在还做噩梦吗？"

薛芃没应，仿佛没听到似的。

一阵沉默。

陆俨不再说话，两人就这样无声地吃着早饭。

直到盘子里的食物进了肚子，食堂里也渐渐进人了，薛芃这才将空盘放到厨余垃圾的台子上，走出食堂。

太阳已经升起，照在空地上，有些晃眼，也将地上的影子拉得很长。

薛芃半低着头，眯着眼睛，看到她的影子后面很快又跟上来一道颀长的影子，等到走近了，那影子却又放慢脚步，就那样不快不慢、不远不近地跟着她。

薛芃停下脚步，转头迎向陆俨。

陆俨解释道："我跟你去拿报告。"

薛芃又转身，继续往前走。

陆俨很快就跟她走成并排，快进实验室大楼的时候，忽然说："对了，上午我要去狱侦科再做一次问话笔录，到时候会见到方紫莹。"

薛芃下意识地皱眉，却没说话，脑海中又一次浮现出之前的梦境。

陆俨又问："你有没有什么想问她的，我可以转达。"

薛芃突然站住了，有些发红的眼睛盯住他。

陆俨也停下来，安静地回望。

薛芃吸了一口气，说："那你就告诉她，我昨晚梦见我姐了，她的眼睛一直睁着，不肯瞑目，还抓着我问为什么方紫莹要杀她。"

又是一阵沉默。

薛芃转开眼，隔了片刻，又说："算了，与陈凌案无关的事，还是不要提了。"

她又向前走了两步。

陆俨的声音跟着响起："我会找机会的。走吧，先跟你去拿报告。"

说话间，陆俨的步子越过她。

薛芃抬了下眼皮，比他慢了半步，开口时声音虽然很轻，却足以让陆俨听到："谢谢。"

陆俨拿着几份报告回到刑侦支队时，许臻已经在了。

陆俨让许臻跟着一起看，尸检、痕检和毒检，三份都很齐全，罗列详细，而且彼此之间的分析并不矛盾。

也就是说无论从哪方面鉴定检验，都认为陈凌自缢的可能性最大。

从报告上来看，陈凌死于压迫颈部导致的机械性窒息，凶器就是案发现场捡到的绳索。

她的面部瘀血发绀、肿胀，面部、口唇和耳郭的征象尤其明显，面部和眼睑结膜均有瘀点性出血，尸斑出现较早，但尸冷缓慢，有大小便失禁的现象。

至于身体内部，内脏也有明显瘀血现象，脾脏代偿性收缩，口腔、咽喉、气管、肠胃、肺叶表面等多处均有出血点，另外还有肺气肿。

大部分缢死者，绳索的着力点都在颈前部，大概就是舌骨到甲状软骨之间，在分类上属于典型缢死。

陈凌是以非典型仰卧姿势缢死，颈部上的缢沟不同于前位缢死的缢沟，而且左边颈侧的缢沟偏深，这说明陈凌缢死时，头比较偏向左边。

陈凌缢吊的时间比较长，死亡时间大概是凌晨过后。

但是据四名女囚的口供来说，她们将陈凌从绳索上解下来的时候已经是清晨起床时间，也就是说应该在六点前后。

再说案发现场，如果是他人勒死伪装自杀，受害者一定会剧烈挣扎，在挣扎的过程中，肢体和凶手多有接触、摩擦，会留下很多伤痕。

可这次的案发现场非常"干净""整洁"，不仅没有挣扎痕迹，而且除了地面上那摊呕吐物被女囚李冬云用笤帚扫过之外，其他地方都没有发现擦拭的痕迹。

还有，如果是他杀，凶手的皮屑、汗液等代谢物会留在死者身上，凶手也会将死者身上的东西带走。

而且在被他人勒死时，绳索在尸体颈部留下的痕迹通常不是马蹄形缢沟，为了在短时间内速战速决，凶器多半会匝颈一圈，甚至两圈，留下的往往是缠绕的勒痕。

就尸检报告来看，已经排除了他杀伪装自缢的可能性，但是毒检那边又在死者陈凌和四名女囚体内，以及七号房的暖水瓶、几名女囚的水杯中，验出海米那的粉末或细微颗粒残留，这就很值得深究了。

如果只对这一点进行分析的话，很可能是陈凌担心在自杀过程中会惊动睡眠中的其他女囚，为确保自杀一次成功，所以事先在暖水瓶中放入海米那。

海米那服下之后，不到二十分钟就会出现困倦症状，很快陷入深度睡眠，所以一些有失眠问题的人在尝试过海米那之后，或多或少会对这种药物有依赖感。

如果这些推断无误，那么时间差也就可以算出来了。

海米那开始发挥药效是服药后二十分钟，监狱的就寝时间是晚上十点，四位同宿舍女囚服下海米那应该在十点之前，而陈凌的死亡时间是凌晨刚过，那么她的服药时间必须在十一点四十以后。

问题是，在十点到十一点四十这段时间里，陈凌都在做什么呢？

只是躺在床上，安静地等待其他室友完全陷入深度睡眠，还是说知道自己要离开人世了，所以利用这一个多小时的时间，又做了其他事？

想到这儿，陆俨很快又翻开痕检报告，尤其是关于绳索的部分，再结合尸检报告上的缢沟形态作比对。

像是这样的案发现场，现勘人员一定不会将索结完全解开，多半会在索结以外的地方剪开，然后再用其他颜色的线连接断开的绳索，这样才能使索结保持原状。

然而在几名女囚报告管教民警之前，她们就已经将陈凌从索套上解下来，破坏了索套和索结原本的痕迹。

在报告中，痕检科经过多次尝试，列举出几种常用的缢索形态，再和现场找到的绳索上的痕迹进行比对。

绳索连接陈凌上铺的床杆处，打的就是普通的反手结，而且为了加强稳固还多打了几个，系得很死。

反手结两端，一边很短，另一边垂下大部分绳索，又做了一个单绳索套，用来套住颈部。

而整根绳索最有意思也是最大的难点就在这里。

绳索用的是夹心绳，这种材质的绳索一般都是强化尼龙质地，耐酸碱性好，承受力和耐摩擦力都很强。

在做索套的时候，痕检科经过比对，认为可能性最大的就是"返穿8字结"。

陆俨看到"返穿8字结"几个字，先是一顿，随即便眯起眼。

他盯着这行字安静了几秒，忽然问道："有绳子吗？"

正在看报告的许臻愣了一下，又看到陆俨翻开的那一页，很快意会，立刻起身去找。

等许臻拿着几根尼龙绳回来，方旭、张椿阳和李晓梦也来了。

就见陆俨坐在办公桌前，手里拿着一根尼龙绳，神色凝重，手指却很灵活，好像正在打结。

许臻就站在旁边，非常认真地看着。

三人面面相觑，跟着走上前，一起围观。

陆俨打结很快，不一会儿就用三根绳子打出三种不同的活动结，然后又和报告里的绳索照片比对。

张椿阳第一个发问了："陆队，这些结是不是有哪里不对？"

陆俨抬了下眼皮，解释道："缢死陈凌的绳索，现在比较有可能的是返穿8字结，就是你手上拿的这种。你感受一下，怎么样？"

张椿阳用力拽了两下，说："做索套的话，还是很容易调整松紧的，但是这个扣儿，好像勒紧容易，解开难啊……"

陆俨说："这种结最大的好处就是容易学，不容易忘，最大的缺点就是承受冲坠力之后不容易解开。最重要的是，这种结一般会在救援中用来做安全吊带的挂点，生活里不常见，反倒是消防队和救援队比较常用。"

方旭一愣，跟着说："我记得和陈凌同宿舍的女囚黎敏，以前就接受过救援训练。那会不会是黎敏教陈凌的？"

听到这儿，李晓梦已经将几名女囚的笔录拿过来，翻了两页，说："笔录里也说，当时去解开绳索的有方紫莹和黎敏。如果这种绳结真是黎敏教给陈凌的，那她应该也会解。"

因为陈凌、黎敏和方紫莹都接触过绳索，所以在打过结的尼龙质地的绳索上，也采集到三个人的DNA，其中陈凌留下的痕迹最多。

换句话说，如果是黎敏事先做好绳索，再将已经陷入昏睡的陈凌套进去，借此伪装成自杀，那么绳结上就不会检测出陈凌的DNA。

所以照目前来看，绳索是陈凌自己做的可能性比较大，黎敏和方紫莹很有可能只是在解开绳索的时候有过短暂接触，这部分推断倒是和她们二人口供相符。

许臻这时问道："问题是，黎敏为什么要教陈凌做这个？动机是什么？"

张椿阳："你是说，黎敏有可能教唆陈凌？"

许臻："陈凌的尸检中并没有发现其他自杀痕迹，也就是说这是陈凌第一次自杀。第一次自杀就选择了非典型自缢的仰卧式，还打了不容易解开的返穿8字结，甚至在宿舍共用的暖水瓶里下了海米那。就布局来看陈凌应该是个心思细腻的人，事先做过很多功课。那么在做功课的过程中，会不会有人意识到她有自杀的意愿，再进行教唆？"

这番话一落地，别说张椿阳几人，就连陆俨也诧异地朝许臻看了一眼。这还是陆俨到刑侦支队以来，第一次听到许臻说了这么多话。

许臻也是今天除了陆俨最早来市局办公室的，而且一来就和陆俨一起研究案情，在整个过程中很安静，并没有趁机表现自己，或是上赶着巴结套近乎。研究过案情之后，又经过了一番深思熟虑，许臻这才第一次表达了看法。

就性格来说，许臻属于话少且善于思考的那一类，而张椿阳就是嘴比脑子快，李晓梦好奇心重，但在有些事情上很敏锐，而方旭就是四人当中的黏合剂，也是衔接张椿阳和许臻这两种性格截然不同的人的中间人。

可若是给每个人都打个印象分，现阶段陆俨心里分数最高的人反倒是许臻。

陆俨将几人的性格和行事风格初步摸了个遍，心里也已有了数，表面上却并未动声色，只继续说案情："教唆这一点，目前还没有证据可以证明。"

方旭接道："还有一个疑点，就是暖水瓶里的海米那，到底是陈凌下的，还是其他人。暖水瓶是公用的，上面有五个人的指纹，根本无法证明投药的人是谁。"

李晓梦继续翻看档案，很快找到海米那这一段："物证方面，在李冬云的私人物品里找到半袋海米那；陈凌的物品里虽然没有发现海米那药片，但是却发现一个空药瓶，药瓶里也检测出微量的海米那残渣。不过药瓶上只有陈凌一个人的指纹，但是在李冬云那包装海米那的袋子上，却检测出两个人的指纹。"

张椿阳问："那还有一个人是谁？陈凌？"

李晓梦："不是陈凌，也不属于另外三个女囚。"

这话落地，办公室里安静了几秒。

随即张椿阳第一个开口道："那这个人，应该就是将海米那交给李冬云的人，然后李冬云从袋子里拿出一半药片，交给陈凌，陈凌再将药片放进药瓶。"

"李冬云提供海米那，黎敏教她系绳索……"方旭跟着说，"这么说，那李冬云和黎敏就有联合作案的嫌疑了。"

陆俨垂着眼，手指在桌上敲了几下。

就在所有人一起看过来时，陆俨忽然开口了："是不是联合作案还有待证明，但有一件事可以肯定——这几人都是知情者。"

张椿阳："怎么讲？"

陆俨："案发之后，第一个打扫地上呕吐物的人是李冬云。她为什么这样做？"

方旭一阵恍然："你的意思是，因为海米那是她的，所以她担心狱侦科会从陈凌的呕吐物里检测出来，所以第一时间收拾地面。而且以顺手打扫为由，借此破坏案发现场，类似的事在监狱里时有发生。还有，暖水瓶和水杯里面的水已经喝光了，李冬云会下意识地以为没事了。可她不知道就算里面的水分干涸，也可以检测出来。"

陆俨点了一下头，又提到第二个点："在什么情况下，一个人会教另外一个人打这种生活里并不常见的绳结呢？陈凌要学这种绳结，就是因为它容易勒紧、适合做节点、不容易解开的特点。黎敏教给她，一定是知道这些特点符合陈凌的要求。在事发之后，虽然方紫莹也尝试去解开绳结，可是她并不了解这种结的打法，所以最终将绳结解下来的，还是黎敏。"

这番推断符合逻辑，几人跟着点头。

陆俨话锋一转，又抛出一个问题："然后方紫莹做了什么？"

张椿阳说："给陈凌做心肺复苏，试图把人救回来。"

在尸检报告中，季冬允确实在陈凌的胸腔上找到做心肺复苏的压痕。

陆俨似是笑了一下："疑点就在这里——痕检科的报告写得很清楚，从方紫莹脸上采集到的手印和陈凌的手掌，进行比对之后完全吻合。也就是说，方紫莹挨了陈凌一巴掌。按理说她应该心有芥蒂，为什么在陈凌死后，第一个想到去救人的会是她，而不是和陈凌关系更好的黎敏和李冬云？"

方旭说："我觉得有两种可能：要么因为一时的恻隐之心，毕竟人命关天，再大的个人恩怨也要先放在一边；要么方紫莹害怕因为她和陈凌的恩怨，狱侦科调查的时候会将嫌疑锁定在她身上，所以第一时间进行施救，择清嫌疑。"

李晓梦："如果是第二种，那就是演戏喽？在看到陈凌的死状之后，她还能想到这一层，行动这么快，可能性也太低了吧？"

张椿阳："李冬云和黎敏的行为也很不合常理。假设她们没有参与这件事，那么在发现陈凌的尸体之后，以她们和陈凌的关系，怎么都不应该是方紫莹先上去救人吧？如果说李冬云是被吓坏了，这还能解释得过去，可是黎敏接受过救援训练，她的条件反射和一般人是不一样的，反应怎么比方紫莹还慢啊？"

方旭三人分别列举出三名室友的行为疑点，而这些也恰恰是陆俨觉得动机奇怪的地方。

陆俨思考片刻，说道："人在经历一些意外和突发事件的时候，有四个心理阶段：震惊、悲伤、冷静、接纳。其实现在有两件事已经可以肯定了——第一件，就是不管李冬云和黎敏是否教唆过陈凌，她们都是这件事的知情者和参与者，所以在案发之后，她们首先想到的不是救人，而是自我保护。她们心里清楚，陈凌的死已经是事实，再救陈凌也于事无补，于是李冬云第一个动作是去打扫地面，而黎敏是去解绳索。当然，方紫莹也去解绳索了，但方紫莹是为了放下陈凌，而黎敏是为了破坏返穿8字结，以免被人联想到她。"

李晓梦："可是……我还是想不明白，方紫莹为什么要救陈凌？看方紫莹的资料，她怎么都不像是会抛下成见先救人的人哪……"

几秒的沉默，方旭和许臻都没接话，相继陷入沉思。

反倒是张椿阳，这时问了一句："陆队，你刚才说有两件可以肯定，那还有一件呢？"

陆俨抬了下眼，说："第二件，就是晓梦提的问题：方紫莹真的放下成见，第一反应是救人吗？要回答这个问题，就要先解答另外一个问题——除了李冬云和黎敏，方紫莹会不会也在无意间发现陈凌有自杀的计划？"

李晓梦说："知道与不知道，做出的第一反应肯定是不一样的。"

陆俨："咱们先假设她知道，那么在案发之前，她心里就会出现两难：是要告诉管教民警阻止陈凌，还是装作不知情。就目前来看，方紫莹选择了后者。等到案发时，方紫莹的心理就会直接跳过最初的'震惊'，她和陈凌没有情感捆绑，自然也不会觉得悲伤，可当她看到一条人命断送在眼前，或多或少会产生愧疚心理，她想要补救，所以第一个动作就是救人。"

李晓梦接道："那要是假设方紫莹事先不知情呢？那她在发现陈凌尸体的时候，会震惊，会不知所措，也就不会有那么快的反应先去救人了。"

最主要的是，在案发当日的上午，刑技们才刚完成现场取证，方紫莹就已经在打听薛芃了，甚至以薛奕的死亡真相为交换条件，让薛芃在陈凌案上还她清白。

在经过清晨的惊吓之后，方紫莹四人又先后接受了问话和笔录，也知道会有人去宿舍取证，而后又经历了整个上午忐忑不安的等待，心里难免会七上八下，胡乱做各种推测，甚至会往最坏的情况去想。

这个时候，方紫莹三人已经接受陈凌的死亡是既定事实，那她们考虑的就只会是自己的利益，而且在心理活动上，会比真正不知情的人要快一步。

李冬云害怕海米那被翻出来，黎敏已经解开了绳索，会下意识地安慰自己"协助自杀"的嫌疑已经解除。

而方紫莹想的一定是几天前曾和陈凌大打出手，陈凌还给了她一巴掌，这件事可能会被认为是她的杀人动机。这样一来，方紫莹那么着急要求薛芃还她清白的行为，就有了合理解释。

陆俨一番话落下，在场几人纷纷陷入思考。

若说前几天他们的注意力还集中在陆俨的背景，为什么这么年轻就能做支队副队，甚至还各处打听他的私事，生怕日后得罪这位"空降"，那么现在大概就只有"折服"二字了。

陆俨逻辑清晰，考虑周全，分析出来的故事符合犯罪心理动机，和实验室那边提供的物证检验报告也完全吻合，这真是有点超出预料。

过了片刻，李晓梦率先发出感叹："陈凌自杀了，这三个人都早就知道，各自揣着小九九，两个想着择清关系，一个想着补救，合着就没有一个人想到阻止陈凌？"

张椿阳叹了一口气："可能是因为陈凌的病吧，生病的人就需要别人迁就，住在一起久了难免讨人嫌。又或者是因为这是陈凌的死活，大家就是各扫门前雪。"

陆俨忽然说："别忘了，七号房不止四个人，还有一个，赵枫。"

李晓梦一愣，问："陆队，你觉得赵枫也有问题？"

张椿阳："可赵枫的笔录我们都看了，她是这里面最没有疑点的，而且无论是海米那、绳索、针线，这些物证上采集的痕迹，也都和她无关。"

陆俨却说："没有疑点，才是最大的疑点。这间宿舍就相当于一间密室，五个人住在一起，另外三人，包括和陈凌关系最恶劣的方紫莹，都发现了她的自杀计划，唯独赵枫择得干干净净。七号房人缘最好的就是赵枫，她和每个人都谈得来，还经常关心陈凌的病情。既然和每个人都谈得来，对人又温暖，按理说她应该是第一个发现的。案发之后，四个人都围到陈凌的床前，在混乱之中肯定会有接触，唯独赵枫，竟然没有留下半点痕迹？"

一时间，所有人都沉默了。

陆俨的话就像是投入平静湖面的一颗石子。

许臻率先打破沉默："七号房五名女囚，赵枫刚过三十岁，方紫莹二十六岁，陈凌三十九岁，而黎敏和李冬云都是三十二岁，从最小到最大，年龄跨度将近十四岁。五人中赵枫的年龄偏小，而且五人在进监狱之前，受教育背景、生活环境、性格、人脉资源都不一样，在学历上相差也很大。这样五个人住在一起一定会有摩擦。"

陆俨点了下头："在这种情况下，五个人会顺其自然地分出最少两个团体，要么2∶3；要么1∶4；要么2∶2，另外一个独来独往。但事实上，赵枫却做到了和每个人关系都不错。"

陆俨分析时，几人听得都很专注。

其实陆俨说的也不是什么深奥的道理，进社会几年，人人都知道，何况是擅长调查的刑侦人员。

但就是因为做刑侦久了，思维模式会跟着改变，渐渐地看人看事都会从侦查的角度去考虑，反而忽略了最简单、最直白的问题。

方旭说:"五人当中赵枫学历最高,我看资料上写了,她经常跟监狱图书室借书,很多都是哲学方面的,而且在服刑期间还拿到一个学位。这种能静下心来看哲学书,又能在人际交往上做得面面俱到的,说明她是有意'降低'自己,去'迁就''迎合'他人,她的智商、情商和知识面必然可以覆盖其他四个人,而且很会控制自己的情绪。"

许臻接道:"那么以赵枫的能力,就更不可能没有察觉陈凌有自杀倾向。"

李晓梦:"可要是察觉了,正常来说也应该先劝一劝吧?就算阻止不了,还可以先一步通知管教民警。"

张椿阳:"除非她对这件事无所谓,或者还希望它发生。"

希望它发生?

陆俨没有言语,拿过赵枫的资料又快速翻看了一遍。

就资料来说,根本挑不出赵枫任何问题,她入狱是因为经济罪案,在账目上做了手脚。

但入狱之后,她的表现只能用"洗心革面"来形容,无论是劳动还是学习都非常积极,狱友和管教民警对她的评价都不错。她还经常帮助落后女囚复习功课,简直就是女子监狱里的"模范生"。

但就是这份资料太过完美,才勾起陆俨的疑心。

这世界上哪有完美的人呢,只有更善于掩饰的人。

陆俨沉思片刻,转眼就见许臻几人已经开始后续讨论,他们正好说到陈凌脸上的手印和指纹。

根据痕检科的检验结果来看,陈凌脸上的手印和指纹都属于她自己,也就是说是她自己把嘴缝上的。

而将嘴缝合这个举动,就已经说明了她是自杀,否则一个还想继续活下去的人,为什么要把嘴缝上呢?

根据这个行为,结合在陈凌指甲里找到的尼龙纤维,以及在绳索上找到的陈凌的皮屑来看,返穿8字结也应该是她自己做的结,然后套上脖颈,收紧绳结。

至于暖水瓶里的海米那,可能是陈凌放的,也可能是李冬云。

这里面唯一的差别就是动机解释,如果是陈凌放的,那么就是她不希望有任何人干扰她的自杀行动。

而如果是李冬云,这就有协助自杀和利用睡眠来择清自己"协助自杀"

的嫌疑。

当然，不只是李冬云，还有黎敏、方紫莹，甚至赵枫。

这四个人都是陈凌的室友，四种受教育程度、四种性格、四种心思，却在同一件事情上出于私心而做出同一个选择。

四个人，都是"帮凶"。

思及此，陆俨说道："其实到现在，这个案子已经明朗，咱们的协助工作也算到位了，但狱侦科没有狱外侦查权，所以监狱外的事还得咱们来做。"

许臻等人一听，连忙收声，齐刷刷地看着陆俨。

就听陆俨说："许臻，你今天跟我去一趟监狱，协助狱侦科再做一次笔录，补充几个问题。"

许臻："是，陆队。"

陆俨又看向方旭，说："方旭，你去查查赵枫的人际关系，尤其是来探监的亲属。"

方旭应了。

张椿阳却问："陆队，我能问为什么吗？赵枫的亲属总不会也牵扯在内吧，案件是在监狱里发生的。"

陆俨说："就算是一个普通人，底都不会有她这么干净。人有很强的模仿能力和从众心理。入狱后赵枫接触的都是罪犯，可她一次小便宜都没贪过，也从没和人发生过不愉快，所有人都觉得她很好，她甚至没沾染其他囚犯的陋习，可能吗？如果赵枫真能做到'出淤泥而不染'，她就不会因为贪图一点利益，帮人做假账了。这说明她不仅贪财，而且对自己的智商很有自信。这样的人，我不信她服刑这几年就能彻底改变，只能说是她演技不错，而且一定有人帮忙打掩护。"

张椿阳一边听一边点头，正准备再开口，却听陆俨说："如果禁毒那边过来要王川的案件资料，椿阳你交接一下，之后你和晓梦一起去调查陈凌在监狱外的人际关系。"

李晓梦："可陈凌已经没有亲属了。"

陆俨摊开陈凌的资料，指着其中一栏，说："陈凌的探访名单上有一个叫钟钰的女人，每个月都会来一次，持续了半年。如果说陈凌生前还有什么心愿或遗憾，这个钟钰多半会知道，可能还会和陈凌放在嘴里的字条有关。还有，陈凌保外就医看的医生，也要去了解一下，看看陈凌有没有跟他说过什么。"

张椿阳："是，陆队！"

陆俨分配完任务，很快就和许臻一起离开刑侦支队。

方旭也不敢耽搁，收拾完桌面的东西，就准备去调查赵枫这条线。

这时，就听到张椿阳犯嘀咕："我觉得吧，这么简单的案子，陆队干吗非要查个底儿掉啊？听说他之前在禁毒那边也是这样，林队不让他碰的案子，他非要碰，要不然哪能牵扯出王川的案子啊？"

方旭脚下一顿，问："听这意思，你不想去？"

张椿阳连忙摇头："那倒不是。我就是有一说一啊，其实这案子查到现在已经差不多了，再往下追下去，就不是'协助'了，好像有点越俎代庖了吧。万一查到一些狱侦科不想让咱们知道的东西呢？你们想啊，这案子摆明了是陈凌自杀，其余四个或见死不救，或知情不报，或是帮凶，狱侦科心里能没点数吗？指不定就是想借咱们的手，趁机收拾另外四个。"

听张椿阳这样一说，方旭很快安静下来，站在那儿想了片刻。

李晓梦这时凑过来，说："你啊就别阴谋论了，赶紧交接完案子，跟我出任务。"

张椿阳："嘿，你个……"

只是张椿阳话还没说完，就被李晓梦打断了："至于你刚才问，陆队是不是在禁毒待久了，为什么要查个底儿掉，我倒是可以回答你。我也是刚才在食堂吃早饭的时候，听禁毒那边一个做文职的妹子说的。"

一听这话，方旭和张椿阳都是一顿，两双眼睛一起望过来。

就见李晓梦笑着清清嗓子，说："都听好了啊，其实咱们陆队不仅是空降，背景还挺硬的！"

张椿阳"嘁"了一声："废话，哪个空降背景不硬？"

李晓梦没理他，继续道："可人家也不是绣花枕头。其实在禁毒那边，他参与过两次卧底任务，而且两次都立了三等功。只是任务比较隐秘，禁毒那边也就是内部表彰，肯定不能大肆宣扬。"

方旭愣了："既然这样，那陆队调过来做副队，也不算名不副实啊。"

张椿阳跟着问："可这个和背景也没啥关系吧？"

"你听我说完啊！"李晓梦白了他一眼，接着说，"听说去年陆队执行任务的时候，还挺凶险的，大概率是要牺牲了。结果上头有人下了命令，说务必要把陆队救回来！当时出动了好多人哪，幸亏是有惊无险，总算把人带回来了。"

听到这儿，别说是方旭了，就连粗神经的张椿阳也琢磨出不对："上头有人？能做到这一步的，那肯定要比林队大不少啊……"

李晓梦："还有，因为陆队违反纪律，林队老跟陆队生气，都还记得吧？可气归气，林队有哪一次真的处分陆队了？而且那天晚上一听说报案电话是陆队打的，林队第一时间就去了现场，还是和咱们前后脚到的。你们说，他对陆队的操心，是不是也太过了？"

就在李晓梦科普第一手小道消息的时候，陆俨和许臻坐上车，直奔女子监狱。

许臻开车，陆俨就坐在副驾驶座。

前半段路，两人几乎没什么交谈。陆俨看了一会儿资料，就闭目养神，只是眉头皱着，好像一直在琢磨案情。

许臻趁着等红绿灯的时候看了陆俨两眼，也没打断他的沉思，顺手翻看了一下微信群，刚好见到李晓梦三人在群里的交谈。

三人已经分别出发执行任务，但在路上，话题还在延续前面的小道消息。许臻虽然没有听到前半段，大概也能从后面的内容拼凑出个大概。

立过两次三等功，还有背景，调来刑侦支队，既是空降、挂职、破格提拔，也是因为禁毒那边不希望他再插手调查某个毒品案。

如果将这些信息都拼凑在一起，陆队调职，应该是和一年前差点牺牲那件事有关。

上头有人希望他能平安，可他偏要咬住某条毒品线不放，所以才暂时将他调走。

可是以陆俨的性格，他是个执着又认死理的人，一旦认准的事，就会一究到底，就好像陈凌这个案子，名义上是"协助"，可在实际行动上却像是"主导"。

协助和主导在工作强度上可是相差很多的，刑侦支队又不是清闲部门，还有一堆工作等着做，像是这种以"协助"的名义压下来的工作，对人手和工作量来说都是雪上加霜，更不要说协助和主导之间的分寸掌握了，一个闹不好和狱侦科发生矛盾，人家还会觉得你是狗拿耗子。

微信八卦群里聊得热火朝天，而被八卦的主角陆俨，此时正在脑海中重组案发经过。

画面中，已经是深夜。

陈凌就坐在床头，很平静。

到了就寝时间，另外四个室友都已经躺下，偶尔响起几句闲聊。陈凌没有参与，只是听着她们有一搭没一搭地小声说话。

直到连那偷偷说话的声音都没了，转而变成了平稳的呼吸声。

陈凌在床边静坐很久，时而看向窗外，时而想起过往，随即她动作很轻地走下床，找到笔记本，在上面写了一行字。

然后，她将纸撕下来叠好，放进一个小塑料袋里，再找出针和线。

陈凌回到床前，将一根夹心绳绑在自己上铺的床杆上，系了个死扣，垂下来的绳索，就按照黎敏教她的打结方式，做了返穿 8 字结。

等忙完这些，陈凌已经有些虚弱，身上出了薄汗，脸色很差。

她回到床上，蜷缩着躺下，试图让身体平静下来，可是胃部开始起了反应，先是一点点疼痛，然后越来越强烈。

陈凌停止服药已经好几天了，胃溃疡带来的病痛越发严重，可是对于即将到来的了断来说，这些都不算什么。

陈凌侧卧着，一手捂着胃，就在床边吐了一次，吐过之后她花了一点时间缓气，又看了眼时间，只想尽快结束这种痛苦。

然后，她拿起放在床边的杯子，将里面的水喝光，又拿起针线，开始缝合嘴唇。

到底是血肉之躯，就算服了海米那，就算经常胃痛，当那根针穿进皮肉的时候，依然是撕心裂肺地疼。

可陈凌都忍了，她疼得流了眼泪，眼泪掉在囚衣上、手上、嘴唇和棉线上，她都没有停下来。

她缝合完，将针线放在枕头下，随即仰卧躺好。

陈凌用绳索套住自己的脖颈，摸索着绳结，一点点收紧，夹心绳很快就陷入肉里。

因为绳索的长度有限，陈凌的头已经从枕头上悬空，所有重量都压在绳索上，这样就可以借用重量完全压闭颈部的静脉、动脉，人很快就会休克，进而窒息，最终死亡。

要自杀的人都会想到同一个问题，就是哪种死法会舒服一点。

可事实上根本没有舒服的死法，相对好一点的就是在自杀之前服用安眠药，安眠药发挥药效之后，会麻痹身体的一部分感官，降低对死亡的恐惧，尤其是海米那这种药，让陈凌在半小时之后就开始发飘，意识渐渐迷离，而这种迷离感，也冲淡了绳索带来的窒息感。

人在死亡之后，肌肉会慢慢松弛，嘴会微微张开，但是陈凌的嘴唇已经被缝合，所以她始终紧闭着嘴。

当死亡来临的那一刻，陈凌眼前很快出现了一道白光，那光源很亮，好像可以穿过她的眼皮。

她以为自己是睁着眼的，可她什么都看不见。

很快，眼前漆黑一片，连那迷离感也消失了。

陆俨想到这里，缓慢地睁开眼，眉头也不再皱着，某些细节似乎已找到答案。

许臻注意到陆俨的动作，说道："陆队，监狱快到了。"

陆俨："嗯。"

陆俨看着窗外经过的街景，又将刚才脑海中重组的案发经过梳理了一遍，直到几分钟后，许臻再度打破沉默。

许臻："陆队，有个问题我想问你。"

陆俨一顿："你说。"

许臻："为什么你会突然开始怀疑赵枫，就因为她把自己择得太干净？"

陆俨的思路比较反常，而且和侦查思维是背道而驰的。通常当一个人有了嫌疑，才会被暂时定为嫌疑人，进而调查，等调查结果进一步确实，才会将这个嫌疑人定为犯罪嫌疑人，这个过程是逐步递进的。

赵枫在第一阶段就已经排除嫌疑，一般是不会在她身上浪费调查时间的，可陆俨却刚好相反，越是干净的，他越要一查到底。

许臻也说不好这是不是跟陆俨当过卧底有关，但是在这次的整套分析中，陆俨的逻辑的确合理，也令他在细思之下，对赵枫的"毫无嫌疑"产生怀疑。

陆俨似是笑了一下，说："在监狱里，狱方每个周一都会组织囚犯们参与政治学习，主要就是一些法律法规和时政新闻。平时囚犯跟图书室借书，借阅率最高的除了一些小说，就是法律相关的书籍，这也和他们的违法经历有关。一般人在生活里是不会想到去买一本法律法规的工具书来研究的，除非是专业人士，或者工作中有需要，还有就是生活里遇到一些问题，需要在书里找答案，而囚犯刚好就是属于想找答案这一类。当然，动机也是有区别的，有的是为了日后不再犯法，有的却是为了日后更高明的犯罪。"

许臻一顿，瞬间明白了："以赵枫的学历、行为模式和智商来看，就算她不看这类书籍，也知道什么事是违法的。可她经常借这类书来看，或许早就从中了解过'见死不救'在一些特定因素下也可能要负刑责，所以才会在陈凌自杀的事情上格外小心避嫌。"

陆俨："反过来说，如果赵枫对此事真的毫不知情，她也不会刻意择清自己。既然没有刻意择清，在慌乱中难免就会在现场留下一点痕迹。而且这种案子一般都会先调查死者的熟人，以赵枫和陈凌生前的关系来看，她和陈凌的接触最多，留下的痕迹也应该最多。"

许臻："就算留下痕迹，经过调查，这些痕迹也会替她作证明。可现在，她却成了四人中最'干净'的那个，这说明在案发之后，她一直都没有接触陈凌的尸体。这的确不合常理。"

一具尸体，其余三个人都接触了，唯独和死者关系最好的那个，碰都没碰过。

一个真正无辜的人，会注意这些吗？

陆俨没接话，又一次看向窗外，他的脑海中也跟着浮现出一个新的可能性。

狱侦科请求外援这件事，他就一直有个疑问。

一开始他以为是和陈凌背后的故事有关，而后查出海米那，又觉得是和某条毒品线有关，只是转念再一想，又觉得太过简单，毕竟搜查李冬云的私人物品，对狱侦科来说再简单不过，而且对付粗心大意连东西都藏不好的李冬云，也不用这么兴师动众。

当然，对着薛芃"此地无银三百两"的方紫莹，以及贸然解开绳索露出破绽的黎敏，也不可能是狱侦科的目标。

那么七号房就只剩下最后一个，也是看上去最没有破绽的一个——赵枫。

思及此，陆俨心里有了定论。

再一抬眼，女子监狱的大门，已经近在眼前。

就在陆俨赶去女子监狱的同时，薛芃正在实验室里整理陈凌的遗物，一边收拾一边思考案情。

有的案子看似凶残，但侦破起来却比较"简单"，因为激情作案大多数情况下会欠缺考虑，一时冲动的因素居多，往往会掺杂着凶手在慌乱中留下的线索，事后再想补救，除非毁尸灭迹，连案发现场一起清理。

但要想完全清理干净，这几乎是不可能的，哪怕是重新装修房子，都未必做到百分百销毁证据。

有的案子看上去比较"温和"，可是一经调查，却发现里面扑朔迷离。弯弯绕绕，而且还会像倒线球一样，好不容抓到一根线，想要顺藤摸瓜，却在拉扯的过程中越拉越多，牵扯出一层又一层的隐情。

显然这个案子不同于其他的自杀案和他杀伪装自杀案，自杀通常都很简单直接，没必要设置太多步骤，除非是他杀伪装自杀，才会画蛇添足地将一个简单粗暴的事情变得复杂化。

薛芃收拾到一半，又看到了那瓶湖水。

她动作一顿，将矿泉水瓶举高，透过灯光观察着里面漂浮的微生物。

这瓶水显然已经存放了一段时间，加上本来就是未经处理的湖水，现在瓶壁上已经挂上了薄薄的蓝绿藻。

如果放在阳光下，经过光合作用，这些蓝绿藻还会加速繁殖。

薛芃看得很认真，直到痕检科实验室进来一个人，脚步很轻，也很缓慢，她起先还以为是冯蒙。

等那人走进了，低笑一声，薛芃侧头看过去，才发现来人是季冬允。

季冬允来到案台前，眼睛弯了弯，说："你好像对陈凌的案子特别关注。"

薛芃将水瓶放下，也不打算瞒他："难道你不觉得奇怪吗？一个自杀的人，如果希望别人了解她的故事，通常会留下遗书，遗书里多半会写自杀的原因。但是陈凌就只写了一句话，难道她认为警察会像八卦记者一样，去把她的整个人生挖出来吗？"

无论是刑侦还是刑技，调查的就只是这个案子相关的一切，调查死因，调查案发现场，调查犯罪动机和犯罪心理，在这个过程里会牵扯出一些故事，但绝对不是人物传记。

季冬允双手撑在案台边缘，脸上笑容淡了些："你这种感觉，我在解剖一些尸体的时候也会有，好像脑子里始终留了一个疑问，每当我解开一个，又会出现另一个。"

薛芃叹道："是啊，有一点我始终想不明白：她为什么要收藏一瓶湖水？"

季冬允拿起水瓶，看了看，说："也许是来自出生地附近，或是曾经生活过的地方。对她来说，应该有特别意义。"

薛芃皱了一下眉，盯着瓶子里摇晃的水波。

季冬允扫过去一眼，又是一笑。

薛芃的皮肤比一般女生要白，除了一部分天生的原因，可能还跟她是个夜猫子有关。

一般案发现场，要么就是在清晨被人撞见，要么就是晚上，很少有在光天化日之下，而且地点大多是比较隐秘的户外，或是在室内。

到了现场，所有技术员和法医都裹得严严实实，也没什么机会直接接触阳光，等从现场回来，就是一头扎进实验室。

薛芃皮肤白，身材看上去偏瘦弱，五官虽然秀气，但分布比例很协调，长了一双漆黑锐利的眼睛；平日话不多，也从没有人见她有过大喜大悲的情绪，只是一旦遇到解不开的谜题，这日子好像就过不去了似的。

季冬允说："你这个刨根问底的性子，真是很适合做这行。如果你实在对这瓶水放心不下，就找机会去陈凌住过的地方附近采集一些湖水样本回来，再将它和现在这瓶水进行比对，自然会有答案。像你现在这样一直盯着它看，能看出什么结果？"

薛芃一愣，却没说话。

其实她心里也有这个想法，只是在案件侦破之前，她手头还有好几件事要做，一时走不开，也不能浪费太多时间在和本案没有直接关系的调查上。

季冬允又道："当然，这是额外的工作，就算你的调查结果有惊人发现，就算通过这瓶水顺着线索，拼凑出陈凌的一生，这个案子也不会有反转。"

薛芃笑了一下，将水瓶放到一边，说："等案子侦破之后再说吧，也许有一天我闲得没事了，真的会去采集湖水样本也不一定。"

季冬允没应，看着薛芃又开始收拾别的物品，隔了几秒，问道："对了，我听毒检那边说，你早上又送了一件新的证物过去？"

季冬允指的就是陆俨那件棉质衣服。

薛芃"哦"了一声，说："是昨晚刑侦那边拿过来的，我提取了一些微量物证，担心还有遗漏，就将样本和衣服一起送过去。"

季冬允半真半假地问："你这一年对毒检的事这么上心，有没有考虑过去帮忙？你在公大的时候，理化检验这块的成绩一直不错。"

薛芃轻笑："要是我真的申请调职，老师会追杀我的。"

季冬允也跟着笑了："调职倒不至于，就是能者多劳，只要你能负荷，就两边都做着，正好毒检那边也缺人手。我听说，毒检那边已经去跟冯科提这事儿了。"

薛芃一愣："可我听说，马上就要调一个理化技术员过来了。"

季冬允："我知道，面试的时候我也在，不过依我看，她的专业和性格上都还得磨合，起码要一两年。"

这样啊……

薛芃没接话，低下头，又继续收拾东西。

直到这会儿，她才明白季冬允的来意。

季冬允说："你考虑一下吧，如果精力有限，也不勉强。"

薛芃想了片刻，抬头看他，说："我回头先问问老师，看他的意思。"

季冬允又是一笑："没问题。"

等季冬允离开，薛芃又一个人待了片刻。

关于季冬允的提议，其实她是心动的，若是没有兴趣，这一年来她也就不会跟毒检死磕了。

所有刑技技术员在职业发展中，都会慢慢摸索到自己最擅长、最感兴趣的方向，比如痕检、理化检验、文件检验，还有图像检验等。

薛芃和孟尧远的本职工作都是痕检，但孟尧远对文字比较敏感，前年还去进修过文字学。文字检验的老师也很喜欢他，每次他过去帮忙，都会教授他一些不外传的经验。

而这些分支里最吸引薛芃的就是理化检验中的毒检，毒检又包括毒物和毒品检验，除此之外，理化检验还会研究硅藻、昆虫，这些小生物在侦破凶杀案当中也有至关重要的作用。

以前有的案子，薛芃也会去理化实验室打下手，但那都只是同事之间互相帮忙罢了，可现在是季冬允亲口说的，毒检那边已经和冯蒙提了，这就比较正式了，一旦同意，以后她就要抽出更多的时间在理化检验学习和研究上。

俗话说技多不压身，刑技也是如此，经验丰富的老痕检也可能是其他科室的鉴定专家，毕竟这行一向人手不足，顶尖人才稀缺。

而所谓的顶尖人才，不仅要有丰富的生活常识，还要耐得住寂寞研究百科，甚至通万物。这就需要将人生里大部分时间都奉献出来，不在乎微薄的报酬。

换句话说，如果不是真的对此感兴趣，禁得住金钱诱惑且生活不愁的闲人，还真做不到。

就拿法医来说吧，前两年江城就破获过一起法医受贿的案子。

因为传统法医不仅要尸检，平日里还要给受伤患者和残疾人士做伤情、伤残鉴定，这种鉴定的等级划分非常严格，级别的不同直接关系到伤残人士拿到的津贴和赔偿金不同。

有些法医揩油习惯了，甚至会直接明示，只要拿出一部分补偿金给他，他就会在伤残鉴定上多放水一级。

幸而薛芃没有这方面的困扰，父亲薛益东虽然过世得早，但他生前不仅是江城地质物理研究所的教授，还留下过几个专利研究，过世后国家也给过补贴，加上薛芃的母亲张芸桦一直都是水利方面的科研人员，所以薛家的家境始终都能维持在中等水平。

在这样的环境中长大，薛芃自小也是耳濡目染，喜欢钻研，平日大部分时间都泡在刑技大楼里，制服一年穿三百多天早已习惯，对外面的花花世界也不感兴趣，但凡有点私人空间，还会去进修和看书。

孟尧远就曾说过，薛芃就是实验室里的检验仪，不用插电，自己就能转。

就连冯蒙都感叹，像薛芃这么"专"的性子，只要发展空间足够，不出五年，她就能在专业和职称上大大超越同龄技术员。

所以可想而知，毒检那边的突然邀请，对薛芃来说有多重要。

冯蒙进来时，就见薛芃站在实验室台子前出神。

她面前放着一箱刚收拾好的陈凌遗物，唯独那瓶湖水单拿出来，放在手边。

冯蒙上前，咳嗽了两声。

薛芃立刻如梦初醒："老师。"

冯蒙扫了一眼水瓶，笑道："还不肯罢休？"

薛芃"哦"了一声，说："正好，我想跟您要个批准，稍后等案子侦破了，这瓶水我想取出来一点单独做研究。我保证，一定不会影响我的工作。"

冯蒙和季冬允一样了解薛芃的性子，知道一旦有哪个疑点被她揪住了，不调查出一个结果是肯定不会罢休的。

冯蒙倒也痛快："准了。"

薛芷一愣，随即笑了。

转而又听冯蒙说："不过要是研究出什么来，记得写个报告给我。"

薛芷："好，没问题。"

不管任何案件，在走完所有司法程序之后，物证都要进行划分，有的会归还给当事人或者家属。陈凌已经没有亲属了，这些会送回狱侦科。

而和案件相关的重要物证，尤其是内脏组织样本，实验室会保存一份，一是为了存档和日后做研究比对，二也是为了万一有冤假错案发生，将来翻案也有迹可循。

其实就算薛芷不跟冯蒙打招呼，从瓶中取出一点样本也不打紧，但只有打过招呼，将来等研究出结果，才有人可以证明来源。

薛芷将湖水取出来一小瓶，做好标记和登记，让冯蒙签了字，就将小瓶水收了起来。

冯蒙这时说道："我看你对这个案子很上心，到底它有哪点吸引你？"

薛芷一顿，同样的问题刚才季冬允也问过她。

薛芷停顿几秒，视线掠过陈凌的遗物，说："陈凌是自杀，但案件却因为有其他知情者而变得复杂。一间密室里，有一个人自杀了，其余几个都表现得好像事先毫不知情。可是无论她们怎么做，她们留下的每一个痕迹都是'无声的证言'。而证言是不会撒谎。"

人人都说，法医是"尸语者"，而痕检代表的就是"无声的证言"，同样都是替案件发声，一个是替死者说话，一个是替物证说话。

薛芷既然做这一行，对此自然坚信不疑，可是在一些案件里，他们也有力不从心的时候。

冯蒙笑着眯了眯眼，脸上纹路的走向不仅显露了年纪，也象征着人生经历和智慧，他很快就听出来薛芷语气里的迟疑，问道："这话你是说给我听的，还是说给你自己？你这么加重语气，是不是有些事想不明白，觉得困惑？"

薛芷愣了两秒，知道瞒不住冯蒙，便说："现在找到的所有物证，它们都像是拼图碎片，只要都找出来，再将逻辑关系拼到一起，就会呈现出一幅完整的案发现场。到目前为止，咱们应该已经把所有碎块都找齐了，这幅拼图也拼得差不多了，可是……"

说到这里，薛芃迟疑了。

直到冯蒙替她把话说完："可是你觉得，这里面还少了几块碎片。"

薛芃边说边拿出报告，指给冯蒙看："目前找到的痕迹，只能证明李冬云、黎敏和方紫莹三人和陈凌的尸体均有过接触，唯有赵枫是空白一片。我后来检查过，每一个环节我们都验得很仔细，不可能有遗漏，可是连赵枫的指纹都没找到。为什么她可以例外？这太反常了。"

一个发生在密室的案件，有人死了，另外还有四人，其中三人都和尸体有过接触，出于各种各样的心态，或施救，或清理现场，唯有一个人和尸体半点接触都没有，"干净"得不可思议，而这个人和死者生前的关系还是几人当中最好的。

那么在发现陈凌的尸体之后，赵枫做了什么？

难道她就是站在外围，揣着手看着另外三人围着尸体打转？

陈凌自杀了，赵枫难道不应该惊讶吗？还是说她早就知道陈凌会自杀，甚至想好了自己该怎么做，所以在事发时才能保持冷静？

这就像是陆俨举的那个例子，当一个人教唆另一个人自杀了，只要教唆者遵循游戏规则，在逻辑圈内讲故事，那么物证技术就抓不到他。

一想到这儿，薛芃就不甘心，简直有一种要跟它死磕的念头。

直到冯蒙说："不要钻牛角尖。如果你真觉得赵枫有问题，那么第一件要做的事，就是先从死胡同里出来，回到最开始，把咱们做过的每一个步骤再回想一遍，看有没有遗漏。其实最终结果也就是两种可能：一种是咱们真的漏掉了关键；还有一种是，咱们是被自己的惯性思维困住了，也许有些痕迹就遗留在看似和案件无关的东西上。"

薛芃愣住了，但她很快就明白了冯蒙的意思。

是啊，案发现场在监狱宿舍，宿舍里的私人物品有很多，但大部分都和陈凌的案子无关，既然无关，自然就不会浪费这个人力和物力去做检验。

然而在一些特别的案件里，有些重要痕迹往往会在一些看似无关的物品中找到。

薛芃一时沉思不语。

冯蒙笑道："智者千虑必有一失，无论赵枫多聪明，都不可能做到滴水不漏。或许还有一些和她有关的'证言'，就遗留在咱们忽略的地方。几个人住在一起，生活痕迹一定不少，我就不信她能把每一个细节都抹干净。"

薛芃忽然说："老师，今天上午刑侦那边要去女子监狱补充笔录，我也想再去一次。"

冯蒙叹了一声，笑道："如果我不让你去，你肯定不死心。这样吧，我先跟陆队打个招呼，看他的意思，如果他认为有必要，你就叫上小孟一块儿。等到了那边，一定要听陆队指挥，不要擅自行动。"

薛芃也终于笑了："当然，您就放心吧。"

冯蒙很快就和陆俨沟通好情况，一通电话还不到半分钟。

等冯蒙挂上电话，薛芃追问："怎么样？"

冯蒙："批准了。而且他们这会儿正在狱侦科了解情况，还真有点发现，正需要技术人员过去取证。你和小孟赶紧动身吧，对了，季法医也会去。"

薛芃笑着刚要说话，冯蒙又嘱咐道："记着，一定要抓住一切机会学习，和陆队、季法医多磨合，等将来兼任毒检的部分工作，现在培养的默契和实战经验一定能用上。"

薛芃有些诧异："老师，您同意了？"

冯蒙摆摆手："行了，我就一条要求：不能耽误痕检的本职工作。要是两边工作有冲突，还是以痕检为主。"

薛芃立刻应道："没问题。"

薛芃找到孟尧远的时候，孟尧远刚做完一个物证的鉴定，好不容抽出点时间坐下来研究新的文字检验仪，谁知屁股还没坐热，就被薛芃叫走了。

两人来到停车场，季冬允和法医助手已经等了一会儿了。

季冬允："正好人齐了，走吧。"

直到车子开出一段距离，孟尧远才醒过闷儿来，问薛芃："欸，我说，这案子你怎么这么积极踊跃啊？难道有奖金？"

薛芃看了他一眼，没接话。

坐在副驾驶座的季冬允说："其实是陆队有新发现，需要痕检和法医一起返场取证。"

孟尧远："哦。"

隔了片刻，孟尧远又被微信群里的热烈讨论吸走了注意力。

这一上午，孟尧远一直在忙，也没工夫偷闲，这会儿再一看微信群，已经超过一千条了。

孟尧远本着小心求证的工作原则，花了十来分钟认真爬楼，等看完通篇，又消化了半分钟，这才古怪地看向薛芃。

这微信群里的前半段，聊的是陆俨的背景和在禁毒支队的经历，后半段又把薛芃捎带上了。

张椿阳几人都在猜，既然薛芃和陆俨以前就认识，上的同一所高中，在公大期间关系就不错，那天在电梯外，薛芃还那样挤对陆俨，陆俨都不还嘴，那么薛芃多半也应该知道陆俨的背景和故事吧。

孟尧远看完所有聊天记录，抓住"一年前"这条线索，又精又准，很快点开薛芃的微信的聊天窗口，问："你这一年对毒检那么上心，是不是跟一年前陆队出任务差点牺牲的事儿有关吗？"

这话问完，孟尧远就拿余光瞄薛芃，就见薛芃拿出手机，点开看了一眼，倒是没有特别惊讶的表情，只是挑了一下眉，随即快速按了几下键盘。

孟尧远低头一看，就俩字："无关。"

孟尧远才不信，又问："那这时间上也太巧合了吧？那你知不知道陆队一年前是因为什么任务差点牺牲？"

薛芃扫了一眼："那你得问他。"

孟尧远："嘿，你连我都瞒，你等着，最好别让我抓着！"

薛芃这次连回都懒得回，刚要把手机收起来，这时就见到母亲张芸桦发来的微信。

张芸桦说："你常叔跟我问了好几次，问你什么时候回家，咱们一块儿吃顿饭。要是你忙，咱们就在市局附近的餐厅包个包间，你午休的时候过来，不会耽误你工作的。"

薛芃看了眼日期，才发现自己又过糊涂了。

自从将常智博、常锋父子从监狱里接出来，她这两天就没露过面，更没有给家里报过平安，一直在市局加班。

薛芃回道："不过要再过两天，我这两天实在忙不过来。"

张芸桦："那这样吧，我们先定位置，等安排好了告诉你。要不然，你肯定又要忘了。"

薛芃："好，我没问题。"

另一边，张芸桦放下手机，起身走到常智博的房门前。

常智博出狱后就一直住在这里，但因为和张芸桦还没有法律上的名分，常智博坚持分房。

张芸桦在门上敲了两下，不一会儿，常智博开门了。

张芸桦笑道："我跟芃芃联系过了，过两天找个时间，咱们跟她一块儿吃个饭。"

常智博一顿："好啊。"

接着就是几秒的沉默，两人一时都有些尴尬。

自从薛益东过世，薛益东生前的朋友、同事，就对张芸桦母女三人多有照顾，其中自然包括常智博。

年轻那会儿，常智博也曾追求过张芸桦，后来阴错阳差，张芸桦爱上了薛益东，常智博也和常锋的母亲结了婚。

其实在薛芃十六岁以前，常智博和张芸桦都还只是朋友，来往也不算多。

直到那年薛奕突然遇害，张芸桦大受打击，常智博遭遇中年丧妻，两人同病相怜，互相帮忙关心，彼此走动才频繁起来。

几年后，常智博和张芸桦开始考虑再婚，谁知常智博在工作上突然多了很多麻烦，没多久就坐牢了，他和张芸桦的事也就没再提。

常智博坐牢期间，张芸桦有空也会去看他，两人的感情维持得不错，到现在常智博都出来了，也是时候领证了。

但这两天常智博住进来以后，和张芸桦之间的相处却好像隔了一层，比张芸桦去探监时还要生疏，说话做事都客客气气的，倒像是来借住的房客。

张芸桦笑了一下，试图把这层尴尬揭过去，正准备换个话题，这时就听常智博说道："芸桦，有个事我考虑了两天，想和你说一声。"

张芸桦一愣，见常智博神情有异，其实心里也有了预感。

"你是不是……不想住在这里了？"

常智博低下头，没有看张芸桦的眼睛，只是轻声说："我想得很清楚，虽然我现在已经出来了，但还是有案底在。小芃工作很努力，也很用心，将来要是升职政审，发现有一个犯过法的继父，对她总归不好。我不想因为我的过错，影响她的前途。"

张芸桦张了张嘴，本想说些什么，却又咽了回去。

这要是换作其他理由，张芸桦还能说服常智博，可是一提到薛芃，这的确是难以跨过去的坎儿。

而且薛芃对他们两人的事从来没有反对过，常智博出狱，还是薛芃主动说去把人接回来。将心比心，他们做长辈的也不能太自私。

张芸桦轻叹了一声，最终说道："既然你都想清楚了，那总得先找个地方落脚吧……"

常智博说："地方我已经找好了，离你这里也不远，要是有什么需要帮忙的，随时叫我。"

张芸桦一噎，没想到常智博把所有事都安排好了，她也不好再说什么，只问："那和芃芃吃饭的事，你还去吗？"

常智博连忙说："去啊，当然去，正好趁着吃饭的机会，这事儿也得跟她说一声。到时候咱们还得多劝着点她，不要太拼了，她还年轻，要拼事业时间还长……"

张芸桦垂下眼帘："嗯。"

陆俨和许臻来到狱侦科，将协助调查的所有报告资料交给副科长陈础。

陈础听完陆俨的分析，也陷入沉思。

狱侦科不比外面，平日管理、研究的都是囚犯，工作环境压抑，大家脸上的笑容也不会多，陈础在这个部门干了半辈子，脸上也带了相，一看就是老江湖。

陆俨虽然年轻，却也不是省油的灯，平日里接触的都是比自己大的官，比如副市长秦博成、禁毒支队队长林岳山等，慢慢地也会了几分察言观色。

这会儿一见陈础欲言又止，似有保留，陆俨心里有了数。

一个简单的自杀案，狱侦科兴师动众地要求协助，指不定就是拿自杀案打掩护，暗中是想借这个事查别的。

陈础拿到刑技的报告，和陆俨面对面地坐下，他脸上流露出迟疑，就恰好印证了陆俨的猜测。

陆俨不想耽误侦查罪案的黄金期，便先一步开口，把话铺垫出来，给陈础一个捅破窗户纸的机会。

"陈科，按理说我们只是协助调查，不应该插手太多，但是这个案子给我的感觉，牵扯的应该不只是陈凌自杀这么简单。若是您有不方便透露的，我们也能理解，那么我们的协助工作也算告一段落，稍后我的同事在外面有了进一步调查结果，我会如实告诉您。但如果您还有其他地方需要我们进一步协助，我们也很愿意帮忙。"

听到这话，陈础一顿，随即有些惊讶地看向陆俨的眼睛。

若说之前陈础还有点吃不准，觉得陆俨这么年轻就坐上这个位子，多半是靠背景吃饭，不一定有真才实学，这会儿也有小小的改观。

这个陆俨，心思也算细密。

陈础不太自然地笑了下，说："其实在这个案子里，我们的确是有顾虑，之前所有调查都是秘密进行的，就是怕打草惊蛇。而且我们和陆队您这边也是第一次打交道，所以有些情况我们不得不保留。不过就我听刚才陆队的这些分析，倒是对我们正在调查的案件帮助很大，我们也很希望能再进一步密切合作。"

这之后，两人你一言我一语，又打了几分钟的官腔，进一步探了虚实，陈础才终于拿出一份更详细的资料，递给陆俨过目。

其实陈础的保留和为难就和陆俨预设的一样，不管是人民检察院、公安机关，还是狱侦科，每个部门都有自己的办事规则和不能对外透露的内情。

他们来到狱侦科的地盘，自然就要遵照狱侦科的规则，而且虽说是协助，到底还是外来的，陈础有自己的顾虑，对案情有保留，他们也能理解。

陆俨接过资料，不动声色地翻看了几页，随即听到陈础描述"内情"。

"其实陈凌生前一直都是我们狱侦科发展的特情线人，方紫莹也是。陆队以前在禁毒待过，特情的要求你应该不陌生。她们之间是不知道对方身份的，以'特情'的身份协助我们内线侦查的案件也不一样。"

陈凌和方紫莹都是狱侦科的特情？

这一点倒是出乎意料。

像是服刑犯或是劳教人员，他们这种身份本身就具备很强的掩护性，也比较容易控制，和其他服刑犯接触频繁的时候，不容易被怀疑，往往就会成为特情线人的首选。

尤其是陈凌一直有胃溃疡，需要定期找狱医拿药，有时候还会保外就医，她就可以利用这些机会向狱侦科汇报情况。

当然，发展特情必须是专人领导、单线联系，特情之间也不可能知道彼此的身份。

而狱侦科发展特情线人也有几个标准，比如囚犯有立功的愿望，希望减刑提前释放。

陈础:"我们之所以发展陈凌为特情线人,主要是因为她和海米那这条线关系密切。她后来也向我们坦白,说一直都在跟李冬云拿药,是因为晚上离不开这种药。听陈凌说,李冬云的药都是从一个叫刘晓露的囚犯那里得到的,刘晓露会定期给李冬云散货。但是刘晓露的又是从哪里来的,我们还在调查。现在除了李冬云和刘晓露,其实我们还锁定了几个人,其中嫌疑最大的就是赵枫。"

陆俨皱了一下眉,问:"您说的赵枫,就是陈凌隔壁床那个赵枫?"

许臻也流露出惊讶。

先前他们只是猜测赵枫很擅长演戏,私下里一定有要刻意掩饰的犯罪行为,只是想不到竟然也和海米那扯上关系。

陆俨:"几人都住在七号房,但现在搜出海米那的只有李冬云,如果赵枫也在这条线上,她倒是很聪明。"

最主要的是,赵枫把海米那藏在哪儿了?

陈础拿出一张借书卡,递给陆俨:"不仅聪明,还有一点反侦查的能力。"

陆俨接过扫了一眼,转而递给许臻。

借书卡上差不多有七成是法律和哲学书籍,还有三成是小说。

陈础:"就方紫莹说,赵枫每次从图书室借回来的书,像法律和哲学之类的都是她自己在看,而小说基本上都会借给陈凌和其他宿舍的服刑犯人。"

许臻:"这么看……赵枫和陈凌的关系还算不错。"

陆俨垂眸沉思几秒,忽然想到一个可能:"不只。如果我是赵枫,有些话我想和别人说,但是又不希望有其他人听见,我就可以以借书的方式传达消息。"

陈础:"没错。陈凌开始的表现还不错,在调查李冬云之前,陈凌就立过一次功,我们也给她减过刑,应该是下个月就刑满释放。这也是为了她的病情考虑,希望她能早点出去,得到更好的治疗。在这期间,她外面的朋友找医生开过治疗胃溃疡的药,比我们的要好。按照规定这些药是不能进来的,但我们给陈凌特别通融了,目的就是希望她在出狱之前,能再接触一下李冬云这条线。"

这件事原本进展得很顺利,但自从半年前陈凌保外就医查出胃癌,那以后就比较消极。

原本通过这条线，狱侦科已经开始怀疑赵枫了，但陈凌却不再配合工作，调查因此停滞。

自这以后，狱侦科又开始考虑发展其他特情线人。

结果就在内部讨论期间，方紫莹借一次家属探监的机会，先一步跟管教民警通风报信。

管教民警将消息转达给狱侦科，狱侦科和方紫莹接触之后，很快就从她口中得知了一些宝贵线索，决定发展方紫莹为七号房第二个特情线人。

而方紫莹告发的内容，就是跟陈凌、赵枫有关的。

方紫莹不仅亲眼看见陈凌跟李冬云拿药，两人还小声讨价还价了几句。

这之后，方紫莹还见到赵枫将借来的小说转交给陈凌看，可陈凌只是翻看了几眼就放到一边，好像也不是很热衷。

直到有一次，方紫莹提前回七号房，随手翻了一下赵枫借的小说，发现里面有一张字条，上面还写了一句："听说小杨死得特别惨，死前还受了不少罪，太可怜了。"

但方紫莹没有将字条拿走，因为陈凌和赵枫也很快回到宿舍。方紫莹担心被怀疑，而且在那个时候，这样简单的一句话也不值得方紫莹冒险。

听到这里，陆俨问："这句话是什么意思？"

陈础说："小杨是住在十三号房的囚犯，和陈凌一样都有癌症，也是在服刑期满之前查出来的。两个月前她选择在洗手间里自缢，因为我们发现及时，不到十分钟就把人救下来了。但是很可惜，就算是送医继续抢救，小杨也只是多支撑了五天。经过死因调查，她在自缢以后，脑细胞严重缺氧，导致深度昏迷，加上抵抗力降低，最终死于继发性肺炎。"

自这件事之后，女囚们就经常聊起此事，但大家也说不出具体的一二三，只知道小杨在病房里熬了五天才死。

而在这些讨论中，难免就会脑补小杨死前又受了多少折磨，有多痛苦。

听到这里，陆俨已经大概将这部分故事的脉络串联起来："同样都是病人，经常受到病痛的折磨，陈凌一定非常能了解小杨求死的心态，对这件事也会格外关注，而赵枫一定是看出了这一点。"

陈础："据方紫莹说，有一次她们几个在宿舍里聊起这事儿，赵枫还说曾在一本书上看到过，说有人自缢被救下来，熬了十六天才死，在死前还经历了肺水肿、心肌损害、肾功能衰竭。"

陆俨眯了眯眼，冷笑道："看来赵枫不仅具备反侦查的能力，还非常懂得操控人心。"

陈凌和小杨既能感同身受，有强烈的自杀意愿，自然不希望在经历病痛的折磨之后，还要再遭受其他波折，连死都不能死个痛快。

陈础："后来，方紫莹就经常听到赵枫和陈凌聊起这些，但是那时候，方紫莹还不知道陈凌想自杀，所以也没往心里去。而且就算有实据，我们也很难对赵枫这种教唆自杀的行为进行追究。"

陆俨一边听陈础描述几人的关系和过往细节，一边翻看着手里的资料。

正如陈础所说，这个案件难度并不大，但要如何对几人进行追究，这才是难点。

从法律上说，陈凌是一个对自杀行为有完全认识能力的成年人，既没有精神疾病，也不是未成年。她有自杀意愿，剥夺的是自己的生命，也知道这么做会造成什么后果，所以就算赵枫教唆她自杀成立，在法律上也不构成犯罪。

至于李冬云和黎敏，她们一个给陈凌提供海米那，一个教陈凌打绳结，两人都有协助自杀的嫌疑，可她们提供的只是陈凌在自杀中的辅助工具和方法，并没有直接参与实施陈凌的自杀行为。

除非可以掌握实据，证实李冬云和黎敏事先知道陈凌要自杀，进而提供"帮助"，这样才能定罪。

然而要证实这一点基本是不可能的。首先要有逻辑紧密的证据链，光是一个人，比如方紫莹的证言是不成立的，所以就算在案件推理上所有案情都可以还原，到了起诉阶段，依然是证据不足。

也就是说，要想定罪李冬云和赵枫，还得从毒品线入手。

至于方紫莹，她既不是警察，也不是直系亲属，更没有在陈凌发病的时候弃之不顾，所以就算她知道陈凌有自杀意愿，这样的"见死不救"也不构成犯罪。

陆俨刚想到这里，许臻也正好提到几天前方紫莹曾和陈凌有冲突一事。

陈础解释道："其实在这件事之前，我们已经内部讨论过，准备给方紫莹减刑，但是这件事发生得太过突然，方紫莹担心陈凌打她的事会误导我们的调查方向，影响减刑。就在昨天，方紫莹还跟我们反映过，见到赵枫三人凑在一起小声说话，怀疑她们在私下串供，想把陈凌的死赖在她头上。"

陆俨无声地叹了一口气，抬手揉着眉心。

方紫莹的段位真是远远不及赵枫，她的每一次上告，都是她看到了什么、听到了什么，永远都是孤立证言，没有实证。

显然在法律认知上，赵枫一直都远胜方紫莹，赵枫早就知道她这种教唆自杀行为不会受制裁，方紫莹却还在纠结串供。

陆俨以前在禁毒也有过类似的经历，能体会狱侦科的难处。

方紫莹虽然是特情线人，但她做事不够细心，还有点冲动，考虑得也不如她的调查对象周全。

而且在经过陈凌案之后，她的种种失策行为，已经让她被赵枫三人孤立在外，日后就算方紫莹想接近赵枫和李冬云以窃取消息，她们也会防范她。

陈凌的死对于狱侦科来说，只是一个自杀事件。但是陈凌的背后还牵扯一条毒品线，狱侦科不能以调查毒品的名义打草惊蛇，只能在陈凌自杀一事上借题发挥，于是就向请公安机关申请协助，叫刑侦、刑技到现场取证，看这样的"突击"能否找到有力的证据链。但是在询问和做笔录的时候，对四人都以陈凌案为出发点，借此试探。

据陈础所说，他们怀疑李冬云和另一名囚犯刘晓露都只是分销，而赵枫也在这条线上，可能是她们的上线或同谋，只是没有实据。

最主要的是，还要顺着这条线调查毒品来源。

到底是谁，用什么办法把毒品运进了监狱？如果赵枫真是其中的一环，那么她的上线又是谁？

陆俨梳理完所有思路，心里也勾勒出整个故事，只是里面似乎还掺杂了几个疑点，有些地方也有点解释不通。

他正准备再提两个问题，这时手机响了。

来电人正是冯蒙。

陆俨和陈础打了招呼，到门外接听，不一会儿又折回来，人还没坐下便说："陈科，待会儿刑技那边会有技术和法医过来，我们想再去一次案发现场，也许关于毒品线还能有新的发现。"

陈础很快应了："好，没问题！不管最终结果如何，这次的事我们都要多谢你们。"

陆俨淡淡道："您客气了。"

薛芃一行人抵达女子监狱时，陆俨和许臻正在狱侦科翻看过去几天的监控录像，尤其是七号房几人的活动画面。

陆俨撑着头，脸色深沉，一双长腿交叠着，眼睛始终盯着屏幕。

直到监控室的门被人推开，门外有人叫道："陆队。"

陆俨一顿，直起身转头看去。

叫他的人是孟尧远，他后面还站着几个人，薛芃只露出半个身子，侧着头，似乎正在看着别处。

陆俨和许臻交代了一声，很快起身走出监控室。

孟尧远小声问："听说陆队有新发现？"

陆俨的眉头依然没有舒展，安静两秒才说："的确有些发现，但对陈凌这个案子并没有帮助。这次取证，陈凌案只是一个幌子，咱们的目标还是海米那这条线。"

薛芃原本垂着眼，听到这话，有些诧异地抬起眼皮，刚好和陆俨的目光撞上。

两人的目光都只停留了一秒，就同时错开。

孟尧远又提了新的问题，陆俨正在回答，他站得笔直，说话时嘴唇的浮动并不大，因为是侧头对着孟尧远，颈部肌肉有一边绷紧，勾勒出坚毅的线条。

薛芃的目光很快又看了回来，一直盯着陆俨，仿佛是在专心地听他们对话。

直到她又一次挪开视线，好巧不巧地对上季冬允。

季冬允始终未发一言，只做个旁观者，到这一刻却扬了一下眉，眼里融入笑意，像是把一切都看明白了。

陆俨和薛芃一行人返场取证的时候，囚犯们都还在外面做工，宿舍区只有管教民警。

许臻和孟尧远走在最前面，后面是季冬允和法医助手。

陆俨和薛芃在最后面，但薛芃落后纯粹是因为故意放慢步子，而且一直低着头。

陆俨很早就注意到了，便越走越慢，等季冬允和孟尧远已经走出很远，他才将声音压低了问："是不是有什么想问我？"

认识多年，薛芃走路一向都很快，像是这种故意拖沓的小动作，陆俨一眼就能看懂。

薛芃朝前面看了一眼，说："我只是想知道，你今天说要过来二次笔录，又同意我们过来取证，你到底发现了什么。"

陆俨："与其说是发现，倒不如说是有一个人让我觉得很可疑。"

薛芃问："哪一个？"

陆俨："赵枫。"

薛芃一顿。

陆俨又问："你呢，听冯科的意思，是你主动要来，那你又发现了什么？"

薛芃安静两秒才说："也是因为赵枫。"

"哦。"陆俨应了一声，动了一下唇，不再多言。

又走了几步，薛芃才问："刚才你说，这次取证只是用陈凌案打掩护，这次针对的目标是海米那，是什么意思？"

陆俨很快将他和陈础讨论的结果转述了一遍，隔了两秒，问道："假如一个人要自杀，另外一个人就教她磨刀，又给她买了安眠药，如何判定这个人在主观意识上是要协助自杀呢？"

薛芃说："如果买的安眠药量大，倒是可以起诉，但定罪难度很大。除非还有更有力的证据，比如录音、录像，如果只是孤立的证言，就太牵强了。"

陆俨："现在的情况是，对李冬云和黎敏根本无法起诉。还有赵枫，她在这个案子里把自己择得干干净净，明显早有计划，不过就算把所有细节都揪出来，她教唆陈凌自杀也追究不了法律责任。"

薛芃一时没接话。

陆俨说："其实狱侦科早就内部讨论过，他们的本意也不是要用陈凌案来做文章，只是想借题发挥，调查赵枫和其他上线。"

薛芃："所以这次，陈凌的案子不需要再查了？"

陆俨："嗯。"

薛芃沉默了，表情也没有变化，但心里却有些起伏。

她和陆俨、和狱侦科所站的角度都不一样，所以在这个案子向前发展时，他们的心境也会不一样。

陆俨是刑侦，他看事看人看案件，是从侦查的角度，当然侦查是要建立在物证技术之上的。

而薛芃是痕检，她直接接触的是陈凌的遗物，在每一件东西上提取痕迹，通过这些了解陈凌的生前，她的接触更直接、更紧密，也更容易被这些痕迹所触动。

其实薛芃心里也知道，这种教唆自杀是无法追究的，协助自杀更难以判定，除非两个人相约一起自杀，一个死了一个没死，那么没死的那个多半会被追究故意杀人罪。

从法律上来说，陈凌作为一个心智正常的成年人，她绝对知道什么是自杀，这么做的后果是什么，连她的自杀行为，法律都不能说她犯罪了，何况是教唆她的人？

可理智归理智，情感归情感，就算薛芃明白这些道理，但是在投入这个案件的过程里，站在人性的角度上，她觉得这一切都很荒谬。

薛芃一路上都没吭声，直到快到七号房了，陆俨又落下一句："不用灰心，也许待会儿可以找到其他东西。心术不正的人，在一件事情上或许可以逃脱，但我不相信她能将每一件事都择干净。"

薛芃倏地站住脚，转头看他。

陆俨也停下来。

就见薛芃挑了一下眉，说："谁说我灰心了？"

话落，薛芃就走向孟尧远。

陆俨一顿，随即笑了。

孟尧远这时凑到薛芃跟前，小声问："你跟陆队聊什么呢，聊了一路。就因为你俩，我们都刻意放慢脚步等你们！"

薛芃一边穿防护服，一边扫过孟尧远："聊这个案子。"

孟尧远："只是聊案子……那他干吗偷笑啊？"

偷笑？

薛芃下意识地回过身，朝陆俨和许臻的方向看，陆俨是一贯的严肃，动作也利落，根本没什么特别。

薛芃又转回来："你该配眼镜了。"

孟尧远："不是，我真的看见了！"

几人很快就换好防护服，进场取证。

这一次，薛芃没有犹豫，直奔赵枫的私人物品。

她和孟尧远一起按照取证步骤，一件件仔细挑拣、观察，生怕有半点遗漏，哪怕一根头发丝都不肯放过。

季冬允就和助手进一步寻找可疑的生物物证。

陆俨自进屋后，便开始仔细观察屋内的摆设、布局，然后他将目光落在陈凌的床上，走上前站定，皱着眉半晌没动。

虽说陈凌自杀案已经没有继续调查的意义，但既然来了案发现场，陆俨还是下意识地寻找疑点。

许臻过来问："陆队，是不是想到什么？"

陆俨转过身，说："陈凌和赵枫是隔壁床，按理说，两人每天起床第一个看到的就是对方。而当时第一个发现陈凌自杀的人，也是赵枫。只不过赵枫的笔录是说，她已经起身开始收拾床铺了，过了一会儿发现陈凌没反应，就去叫陈凌，这才发现她已经死了。"

许臻一顿，很快反应过来："陈凌的颈部被一根绳索悬吊着，应该一眼就看到了，赵枫起床后那么久都没发现？"

陆俨说："当然，赵枫也可以解释说，因为喝了有海米那的水，早上醒来脑子还是蒙的，眼睛还没完全睁开就起身了，等到觉得不对劲了，才去看陈凌。"

薛芃一边取证一边听着陆俨和许臻的对话，手里的动作渐渐放慢了，直到她听到陆俨说："为什么赵枫要教唆陈凌自杀？如果赵枫真的和海米那毒品线有关，那陈凌就是她的买家之一，她何必自断财路？"

许臻接道："是啊，陈科不是还说，赵枫经常借书给陈凌看吗？"

借书……

一时间，陆俨和薛芃都顿住了。

先前陈础交代这几人的交集时，信息又多又杂，陆俨还没有注意到这一点。

陆俨很快问："赵枫经常跟图书室借什么书？"

许臻答："法律书和哲学书，一般监狱图书室也都是这两类书居多。哦，还有一些小说，不过她的小说主要都是借给陈凌看，方紫莹还在书里发现了一张字条。"

陆俨："那陈凌为什么自己不去图书室借？陈凌曾以特情身份立过功，按理说管教民警不会限制她去图书室。"

就在两人一问一答的时候，薛芃也开始翻找赵枫的小书架，非但小书架上摆满了书，就连她的床下、枕头旁都摆着几本杂志，储物箱里也有。

薛芃眯着眼，快速地一本本翻过去，随即直起身，说道："因为赵枫借给陈凌的书，根本不是从图书室里借出来的。"

这话刚落，陆俨就快步走过来，在薛芃旁边蹲下。

薛芃将书和期刊摊在他面前，说："这些杂志后面都是有借书卡的，但是这几本爱情小说、玄幻小说、科幻小说，这些没有借书卡，应该是赵枫的私人读物。"

"监狱图书室提供最多的就是法律和哲学书，还有生活类书籍，最多提供一些流动性期刊。"陆俨皱了一下眉头，一边翻看一边说，随即拿起其中一本翻了两眼，"应该是赵枫让家里人寄过来的，或是从流动书市上买的。"

孟尧远问："流动书市是什么？"

陆俨："因为图书室不是每个囚犯都有资格过去，而且大部分囚犯文化水平低，去了也没的看，所以就会私下搞图书出租，要不然就等流动书市。比如有的书店会定期带着一批书进来，搞个小型书市，品类自然比监狱里的要多，内容也新鲜。因为机会难得，所以服刑犯人都会买上几本，私下里再互相换着看。"

"哦，那也算煞费苦心了，为了调动囚犯们的积极性，还特意开放书市。"孟尧远说。

季冬允站在两步外，接道："其实监狱一向鼓励读书，这也是改造的主要手段之一。外面的人有手机有电脑，监狱里唯一的消遣就是书。不过就因为鼓励读书，有些囚犯就在这上面动脑筋了，当然也有真上进的，服刑期间拿到大专文凭的大有人在。"

孟尧远点点头，又问："那像这种流动书市，和让家人从外面寄书进来，不是一样的吗？"

陆俨："家属寄书，审核会更严格，不像这种流动书市，因为数量比较大，所以也会相对放宽一些……"

陆俨脑海中忽然浮现出某种可能性，遂话锋一转："你还记不记得陈科是怎么说的，他说是方紫莹亲眼看见的，赵枫经常借书给陈凌看，但是陈凌只是翻两眼就放到一边，显然陈凌对看书的兴趣不大。那赵枫为什么还要频繁借书给她？"

许臻刚要开口，薛芃却先一步说道："也许书里藏着只有她们两人知道的秘密呢。"

与此同时，薛芃翻开了其中一本，书页摊开着。

陆俨的目光一下子就定住了。

只见薛芃小心翼翼地将两边书页扒开，露出中间的装订缝隙，而在缝隙中残留着几颗细小的结晶粉末，有的是褐色，有的是米黄色，只是因为这些粉末太细碎了，不仔细看实在难以发现，而且还会被误以为是掉落的食物残渣，或是灰尘。

一时间，几人都下意识地屏住呼吸。

薛芃拿出棉签，提取了一点结晶粉末装进试管。

这下，连一直在寻找生物物证的季冬允都走了过来。

薛芃一言不发，很快从工具箱中取出安眠酮试纸，随即说："我需要一点热水。"

许臻立刻应了："我马上去拿。"

不到一分钟，许臻就从管教民警那里取得热水。

薛芃将热水倒进小碗，同时放入粉末结晶体，说："如果是海米那，受热后容易水解，将试纸这样竖着插进水里，只要三到八分钟就会有结果，看到底是阴性、阳性，还是无效。"

然而时间还没到，孟尧远已经开始感叹了："哟，人才啊，知道用书来贩毒。"

陆俨说："她最多就是借鉴，在书里藏毒是边境毒贩惯用的手法，他们会在书里面挖孔，将海洛因、冰毒和麻古藏进去。不过这几样味道太冲，警犬很容易就会发现。而且边境缉毒警经验丰富，有时候只要一看人就会有数。"

"陆队不愧是干过禁毒的。"季冬允笑道，"或许就是因为这一点，赵枫才会选择无味的海米那，又做成这样的结晶粉末来转移，不容易发现。"

孟尧远跟着科普："欸，我听说外国还有监狱发现无人机和信鸽往高墙里空投的，英国的监狱还搜出一本在毒品里泡过的小说。不过就因为整本书都泡得皱巴巴的，里面还少了四百多页，这才引起怀疑。据说那一页就能卖五十英镑，只要点燃了就能吸食。"

将书浸泡在毒品里……那纸就一定会皱，会引起狱警的怀疑，而且这方法基本都是用在需要吸食的高价毒品上。

陆俨的眼睛始终盯着试纸，嘴里喃喃道："纯度高的海米那都是白色药片或晶体，只有合成的才会是这种颜色，降低纯度，将药片变成颗粒碎末，就等于降低风险，利润也可以翻好几倍，果然聪明……"

陆俨话刚落，试纸便有了变化。

薛芃将试纸从水中拿出来,就两个字:"阳性。"

试纸上只有一条杠。

薛芃说:"这种胶体金法试纸的准确性很高,如果怕有误差,可以回实验室再做一次详细的。"

陆俨点头:"再找找其他的书,我相信一定还有。"

一旦确定书里藏着毒品结晶,那么接下来的事就比较简单了。

只要从这本书上采集指纹,和监狱里其他人进行比对,看除了赵枫、陈凌还有谁接触过,这些接触过的人就很有可能是将海米那放进去转交给赵枫的人。

薛芃和孟尧远很快就开始翻找其他的书,许臻也在一旁帮忙。

陆俨站起身,又一次走向陈凌的床铺。

他在床前站定了,垂下眼帘,看着床铺上残留的痕迹,有血迹,也有干涸的呕吐物和排泄物,这些都是陈凌最后留在这间屋子里的东西。

季冬允这时走到陆俨身边,问:"是不是还在想赵枫教唆陈凌自杀的动机?"

陆俨转头看向季冬允:"是啊,虽然现在已经不重要了。"

季冬允弯了弯眼睛:"我倒是有点发现。"

陆俨一顿:"怎么说?"

季冬允在床边坐下,然后躺在床上,说:"床的一边挨着墙,囚犯只能从另一边上下床。陈凌因为有呕吐的症状,身体又虚弱,如果想吐,有时候根本来不及走到卫生间,就会像案发那晚,这样吐到床上、地上。"

季冬允边说边侧身,将头探出床边。

"有胃病的人,通常口气都会带点味道,胃溃疡病人会有口臭。

"上次过来取证,这屋里就有一股腐臭味,就算开着窗户也能闻见。

"哦,我的鼻子受过伤,还有鼻炎,如果不是高腐尸体那么冲的味道,我一般都没什么感觉。"

陆俨笑了:"原来如此,难怪我听人说,凡是高腐尸体,十次有八次都是让你去。"

季冬允也跟着笑道:"我虽然闻不到,但赵枫闻得到啊。赵枫和陈凌就在隔壁床,当陈凌呕吐的时候,不管是味道还是视觉上,赵枫都是受冲击最大的那个。老话说,久病床前无孝子,就算是父母病重,有的儿女都会嫌弃,何况是狱友了。"

听到这儿,陆俨皱了一下眉头,转身又一次看向赵枫的私人物品。虽然薛芃和孟尧远已经翻了一圈,有些乱了,可是却不难看出赵枫是一个在摆放上有些强迫症且非常注重整洁的人。

事实上不仅是赵枫,在监狱里服刑久了,再懒惰的犯人也会被纠正过来,作息规律,饮食健康,床上的被褥就和军队一样要叠成豆腐块,私人物品更不可能摆放杂乱。

陆俨一边回想一边说:"赵枫自己看的法律和哲学书,在书页的上面都会用书签别好,从不折角,就算做笔记也是用铅笔,而且封面上没有明显的压痕,外面还包上书皮,整体保持得很干净,看来她并不是一个喜欢把自己的书借给别人的人。"

书这东西是最容易弄脏的,尤其是借来借去的,有人还喜欢在厕所里看书,书上也会沾着许多细菌,就算表面看不出来,有心理洁癖的人也会排斥。

陆俨:"那么当赵枫三不五时地看到陈凌在呕吐,闻到那些腐臭味儿,她心里一定烦透了。"

从赵枫的资料里也不难看出,她有点表演型人格,在人前会展现自己完美的一面,但通常越是这种人,心里的反差就会越明显。

有些人脾气急,容易动怒,看上去有点性情不定,但这样的人往往来得快去得也快,发泄出来就好了。

最怕的就是赵枫这种,平时一直压抑着负面情绪,越积越多,看上去跟谁都是和和气气的,可一旦发起狠来,那就是刀刀见血。

要不怎么说笑里藏刀呢。

季冬允站起身:"现在赵枫的罪证已经找到了,她能逃脱教唆自杀的谴责,却逃不掉贩毒的法律责任。"

陆俨抬了下眼,浅笑道:"我在调过来之前就听说过对季法医的不少赞誉,这次配合也证明了传言非虚。无论如何,我还要跟你说一声,谢谢。"

季冬允有些诧异:"陆队真是过誉了,都是你领导有方,以后咱们还有的是机会合作,我相信一定会配合越来越好。"

陆俨:"一定。"

与此同时,正在物证堆里忙活的孟尧远也在百忙之中抽出一点说闲话的时间,小声嘀咕道:"嘿,这就互相恭维上了!"

许臻轻咳了一声,没敢接话。

倒是薛芃，侧身用余光瞄了一眼站在后面几步外正在惺惺相惜互相欣赏的两个男人，随即转过来，不咸不淡道："千穿万穿，马屁不穿。"

孟尧远："噗！"

陆俨："……"

季冬允："……"

从七号房取证回来，很快就轮到二次笔录。

许臻被派去跟狱侦科的同事一起询问女囚黎敏，李冬云和赵枫则交给陆俨，方紫莹排在最后。

陆俨和狱侦科的小刘坐在一起，薛芃等人和科长陈础就在隔壁，通过单向玻璃看着屋里。

第一个接受审问的是李冬云。陆俨坐下后做了简单的自我介绍，并且直接点明是为了调查陈凌案，目前又有新发现，有几个问题需要补充。

一听到"有新发现"，李冬云神情一紧，飞快地说："其实我和陈凌的关系比较一般，这件事我真的什么都不知道……"

陆俨："经过我们调查取证，在陈凌和你们四人体内都验出了海米那。同时我们也在陈凌的杯子、七号房的暖水瓶和你的私人物品里找到海米那。你怎么解释？"

虽说现在根本没法证明暖水瓶里的海米那是李冬云放进去的，但陆俨却故意将这几件事放在一起说，任何有正常逻辑的人都会联系在一起想。

李冬云有些慌，连连否认："我是有海米那，但是暖水瓶里的跟我无关，我也没有给过陈凌！"

陆俨注意到李冬云的描述——我也没有给"过"陈凌。

也就是说，非但这次李冬云没有给，以前也没有？

陆俨不动声色道："陈凌体内的海米那浓度，证实她最少服用超过三个月，而整个宿舍，我们只在你和陈凌的物品里搜到海米那，不是你给的，那是谁？"

李冬云愣了愣，一时接不上话。

陆俨注意着她的表情，说："李冬云，我相信有一点你很清楚，无论你怎么说与你无关、你不知道，最终我们都是以证据说话。"

李冬云："可我真的不知道……我是无辜的，我真的没有给过陈凌！"

陆俨："那你的海米那准备给谁？难道留着自己吃？你体内的海米那浓度并不高，你应该没有服食海米那的习惯。"

最主要的是，李冬云的身材偏胖，气色也健康，不像是有吸毒习惯的。

再说，像这种监狱内贩毒，一定要有联络渠道，还要有毒品获取渠道，毒品是不会凭空出现的。

联络渠道主要就是私藏手机，也有因犯趁着给亲人打电话的时候联络毒品，个别情况还有在探监的时候联络。

李冬云的私人物品里没有手机，基本上可以排除这一点，而且以她藏有海米那的量来看，她应该不是上线，只是下游一个节点。

还有，监狱贩毒一定要有获取毒品的渠道，有些毒品渠道是囚犯在入狱前形成的，有些则是有贩毒渠道的囚犯入狱之后带进来的。

李冬云在入狱之前从没有接触过毒品，怎么可能入狱后突然就有了渠道？多半是入狱后被其他囚犯发展成下线的。

等到毒品的渠道建立完成，又会分出来两种情况：一种是服刑犯人在监狱内遥控操作监狱外的贩毒活动，另一种就是将毒品贩卖进监狱。而将毒品带进监狱，一般都是买通民警、工人或是狱内工作的企业职工，等送进监狱里再在囚犯中间分销。

换句话说，一定要里应外合。

李冬云支支吾吾地好一会儿不说话，她的脸色越来越白，大约是想到后果了。

自从陈凌案开始，李冬云的精神状态就一直不好，七号房暂时回不去，门口拉着警戒线，又有刑侦、刑技调查取证，李冬云根本来不及藏好自己的海米那，被翻出来是很容易的事。

其实这也是陆俨一直觉得奇怪的地方。

按照一开始的证据链，他推断是李冬云向陈凌提供海米那，但是经过一番调查，陈础又有了新的资料提供，再加上在赵枫的物品里也搜到海米那，而赵枫就是一直通过借书的方式给陈凌供毒。

陆俨先前的推断，在这一刻又有了变化。

陆俨眯着眼，观察着李冬云的表情，隔了几秒，忽然说："我看过你的案底，你之前并不是因为贩毒才被判入狱，我相信应该是你进来以后，被一些恶习不改的犯人蒙蔽，一时想歪了，才会掺和进来。"

李冬云虽然慌乱，却还是听到了陆俨的话，她缓了几口气，小声说："我原本不想这样的……"

陆俨等了一会儿，知道让她交代全部情况有难度，便继续往下引导："现在有两件事，你要听清楚，这对你的刑期影响很大。"

一听到"刑期"，李冬云下意识地抬起头，两眼发直地盯住陆俨。

陆俨停顿两秒，才说："第一件，在司法解释里，毒品的数量划分为'少量''数量较大'和'数量大'三个层级，不同的层级判刑标准也不同。按照你原本的刑期，你应该明年就可以出狱。虽然海米那属于新型毒品，暂时还没有将死刑适用于运输、贩卖的犯罪分子身上，但是你既然参与了贩毒活动，刑期就一定会延长。至于延长多久，就要看毒品持有量和你的表现。"

海米那属于新型毒品，它的主要成分就是安眠酮，在定罪的时候，法院会将它和传统毒品进行换算，1克安眠酮等于0.7克大麻，1500克安眠酮等于1克海洛因。当然，还要看里面安眠酮的含量纯度。

而按照李冬云的持有量，就算她给陈凌提供了一段时间的海米那，这个量也只是"少量毒品"的层级。

但陆俨对此只字不提，却刻意提到"死刑"二字，就是暗示李冬云，虽然不至于死刑，但也可能判得很重。

李冬云不是一个有丰富经验的贩毒分子，从她的慌乱和藏毒的方法就可窥见一二。所以乍一听到因为参与贩毒要加重刑期，而她都不知道会加重多少，心里一下子就没了底。

李冬云眼前一阵阵发黑，过了好一会儿才缓过来，声音发颤地问："那我要怎么表现……"

陆俨淡淡道："这就是你要清楚的第二件事。如果你配合调查，老实提供其他线索给我们，这对你的刑期只会有好处。但反过来，你不配合，我们一定公事公办，而且现在你牵扯的不仅是贩毒，还有陈凌的一条命。"

李冬云一愣，随即叫道："我……我只是帮忙散货，但我没给过陈凌，是……或许是其他宿舍的人……"

陆俨："那么，陈凌的海米那是从哪里得来的？"

李冬云眼神又开始闪烁："我……我不知道……"

陆俨抓住这一刻关键，说："你知道这种说辞，等上了法院意味着什么吗？"

李冬云："我……"

陆俨:"又或者,你有其他合理的怀疑对象,我们也会继续调查,不会将你没做过的事算在你头上。但就目前来看,你是这个案子里最有嫌疑的。"

李冬云:"可……可是陈凌,她不是自杀吗?为什么我有嫌疑……"

陆俨扬了一下眉,靠坐在椅背上,双手环在胸前,语气依然很淡:"陈凌有严重的胃溃疡,而海米那这种合成毒品,对普通人来说都有很大的副作用,何况是陈凌。海米那对她的肝肾以及精神都造成一定损伤,现在经过尸检,我们绝对有理由怀疑,是有人趁陈凌服药后精神错乱,对她进行教唆、诱导而导致的自杀。"

李冬云已经听傻了:"什么……这怎么可能……"

陆俨却将她的喃喃自语打断:"也就是说,陈凌在自杀之前,对自己的行为已经失去认知能力,她不知道自己在做什么,而你就触犯了故意杀人罪,加上你贩毒,多项罪名加在一起,一定会从重处理。"

李冬云叫道:"我没有,不是我给她的药,我也没有教唆她,我那晚很早就睡了,而且我觉得头很晕,等我第二天醒过来,陈凌已经死了!"

陆俨扯了下嘴角,没接茬儿,一副不以为意的模样。

李冬云见状,更着急了:"是不是……只要我提供其他嫌疑人,你们就会去调查,就会还我清白?"

陆俨缓慢地眨了下眼:"你可要想清楚,栽赃嫁祸,浪费警力,只会罪加一等。"

李冬云忙说:"我不是栽赃,我有证据!"

隔壁的监控室里,薛芃看到这里,眼里也不由得流露出细微的情绪,心情更是跟着审讯室里的变化而起伏。

其实李冬云并不是一个难审问的犯人,她的胆子不够肥,心理素质也一般,但她和所有犯人都一样,会下意识地矢口否认,掩盖罪行,只是装得不够高明罢了。

逃避罪行,逃避责任,这是人类的共性,要戳破这样的谎言,就需要在心理战术上逐一击破。

今天的审问换一个人也能完成,但薛芃却注意到,陆俨不仅没费什么力气就让李冬云自己交代了,而且他全程都没提过陈凌以外的名字。

直到李冬云自己说出口,其实她一直在怀疑赵枫也有海米那,而且赵枫和陈凌一向走得近，也是最后有机会给陈凌提供海米那的人。

李冬云还交代说，一开始陈凌也问她要过，但她没敢卖给陈凌，就是看她身体虚弱，怕她服食海米那之后加重病情，闹出人命就麻烦了。

听到这里，孟尧远向薛芃凑了一步，小声问："你觉得，李冬云的话可信吗？"

薛芃想了一下，同样小声地回应："看她的样子不像撒谎。"

孟尧远："也许是演戏呢。"

薛芃皱了一下眉头，说："你不觉得奇怪吗？"

孟尧远："奇怪什么？"

薛芃："咱们上次取证，很轻易就翻出了李冬云藏的海米那，显然她根本来不及藏，也没料到会突然检查。"

孟尧远："哦，如果她知道陈凌要自杀，也给她提供了海米那，怎么都得事先做好准备吧。"

薛芃："可她什么准备都没做。"

孟尧远："那她就是不知情了……"

薛芃没接话，仍是看着单向镜。

安静了几秒，孟尧远侧头观察着薛芃脸上的专注，又不怀好意地凑过去问："那你猜，这些细节，陆队是不是早就心里有数了？"

薛芃用余光扫了一眼孟尧远："我怎么知道？"

孟尧远："依我看啊，他应该早想到了，你看他审问的时候游刃有余，还挺有章法的，真是年轻有为啊……"

薛芃的语气倒是没什么起伏，就是眼神带点嫌弃："你怎么说话跟个老头子似的。"

孟尧远"哟"了一声，刚要反驳，却看见站在两步外始终当着背景板的季冬允，轻笑出声。

孟尧远连忙说："季法医，我说得没错吧，咱陆队是不是年轻有为啊？"

咱陆队？

薛芃皱着眉，挑剔着孟尧远恶心的遣词用字。

站在她另一边的季冬允跟着说："的确如此，而且还会运用心理战术。"

薛芃没有接话，只用余光瞥向季冬允。

就在这时，许臻结束了对黎敏的问询，推门进来了："怎么样？"

几乎同一时间，单向镜对面的审问也结束了。

狱侦科进来两个民警，很快将李冬云带走。

不一会儿，赵枫被带了进来。

单向镜这边，所有人一起收了声，齐刷刷地看过去。

终于轮到了赵枫，整个案子里最聪明也是最会掩藏的一个。

相比之下，李冬云最多也就是个前菜。

赵枫一坐下，无论是表情、姿态，还是眼神，都和李冬云完全不一样。

李冬云摆明了就是心虚，赵枫却淡定多了，而且不像是装出来的。

赵枫的头发梳得很整齐，同样穿着囚服，但她很注意干净整洁，囚服很平整，她坐下时还抚了一下衣摆。

这些细节全都被陆俨收入眼底，他知道，要攻破赵枫的心理防线，需要更多的步骤，而且一定不能操之过急。

狱侦科的小刘很快将二次取证的物证照片递给赵枫看，同时说："我们在你的私人物品里搜到了一种叫海米那的新型毒品，你怎么解释？"

赵枫仔细地看了眼照片，抬眼时，说："这些书是我的，里面藏的药也是我的，但我不知道这是毒品，我只是帮陈凌买药。"

陆俨眯了下眼，没说话，接着听小刘和赵枫一问一答。

小刘："你不知道？这只是你的一面之词，谁能证明？"

赵枫轻叹了一口气，带着一点委屈："刘警官，我真的只是为了帮陈凌，是她求我帮她找药的。陈凌每天晚上都睡不好，她说只有这种药可以让她有个好觉，而且她病得挺严重的，时间也不多了，我看她那么可怜，那么难受，我也是一时好心。我根本不知道这些是毒品哪，要是我知道，肯定不会冒这种风险的，而且一定会向教员揭发……"

小刘将她打断："你说你只是好心，那你是从哪里得来的？"

赵枫："是从刘晓露那里买的。刘晓露说陈凌的身体虚弱，用不了多少药，分给我一些小颗粒就足够了。我每次去找她都会带几本书，让她把颗粒夹进去，我再带回来给陈凌。"

小刘："那这种情况持续了多久？"

赵枫："差不多半年吧，就是陈凌知道自己的胃溃疡转癌之后。其实有好几次，我都劝过她少吃这种药，副作用挺大的。尤其是我每次看她又头晕又呕吐，有时候意识都不太清醒，脸色也越来越差，我都害怕她哪一天就……可是陈凌总是说没事的，她心里有分寸，还叫我不要多想。"

赵枫说得声情并茂，整个故事乍一听也找不到漏洞，而且还在言辞之间，将小刘准备好的问题提前回答了，比如给陈凌提供了多长时间的海米那，海米那是从哪里来的，等等。

而且赵枫所有的话，都是建立在一个基础之上——她只是出于一片好心，完全不知道海米那是毒品，陈凌是一意孤行。

这样一来，她反倒是助人为乐了。

小刘一边问着一边皱眉头，心里也很清楚赵枫是在演戏，可是一时半刻找不到突破口，正在发愁。

坐在一旁始终未发一言的陆俨，这时突然身体前倾，将双手搁在桌面，一双锐利的眼眸盯住赵枫。

这番动作虽然轻，却惊扰了赵枫和小刘。

赵枫看向陆俨，两人安静地对视了三秒钟，谁都没说话，小刘也停止发问。

审讯室里，气氛一时静谧诡异，气压骤然下降。

这是赵枫第二次跟陆俨打照面。

上一次陆俨戴着口罩，穿着防护服，有了遮挡，也没有将她锁定为犯罪嫌疑人，而且还是以公安机关协助狱侦科的名义过来，自然不会对她施压。

但这一次，陆俨不仅没戴口罩，连周身的气场都变了，没有人能在这样的眼神下坚持超过十秒钟。

而赵枫连五秒钟都没坚持到，很快就错开眼神，看向小刘时，又把演了一半的戏找了回来："刘警官，该交代的我都交代了，我真的是无辜的，我可以再去找刘晓露买药，这样就可以当场人赃并获，那你们就会相信我了！而且，刘晓露从来没有告诉我那些是毒品，就说是帮助睡眠的精神类管制药品……"

好一副坦白从宽的态度，甚至还有主动申请当线人，戴罪立功的意思。

但这一次，开口的不是小刘，而是陆俨："你刚才说，你不知道海米那是毒品。"

赵枫朝陆俨那边转了一下头，眼神却没对上："对，我不知道。"

陆俨轻描淡写地问："怎么证明？"

赵枫一顿，没想到问题又绕了回来，便说："证有不证无，我没法证明自己不知道这件事。"

137

陆俨："你的所有口供都是孤证。你犯过法，接受过调查，也上过法庭，你应该知道，口供要经过查实才能作为证据。我们注重的是调查研究的结果，而不是你的一面之词。"

赵枫愣了一下，终于看向陆俨："难道，你们要告我？可我什么都不知道啊，我只是在帮人，帮人也有罪吗？"

真是灵魂拷问。

陆俨微微挑眉，说："帮人没有罪，不过到底是帮人，还是用帮人当幌子，掩饰贩毒的罪行，还要看整个证据链。你之前入狱，也说自己是因为想帮人才做假账洗钱。同样都是'帮'，你自己说'帮'人有没有罪呢。"

赵枫一噎，没接上话。

单向镜另一边，孟尧远小声说了一句："陆队牛啊！"

薛芃侧头瞪他。

孟尧远满脸的无辜："我就是感叹一下嘛。"

薛芃没理他，正准备继续观看，却在这时注意到站在孟尧远另一边的陈础这时低头看了一下手机，好像是有人给他发微信。

陈础看了微信，神情顿时严肃起来，等他再看向隔壁屋时，整个表情都不对了。

薛芃一时不解，却有种预感，陈础收到的微信，恐怕就和赵枫有关。

这时，单向镜对面，赵枫正在极力为自己辩解："我那时候只是一时鬼迷心窍，我知道自己做错了，也在为自己的行为负责，我这几年服刑一直都很守规矩，什么纪律都没有违反过，就算别人闹事，我也从不掺和，又怎么会参与贩毒呢！"

陆俨很有耐心地听着，随即话锋一转，说："多年前有一个制毒案，涉案人员罗某，在被抓获之后也一直声称自己不知道'涉毒'。他的律师也说，在罗某的认知里，他只知道自己违规制药，并不知道自己是在制毒，更加不知道自己犯法。结果，这些说辞却没有蒙骗过法官。原因有二：一是罗某在制毒的过程中，他知道这件事很危险，而且有沾毒的嫌疑；二是在运输原料的过程中，罗某小心掩饰，一直在用混淆原料名称、和其他物品混装的方式蒙混过关。他的种种行为，都和他的一面之词相悖。"

陆俨的语速很慢，每说半句就会停顿一瞬，观察赵枫的反应。

赵枫听得很认真，眼睛快节奏地眨着，这是因为她的大脑正在飞速地思考。

陆俨继续道:"其实你这个案子也是一样的道理,你现在可以坚持自己毫不知情,上了法庭也可以继续狡辩,但是法院会不会采纳,你的孤证和整个证据链是否吻合,这些才是最终判刑的标准。如果你说的是事实,那么我们一定会还你清白。相反,如果你认为自己很聪明,用这种说辞就能混过去,你就会失去坦白从宽的最好机会,最终吃亏的只是你自己。"

这话落地,审讯室里一阵沉默。

赵枫低下头,思考了很久,仿佛将两种结果都想清楚了,这才抬头说:"是不是我交代了,我就能轻判?"

陆俨:"那就要看你交代的是什么了。"

赵枫吞咽了两下,声音很轻:"其实……是陈凌让我这么做的。"

听到这里,小刘一愣。

陆俨也眯了眯眼睛,嘴角勾出冷漠的弧度。

即便到了这一刻,赵枫都没有半点慌乱,她始终都在很冷静地权衡利弊,利用自己的智商和演技玩花样,而她所谓的"交代"更是将责任推到死人身上。

赵枫:"陈凌说,她需要的药量很少,而且是合成的,她的身体也承受不了太多,每次就那么一点点。就算最后被发现了,她也会自己承担下来,不会连累我。她也愿意帮我做证,说我对这件事不知情。"

陆俨淡淡道:"继续。"

赵枫:"我那时候只知道那些是管制药,并不知道它们叫什么。还是后来有一次,陈凌吐得很厉害,第二天晕晕乎乎的,整个人精神也有点恍惚,我就问她,如果是安眠药,怎么劲儿这么大,那些到底是什么。陈凌这才告诉我,那些是一种叫海米那的合成毒品,里面的主要成分是安眠酮。"

陆俨:"这是什么时候的事?"

赵枫:"大概是一个星期之前吧。我当时吓坏了,就说以后不会再帮她!但陈凌却说,因为是合成的新型毒品,已经是第三代海米那了,根本不是高纯度的安眠酮,所以在判刑上也会比较轻,她让我不用太担心。我听了很生气,就质问她,她有没有拿我当朋友!陈凌却笑着跟我说……"

"咚咚咚"!

赵枫的话并没有说完,就被这三声敲击打断了。

赵枫抬眼看去,就见到陆俨一手手指蜷缩着,指关节就悬空在桌面上方。

陆俨开口时,就仿佛是在闲聊天:"你的故事里有一个很大的漏洞——为什么陈凌要让你去买海米那，而不是她自己去找刘晓露，难道她已经病得连买药都不会了？"

赵枫解释道："其实我一开始也有这个疑问，但陈凌说，她怕她去了，刘晓露会故意抬高价格，因为刘晓露知道她睡不好，很需要安眠药。而我和刘晓露还算谈得来。"

陆俨"哦"了一声，问："那你和刘晓露购买的价格，比其他人便宜多少？"

赵枫愣了一秒，说："其实也没便宜，只是我一直以为便宜了，我后来才知道原来刘晓露给我的价格和给别人的价格一样。"

陆俨："那你在知道价格一样的时候，怎么没让陈凌自己去呢？"

赵枫："我……"

陆俨没等她回答，又继续问："还有，你说你在一个星期之前才知道那是毒品，那么这一个星期，你为什么还在给陈凌提供，而且在你书里找到的结晶颗粒，累计算下来分量也足够陈凌服用半个月的，你为什么不销毁？"

赵枫："因为……陈凌还没有把钱都给我，她说如果我把那些药清理掉，付给刘晓露的钱就算我自己出的。"

陆俨似是笑了一下："陈凌装海米那的药瓶已经空了，她却把海米那继续留在你这里，你觉得合理吗？"

赵枫："这个……"

赵枫垂下眼帘，努力想着说辞。

可陆俨又一次打乱她的节奏："就目前为止，你的故事依然是孤证，和我们找到的证据链相悖，你只是在浪费时间。你说你以为那些只是药，你只是在帮人，那你为什么要遮遮掩掩地夹在书里？帮人是好事啊。"

赵枫的呼吸节奏有点乱了，可她却努力平复着。

这一次，她安静了许久，才说："警官，您刚才说的故事也有一种可能，也许那个罗某真的不知道呢？或者他就像我一样，后来才知道那些是毒品，一开始的确是被蒙蔽了。其实，我也是这几天偷偷问了刘晓露才知道的，原来海米那是一种新型毒品，而且是合成的，它虽然有安眠酮的成分，但也掺杂了别的，出来的成色和安眠酮的白色药片是有差异的。我和那个罗某一样，只是用肉眼分辨，根本不懂什么化学知识，所以我们不知道海米那就是安眠酮，这也是正常的！"

这话落地，屋里再度陷入沉默。

隔了好几秒，赵枫脸上挂满了委屈，带着哀求看着陆俨。

陆俨却始终面无表情。

片刻后，陆俨倏地勾了下唇，毫不留情地将她拆穿："我什么时候说过，罗某制的毒是海米那？"

赵枫一愣，这次脸色也跟着变了。

她拼命地回想着，眼睛又一次飞快地眨起来。

陆俨依然没有给她整理思路的时间："看来这个故事你是知道的，功课也做得很充分。如果真像你说的，那你以为那些只是安眠药，那又怎么会特意去了解这些资料？我听说你经常看法律方面的书，那你也应该知道自己这次会被判几年。"

赵枫不说话了，低下头，呼吸渐渐急促。

陆俨："还有，你刚才已经供出了刘晓露，那你猜，刘晓露会不会为你的'不知情'做证，还是她也会反咬你一口，赶在你之前坦白从宽？赵枫，我前面就说过，你不配合调查，吃亏的只是你自己。"

审讯室里的气压越来越低。

过了好一会儿，赵枫才闷声开口："是不是我交代了，就真的会从宽处理？"

陆俨淡淡道："你现在有讲条件的余地吗？"

赵枫深吸了一口气，闭了闭眼，说："其实一开始接触这条线，真的是因为陈凌，这一点我没有撒谎。"

很快，赵枫就把故事的始末讲了一遍。

大约是半年前开始，陈凌的胃溃疡有了变化，经过保外就医检查，已经癌变。

陈凌从医院回来后就很消极，监狱外早已没了亲人，每个月来探监的就只有一个朋友。原本她获得减刑，还指望着出狱后好好生活，治好自己的胃病，可现在一切都没了盼头。

陈凌知道她的胃癌已经到了中晚期，出狱后要花上一大笔手术费和医疗费，还未必治得好，而且她的癌细胞已经扩散了，花钱还受罪，出去了又无依无靠，图什么呢？

陈凌消沉数日，人也开始转变，以前从不跟刘晓露这些人来往，眼下也开始了。

陈凌让赵枫去帮忙联络刘晓露，因为陈凌和刘晓露关系一般，说不上什么话，突然去找，怕刘晓露起疑，不愿卖给她。

赵枫一开始也是和陈凌说好，只是帮忙问一下，并不掺和。

谁知后来，刘晓露和陈凌一左一右把赵枫夹在中间，因为刘晓露不愿意接触病恹恹还带着口臭的陈凌，就答应让赵枫赚个差价。

赵枫一见从中可以牟利，甚至她如果答应，刘晓露还能在其他事情上给她便利，比如让人从外面捎进来其他违禁品，只要目标不大，没收了以后别出卖她就行。

赵枫说，其实李冬云手里也有海米那，也是刘晓露散货给李冬云的，但是李冬云办事笨手笨脚，刘晓露很烦她。

相比之下，赵枫比较心细，胆子也没有李冬云那么大，竟然大大咧咧地将海米那药片直接放在一个药瓶里。

只是陈凌服食海米那之后，睡眠虽然有了改善，整个人却开始破罐子破摔了。

陈凌也知道，她不再配合狱侦科的特情调查，狱侦科就会发展其他线人。

陈凌了解狱侦科的办事手法，很快就意识到这个人可能是方紫莹。

但方紫莹实在太笨了，她接触李冬云不成功，又来接触赵枫。陈凌就将她的怀疑告诉赵枫，让赵枫别上当。

方紫莹对此毫不知情，试了好几次都无功而返，有一次还听到陈凌和赵枫在小声谈论，就以为是陈凌在说她坏话。

于是就在前几天，方紫莹突然跑去刺激陈凌，陈凌被激怒了，就打了方紫莹一巴掌。

大概就是因为那次刺激，陈凌开始想不开，几天后就自杀了。

赵枫故事讲完，缓了一口气，说："该说的我都说了，如果你们还是不信，我也没办法。"

这一次，陆俨沉默了。

他垂下眼帘，双肘撑在桌上，额头顶住手，隔了片刻，才抬起眼，眼皮上浮现出一道深褶。

"照你这么说，你并不知道刘晓露的毒品来源？"

赵枫摇头："她怎么会告诉我呢？"

陆俨："所以你只是换了一个故事，继续狡辩。"

赵枫一噎，终于开始不耐烦了："我就知道这么多！你们不信我也没办法！"

其实赵枫自己也很清楚，以她藏在书里的那些海米那的量，加上她提供给陈凌的量，都算在一起也是少量毒品，而且还是新型毒品，在判刑上不如传统毒品来得严重，所以只要她咬死了自己的故事，供出刘晓露，就这些证据而言，她判得也不会太重。

唯有一点，到底是陈凌自己主动吸食毒品，还是经过赵枫教唆，这两者是有明显区别的。

思及此，陆俨直起身，靠回椅背，说："因为陈凌有胃溃疡，她经常半夜疼醒，整宿都睡不好。为了能让陈凌睡觉，别打搅到你，你就让她服食海米那。"

赵枫："我没有，是她自己要吃的！"

陆俨："你没想到，服食海米那之后副作用那么大，陈凌的呕吐症状反而加重了，而且她难受起来根本没力气去洗手间，就只能吐到地上，你就住在她隔壁床，是不是很烦她？"

赵枫脸色一变，别开脸，隔了两秒才说："不只是我，同屋的谁不烦她，每天闻着那些味道！"

陆俨："只要陈凌死了，你也就不用烦了。所以你就一点一点地给她洗脑，还跟她讲其他癌症犯人的事，帮她一起研究怎样自杀才能少受罪，让她去跟黎敏学打绳索，告诉她在自杀之前，要确保不会有人突然醒来阻止。"

安静了几秒，赵枫忽然笑了一下："陈凌是个成年人，精神也正常，法律上无法追究她的自杀是有罪的，又怎么能追究教唆自杀的人有罪呢？"

陆俨："可教唆吸毒是犯罪的。"

赵枫一下子愣住了。

赵枫懂法，自然知道"教唆自杀"定不了她的罪，可是"教唆吸毒"一经证实，情节严重者可以判到三年以上七年以下有期徒刑。

赵枫瞬间反弹，叫道："你们以为这样就可以诬陷我？你们口口声声说要讲证据，那你们有吗？拿出来啊！"

陆俨没应，只是眯了眯眼，观察着赵枫脸上因为激动而越发狰狞的线条。

赵枫原本身体前倾，紧贴桌沿，她发泄完，又拍了一下桌子，靠回椅背，闭上眼，让那些愤怒的情绪落下。等再睁开眼时，她却笑出声："哈，你们是不是觉得，陈凌病了，又自杀了，她很可怜，很值得同情？可怜之人必有可恨之处，你们以为陈凌傻吗，她会那么容易就被我洗脑吗？其实她心里什么都清楚，她要自杀是一早就决定好的，谁都拽不回来！而且她早就看出来我有意消磨她的意志，想她去死，她也一早就把我戳穿了！我这点伎俩，在她面前根本不够看。"

陆俨依然没接话，也没表情，只是心里有点诧异：陈凌知道赵枫在做什么，而且还将赵枫戳穿了？

赵枫继续道："陈凌一点都不简单，她城府很深，藏了很多秘密，只是因为她病了，所以才会看上去好糊弄罢了。其实一开始，也是陈凌告诉我的，不管是在这里混，还是将来出去了，第一件要做的事就是懂法，只有懂了，这个游戏才算入门。我看的那些书还是她推荐给我的，还说她都看过了，要是我有看不明白的尽管问她。我知道的，都是她一手教出来的，她那么精明的一个人，会被我教唆吸毒吗？"

陆俨眯了眯眼，这一次没有打断赵枫。虽然他并不十分相信赵枫的话，可他又不得不承认，赵枫在激动之后坦白的这些，的确比前面的故事更符合逻辑。

陈凌是个心思缜密的人，而且藏了很多秘密，这些都没错，这样一个人的确不像是会被赵枫几句话洗脑，就跑去吸毒。

就算要吸毒，多半也是陈凌自己的决定，她很清楚自己在干什么。

只是有一点，他倒是没想到——原来赵枫是陈凌一手教出来的？

就在这时，审讯室的门忽然被人推开了，进来的是陈础。

陈础："打搅一下，陆队，咱们聊两句。"

陆俨一顿，虽然有点诧异陈础会突然将审讯打断，却还是站起身，走向门口。

临出门前，陆俨又看了赵枫一眼，赵枫趴在桌上，还在缓和呼吸。

走廊里，陆俨跟着陈础走了几步。

等陈础转过身，迎向陆俨的目光，陆俨心里也跟着落下某种预感——这个案子，怕是要结束了。

陆俨正想到这儿，就听陈础说："审讯到这里就可以告一段落了，接下来的事，还是由我们狱侦科自己来处理吧。"

果然……

陆俨不动声色地垂下眼帘，没有让自己流露出任何情绪，只说："也好，我们毕竟只是来协助你们的，自然不好喧宾夺主。稍后我们会把报告传过来，陈科签个字，这次的协助工作就算完成了。"

陈础笑了下:"当然,不管怎么说,这次还真是多亏你们刑侦支队,回头我一定跟上面反映,感谢你们的大力协助!"

陆俨:"哪里,您客气了。"

陈础主动伸出手,陆俨和陈础虚握了一下,很快分开。

陈础又说了几句客气话,称赞着陆俨的侦查和审讯能力。不一会儿,薛芃等人也从审讯室隔壁出来了。

等陈础离开,狱侦科民警就过来送陆俨一行人,好像很着急。

陆俨一路上都没什么表示,也看不出异状,直到离开女子监狱,身后的大门发出沉重的"吱呀"声。

几人走向停在空地上的警车,孟尧远和许臻走在最前面,孟尧远边走边犯嘀咕:"怎么回事啊,没头没脑的,连口水也不给喝,就这么把咱们给轰出来了?"

许臻频频回头,也是不解:"是有点奇怪,好像不希望咱们再往下查了。"

孟尧远:"这就是过河拆桥!"

季冬允一声没吭,和法医助手率先回到车里。

孟尧远还在后面问:"哎,真这么算了?那今天的取证,我们还做不做鉴定,报告怎么写啊?"

而走在最后面的薛芃早已皱起眉,她扫了一眼前方的孟尧远,就转身问陆俨:"到底怎么回事,能不能解释一下?"

陆俨脚下一顿,没有立刻回答,只是朝许臻抬了下手。

许臻又箭步折回来:"陆队。"

陆俨:"我们有事要谈,你们先回队里,给我们留辆车。"

许臻一愣,虽然觉得这安排有点不可思议,却也没有多问,只是在临走之前又看了同样惊讶的薛芃一眼。

不一会儿,直到许臻快步走向车子,又把孟尧远拉上车,和季冬允、法医助手一起驱车离开,薛芃才不可思议地又一次看向陆俨。

她抬手挡住刺目的阳光,说:"你的队员,还有孟尧远,本来就已经误会咱们了,你还……"

陆俨背光而立,注意到薛芃有些生气以及有些厌恶日晒的小动作,很快挪动了一下位置,刚好将阳光挡住。

他只皱了一下眉头，表示困惑："清者自清，他们有什么好误会的。"随即问，"不是你问我怎么回事吗？"

薛芃说："我是问你了，可我没让你这么安排啊。"

陆俨叹了一口气，好像无奈极了："这件事一时半会儿说不完，难道你要站在这里聊？你不是不喜欢晒太阳吗？"

"……"薛芃彻底没话了。

陆俨抿了一下嘴唇，侧过身时，又道："先上车吧，边走边说。"

薛芃坐在副驾驶座，将遮阳板放下来，就一直看着窗外。

等车子开出监狱范围，上了主路，陆俨拨冗看了薛芃一眼，忽然说："今天方紫莹来不及询问，本来最后一个是她。"

经陆俨一说，薛芃才想起来这茬儿。

按照原来的安排，是赵枫之后再询问方紫莹，但没想到赵枫还没结束，他们就被狱侦科请出来了。

陆俨："我还说找机会帮你问问方紫莹。"

薛芃转过头，看向陆俨："没事，算了吧，其实现在仔细想想，方紫莹最反常的也只是着急摆脱嫌疑这一点，等以后找机会我再问她吧。"

陆俨应了一声。

隔了几秒，陆俨又道："她为什么这么着急摆脱嫌疑，我倒是有点想法。"

薛芃一顿："哦，说说看？"

这还是自陈凌案以来，两人的气氛最融洽的一次，虽然谈不上有说有笑，却也没有火药味。

陆俨勾唇笑了一下，说："大部分人进监狱后，性情都会大变，心情也会压抑，再活泼阳光的性格，就算不是去坐牢，而是去做管教民警，在那样的环境中待上半年，心情都会变得阴郁，脾气也会暴躁。"

薛芃："所以减刑对犯人来说，就很重要。"

陆俨问："你知道除了特情立功，他们减刑的标准是什么吗？"

薛芃摇头。

"在里面，所有犯人都是分小组管理的，积分制，各地的算法不一样。先前刑法修正案还没改的时候，是 12 分制，基本都拿不满，减刑一年需要累积 120 分，每四年才可以减一年，就算累积分数再高也就减这么多。但现在改了,都是 100 分制,一次减刑最多九个月,600 分才算一次。当然还要看刑期档次,三到五年、五到十年和十年以上,每个档次减幅都不一样,还要看当初犯罪性质,有的就算积分够也未必给减。"

这样的积分制度听上去很苛刻,就像是高难度的通关游戏,但是也可以理解,毕竟是在监狱里,如果减刑很容易,像儿戏一样,那就会削弱惩罚的力度。

薛芃听得很认真,也没有出声打断陆俨,就听他掰开揉碎地讲这里面的规则。

监狱就和社会一样,欺生是共性,在里面的都是犯过罪的,极少数坐冤狱的除外,可以说每个人进去的时候都很坏,而且所有人都曾是新犯,是被欺负过来的,遇到后面的新人怎么可能手软。

在那种压抑的环境下,报复和逆反心理会尤其严重。

新人刚进去不仅受欺负,吃穿上也会受限,表现得不好还会在饮食上受罚,做工完不成更要命,一个人做不完还会连累整组人。

一开始接触做工,比如缝纫,组长最多教一下基本原理,然后就让上手,而且产额有要求,量很大。新人除非会缝纫,否则肯定跟不上,进去就是拖后腿的。

除了做工辛苦、强度大,最磨人的就是吃穿。家里有条件的就多送钱,让监狱方帮忙改善伙食,经济一般的就只能随大流,自己也可以花钱从监狱里的小商店买零食,价格和外面一样。虽说现在每周都有几次改善伙食,会有红烧肉、炖鸡之类的,但是也和家里比不了。

而且像这种伙食改进,也是从这几年才开始的。

薛芃一边听陆俨说,一边代入方紫莹的监狱生活。

方紫莹坐牢近十年,她应该经历过改善以前的伙食和改革之前的积分制度,自然也经历过当新人时被欺负的日子。

如果这次狱侦科答应方紫莹的减刑成功了,那么服刑期满就在今年。

思及此,薛芃问:"就因为陈凌突然自杀,方紫莹担心这次减刑会泡汤,所以就病急乱投医了?"

陆俨:"不只。你有没有注意到她的身材和体重?"

薛芃一顿,回想了一下上次和方紫莹照面,说:"她很瘦,也很憔悴,好像只比陈凌胖一点,和赵枫、李冬云、黎敏相比,她看上去瘦小很多。"

陆俨:"其实监狱里的犯人,大多数都会比进去之前要胖。"

薛芃："里面吃不好睡不好，怎么还会胖？"

陆俨笑道："最初进去的时候，因为不适应，心情不好，都会有一个暴瘦的过程。再往后，三餐和作息规律，每天都要早起，做工的强度又大，看到已经改善的伙食，肯定胃口大开，只要放宽心，适应之后都会胖个十几斤。当然，也有进去后一下子胖好几十斤的，通常这种都是吸毒的。"

薛芃皱了一下眉头，没接话。

陆俨继续道："在里面只有三种人会瘦：一种是戒毒复吸的，一种是身体有疾病的，还有一种就是精神极度紧张，心理压力大的。"

显然，方紫莹不属于前两者。

薛芃这才明白陆俨想说什么："你的意思是，方紫莹都进去十年了，就算被欺负过，心情不好，现在也应该习惯了，起码是个老人，按理说不至于有那么大的压力。可她看上去好像很焦虑，像是已经持续了很长时间似的。"

车子来到一个红绿灯前。

陆俨停稳车，侧头看向薛芃。

阳光从车窗外探进来，落在两人身上，将头发映成了淡棕色。

薛芃的瞳孔颜色本来有些偏深，这会儿看上去却浅了些，她的眼神很认真，直勾勾地望着陆俨时，里面清晰地映出一道影子。

陆俨抿了一下唇，说："我看过她的档案资料，虽然字里行间比较含蓄，但是可以看得出来，她在七号房的日子不好过。以前陈凌是方紫莹的组长，在那几年里，方紫莹的积分一直垫底。积分垫底，就意味着惩罚最多。在监狱里什么样的'惩罚'都有，管教民警一般会按规矩办事，真正可怕的是犯人之间的羞辱。明着掐架自然会被制止，所以大部分都是暗着下黑手。在这种环境下，精神会高度紧绷，人格也会扭曲。"

薛芃："所以，其实她们的恩怨从那时候就开始了？"

陆俨："监狱是个很现实的地方，陈凌有胃溃疡，做工一定会拖累小组，她完不成的量，其他人就要替她完成。可是你看，陈凌的积分从未垫底，这说明周围的人就算心里厌恶她，觉得她麻烦，但在面上还是比较照顾她，并没有因为她是个病人就加以排挤，而方紫莹就是一直被牺牲的那个。"

薛芃没有看过陈凌的档案资料，只能凭着猜测寻找线索，听到这里问："陈凌有背景？"

陆俨："通常可以当上组长或是教员的，家里都要有点关系。还有，陈凌半年前保外就医过，一般只有快病死的或是有关系的才会被批准，陈凌半年前可不像是快病死的样子。"

薛芃："可是陈凌家里不是已经没有人了吗？"

陆俨："问题就在这里，她既然无亲无故，又哪来的'关系'呢？周围人对她那么客气，一定是她身上有什么是别人忌惮的。不过现在想这些都没用了。"

毫无疑问，陈凌自杀的背后一定还藏着秘密，就好比说那张塞在嘴里的字条，还有她那个空白笔记本上残留的笔迹。

除了这两句话，陈凌就没有再给这个世界留下任何遗言。

红绿灯变灯了，车子重新开上大路。

薛芃看着路面，安静了一会儿，说："如果陈凌真像你说的，就算生病了也能一直压迫方紫莹，那方紫莹的日子的确不好过。还有赵枫、黎敏、李冬云，这几个没有一个省油的灯，方紫莹跟她们比起来实在单纯。"

方紫莹进监狱时还不到十八岁，连社会都没经历过，和陈凌、赵枫这些在社会上摸爬过一圈的人相比，的确是嫩了。

而且，既然监狱里欺生现象严重，那么也就会有看人下菜碟、拉帮结派搞小团体、背靠大树好乘凉这些规则。

方紫莹不得陈凌的喜欢，却又一直和陈凌一组，组里其他人自然站队，一边是陈凌，一边是鲁莽稚嫩的方紫莹，聪明人都知道怎么选。

陆俨说："方紫莹当时抓住你的时候，你的注意力都在她身上，肯定没有注意其他几个人的反应。"

其他几个人？

薛芃一顿："哦，赵枫她们？"

陆俨："我也不知道该怎么形容，总之那眼神、表情，很耐人寻味。赵枫虽然不诚实，又喜欢编故事，但我想她有一点没有说错。"

薛芃意会道："你是说，陈凌一早就看出来方紫莹是特情，还提醒赵枫她们小心她？这样一来，她们对方紫莹的态度就会更恶劣，不仅防范，还会明里暗里地使手段。"

陆俨："在监狱这样的环境，又要承受这种压力，方紫莹的心情一定很差，不思饮食只是表现出来的一方面，最主要的是她时刻念着减刑的事，稍有阻碍就会焦虑。"

所以，那天方紫莹才会那么冲动？

薛芃倏地笑了。

陆俨看了她一眼，问："笑什么？"

薛芃："笑方紫莹啊。其实我原本还想，要不要找个机会去探监，把该问的都问了。但现在看来，没这个必要了。她就是一时糊涂，连我姐的事都敢拿出来编瞎话，做事不顾后果，难道就不怕我拆穿她的谎言？"

陆俨没接话。

隔了几秒，薛芃话锋一转，又说："哦，对了，有个事我得告诉你。"

陆俨扬了扬眉："什么？"

薛芃："在你审问赵枫的时候，我看到陈础接了个微信，应该不是什么值得高兴的消息，他看完以后脸色都变了，而且很快就去打断了你们的审讯。我总觉得，那微信应该和赵枫、和这个案子有关。"

陆俨沉默片刻，先是皱眉，随即好像在思考什么。

过了一会儿，他才说："从外面运毒进监狱，一定要过检查这一关，要么就是买通民警，要么就是买通工人。监狱是陈础的管辖范围，谁最有可能是这个缺口，咱们不清楚，但他心里肯定有一个范围，也许在陈凌案之前，他就锁定了几个人。陈凌出事后，表面上，是咱们在调查陈凌案，暗地里，陈础肯定也在做事。"

薛芃："所以，就在那个时候，陈础调查出结果了？"

"既然有了结果，那自然就要送客。家丑不可外扬，事情发生在狱内，他肯定要关起门来善后，就算要上报处理，他的上级也是狱侦处，绝不可能让咱们插一脚进来。不过看陈础的反应，起码有一件事是可以肯定的。"

薛芃问："什么？"

陆俨笑了下："这条线是瞒着陈础展开的，应该是他底下人干的。"

"当然会瞒着他了，他是狱侦科的科长，难道搞小动作还要问他是不是一起参与吗？"

陆俨的笑容渐渐转冷："上下买通，以前也不是没发生过。"

薛芃一愣，没说话，可她却知道陆俨指的是什么。

六七年前，某地的男子监狱就发生过类似的丑闻事件，而且情节相当严重，里面竟然有服刑犯人可以肆无忌惮地喝酒、用手机，还能在监狱领导办公室喝茶聊天。狱内更是私藏大量现金方便受贿，还将无期徒刑减少至二十年以内。

自然，在那期间也涉及了一些贩毒活动，就以监狱内为毒品上线，利用手机和外界联系，遥控指挥社会上的毒贩分销散货。

可想而知，这种事是纸包不住火的，戳破之后轰动全国，所有涉案人等虽有在逃，后来也都被抓捕归案，绝不姑息。

薛芃喃喃道："这种死不悔改的，我真是不懂。难道是为了追求刺激，鬼迷心窍，还是真的破罐子破摔了？"

安静了两秒，陆俨才说："不是当事人，根本无法体会。就像是我之前干禁毒，看到很多戒毒又复吸的，我也不懂为什么。别说是我，连林队都说，他干了半辈子禁毒，见过的听过的都算上，就没有一个真正戒毒成功的。哪怕是专家的心理分析再到位，自己没经历过，根本无法体会。"

经陆俨一说，薛芃才想起来，曾经就有一个受过表扬的戒毒明星，都戒了二十年了，却在第二十一年复吸。

戒毒难，是因为一旦停止吸毒，身体就会非常不舒服，甚至痛不欲生。

可是戒毒了二十年，按理说那种痛苦早就消失了、淡忘了，怎么还会复吸呢？

薛芃就曾见过一个被抓捕的吸毒者，被送上车了，还在说："你真应该试试，你试了就会理解我了，那种感觉终生难忘！"

戒毒，遭受的是生理上的痛苦，这种痛苦是有机会拔除的，可是在心里埋下的魔鬼呢，它一旦住进去了，就永远都不会出来。或许那些服刑出来没多久又继续犯罪的，也是这种心态。

车子又经过了几个路口，两人一直没有对话。

眼见市局没多远了，陆俨才忽然说："等这个案子了断了，方紫莹的日子应该会好过一点。"

薛芃一顿，问："难道赵枫几个人不会报复她？"

陆俨："赵枫、李冬云恐怕都自身难保。陈础也不可能包庇，否则早就内部调查，帮忙遮掩了，根本不会让外人协助。而且……"

陆俨说到这儿顿住了，薛芃跟着问："而且什么？"

陆俨笑了一下："而且我今天就会开始写报告，把所有细节都罗列清楚，等潘队出差回来就交给他。退一万步讲，就算狱侦科想要'大事化小'，等潘队看到报告，一定会跟林队通气儿。虽说公安部门是协助，但是刑侦、禁毒既然都掺和进来，狱侦科就必须公事公办。到时候禁毒和狱侦科就会联手，一个狱内揪出整条毒品线，一个在狱外追踪毒品来源。这可是立功的好机会。"

潘队就是潘震生，刑侦支队队长，陆俨的顶头上级，前两天在外面出差，今天中午才回市局。

虽说这件事和陆俨已经没了关系，陈础也急忙把人赶了出来，但陆俨却可以用自己的职权，将事情进一步扩大。

市局上上下下那么多复杂关系，在陆俨脑子里一梳理，就跟案件调查一样形成逻辑圈，而他也是这个逻辑圈里的一环，自然清楚自己的位置，也了解其他环节每个人的性格和风格，比如潘震生，比如林岳山。

就连陈础，陆俨跟他只是打过一点交道，却也用这么短的时间，通过整个事情的逻辑关系，摸清了陈础在这件事里的角色和倾向。

要说"家丑外扬"，陈础一定怕，哪有当官的不怕担责任的呢？可要说立功，人人都会上，这是业绩，也是争脸的事。一件事两个面，一面坏，一面好，都知道该怎么选。

薛芃起初听得还有些发愣，而后转念一想，这倒符合陆俨的性格，只是他们认识太多年，他平日看上去又格外沉稳，所以她才渐渐忽略了。

这时，陆俨的电话响了，他将蓝牙耳机戴上，很快接听，是上午被他派出去执行其他任务的张椿阳打过来的。

张椿阳一上来便说："陆队，我们查到点东西。"

陆俨一顿，刚要说"不用了，协助调查已经结束"，可是话到嘴边，又在脑子里打了个转，随即道："说吧。"

张椿阳："赵枫的家人的确有点问题，前几年就有涉毒的嫌疑，不过因为证据不足，没告成。"

陆俨眯了眯眼，很快回想起刚才在狱侦科的审问过程。

赵枫口口声声说她是被人利用了，她都是在跟刘晓露拿货，现在看来就只有两种可能：要么就是赵枫和刘晓露的家人都有问题，双方在监狱外就商量好，向狱内散货；要么就是赵枫利用刘晓露打掩护。

想到这儿，陆俨问："那陈凌呢，她那个每个月都去探监的朋友钟钰，查到了吗？"

张椿阳："哦，查到了。不过目前没有什么特别，感觉就是个普通人，结婚了，她和丈夫一家都是江城人，都没有案底。据钟钰说，她最后一次去看陈凌是上个月，帮陈凌送了点东西，后来陈凌就不让她去了，她也是今天才知道陈凌自杀了。"

陆俨："那你有没有跟钟钰打听陈凌的背景？"

张椿阳："打听了，不过钟钰说的就和资料上写的差不多，她和陈凌的父母都是原来一家化工厂的员工，后来工厂被查，很快就关门了。哦，陈凌的父母在工厂关门之前就死了，这之后就一直和钟钰家保持联系，不过钟钰的公婆好像不太喜欢她每个月都去看陈凌，钟钰每次都是偷偷去的。"

工厂被查，很快关门？

陆俨皱着眉头，在脑海中回忆着陈凌父母的职业和工厂名，但那些资料上只是一笔带过，并没有详细描述。

陆俨又问："那钟钰最后一次看陈凌，给她带了什么？"

张椿阳："这事儿说起来就奇怪了，除了一些日用品、一点现金，还有陈凌特别要求钟钰，一定要带一瓶水去，还是湖水。那个湖也没名字，钟钰就知道大概位置，是在江城南区，靠近郊区的地方。钟钰说，陈凌就是在那里出生的，还说突然很想念那里的水，就托她装一瓶。"

一瓶出生地的湖水？

陆俨沉吟片刻，又听张椿阳交代了一些细枝末节，直到结束通话，陆俨一路沉默着，眉宇始终没有舒展。

薛芃看了他好几眼，最后终于忍不住，问："陈凌这案子还有下文？"

陆俨一愣，醒过神说道："哦，也不是，就是张椿阳他们去调查陈凌和赵枫的社会关系，有点收获。"

陆俨言简意赅，很快就将电话内容的重点复述了一遍。

薛芃听了也有些惊讶，随即说："呵……那还真让季冬允猜中了。"

"猜中什么？"

"其实我一直都觉得陈凌那瓶水有古怪，但季冬允说，那或许是陈凌想念家乡，所以装了一瓶出生地的水，用来缅怀一下，毕竟她已经时日无多了。现在看来，倒是我想多了。"

陆俨匆匆扫了薛芃一眼，见她嘴角挂笑，一时也没接话。

安静了几秒，陆俨才说："不管怎么说，这个案子已经告一段落，接下来就看狱侦科怎么处理了。"

薛芃"嗯"了一声，转头看向窗外。

其实他们心里都是复杂的,大张旗鼓地去了,却又无功而返地被赶出来,整个案子都是虎头蛇尾的,让人噎得慌。

车子已经开到市局附近,在最后一个红绿灯前停下。

薛芃看了眼街景,说:"今天是白跑了。"

陆俨看她:"案子方面,大家都白跑了,但我个人还是有点收获的。"

薛芃对上他的目光:"什么收获?"

陆俨笑了:"我还以为咱们的关系要一直那么僵下去了。没想到跑这一趟,又缓和了。这算是收获吧?"

薛芃先是一愣,又有些自嘲地笑了一下,转而看向路面,说:"那件事……其实,我只是在那个当下觉得不公平,有些生气。等过了段时间,我就想明白了。我知道你肯定比任何人都更难受,我又凭什么来责怪你呢?只是后来这大半年,我也不知道该怎么说,慢慢地也就疏远了……"

听到薛芃这番话,陆俨诧异极了。

但转念一想,倒符合她不服输也不服软的性子,从高中认识到现在,还是第一次见她"低声下气"地说话。

其实陆俨心里也清楚,薛芃看上去比较冷,对谁都酷酷的,不爱笑,实际上只是她不擅长处理多元的人际关系,还会尴尬,索性就板起脸对人,这样最省事省心。

而且在她的观念里,与其把时间花在人际关系上,倒不如多看几本书,多钻研几项技能。所以一旦和人有了误会、分歧,产生隔膜,就算事后想明白了,也不知道该如何"修复",多半就会像过去一样冷处理。只要不去周旋,就不会自寻烦恼。

陆俨无声地舒了一口气,无论如何,压在心里的大石总算挪开了。

陆俨清了清嗓子:"那咱们,又是朋友了?"

薛芃依然没有看他,只"嗯"了一声。

车里的气氛顿时尴尬了,两人都是不会热场的,而且相隔一年关系才缓和,难免多一层生疏感。

不一会儿,后面的车按起喇叭。

车里两人都吓了一跳,这才发现已经绿灯了。

陆俨立刻发动车子,开回市局,嘴角的笑容也不由自主地扬起。

Chapter 4

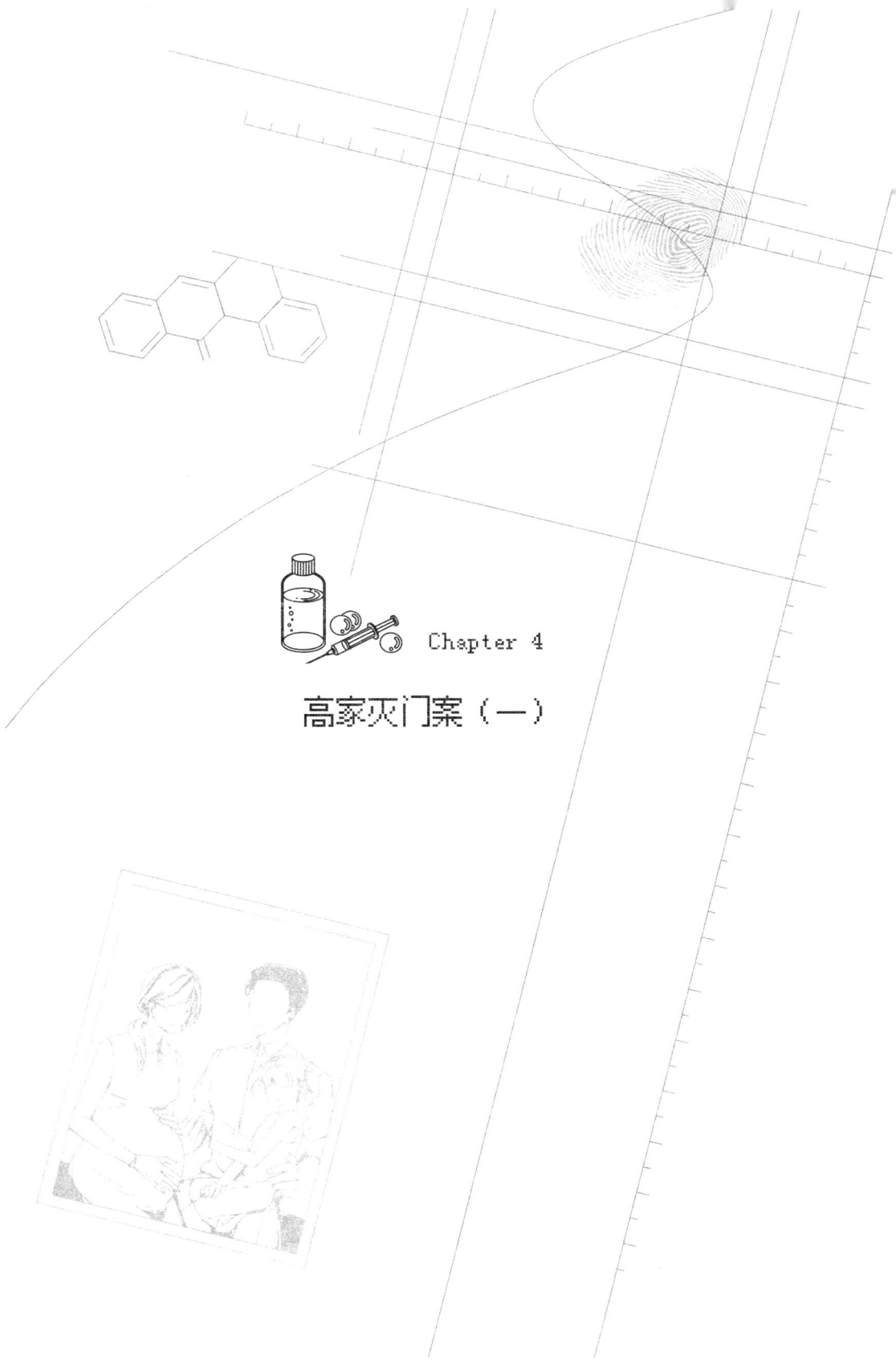

高家灭门案（一）

陆俨将车子驶入市局停车场,刚停稳,就接到一条微信。

发件人正是艾筱沅:"我联系了常锋好几次,想给他洗尘,咱们三个也好趁机聚一聚,把当初的误会说清楚。可是常锋一直推托,我想要是你主动找他,他会答应的。"

陆俨看到这条消息,驾驶座的门还没关上,人就站在门边,手臂搭在车身上,半晌没有动作。

薛芃合上另一边的车门,转头一看,见陆俨低眉敛目,盯着手机,刚要开口说话,自己的手机也进来一条微信。

是毒检的同事发来的:"小芃,你那天送过来的衣服,检验结果出来了。除了陆队的DNA,我们暂时没有验出其他人的,也没有找到毒品成分。"

薛芃叹了一口气。

从大概率上来说,也应该是这样,要是陆俨和杀死王川的犯罪嫌疑人只是那么"擦肩而过"一下,就能留下对方的痕迹,也真是奇迹了。除非双方穿的都是毛织品,比如兔毛、羊毛一类的,那还有点可能。

薛芃回道:"好的,谢谢。"

隔了一秒,薛芃又想起一事,追问:"那王川的毒检结果出来了吗?"

"哦,我们除了氯胺酮,还在王川的样本里找到一些安眠酮的成分,应该是有人先让他服下安眠酮,陷入睡眠,然后才注射氯胺酮。否则一个大活人,也不会一点反抗都没有,就让人给他注射。"

又是安眠酮?

薛芃一下子愣住了。

市面上有那么多安眠药,偏偏王川和陈凌的死都牵扯到安眠酮,难道这两者之间会有什么联系?

只是薛芃再转念一想,或许就是巧合,安眠酮也不是什么稀有药品,在毒品市场上流通量也不小，而且它还属于精神类药物，截至2014年，服食安眠酮的人就超过一千四百万，何况是现在了。

车的另一边，陆俨快速回了艾筱沅微信："我找时间试着联系他吧。不过愿不愿意见我，还得看他自己的意思。"

艾筱沅说："我明白，他有心结……哎，那你联系完了给我个回信，我知道你工作忙，就不打搅了。"

陆俨没回，将手机揣进兜里，再一抬眼，就见薛芃愣在车边发呆。

陆俨绕过车头，问："怎么了？"

薛芃抬了下眼，说："哦，毒检那边出结果了，王川在注射氯胺酮之前，应该服食过安眠酮，但是具体纯度还不知道。"

陆俨脚下一顿，眼里流露出一丝惊讶。

现场他是第一个进去的，当时查看得也很仔细，并没有看到任何药瓶，更加没有看到水杯一类的东西。

而且安眠酮的药效发挥大约需要二十分钟，犯罪嫌疑人进出巷子口只有十五分钟，他不可能到了王川的办公室才喂他吃安眠酮。正常情况下，王川看到有人递过来一片药，也不会乖乖地放到嘴里。

所以最有可能的就是，在犯罪嫌疑人到达现场之前，就有人在王川不知不觉的情况下，让王川吃了安眠酮，然后将窗户打开，方便犯罪嫌疑人进出。

而且当晚酒吧的所有员工都有可能做到这一步，包括酒保、服务生，还有保镖。

还有，陈凌的案子也是关于安眠酮的，那么狱内这条毒品线会不会和王川的案子也有关联？

陆俨一时想得很入神，脸色也变得严肃。

薛芃见状，说："我知道你怎么想。咱们刚接触过陈凌，会对'安眠酮'格外敏感。但这不意味着王川和陈凌的案子有关。"

陆俨笑了一下："就算有关，也没有插手的余地了。"

薛芃想说点什么，可是话到嘴边又不知道怎么说。

王川是陆俨的特情线人，就这样不清不楚不明不白地被人毒死了，现在案子还归在禁毒支队那边，陆俨在职权上不能过问太多，这种感觉就像陈凌案给她的感觉一样。

因为接触陈凌的遗物最多，她是最能了解陈凌生前生活状态的人，也是最了解这个案件疑点的人。现在案子破了一半就被人强行打断，这种感觉就像是观看一部很精彩的电影，所有人都在等揭秘凶手的时候，电影院却突然停电了一样。

陈凌案虎头蛇尾，雷声大雨点小，闹了这么大阵仗却无功而返，这事儿换作谁，谁能甘心？

到底陈凌背后还有什么秘密是和她的自杀有关的？还有那张字条、那个笔记本上的字迹，以及那瓶湖水。这些都还包裹在谜团之内，而他们才拨开了谜团的外围。

想到这儿，薛芃垂下眼帘，无声地叹了一口气。

两人就这样安静地站了几秒，直到陆俨率先侧过身，似乎要回刑侦队的办公大楼。

临走前，陆俨抿着嘴唇，那双漆黑的眼睛看着薛芃，定了两秒才憋出几个字："那，我就先回队里了，我……"

薛芃连眼都没抬，只飞快地说："好，我也走了。"

结果，陆俨后面那个"我"字还没咬实，就被薛芃的"好"字堵了回去。

薛芃已经率先转身，陆俨还立在原地。

他本想说"我们以后，还会有更多案子，不要气馁"，谁知薛芃根本没注意。

陆俨摇头笑了笑，很快也走了。

薛芃一路低着头，穿过停车场，走向实验大楼。

刚走到楼门口，抬眼间，就见季冬允和两个法医助手匆匆往外走，三人手里都拎着出现场的铝合金箱子，好像很着急。

双方打了个照面，薛芃问："这是去哪儿？"

季冬允说："有个案子很急，要去历城出趟差。"

这两年，季冬允"尸检快刀手"的名声越来越响，不仅快、准、狠，而且下判断准确，好几次都为刑侦部门争取了宝贵的破案时间。

法医圈就这么大，国内的知名法医都是在一系列重案、要案里摸爬滚打过来的，只要轰动全省甚至全国的大案一破，主刀法医、主场痕检，还有案件侦破的刑侦队，都会跟着走红。

不过痕检技术基本都是幕后英雄，刑侦队都是集体表扬，除非将来再遇到轰动全省的重案、要案，基本都只是对自己片区内的罪案负责。至于法医，因为要跟尸体打交道，所以在命案破获的传播上，有着更天然的优势。

按理说，法医也是很少跨片区作业的，但有时候遇到棘手案件，也会聘请异地法医前来进一步鉴定。

这不，紧邻江城的历城和春城就会过来借兵，但凡吃不准的命案，都会先问季冬允的档期。

也有个别情况，是死者家属对死因有疑问，认为他杀的嫌疑很大，不接受死因判定是"意外"或是"自杀"，在听说季冬允的大名后，还会直接点名说希望季冬允来尸检。

薛芃"哦"了一声，接道："那，一路顺风。"

季冬允笑了下，很快越过薛芃步下台阶，谁知走了几步又停下来。

季冬允忽然叫道："薛芃。"

薛芃转身："嗯？"

季冬允只说了三个字："别灰心。"

薛芃还来不及回应，季冬允已经笑着转身和两个助手快步走向停车场。

薛芃又在原地站了片刻，垂下眼帘，这才走进实验楼。

虽然季冬允的话没头没脑的，薛芃却能明白他的意思。

回来的路上，陆俨一直在跟她讲他的分析，讲整个事情可以拼凑出来的来龙去脉，逻辑清晰，填空也算合理，看上去好像他已经接受了这样的事实，心态也算平稳。

薛芃自问也没有表现出来太过明显的情绪，可是陆俨察觉到了，还用了一路的时间，跟她掰开揉碎讲细节。

没想到，这会儿连季冬允都撂下这样三个字。

看来她的确是太在意了，或许也表现出来了，只是她自以为掩饰得好罢了。

这之后一整个下午，薛芃难得清闲，手里要做的鉴定不多，不到下班时间就完成了。

冯蒙发下话来，让她今天不要找借口加班，早点回去休息，好好睡上一觉。

薛芃也没坚持，拿了包和手机就开车回家。

半路上，孟尧远的微信语音追了过来。

薛芃本不想搭理，但车子堵在路上，她盯着窗外的车水马龙也没意思，就按了接通键。

孟尧远一上来就兴奋道:"你猜怎么着,我刚听张椿阳他们几个说,他们队长老潘出差回来了。"

潘震生前两天出差了,临走之前只和陆俨匆匆照了一面,接着就一个奔去外地,一个被叫去狱侦科协助调查。

薛芃一手撑着头,懒懒地问:"那关我什么事?"

孟尧远说:"不关你的事,但是关你们家陆俨的事啊!"

薛芃的眉头皱了一下:"什么我家的?"

孟尧远:"行了行了,我还看不出来么,下午你俩一块儿回来的,比我们晚到了半个多小时,是堵车啊还是故意放慢速度啊?后来你们还在停车场说了一会儿话,光天化日,众目睽睽,啧,支队的人都看见了!小样儿,还想瞒我,包不住了吧?"

薛芃慢慢地翻了个白眼,发出一声冷哼,却没接话。

不过这种沉默孟尧远早就习惯了,他自顾自地往下说:"听说老潘一回来,就当着张椿阳他们的面'恶狠狠'地表扬了陆队,哎哟那个夸奖哦,张椿阳都吓坏了,说进市局这么久,就没见过老潘这么夸人,特别惊悚!"

潘震生平时不怎么夸人,毕竟是刑侦支队的队长,威严要有,脾气也要有,当了一辈子的差,往那儿一站,一身的煞气自然不怒而威。

薛芃依然没说话,心里却在想,那是因为你们不知道陆俨什么背景,要是知道他跟秦博成的关系,也就不会这么大惊小怪了。

结果她刚想到这儿,孟尧远就跟着问了:"哎,你赶紧给我透一下底,这陆队到底什么来路,怎么老潘连人都不当了?"

薛芃轻笑出声:"下回见着潘队,我就把你这句话告诉他。"

"我跟你分享情报,你就这么对我!你快说,陆队到底……"

孟尧远很快就叫嚣上了,只是一句话还没说完,薛芃前面的车就挪动了。

薛芃正要跟着往前开,没想到车身却不受控制地往前错了一下,就听"咚"的一声,车屁股也相继发出闷响。

再从后视镜一看,撞到车尾的是一辆宾利。

薛芃叹了一口气,没有丝毫犹豫,原地拉了手刹,按掉孟尧远的语音,随即拿着手机走下车。

越过车身,就看到宾利和她的车尾亲密接触的位置。

宾利的司机也下来了，但显然不是车主，虽然穿着西装，双手却戴着白手套，打眼一看就是帮人开车的。

"这位小姐，真的很抱歉，我……"

薛芃扫了司机一眼，没说话，调出手机里的拍照功能，对着事故现场快速抓拍了几张，包括碰撞的位置、路面、路况、两辆车的全貌，以及车牌号。

然后，薛芃才看向司机，说："我已经拍了照片，追尾是你全责。如果你有异议，我就联系交通大队划分责任。咱们交换一下联系方式，修车的费用就走保险。"

司机一愣，正想说话，这时宾利后座上走下来一个男人。

男人身着米白色的衬衫和西装裤，剪裁笔挺有型，和身材完美贴合，做工考究，一看就是定制款。鼻梁上还架着一副金丝边眼镜，一双狭长的内双眼在见到薛芃的刹那，显得尤其惊讶。

"小芃？"

薛芃转头看去，也是一愣。

但她很快就恢复如常，问："这是你的车？"

男人摇头："哦，是客户的，正好要接我过去。"

薛芃扯了下嘴角，跟男人点了头，算是打招呼，随即看向司机，说："我姓薛，我把电话给你。"

司机一见薛芃和男人认识，不敢怠慢，立刻跟薛芃交换了电话。

可就在薛芃准备回车上时，司机又追上几步，小声说："薛小姐，真的很抱歉，这事儿你看能不能咱们私了，这车是我老板的，我真的承担不起啊……"

私了？那就意味着没完没了，讨价还价，来回扯皮。

薛芃没有应，只问："你老板的车买保险了吗？"

司机："买是买了……"

薛芃："买了就行了，走保险，对大家都好。"

话落，薛芃就上了车，很快开走。

司机白着脸，看着薛芃的车尾，定了几秒钟才转身，迎上男人，说："韩先生，您请先上车吧。"

男人点头，又坐进后座，拿起放在座椅上的 iPad 和文件，继续核对合同。

宾利车开出一段距离，男人放下文件，摘掉眼镜，再一抬眼，就从后视镜里看到司机难看的脸色。

男人说:"老张,不用担心,待会儿这件事我会跟你们霍总说的,他不会怪你的。"

司机老张先是松了一口气,随即感激道:"韩先生,您人真好,小霍总他……您也知道。总之,真的很感谢,我这份工作能保住不容易,我家里还有老婆和三个孩子……"

老张念叨了几句,就意识到自己话太多了,很快又收了声:"抱歉韩先生,我不该跟您说这些。"

男人只说:"不打紧。"

这还是一个星期以来,薛芃第一次回到自己住的地方。

房子是二层小楼,是薛芃的父亲薛益东生前留下的,地点不在市区,要开出繁华街道一段距离,房子的外形也比较朴素,四周都是老旧建筑。

因为薛益东是地质研究所的教授,平时在所里做研究还不够,回到家还要做实验,除了本职还跨专业,涉猎广泛,为了方便施展,他很早就买了这套房子,改成私人实验室。

房子的一楼基本是生活区,外围是厨房和餐厅,里面一圈摆了好几个落地书架,书架上全是地质、水利、微生物以及各种生物研究的书籍,二楼分为两部分,比较大的屋子就是实验室,小一点的就是卧室。

薛芃搬进来以后把房子稍微改造了一点,又花光了自己的所有积蓄,买了一批实验器材,只要从市局忙回来,就一定会一头扎进这里。

薛芃十几岁的时候,还不明白为什么薛益东生前会沉迷于此,那时候这二层小楼还是荒废的,母亲张芸桦虽然也是科研人员,可是她一个人要带两个孩子,还要上班,哪还有时间打理这里。

薛奕一心沉迷法律,立志将来要成为江城最厉害的律师。

相比之下,薛芃就比较晚熟,既没有志向,也没有兴趣爱好,就连节假日都懒得出去玩,唯一的消遣就是去家附近的图书馆消磨时光,但看的都是杂书。

直到薛奕身亡,薛芃大受刺激,张芸桦一直围着薛芃转,试图帮她摆脱心魔,而薛芃也因为薛奕的死,找到了自己的人生目标。

在公大四年,薛芃的时间被刑技方面的专业填满。刑技专业不细分科目,像犯罪现场勘查、痕检、理化检验、法医学、生物物证技术都要学,那段时间，薛芃几乎把这二层小楼抛在脑后。

直到毕业之后，薛芃跟着出现场，亲眼看到一具溺死的尸体。

相比烧死、缢死、白骨、碎尸，所有死法都算在一起，都没有在水里泡过的尸体恐怖，但凡见过一辈子都不会忘。

薛芃连着做了两天噩梦，后来在和法医、理化检验开会讨论的时候，听他们几人你一言我一语地聊起，在死者体内找到了什么菌、什么毒、什么藻类等，借着这些细小的微生物，研究出尸体是从上游哪个地方冲到的下游，还将抛尸范围缩小到两公里以内。

薛芃当时听得一知半解，心里却暗暗称奇。

后来薛芃回到家里，还跟张芸桦念叨了这件事。

张芸桦回答了几个专业问题，而后说："要是你爸爸还在，他能教你的会更多。你爸爸才是这几个领域的专家，全江城都找不到比他更优秀的。不仅是江城，就连历城、春城，甚至是外省的水土有什么特质，他都如数家珍。有时候只要一听到成分和含量，就能说出个大概范围。"

也就是因为这件事，薛芃多年后又一次来到薛益东留下的二层小楼。

小楼因为常年没有人使用，早就布满了灰尘，薛芃却很有耐心，没有请外人来打扫，利用自己的休息日，以及每天下班后抽出两个小时过来清理，一旦发现哪里坏了，就会拿笔记下来，再联系工人过来修整。

这两年间，薛芃过去进修了两个微生物的课程，就这样从一无所知，到现在已经摸索了十几种实验方式，对一些常见的土质、水质微生物有了基本了解，而且在市局一逮着机会，就会拿着几个问题去请教理化检验的许科。

许科私下里没少跟冯蒙夸奖薛芃，说她聪明、好学，又愿意钻研，将来就算不出现场，也能在理化检验上做出成就。

晚上七点多，薛芃回到小楼，先按照以往的习惯，将大门反锁，然后换上清洁服，拿出吸尘器，将屋子从头到脚打扫一遍，再去浴室冲澡。

出来后，薛芃随意煮了点热汤面，在 iPad 里选了一部重口味的犯罪电影看。

电影看了一半，面也吃完了，薛芃将碗筷洗好，便准备上楼，只是走到半路，又想起一事，很快又回到一楼的开放式书房，从包里翻出一个透明的小瓶子。

瓶子里的水有些变质，色泽浑浊，已经生出肉眼可见的蓝绿藻，正是薛芃从陈凌留下那瓶水分出来的。

薛芃拿着小瓶子进了实验室，仔细将一个礼拜没有用过的实验器材擦了一遍，随即在实验台前坐定，盯着小瓶子里的水看了半晌。

该怎么处理这瓶水呢？

处理的方法有很多种，每种方法都有利弊，而且每种细菌、真菌、病毒、藻类等的特性都不一样，有的"坚强"，有的"脆弱"，如果用粗暴的方法，就可能会对其中一些脆弱的微生物造成破坏，甚至消灭，那就会错失找到它们的机会，可是如果方法太温和，又很难处理掉污垢、污渍，令躲在里面的微生物难以显现。

薛芃坐在那里想了好一会儿，又去身后的柜子里翻找薛益东留下的笔记和图谱。

薛益东生前，就将他观察到的、研究过的微生物全都画了下来，还在旁边写了很详细的文字注释，标注它们的特性，培养和消灭的实验方法，甚至还写了在江城的哪片土地、哪块水域里发现的，含量有多高，等等。

薛芃没有看过陈凌的资料，只是大概记得陆俨今天在车上描述的内容，陈凌是在南区出生长大的，靠近郊区，四周有些村落。

那么陈凌保留的这瓶水，就应该是南区某个湖泊的水，只是钟钰取水时不知道那个湖叫什么名字，也不知道是死水湖还是活水湖。

薛芃很快在文件柜里找到几本江城南区的记录，一页页翻看着，看得很认真，完全没有感觉到时间的流逝。

等到薛芃找到了自己需要的东西，拿定主意，打算先取出一点水质样本试试的时候，已经是一个小时之后了。

薛芃的手机落在楼下，她也没在意，就一直专注着手里的事情。

因为微生物的种类和特点不相同，所以处理污水的方式也多种多样。薛芃经过处理，终于在显微镜下发现一些密集且细小的菌，先是一愣，随即仔细地观察片刻。

然后，她又拿出薛益东的笔记，反复进行比对，最终基本确定这个水质样本不仅含有大量蓝藻，还有很多病原菌，甚至几种重金属的含量都严重超标，比在正常范围内的一般湖水样本高出几十倍。

得到这样的初步结果，薛芃愣神许久。

而她放在楼下的手机，屏幕也在此时亮起。

来电人：韩故。

薛芃下楼找水喝时，已经是深夜，她这才发现手机落在楼下了。

拿起来一看，韩故给她打过两个电话，还发了微信。

韩故："好久没见，找机会叙叙旧？"

他们上一次微信联系还是三年前。

薛芃打了一句"最近市局里忙"，可是想了想，又没有发，直接删掉了。

薛芃喝了水，很快回到楼上卧室，连灯都没开，躺在床上卷了被子就睡了。

再醒来，已经是第二天清晨。

薛芃比手机闹钟还要早醒三分钟，眯着眼，透过窗户看到外面已经蒙蒙亮，便坐起身，靠在床头又愣了一会儿神。

昨晚，又是噩梦的一晚。

薛芃晚上醒了三次，但都不是惊醒，因为常年和噩梦为伴，彼此之间已经很熟悉套路了，哪怕是已经投入"噩梦"的故事剧情，在薛芃心底仍有一道清醒的声音，提醒着她，这是梦，不要怕，你完全可以左右它。

事实上，薛芃有许多次，真的左右甚至"控制"了梦境的走向，从最初的害怕逃跑、被追，到现在，她已经可以在梦境中找到武器，甚至凭空变出一把武器，和噩梦里的"鬼怪""恶魔"斗争。

薛芃记得很清楚，当初她找顾瑶做心理辅导的时候，顾瑶就告诉过她，人最强大的储存"器官"就是潜意识，有很多事我们自己都没有意识到，但潜意识全都记录在案，然后潜意识就会通过梦境将里面的信息用"片段"的方式传达给你。

薛芃曾经为此困扰多年，不想每天都在惊吓中醒来，她甚至惧怕睡觉，不知道怎么做才能停止做梦。

顾瑶便告诉她，没有人可以控制自己做美梦还是做噩梦，它是随机的，就是在潜意识里不按规则地抽取、拼接剧情。

而这些剧情是受精神状态影响的，比如薛芃时常梦到被恶鬼追杀，这在梦境解释上就是心理压力过大的原因。

只不过在这个随机剧情里，有一件事是可以选择的，那就是当剧情出现时，你可以被动参与，也可以去反抗，甚至可以去干预和改写。

然后，顾瑶就教了薛芃一些自我暗示的方法，她说这就是和潜意识"对话"的方式，越是高敏感的人越容易实现，但就算神经大条的人，也可以通过练习做到。

那之后很长一段时间，薛芃都在努力尝试，当然失败的次数远远大于成功的次数，但凡有那么一两次被她成功"控制"了梦境，都像是中奖一样欣喜。

差不多到了最近这两年，薛芃才开始不惧怕睡觉和做梦，只是长期做噩梦给她的心理生理都造成了条件反射，慢慢地也就变成了少眠一族，熬夜更是家常便饭。

而且心里但凡装了点问题没有解决，脑子就会不受控制地一直去想、去思考，跟自己较劲，即便精神已经很累了，躺下进入睡眠，还是会梦到白天思考的问题，在梦里继续较真儿。

因为今天起得早，薛芃出门之前的时间很富裕，她就抽出十五分钟，将前一天晚上做的实验研究进行简单的归纳总结，将记录下来的结果存进优盘，顺手装进包里。

薛芃吃了早餐，开车回市局，走到半路上，就接到张芸桦的电话。

张芸桦说："芃芃啊，我和你常叔叔订好餐厅了，就在你们市局附近，你午休的时候出来溜达几步就到了，不会耽误你太久的，咱们就简单吃一顿便饭。"

薛芃一边看着路况一边应道："好的，没问题，妈。"

"那就这么说定了，你赶紧上班吧，不打搅你了。"

张芸桦刚要切断通话，谁知薛芃却突然说："对了，妈，有个事我想问问你。"

张芸桦："怎么啦？"

薛芃："我昨天给一个水质样本做了简单的检测，但我其实也吃不准，就得出一个初步结果。我发现在这个样本里，蓝藻的含量很高，而且重金属含量严重超标，比一般的湖水高出起码五十倍。哦对了，我还发现一些病原菌。不过现在这些我都不是很肯定，爸爸留下的那些研究和仪器，我用起来还不是很顺手，可能会有误差。"

听到薛芃的描述，张芸桦先是一顿，随即沉吟道："湖水在没有经过消菌杀毒之前，都会含有病原菌、致病菌这些。蓝绿藻的话，有四分之三都集中在淡水里，就看含量是不是过多、有没有形成'水华'。要是气候温暖、日照充足、水流缓慢，而且营养物质含量比较高，就会促进蓝绿藻生长。至于你说的重金属超标，这也是有可能的，要是在这个湖水附近曾经有过或者现在就有化工厂，废水处理做得不到位，排放到湖水里，那就会直接改变湖水的水质。当然,还得看这片湖水的流动性,是死水还是活水。"

张芸桦说到这儿,话锋一转,又问:"咦,真是奇怪,你怎么突然对水质检测感兴趣了,你检测的是哪个湖的水啊,样本是近期的吗?"

薛芃笑了下,说:"一个案子里的物证样本,还不知道是哪个湖,就知道大概是在南区,等我进一步确定了,再找机会去采集个样本回来比对一下就知道了。对了,妈,听说这片湖附近以前的确是有化工厂的,不过很早就关了,只是不知道是哪一年。"

张芸桦想了下,说:"我记得南区的化工厂有一段时间还是很集中的,近十年内有过七八家,慢慢地也都移出去了,现在应该还有两三家。倒是二十几年前有过一大批,当时江城的空气很差,你还记得吧?不过最早应该可以追溯到三十几年前,那时候化工厂刚兴起,都说要工业发展,喊口号,要振兴江城工业,还要借此带动经济发展……"

薛芃一愣。

三十几年前?

她跟着问:"那您还记得是三十几年前吗,三十一、三十五、三十八九?"

张芸桦:"具体我也记不清了,三十八九年应该没这么远,可能是三十五六年前吧。"

三十五六年前。

薛芃眯了眯眼,脑海中跟着就浮现出陈凌留下的那张字条。

"我们的故事,要从三十五年前说起。"

难道,陈凌留下的这瓶水和那张字条,指的就是三十五年前某一家化工厂?

好像陆俨也曾说过,陈凌的父母很早就死了,生前是某家化工厂的工人,和每个月都去看她的钟钰的父母是同事。

可是,陈凌为什么要留下这样的信息,还这么迂回地指向那么久远的一个厂子?她到底想表达什么?

就算是打字谜,也没必要埋得这么深啊。警察不是八卦记者,案子了结后是不会有闲心和精力去调查与案子无关的旧事的。

而且陈凌那么聪明,不可能不知道这一点,既然知道,为什么还要做无用功?

薛芃想事情想得很出神,直到电话里张芸桦叫了她两声,她才醒过神,连忙说:"哦,妈,我没事,只是突然想到一些事。那咱们中午见了再聊吧,

167

我要赶回市局了。"

张芸桦也没追问,笑着又嘱咐了两句,便切断通话。

就在薛芃开车回市局的路上,陆俨也正在单身宿舍里整装。

陆俨随便煮了点麦片,一边看着早间新闻,一边吃了,又补了一杯咖啡,趁着喝咖啡的工夫就靠在开放式厨房的案台边上发微信。

陆俨点开一个窗口,打了这样一行字:"听说你已经出来了,我想找个机会咱们见个面,喝两杯,不知道你方不方便。"

只是他刚点了"发送"键,窗口里却显示"消息已发出,但被对方拒收了"。

陆俨一顿,意识到是被拉黑了。

他想了一下,又从通讯录里找到常锋的手机号,很快拨了出去。

电话很快传来提示音:"对不起,您拨打的用户正忙。"

陆俨按断电话,又立在那里安静了两秒,随即将余下的咖啡倒进嘴里,又拿起手机给艾筱沅发了微信:"我尝试联系过常锋,联系不上。"

过了两分钟,艾筱沅回了:"这样啊,那还是我再联系看看吧。"

陆俨没回,直接将手机揣进兜里,抬脚出门。

陆俨住的单身宿舍距离市局不远,步行也就十分钟,这种情况他一般不会开车,车子就停在市局停车场,自己步行回去。

就在陆俨往市局走的路上,途中进来两通电话,一通是禁毒那边负责警犬训练的王超打来的,说是警犬巴诺到这个月就正式退役了,问陆俨什么时候过去办理领养手续。

这事儿早在陆俨知道自己要离开禁毒支队的时候,就和王超打好招呼,而且以陆俨的身份,又是看着巴诺长大的,要领养巴诺也没有难度。

警局对社会上开放个人领养警犬的地方还不算多,而且筛选严格,起码要有犬类驯养基础,家里适合居住犬类,经济条件也允许,最主要的是必须有公安系统内的人进行担保,不得为了转卖牟利。

王超一提醒,陆俨才想起这茬儿,说:"这两天在忙一个案子,昏头了,那这样,我明天过来办手续。"

王超:"也不用这么急,不过要是你明天有空,过来办了也省得惦记了。"

陆俨笑着又应了两句,等切断通话,刚要揣好手机,没想到母亲齐韵之的微信又发了过来。

陆俨开始还以为是日常叮嘱,只是随意瞟了一眼,谁知这一看,当即愣住。

他立在原地,还以为是自己眼花,直到把齐韵之的话看清楚。

"相亲的那家姑娘我都安排好了,就今天中午你们见个面,不会耽误你工作的,地址就在市局附近的饭店。我把那姑娘的资料、饭店的地址和包间名发给你,你可要记得过去啊。"

紧接着,齐韵之又发来饭店的地址、名字和一张女方的照片,还有几行基本信息。

可陆俨根本没注意看,直接把电话打给齐韵之。

电话接通了,陆俨上来便说:"妈,怎么这么突然?"

齐韵之笑道:"哪里突然了,上回我问你的时候,是你说让我安排的,我这都安排好了,你什么心都不用操,多省事啊。"

陆俨安静了几秒,立在路边叹了一口气:"要是我今天忙呢,要是有案子送过来,我要出外勤调查呢,您事先也不说一声。"

齐韵之说:"哦,这些啊,我昨天都给潘队打电话问过了,就是防止你搪塞我。潘队都跟我说了,你刚结束一个案子,现在手里没事,今天上午就是开会写报告,中午能出来。"

"……"

陆俨真是一个字都说不出来了,饶是他在外和犯罪分子如何斗智斗勇,如何重拳出击,面对自己的母亲却是一点办法都没有。

别看齐韵之没经过什么风浪,可她到底嫁过一位刑警,生的儿子也是刑警,如今的丈夫还是副市长,这半辈子都跟公职人员打交道,自然经验丰富。

而且陆俨是齐韵之一手带大的,他什么脾气什么性格,她心里一门清,所以一早就想好了该怎么说怎么做,绝对不给陆俨反驳和找借口的机会。

约在市局附近的饭店,把包间订好,还事先问清了陆俨的时间安排,为的就是堵住他的后路。

陆俨一听,顿时没辙了,只好说:"就算我今天中午有空,也不能在那边逗留太久,我刚去刑侦支队,很多事都要重新熟悉。"

齐韵之笑道:"我知道,我知道,也没让你在那边待上一下午啊,你该上班就继续上班,别耽误你的正事。而且你们都在市局工作,以后还有的是机会见面呢,可以慢慢联络感情。"

都在市局工作？"

陆俨一愣，问："您说的'你们'是指谁？"

齐韵之说："你看看我发你的资料就知道啦。行了，我不和你多说了，你赶紧去忙，天气干燥，要多喝水啊！"

等齐韵之挂断电话，陆俨这才返回微信看了一眼。

照片里的姑娘生着标准的瓜子脸，浓眉大眼，五官端正，就长相来说，齐韵之的眼光相当不错。

可陆俨也只是扫了一眼，就当作记犯罪嫌疑人照片一样，快速将这姑娘的样貌记住，然后就往下看。

"姚素问，二十四岁，化工大学本科毕业，公安大学研究生毕业，现在江城市公安局刑事科学技术大楼，理化实验室工作。"

看到这里，陆俨愣住了。

也是市局的技术员？可他怎么从没听过这个名字？

只是陆俨心里刚升起疑惑，齐韵之就又发过来一段微信，说："你以前总跟我说女朋友要找个能共情的，能互相理解的。找公安体制外的，你说人家不能理解你的工作，以后肯定会抱怨。找体制内的，你又说工作忙没时间。去年好不容易告诉我有个喜欢的女孩，结果又不了了之。现在妈都替你铺垫好了，这姑娘也是体制内的，和你在同一个大院里办公，以后办案你们肯定少不了接触，这样连共同语言都有了。最主要的是，能进公安体制，那家境肯定是没的挑，这姑娘家里三代都是读书人，这样的家庭教出来的肯定错不了。"

陆俨一时无语，对着马路叹了一口气，很快在微信上打了一行字："上回我跟您说的姑娘，其实我和她的关系又缓……"

谁知一句话还没打完，就听到"嘀嘀"两声，距离很近。

跟着就有人叫他："陆俨。"

陆俨手一抖，差点把手机掉在地上。

直到他诧异地扭头看向路边，刚好看到一辆棕红色的轿车，车窗落下半截，薛芃正坐在驾驶座上瞅着他。

"你怎么站在这里，要不要我捎你一段？"

陆俨"哦"了一声，醒过神，脑子还没下达命令，那双长腿就有了自己的想法，几个箭步走到车前，拉开门坐上去。

他将手机收好，转头就将微信的事忘在脑后。

薛芃也不疑有他，重新将车子驶入大路，再过两个转弯就到市局了。

陆俨看着路面，又扫了眼车里，随口问："这车买了多久了？"

薛芃："不到三个月吧，不过是二手的，我暂时没钱买新的。"

陆俨问："要存钱买房？"

薛芃说："我都拿去买实验仪器了。现在的器材太贵了，好几百万的都有。当然我是买不起了，最多换个显微镜。"

陆俨没接话，他知道薛芃父亲薛益东留下了一间私人实验室，也知道薛益东生前收了几件当时很厉害的实验仪器，只是现在更新换代，那些都过时了，幸而质量过硬，还没有坏，薛芃换不起新的，就凑合用旧的。

车子很快开到市局，两人下了车，陆俨这才看到车尾处有一块儿痕迹。

薛芃见状，说："昨天被一辆宾利追尾了，对方全责。"

陆俨又扫了一眼，一手下意识地摸向裤兜，犹豫了一秒，还是从里面摸出一把钥匙，递过去说："修车估计要一两天，你出入不方便，先开我的。"

薛芃诧异极了："我开你的？那你呢？"

陆俨："我就住宿舍，你也看到了，我都是步行上下班。要是你经过路边看到我，捎我一程就行。"

薛芃接过钥匙，钥匙还是温热的，沾着他的体温。她还有些犹豫，却不知道该怎么说，毕竟如果她要回小楼，没有代步工具会很麻烦，那边地铁站和公交都不近，除非打车。

"那……"

只是薛芃刚吐出一个字，就被陆俨打断了："不是说还是朋友吗，你什么时候变得这么婆婆妈妈了。"

薛芃一愣，原本刚堆积起来的不好意思瞬间就烟消云散，连看他的眼神也变成了瞪视："谁婆婆妈妈了？"

陆俨扬眉。

薛芃又扫了他一眼："下班等我，我送你回家。"

上午，薛芃在痕检科刚忙一会儿，还不到十点钟，折腾完文字检验的孟尧远就过来撩闲。

孟尧远身体一斜，胯骨一提，就在薛芃的办公桌上擦边坐下了，说："我说薛芃同志，咱们俩得好好说道说道了。"

薛芃连眼皮子都没抬，依然盯着电脑，敲着键盘。

孟尧远"啐"了一声，又道："你最近对我可有点冷淡了啊，我心里一直把你当作我最好的战友、同事，但凡有一点风吹草动，我都毫不吝啬地与你分享，可你呢，揣着明白装糊涂，愣是把我当成外人。"

薛芃的余光往他身上瞟了一下，又看回屏幕，嘴唇动了动："你不是外人是什么？"

孟尧远说："当然是自己人了！"

说话间，他俯下身子，声音也跟着低了，凑近薛芃："你就跟我透一句陆队的底。我回头也好跟张椿阳他们交代啊，省得他们老质疑咱俩的友谊，还说我是倒贴……"

这一幕看在外人眼里，难免是要误会的。

刚巧，痕检科门口就站了两个外人，一位是理化实验室的许科，另一位是个面生的姑娘，穿着制服，木着一张脸。

"嗯哼！"许科清了清嗓子，很快就惊动了孟尧远和薛芃。

孟尧远一个没坐稳，差点跌在薛芃身上，幸好薛芃躲得快，孟尧远连忙扶住薛芃的椅背，等定了神再回头一看，当即愣住了。

薛芃已经站起身，淡淡笑了："许科。"

她的眼神下意识地瞟向许科旁边的姑娘身上，对方也正看着薛芃。

两人目光一对，薛芃瞬间就知道来人是谁，这个板着脸、看上去不太高兴的小姑娘，八成就是理化实验室新来的技术员。

许科一笑，介绍道："我们科室新来了技术员，带给你们瞧瞧，认识一下，以后少不了合作的机会。姚素问，今年二十四岁，公大研究生毕业，大学本科念的是化学专业。"

薛芃点了下头："你好。"

姚素问也点了点头，却没吭声。

直到许科说："行了，那我们就先走了，你们接着聊啊。"

两人很快离开痕检科，薛芃这才转身，看向已经立在原地成了木头桩子的孟尧远，随即坐下，说："醒醒，瞧你这点出息。"

孟尧远一愣，有点恍神地问："他刚才说那个新来的叫啥？"

薛芃看着屏幕回："姚素问。如果我猜得没错，应该就是来自《黄帝内经·素问》一书，大概家里有长辈是学医的。名字很有灵气。"

"哦。"孟尧远只应了一声，就没再多言，很快就乖乖坐回自己的位子上。

孟尧远出奇地安静，而且持续到中午，这点实属反常，只是薛芃手里一直在忙，也顾不上去深究。

直到中午，薛芃喝了一口水，又看了眼时间，见快要到和张芸桦、常智博约好的时间了，便拿起手机起身。

孟尧远见薛芃动了，连忙凑过来说："中午吃啥？食堂还是外卖，还是去附近的小餐馆体察民情？"

薛芃说："我约了我妈一块儿吃饭，你自己吃吧。"

这话一落，薛芃抬脚就走，根本没听见孟尧远的嘀咕声。

孟尧远百无聊赖，又不想太早去食堂跟人挤着，就坐在办公室里发微信，刚好见到小群里李晓芸说了这么一句："哎，我听别的科室说，有人见到早上薛芃是和陆队一块儿来的，陆队还坐着薛芃的车呢！"

张椿阳跟着冒出来："真的假的，有照片没？"

李晓芸："那倒没有。你们说，他们昨天晚上……"

张椿阳立刻@孟尧远："我说孟子，你到底打听到什么没有啊？"

怎么回事，早上两个人是一块儿来的？

孟尧远蹦出来了："上午没问到，我下午接着问，我就不信了！"

张椿阳："哎，你这效率可不行啊，还说自己跟薛芃关系最铁，瞧瞧，关键时刻见真章……"

李晓梦："就是。"

孟尧远："瞧不起人是不？你们给我等着！"

薛芃也一路溜达着来到市局附近的饭店，报了包厢名，很快就被服务生领到走廊里。

包厢门推开，张芸桦和常智博已经在了。

薛芃一进门，便扬起笑："妈，常叔叔。"

常智博立刻起身，招呼着薛芃："来，小芃，过来坐。"

薛芃坐下后，常智博将菜单翻开，问："看看都喜欢吃什么？"

薛芃："我吃什么都行。"

三人闲聊了片刻，就开始上菜。

一顿饭吃了半个多小时，薛芃不似平日话少，菜却没吃几口。

薛芃心里一直惦记着陈凌那瓶水,刚好张芸桦和常智博都是这方面的专家,好不容易逮着机会就把积攒的问题一股脑问了。

常智博很有耐心,逐一解答,跟着便问薛芃:"你怎么突然对这方面感兴趣了?"

薛芃说:"也是因缘巧合,就这两年开始的。原先以为工作上也用不到,生活里也不需要,但现在,不仅我自己感兴趣,工作上也有了点小的调动,我可能要抽出一部分时间去理化实验室帮忙,还是想多了解一点。"

常智博一顿:"那以后岂不是更忙了?"

"还好,趁着年轻多学点。"

另一边,陆俨先一步到了饭店的包厢。

不多会儿,姚素问也来了。

陆俨礼貌地站起身,淡淡地朝站在门口的年轻女人点了下头。

姚素问行了个注目礼,就走进屋里。

姚素问落座说:"抱歉,我迟到了。"

陆俨应道:"时间刚好。"

然后就是长达三秒钟的大眼瞪小眼时间。

两人又一同开口。

"我……"

"你……"

一秒的停顿,又一起笑了。

陆俨:"你先说。"

姚素问:"我是被家里逼过来的,我没打算相亲。这也太老土了。"

陆俨心里暗暗松了一口气,面上却不动声色:"我虽然不是被逼过来的,但也有点不情愿。"

姚素问跟着说:"其实我有喜欢的人。"

陆俨一愣,倒是有点没料到,这才刚见面不到三分钟,姚素问就把老底交代了。但转念一想,这样也好,省得耽误时间。

陆俨:"那等吃完饭,就分头回市局。"

姚素问:"好,我同意。"

隔了一秒,姚素问又问:"等家里人问起来,你知道该怎么说吧?"

陆俨想了一下:"就说,还是先从同事做起,其他的事以后慢慢再看。"
姚素问:"嗯,这个缓兵之计倒是不错。"

这边,薛苋又跟着问了几个问题,张芸桦和常智博一直没找到机会聊其他的。

直到一顿饭结束,张芸桦叫服务员结账,对薛苋说:"我看时间也差不多了,你赶紧回市局吧,我们这就走了。"

薛苋应了一声,起身先去了洗手间。

等服务员结完账离开,包厢里一下子安静了。

半晌,张芸桦才拿起包,说:"要不,我再找个机会单独跟小苋说吧。不过话说回来,这件事小苋也不会太关心,她一向不管这些。"

常智博叹了一口气,说:"听小苋刚才问的那些问题,我总觉得,她做痕检是不是屈才了,真是有老薛年轻时候的风范。"

张芸桦:"都是被小奕的事影响了。刚出事那两年,小苋嘴里老念叨着,她觉得事情没那么简单,还说方紫莹没有理由杀小奕,这里面肯定有问题……虽然后来这几年,她自己慢慢也不提了,可我总觉得,她嘴上不说,心里却一直没放下。小苋的性格啊,就和老薛年轻时候一样,认死理,遇到问题,不追究出一个答案绝不罢休。"

薛苋从女洗手间出来,来到洗手池前,正在洗手。

很快,从洗手间门外又走进来一人。

两人在镜子里对了一眼,都是一愣。

来人竟是姚素问。

薛苋抿着唇点了下头,算是打招呼。

姚素问也回应了一个点头,谁都没有说话。

等姚素问进了洗手间,薛苋也往外走,没两步便回到走廊,刚好前面的包房门开了,走出来一个男人:"服务员,结账。"

门口的服务员立刻应了。

薛苋却站住脚,诧异地看过去,竟是陆俨。

陆俨感觉到投来的视线,下意识地往这边看了一眼,跟着愣住了。

薛苋率先问:"来吃饭?"

陆俨点头,却有些不自在:"你也是?"

薛芃："嗯，约了我妈。那我先回包间了。"

陆俨："好。"

只是薛芃才越过陆俨没走几步，很快就听到身后传来一道声音，说："那我先回市局了，咱俩的事，我回去会和家里说的。"

薛芃刚好走过拐角，往后一看，就看到姚素问和陆俨站在一块儿。

陆俨比姚素问高了一大截，人高马大，听到姚素问的话，他跟着露出一抹笑容，点头应了两句。

姚素问也跟着笑了。

一时间，气氛无比融洽和谐。

薛芃就立在拐角，看到这一幕，扬了扬眉。

姚素问从走廊的另一边离开，薛芃依然站在那儿，直到陆俨发现她。

薛芃朝他笑了一下，虽然淡，却意味深长。

陆俨脚下一转，快步走过来。

薛芃又一次先发制人："那姑娘我认识，理化实验室新来的技术员，叫姚素问，公大研究生毕业，大学是学化学的，家境应该不错。"

言下之意，就是她都看明白了。

陆俨脸上闪过一丝尴尬，说："我知道，都是家里的安排，其实我没想法。"

薛芃："这么漂亮的都没想法？"

陆俨："我……"

只是陆俨刚落下一个字，不远处就传来一阵争吵声，声音越来越大，也越来越近。

紧接着，就见一个看上去六十多岁的老大爷，揪着一个四十岁左右的中年人，两人一边拉扯着一边吵着往这边移动。

服务员围了上去，想将两人分开。

就听到老大爷喘着气，哑着嗓子叫道："走，前面就是公安局，你跟我说理去！"

中年男人也叫道："你别仗着自己年龄大啊，我告诉你，我不怕你，你这么大岁数了，怎么不讲道理啊！"

老大爷看着脸色很不好，额头上全是汗，他的手虽然抓着中年男人的衣服，却一直在抖，力气根本不大。

中年男人很容易就可以将老人甩开，却不敢太用力，就怕这一挣扎，老人当即碰瓷，说是他推了他。

服务员也一边劝着，一边将老大爷扶到一旁，让他消消气。

围观的人越来越多。

等隔开几步，中年男人还有点气不过，为了面子就说："你说说，年纪都这么大了，还这么大脾气，这么点小事你至于吗，这不是跟自己过不去吗……"

陆俨个子高，早已透过人群看到里面的情形，也发现了老人的不对。

陆俨走到跟前，对服务员说："都别围在这里，让老人透透气。"

服务员让了一下，谁知就在这时，老大爷的喘气声越来越大，好像倒不上来似的，手和脚也开始抖动，而且越来越剧烈。

陆俨上前刚要扶住老大爷的肩膀，谁知手才碰到，老大爷就顺着他这边往下栽倒。

陆俨眼疾手快，连忙将人撑住，再低头一看，老人已经在他怀里抽搐起来，张着嘴，也不知道是要呼吸还是想咳嗽。

中年男人立刻叫道："看看，碰瓷了啊！"

陆俨却没理会，连忙扶着老人躺平，解开老人脖领上的扣子。

薛芃也跟了过来，用手挡开往前面挤着看热闹的人："都让一让！"

老人躺在地上抖了一会儿，跟着就开始大小便失禁，身体也渐渐不动了。

薛芃连忙拿出手机打急救电话。

陆俨脸色凝重，立刻给老人做心肺复苏。

数分钟后，救护车来了，老人被送上车，需要有人跟车。

陆俨已经从老人兜里翻出来一张字条，上面写着这样一句话："我叫高世阳，这是我的联络地址和家人电话"。

陆俨将字条交给薛芃，二话不说跟上车。

薛芃看着救护车走远，还听到身后那个中年男人嘀咕着："这可不关我的事啊……"

薛芃按照字条上的电话拨了过去，很快就听到一个女人的声音："喂？"

薛芃说："你好，我在一位叫高世阳的老人身上看到这张字条，请问您是他的亲人吗？"

女人一愣，忙说："应该是我公公，他怎么了？"

"他刚才突然倒地，已经被送去中心医院了。我有个同事跟在他身边，我把他的电话给你，你到了和他联系一下。"

女人："好，好……多谢你，我马上就去……"

薛芃回到市局，第一件事就是准备到刑侦支队帮陆俨请假，谁知还没走到刑侦大楼，就接到孟尧远的电话。

孟尧远上来就说："人呢？赶紧回来，有任务！"

薛芃脚下一转，都快到支队门口了，又掉头往实验室走："马上，已经在市局了。"

不到十分钟，痕检科和法医科一起出动。

中午就孟尧远一个人在办公室，也是他接到的支队电话，他对任务了解最详细，上车之后就快速交代道："是东区大队发现的命案，需要咱们提供技术支持。"

市局距离东区最近，东区大队也有自己的技术人员配给，但人手不足，经验也不够，而且刚派出去两个技术员执行任务，紧接着就接到一个报警电话，说是发现命案。

东区分局的刑警到现场一看，见屋里只有一位老人的尸体，显然倒地身亡多时，身体已经开始腐烂，还发出尸臭。

东区大队不敢让经验不足的技术员直接进现场，就立刻上报支队，请求支援。

支队张椿阳接了电话，立刻请示陆俨。陆俨当时人正在救护车上，赶不回来，就交代张椿阳让技术员、法医过去现场，先给予技术支持。

薛芃听到这儿，没说话，只是拿出手机，将从老人身上找到的字条拍下来发给陆俨，然后说："已经联系上老人的儿媳妇，正在赶往医院。老人现在怎么样了？"

陆俨回道："呼吸脉搏都没了，正在抢救。"

一转眼，薛芃和孟尧远等人来到案发现场，随队的法医是陈勋。

案发地在一栋非常普通的居民楼里，因为发现案件的人都没有进入现场，报警后东区分局刑侦大队又第一时间将现场保护起来，基本上没有破坏现场的可能。

人都是趋利避害的，附近居民意识到就在自己住的这栋楼里发生命案，又看到警车停靠，很多现勘人员穿着防护服走入居民楼，都吓得躲在家里，就算有好奇心都不敢出来一探究竟。

就连现勘人员走访住户调查第一手资料的时候，他们开门都是战战兢兢地，尤其是同在一个楼层的住户。

在进现场之前，薛芃等人先听东区分局的刑警齐昇简单描述了经过。

最早发现屋里的老人尸体，是因为住在楼下的人家刚从外地旅游回来，发现自家浴室天花板有大面积漏水现象，而且像是泡了很久，墙皮都泡皱了，开始脱落，照这个情形看，必须尽快排水。

楼下邻居一时气愤，就跑到楼上敲门。

敲门许久都没人应，还闻到了一股奇怪的臭味儿，楼下邻居也没有楼上这家的联系方式，就将电话打给物业。

物业就将电话打给这户老人留的手机号码，也是无人应答。

楼下邻居实在受不了了，就让物业过来看看。

物业来了以后，又和楼下邻居一起上楼，在门外尝试拨打老人的电话，接着门里就传出铃声。

再加上弥漫出来的奇怪的臭味儿，令只有一门之隔的楼下邻居和物业都有产生一种不好的预感。

物业说，住在这里的是一位独居老人，平时老人的儿子儿媳隔三岔五地来探望。

楼下邻居就开始脑补，会不会是这两天老人无人照看，老人在家里死了，也没人知道？

猜测归猜测，物业却不敢贸然撬人家的锁，只能先报警处理。

第一拨赶来的是两位片区民警，因为其中一位民警有二十年的工作经验，就算没有经常出入案发现场，也有过类似的经历，尤其是这种老人独居的案例，就会特别警惕。

民警一来到现场，就闻到了臭味儿，刚好他以前也闻过，这种味道简直难以形容，闻过一次一辈子都忘不掉，是真正意义上的熏得辣眼睛，能给人熏一个跟头的味儿。

民警意识到情况严重，立刻让物业联系屋里老人的亲属，可物业也没有登记，就只有老人的手机号。

直到民警打回警局，这才找到老人亲属的手机号，但老人的儿子始终没接听，最终只有儿媳妇的打通了。

儿媳妇接起电话，说这时候正在赶往医院去看她公公，她公公生命垂危，正在抢救，她现在实在无法赶过去开门。

民警当即争取了儿媳妇的同意，答应让他们撬门进入，一探究竟。

直到门打开，臭味扑面而来，当时的两位民警便看到了此时站在门口的薛芃和孟尧远看到的同样一幅画面。

客厅的地上躺着一具尸体，就体形和穿着来看是一位老太太，尸体下面有一摊干涸的排泄物，红色里面带着咖啡色。

正如东区分局的齐昇所说，尸体已经腐烂了，但还不到高腐的程度，皮肤大部分都被衣服包裹住，暴露在外面的地方，已经有苍蝇陆续飞到屋里，在上面盘桓落下。

按理说到这个腐败程度，尸体暴露在外面的地方应该已有尸虫，可尸体上并没有，这说明屋内原本没有苍蝇，这套房子的密闭性相当好，没有让户外的苍蝇从缝隙里钻进来。

而现在屋里这些苍蝇都是在门打开后循味而来的，正在加班加点地努力繁殖。

再说这个味道，因为人和其他动物的饮食结构都不一样，所以人死后散发出来的味道也会比任何动物的腐败尸体都要冲，因为在这种味道里含有超过四百种挥发性的有机化合物，苍蝇尤其喜欢。

薛芃等人穿着防护服，戴着3M口罩，但尸臭的味道是极具穿透性的，按照孟尧远的话说，就是戴防毒面罩都扛不住。

而且这些味道很会钻，会钻进鼻子里、嘴巴里、衣服、袜子甚至内衣里，等出完任务回到家，脱掉的衣服也都是这种味儿。

薛芃和孟尧远、程斐等人，跟负责带队的齐昇打了招呼，便进入现场，寻找最容易消失、需要第一时间取证的痕迹，比如门口的鞋印。

程斐在门口取证时，齐昇队里的现勘人员也基本拍照完成。薛芃和孟尧远来到尸体跟前，后面还跟着负责拍照记录的人员。

两人观察着尸体的全貌和四周的痕迹物证，孟尧远拨冗看了薛芃一眼，心里称奇。

按理说像这种现场，薛芃应该是第一个生理不适的，她是整个刑技实验大楼嗅觉最敏感的，有时候出现场，一些不容易发现的痕迹，因为散发出很细微的味道，被薛芃捕捉到了，这才追着味儿找到痕迹。

薛芃的鼻子比电子鼻都管用，来到这里她应该是最崩溃的，恨不得直接熏晕了过去，结果她却像没事儿人似的，就站在那里，认真仔细地寻找痕迹。

很快，两人开始在尸体周围提取痕迹，除此以外，从门口到屋里，来回行走过的足迹并不多，有一组是属于老太太脚上这双鞋的，也是来回最频繁的一组。余下的就只有一组足迹，就鞋底来看，应该是个男人，42 的鞋码，而鞋底花纹像是休闲鞋或是运动鞋。

这双 42 码鞋的足迹一直走到鞋柜的地方，也就是进门后一米半的距离，然后就消失了，又从鞋柜的方向延伸出一组大号拖鞋的足迹。

也就是说，这个穿 42 码鞋的男人，大概率会是老太太的儿子，就像齐昇转述民警的话一样，隔三岔五地会有儿子儿媳来看老太太。

但是最近一段时间儿媳妇都没有来，前两天就只有儿子一人。

就现场痕迹来看，尸体在死前应该有小幅度的挣扎，躺倒的地方是沙发下，沙发罩有往下蹭过、拉拽的褶皱，而且沙发上还有一个枕头，枕头有凹痕，像是老太太原本躺在沙发上养神，忽然感觉不舒服，挣扎着从沙发上起身，却掉在地上，直到咽气。

老太太的手机就放在茶几上，茶几距离沙发半米，而尸体周围只有老太太一个人的足迹，并没有大码拖鞋的，这说明老太太去世时身边没有其他人，事发突然，她连去够手机的时间都没有。

趁着孟尧远采集尸体周围足迹的工夫，薛芃拿起手机，在上面提取指纹和皮屑，转而翻看了一眼通话记录。

上一次通话是两天前的上午十点多，通话的对象写着"儿媳妇"，而后几个拨进来的电话都是未接来电。

薛芃本想将手机收入物证袋，却在无意间碰了一下"儿媳妇"那行记录，很快进入详细界面。

薛芃瞥了一眼，正准备点出去，目光却在这时顿住了。

这串号码为什么看着有点眼熟？

其中有四个数字刚好是 1818，而且她似乎在短时间内见到过？

薛芃疑惑地皱了一下眉，随即抬眼，发现角落条形柜上有几张照片，其中有一张是全家福。

薛芃走近一看，当即愣住。

全家福是一家四口，坐在前面的一对老人明显是老两口，后面站着一对年轻男女，三十多岁，四个人笑得都很开心，乍一看就是很普通的全家福照片，没什么特别。

只是坐在老太太身边的老头，怎么有点像今天在饭店里病发，而后被陆俨送去医院的那位？

薛芃记得很清楚，那位老人的下巴有点往外凸，有点方，下巴中间还有一道凹痕，叫W形下颌，而照片里这位老人也有。

薛芃在照片前站了好一会儿，齐昇走过来问："怎么了，是不是有什么发现？"

薛芃转身问齐昇："齐队，之前你们联系过老人的家人，是儿媳妇接的电话，对吗？"

齐昇点头。

薛芃又问："那有没有查过老伴儿姓什么，是不是姓高，叫高世阳？"

齐昇一顿："对，是叫高世阳，你是怎么知道的？"

薛芃皱了一下眉，又看了一眼尸体，对齐昇说："老人的老伴儿这会儿正在医院抢救，他病发时我刚好在现场，还打过这个电话给他儿媳妇。对了，送老人去医院的是刑侦支队的副队陆俨。"

这话一出，别说是齐昇，就是正在一旁取证的孟尧远也跟着一愣，下意识地往这边看了一眼。

只是这个小插曲很快告一段落，齐昇到门外拨了一通电话，确定薛芃提到的情况。

果然，老人的老伴儿高世阳仍在抢救，这会儿已经取得家属同意，送进ICU。

另一边，薛芃进入老人的卧室开始取证。

老人生前留下使用的东西不多，大部分都放在床头好拿好放的地方，不常用的就放在高处的柜子里。

老人名叫李兰秀，就像所有老人一样，有收藏旧物的习惯，老物件舍不得扔，就是不用了也会收起来。

比较常用的、宝贝的，像是存折、病历本、医保卡之类的东西，就被老人收在床头的小抽屉里。

上面还有一个病历本，就日期来看，老人最近去看过中医，看了肝肾方面的问题。

还有一点李兰秀也和其他老人一样，就是会将常用的药放在一个小盒子里，包括保健品，整整齐齐地码好，需要吃的时候就挨个儿打开，按照分量取出来，放进一个直径只有四厘米的塑料小碗里，就是医院常用来给病人分药的那种。

小碗上有李兰秀的唾液，这说明她是直接将一小碗的药倒进嘴里，再喝水。

李兰秀常睡的双人床，只有靠外这一半有明显的痕迹，靠里面的一半，多放了一床被子，很平整，枕头也只有外面放了。

看来李兰秀和高世阳这对老人并没有住在一起，而且也不怎么联系，这也就是为什么，李兰秀的尸体已经开始腐烂了，高世阳却毫不知情，大中午的还在饭店里和人争吵。

就在薛芃进卧室取证的时候，孟尧远也在厨房里发现一些东西，比如李兰秀生前倒在垃圾桶里的中药药渣。

李兰秀似乎并不喜欢吃肉食，冰箱的冷冻、冷藏都没有发现肉类，反倒是蔬菜和水果比较多。

至于卫生间，马桶盖和地漏都是盖着的，水龙头一直在流水，水流很小，在下面的洗手池里还泡着一条抹布，水流无法从地漏流出去，就囤在浴室的地上。

因为浴室和外面有一道门槛儿，水流也不是很大，所以这些水就顺着地板漏水的缝隙，往楼板夹层和楼下渗去。

客厅里，法医陈勋正在做尸表检验。

经过初步判断，李兰秀倒地的客厅就是第一现场，就目前各种征象来看，李兰秀应该是猝死，尸体现象已经到了晚期，早期现象均已消失。

死后尸体没有被人挪动过，已经出现腐败性腹部膨胀，但还没有出现腐败血管网，再配合其他表征推断，李兰秀应该死了两天左右。

等薛芃从卧室取证出来，李兰秀的尸体已经装袋，往门口运送。

陈勋正在跟齐昇交代，没有在尸体表面发现损伤，初步判断不是死于任何利器，像是突发疾病而亡，因为有窒息的一般征象，初步推断是呼吸系统疾病引发的猝死。

也就是说，暂时可以排除是其他疾病死亡或是暴力性死亡。

薛芃原本要继续做自己的事，一听到"呼吸系统"四个字，愣了一下。

她下意识地看向陈勋和齐昇，而齐昇也像是想起什么似的，看向薛芃。

还没等齐昇开口问，薛芃已经走过来，说："齐队、陈法医，这位老人的老伴儿高世阳，今天中午发病的时候，也出现了呼吸系统方面的问题，比如发烧、呼吸困难、抽搐，还有呕吐、大小便失禁的现象。发病得很快，送上救护车还没到医院，呼吸和脉搏就都没了，现在还在抢救。"

陈勋一愣："这么巧？"

几秒的沉默，这下三人都不说话了，彼此心里都产生同样的感觉——这个案子，可不像是简单的呼吸系统猝死那么"单纯"啊。

就在这时，齐昇的手机响了，来电人正是陆俨。

齐昇走到一旁，将电话接起来，很快将现场情况描述了一遍，随即将手机递给薛芃。

薛芃接过来，就听到电话那头陆俨的嗓音："你有没有查过李兰秀平时都在吃什么药，还有她的病历本？"

陆俨没有任何铺垫，单刀直入。

薛芃回忆了一下，说："查了，除了一些治疗呼吸系统疾病的药物之外，最近李兰秀还看过中医，主要是用来治疗肝肾的。"

肝、肾。

陆俨安静两秒，随即说道："就在刚才，高世阳检查出了肾衰竭。"

薛芃一顿。

如果说刚才大家还只是觉得可疑，这会儿就基本肯定了。

现在两位老人不仅呼吸系统有事，连肝、肾都有问题，甚至还有呕吐和抽搐的现象，甚至李兰秀的排泄物里还有血，这可就不是单纯的呼吸系统的问题了。

最主要的是，两位老人的发病时间靠得很近。

薛芃吸了一口气，将电话递给齐昇。

就在齐昇和陆俨对话的时候，陈勋过来问薛芃："怎么回事？"

薛芃："李兰秀的老伴儿不仅呼吸系统有事，还查出来肾衰竭。"

这下，连陈勋的脸色都变了。

齐昇切断电话折回来，对陈勋说："陈法医，稍后可能要麻烦你做进一步解剖，家属方面陆队正在做工作，等他发来消息，你这里随时可以开始。稍后还要再做个毒物检测。"

陈勋："没问题。"

这个时候，齐昇派出去的队员和张椿阳都还在附近做民调，暂时还没有进一步消息。

薛芃和孟尧远又仔细排查了一遍屋里的毒物"痕迹"，比如一些可疑的药瓶之类的，只是并无收获。

就现场足迹来看，这几天唯一出入过大门口的，就只有一双42码的男士运动鞋，那之后老太太李兰秀连门都没出过。

也就是说，如果真和毒物有关，那么近期最有可能下手的就是这个穿42码鞋的男人，很有可能就是一直不接电话的儿子。

现场取证之后，齐昇带队回了东区分局，临走前，还和薛芃、孟尧远沟通了几句，接下来的调查方向会等痕检和毒检的报告出来再说。

换言之，如果在李兰秀的血液中验出毒物，那就绝对不是自然死亡。

很快，薛芃一行人也坐车返回市局，就在回程的路上，程斐和孟尧远还在讨论案情。

其实这案子看上去并不复杂，案发现场是一目了然的，屋子没有入侵痕迹，李兰秀生前也没有遭受过暴力袭击。

而且就屋子内的摆设和私人物品来看，李兰秀已经独居很长时间了，她死亡的现场除了自己挣扎过之外，也没有和其他人产生推撞、打斗的痕迹。

也就是说，单纯就案发现场来看，可以排除他杀嫌疑。

但事情就是这么巧，李兰秀的丈夫高世阳，就在今天中午于众目睽睽之下病发倒地，病发时的症状和李兰秀雷同。

两人病发相隔了两天，但是李兰秀的尸体是在今日才发现，也正是这种时间上的"凑巧"，才引起现勘人员的重视和怀疑。

程斐正和孟尧远说上大学时候经历的事："我爷爷去世之后，我奶奶就一直一个人住。她生前老说自己心脏不舒服，透不过气，可是每次去医院检查都说没毛病。结果后来，我奶奶就是在看电视的时候，人突然就没了。等我们发现的时候，已经过去了好几个小时，救护人员就在现场做了个简单检测，说是心脏病突发，然后就把我奶奶的遗体送上救护车，直接拉去了医院的停尸间。"

说到这儿，程斐叹了一口气："我今天看到这个李兰秀，心里真挺不是滋味儿的。师兄你说，如果不是邻居报警，如果不是第一拨赶来的民警觉得不对，通知了东区刑警队；如果不是刑警队为了保险起见，向咱们请求技术支援；如果不是她老伴儿也在今天出现了同样的症状，巧合得引人怀疑……这里面但凡有一个环节被轻视了，以为就是老人自己在家突发疾病没了，就叫个救护车把人拉走了，谁又能往毒物方面想啊？"

有时候尸检可以准确验出某一种毒物，但有时候结果也未必百分百肯定，这时候就会写明死因是心脏骤停。

而且中毒之后每一种毒物的表征都不一样，急性和慢性的也不一样。像是李兰秀这种没有典型表征的，而且尸体已经放置两天，谁也不能仅凭看两眼就推断出她是不是中毒了。

当然，就理论上说，只要是毒物，就一定能验出来，但那也是尸检之后的事了。

负责开车的张椿阳这时接道："要不怎么说天网恢恢呢？如果真像你说的，那么多'如果'都凑齐了，那这事儿没准就混过去了。不过就现在看，这事儿也比较为难，尤其是陆队肯定难做……"

程斐问："怎么讲？"

张椿阳说："听说前几年下面分局就发生过类似的事。有一个案子特别蹊跷，那现场怎么看都不像是自然死亡，家属又提不出正当理由拒绝尸检，那分局大队肯定是执行尸检啊。当时就叫季法医过去了，可结果你猜怎么着……"

程斐想了下："呃，难道还真是自然死亡……"

这时车子经过一个拐弯，张椿阳顾不上说话。

孟尧远就接着说："是啊，尸检结果死因无可疑，就是现场各种巧合凑到一起，引起了分局大队的怀疑。等拿到尸检结果，那几位家属就不干了，当场发飙，就抓着季法医和当时在场的刑警不依不饶，非要讨个说法……不过话说回来，这事儿换作谁，谁也不能接受啊。"

程斐："这倒是，如果我是家属，我肯定接受不了。咱们中国人，还是讲究要留个全尸的。"

孟尧远："当然，也有过相反的情况，就是死者家属觉得死因肯定有古怪，一定要求尸检，要找到'凶手'，结果尸检了就是自然死亡，可家属不相信，还要二次甚至多次尸检。"

就在车上三人喋喋不休的时候，坐在后排的薛芃一路都在看窗外，想事情想出了神。

其实就目前来说，还不能完全肯定李兰秀和高世阳两位老人都中了毒，最起码就表征来看实在武断，要不是将前后发生的事情联系到一起，恐怕不

186

会第一时间就往这里想。

两位老人明显不住在一起，却都有呼吸系统方面的问题，病发时的症状也很相近，而且两件事就发生在三天之内，这种巧合真是太少见了。

薛芃在脑子里快速过了一遍可能会导致这种情况的毒物，这时就听到程斐小声说："要真是跟毒物有关，那下手的肯定是家人啊，外人哪有这种机会，还要同时接近两位老人，而且也没有动机啊……可如果真是家人，就太没人性了。"

孟尧远说："自家人下毒的案子每年都会发生，不过大部分都掌握不好分量，没有化学或是医学常识，很容易就被发现了。少数的就用阴招，一点点稀释了再下，导致慢性中毒，这种人才叫真的坏。"

程斐："我真不明白，图什么呀？"

张椿阳嗤笑一声："还能图什么？这种丧心病狂的人，要么是奔着钱，要么是奔着房子。如果两位老人真是中毒，他们的儿子嫌疑最大，你看，一直联系不到人。"

程斐叹了一口气："还说养儿防老呢……"

孟尧远没接话，这时转头看向薛芃："我说薛芃同志，你也参与一下我们的讨论，有点参与感好不？"

"现在就讨论嫌疑人和动机，会不会太早了？"薛芃转过头来，说，"不过有一点可以肯定，两位老人的儿子不是亲生的。"

孟尧远一顿，坐在副驾驶座的程斐跟着转头，就连张椿阳都从后视镜瞄向薛芃。

薛芃说："我在全家福上看到高世阳有 W 形下颌，但他儿子没有。如果是亲生的，这种显性基因大概率会遗传。就当儿子属于小概率好了，可他的下颌线条也不像李兰秀啊，就连其他五官特征都和这对老人不一样。"

一时间，几人都不说话了。

直到程斐摸了摸自己的手臂，说："我都起鸡皮疙瘩了，那就是养子谋财害命了？"

薛芃淡淡道："在毒检出来之前，不要轻易下结论。"

程斐耸了下肩膀："哦。"

程斐比较单纯，还没经历过社会上的大风大浪，命案接触得也不多，遇到薛芃这样一板一眼的态度，自然不知道如何应对。

可是孟尧远不一样，他和薛芃早就插科打诨惯了，两人还是前后脚进的市局，开起玩笑自然没那么多顾忌："对了，这事儿还有个疑点，非常重要，我估计你们也没注意到。"

这话一出，又把程斐的注意力吸引过去。

张椿阳跟着问："什么疑点？"

孟尧远笑了下，见薛芃也朝他这里瞟过来，便往她那边凑了凑，挤眉弄眼地说："请问薛芃同志，为什么陆队送高世阳老人去医院，刚好被你看见了？"

薛芃完全没料到孟尧远会把问题拐过来，便说："我刚好碰到的。"

张椿阳和程斐齐刷刷地竖起耳朵，表情都不对了。

孟尧远说："事发的时候是在饭店，而你和陆队都在饭店，你说刚好碰到，会不会这么巧啊？陆队一个人干吗跑去饭店吃饭，咱市局食堂的饭不香吗？还有，我记得你中午说，你要陪妈妈吃饭。哟，这么一联系，就只有两种可能了。"

薛芃没搭理孟尧远，直接把头转开继续看窗外。

张椿阳却憋着笑，问："哪两种？"

孟尧远说话的对象仍是薛芃："一种，就是你没有陪妈妈吃饭，而是和陆队两个人吃饭，这主要是为了避人耳目，不好在市局饭堂众目睽睽之下进行。还有一种，就是你陪妈妈吃饭了，却多带了一个人过去。"

"⋯⋯"薛芃又把头转回来，目光扫向孟尧远。

车里一时安静极了，三人都在等薛芃的反应。

几秒后，薛芃却说了这样一句："你很臭，离我远点。"

孟尧远"哼"了一声："难道你没味儿啊，程斐没味儿啊？咱们里面也就椿阳没进过现场。"

一说到味道，程斐也跟着抱怨起来："你们别说，我这一身味儿，回去肯定要被我爸妈念叨，要是我告诉他们我去过案发现场，他们肯定又要担心了。而且就我这鼻子里吧，老觉得有东西，好像那味儿钻进去了，出不来。怎么办啊，它们会停留多久，你们谁有香水啊？"

孟尧远说："嘿，对付尸臭，咱芃哥最有经验了。怎么样，芃哥，给新人教授点经验？"

薛芃这回倒没板着脸："市局出去左转两个路口，有一个公共厕所，有印象吧？"

程斐忙说:"有。"

薛芃:"一会儿进去待个半小时到一小时,会好很多。"

程斐:"……"

孟尧远扑哧乐了:"不懂了吧,这就叫以毒攻毒。我告诉你,对付尸臭,最好的办法就是用其他的臭味去冲淡它。就咱们今天遇到这个还算好的,要是高腐尸体,那味道,非得农村那种旱茅房的味儿才能压得住!"

薛芃又道:"切记,千万不要喷香水,不仅会污染物证,影响判断,而且香水的味道和尸臭融合在一起,在你的鼻腔里停留好几天,那种感觉只会雪上加霜。"

程斐:"……"

另一边,中心医院。

其实陆俨在送老人高世阳赶去医院的路上,就已经注意到不对。

高世阳病发得很快,而且很痛苦。陆俨就坐在旁边,目睹了一切,只是这时候还没有往其他地方想。

救护人员也问过陆俨,老人在病发前吃过什么药,是不是对一些呼吸系统的药物有过敏反应。

可陆俨根本毫不知情,就将自己发现高世阳病发的情况简单交代了一遍,随即在手机上看到薛芃发来的字条照片,正是在高世阳身上找到的那张。

陆俨将电话拨过去,很快听到一个女人的声音,他将电话转给救护人员,就坐在一旁听他们沟通,大概得知,高世阳和儿媳妇这段时间都没有见过面,但他的确有一些病史,就好比说格林—巴利综合征。

不过高世阳很早就检查出这种病,治疗多年,情况一直很稳定,也不知道为什么今年有了复发的迹象。

至于高世阳最近吃过什么感冒药,他儿媳妇也不知道,近日都是儿子去照顾的。

等挂断电话,陆俨便问起救护人员什么是格林—巴利综合征。

救护人员解释道,这是一种自身免疫力引起的急性炎症,发病的时候多半都是急性的,还很有可能并发呼吸衰竭、心血管疾病。

就这种病来看,也算和高世阳发病时的症状吻合。

陆俨只听了个大概,医院就到了。

这之后所有的事，都发生得很快。

高世阳的儿媳妇距离医院也不算远，和救护车几乎是前后脚到的，很快就签署了抢救同意书。

高世阳被送去抢救，但情况危急，普通抢救根本救不回来，需要送去重症监护室，但这要家属签字同意，而且要花上一大笔钱。

有很多人在这里就会退缩了，除了钱的因素，还意味着病人将要承受更大的痛苦。

高家儿媳妇一时六神无主，犹豫了好一会儿都不知道该怎么选，便问医生："医生，您就直接告诉我吧，是不是如果不去监护室，我公公就要死了……"

医生很委婉地跟高家儿媳妇解释了几句，她听了以后当场落泪，但就算再难过，还是做了决定。

高世阳被推进重症监护室，高家儿媳妇被挡在门外，她扶着墙，来到旁边的椅子上坐下，整个人都好像要虚脱了。

始终站在一旁的陆俨，这才上前几步。

高家儿媳妇注意到有人靠近，抹了把眼泪抬头一看，愣了两秒，这才想起陆俨是谁。

刚才情况太过危急，高家儿媳妇一直来回奔波，又想守着公公，又要奔去交费，只在刚进来的时候和陆俨照过一面，知道是他把高世阳送进来的，只来得及说了一句"谢谢"，就再没顾得上。

这会儿安静下来，高家儿媳妇这才扶着椅子，准备起身再次表达谢意。

但陆俨却先一步抬手："您坐吧，不用起来。"

陆俨就在她旁边坐下，说："之前老人发病的时候，我就在现场，刚才在救护车上，我也大概了解了一下情况，我把我知道的跟您说一下。下午我还有工作，一会儿就要回去了。"

高家儿媳妇一听，连连点头："真是太感谢您了，您说吧，我听着……"

陆俨就把事发经过一五一十地告诉高家儿媳妇，他的语速不快，也没有冗赘的描述，整个过程讲下来还不到三分钟。

等高家儿媳妇消化完所有的事，又说了两次"谢谢"，陆俨这才起身，说："那我就先走了。"

陆俨才起身走开几步，手机就响了。

来电是东区大队的齐昇。

电话一接起来，就听齐昇说："陆队，有个事我想和你核实一下。听说你送一位叫高世阳的老人去了中心医院？"

陆俨一顿，说："对，刚送进ICU，家属已经来了。你那里怎么样？"

齐昇："这事儿说来也真巧，我们这里发现一具独居老人的尸体，老人叫李兰秀，她老伴儿就是你送到医院的高世阳。"

什么……

陆俨脚下一顿，立在原地好几秒没动静，脑海中飞快地闪过一些东西，也说不清是直觉还是什么，太快了，根本抓不住。

片刻后，陆俨缓慢地转过身，看向走廊尽头依然坐在长椅上的高家儿媳妇。

高家儿媳妇这时正拿着纸巾擦拭眼睛，随即从包里翻出一个粉饼盒，打开后对着里面的小镜子照了照，一边照还一边吸鼻子，接着就拿出粉扑，小心地按压在眼睛周围，按压完了又照了两下。

陆俨的眼睛倏地眯了起来，脚下一转，不动声色地往回走，同时问齐昇："李兰秀的尸表检验有结果了吗？"

齐昇说："还没有，我们刚到不久，陈法医正在检查，估计也快了。"

陆俨又问："我记得你们之前联系过老人家属，儿子的电话一直没人接，是儿媳同意你们撬门进去的，对吗？"

齐昇："是啊，我们联系到钟钰的时候，她正在赶去中心医院的路上。后来证实李兰秀已经死亡，我们也第一时间告知钟钰，得到允许才进屋……"

陆俨站住脚，眉头也跟着打结。

谁？Zhōng Yù？

陆俨："你刚才说……Zhōng Yù？这是老人儿媳妇的名字？"

齐昇："对，钟钰，钟表的钟，钰是一个金字旁，一个玉石的玉。"

陆俨瞬间沉默了，漆黑的眸子直勾勾地盯住七八步之外，已经将粉饼盒收起来，这时也正转头望过来的女人——钟钰。

陆俨和钟钰对上一眼，钟钰搞不清楚陆俨在看什么，表情里浮现出疑问。

陆俨对齐昇说："我等会儿再联系你。"随即切断通话，抬脚朝钟钰的方向走去。

见到陆俨去而复返，钟钰有些惊讶："您是不是还有什么事？"

陆俨在钟钰对面的椅子上坐下，说："我不放心，还是在这里等一等吧，

191

毕竟老人是我送进来的。"

钟钰一愣，这回不仅是惊讶了，更带着一点尴尬："那这，会不会耽误您的工作？"

陆俨抬了下眼，又波澜不惊地落下，拿出手机边看边说："不要紧，我的工作弹性大，刚才已经请过假了。"

"……"

从这以后，就是很久的沉默。

气氛不仅低迷而且尴尬，偏偏陆俨就像没事儿人似的，打定主意了就待在这里不走，而这里又不是钟钰的私人地方，她也不好下逐客令。

陆俨利用这段时间，给张椿阳发微信，询问每个月都会去监狱探望陈凌的那个朋友"钟钰"的住址，以及家庭关系。

张椿阳很快查到了，将信息发给陆俨。

陆俨一核对，果然，去看望陈凌的"钟钰"，和眼前这个钟钰，是同一个人。

几分钟后，医生从ICU出来。

钟钰立刻迎上去，询问高世阳的状况。

医生告知，在给病人进行一番抢救之后，情况总算是稳定了，只是病人的肾已经严重衰竭，而且精神状况很不稳定，一会儿清醒一会儿昏迷，还说胡话。

医生便问钟钰，病人有没有肾方面的疾病，精神上是一直这样吗，是不是自己误服了什么东西。

钟钰愣了片刻，脸色也越发不好："我就知道我公公有格林—巴利综合征，是年轻时候就查出来的。后来这些年都比较注意，因为有这个病，像是疫苗之类的东西从来不敢打。本来情况前两年都稳定了，今年不知道为什么又反反复复，经常发烧、感冒、呼吸困难……"

说到这儿，钟钰停顿了一下，随即回忆道："肾方面，没听说他有什么问题啊。大小便的事他也没跟我念叨过，就算有事也是告诉我老公，但我老公也没提过。至于精神上，我听我老公说，好像这段时间他是有点恍惚，说话经常语无伦次的，还说想带他去看看是不是老年痴呆……"

陆俨就站在旁边，安静地听钟钰描述，同时观察着钟钰的神情，尤其是眼神，但就这样来看，钟钰除了类似担心和害怕的情绪，也没有其他异常的情绪。

就在这时，ICU里跑出来一个护士，急忙叫住正在和钟钰沟通情况的医生，说病人情况危急。

医生转头就走。

一切都发生得太突然了，钟钰就那样直愣愣地盯着重症监护室的大门，好一会儿没动静。

陆俨扫了钟钰一眼，很快走到角落里，拿出手机，快速给齐昇拨了电话。

电话接通，就听齐昇说："我正要打给你，我们这边初步尸检已经有结果了……"

齐昇快速将李兰秀的尸表检验情况描述了一遍，李兰秀的死因是呼吸系统疾病，她的排泄物里还有血，至于其他更详细的结果，还要等尸检来确定，只是就目前的情况来看，需要征求一下家属同意。

表征上同样都是呼吸系统疾病，一个在外面饭店病发，一个在家里，只不过高世阳还多了一样肾衰竭，李兰秀的排泄物有出血现象，而且两人的发病时间并不一样，相隔两天。

陆俨垂眸思考了片刻，说："跟陈法医说一声，李兰秀的排泄物和血迹样本，尽快送去理化那边做个毒检。"

齐昇："好。"

陆俨又道："把电话给薛芃，我有几件事要问她。"

不一会儿，电话那头出现了薛芃的声音："喂。"

陆俨立刻追问李兰秀生前吃过什么药，薛芃逐一回答，说除了治疗呼吸系统疾病的，基本都是肝肾方面的药，最近一段时间还喝过中药。

也就是说，李兰秀的肝肾一直不太好。只是这个时间有多久，就不好说了。而且慢性的肝肾问题起因多种多样，可能是慢性病，也可能是某种毒物。

至于排泄物的出血现象……

陆俨又问："李兰秀有肠胃溃疡的病史吗？"

薛芃很肯定地说："病历上没写，也没看见治疗肠胃溃疡的药。"

陆俨深吸了一口气："就在刚才，高世阳检查出肾衰竭，而且很严重。"

薛芃没接话，想来也是震惊的。

两位老人一位已经身亡，另一位生命也走到尽头，而且临死前的症状如此相似，换作谁都不会认为只是巧合。

等薛芃将电话转给齐昇，陆俨说道："尸检方面先做着准备，我这里会做家属的工作。告诉陈勋，让毒检那边尽快出结果，只要检查出毒物，就立刻安排尸检。"

齐昇："好，我知道了。"

陆俨切断通话，又在原地站了几秒钟，身后忽然多了一股存在感。

陆俨转过身，就看到站在四五步以外的钟钰。

钟钰不知何时走了过来，手里还拿着两个一次性纸杯，里面装着水。

见陆俨转身，钟钰尴尬道："先生，我就是想问问你，需不需要喝杯水……"

陆俨扬了一下眉，接过一杯水却没喝，只说："刚才医生说的情况我都听到了，下一步您打算怎么办？"

钟钰一时又没了主意："我也不知道，我老公一直都联系不上……医生说还要跟几个科室会诊，再制定一个治疗方案。"

"先到那边坐吧。"陆俨一边说一边引导钟钰回到长椅前。

等钟钰坐下，喝了半杯水定神，陆俨这才坐到对面，双腿支在地上，双肘架在膝盖上，手里握着杯子，上半身前倾，摆出一种准备捕捉猎物的姿势。

"我知道东区分局的人通知过你了，你的婆婆李兰秀经证实已经死亡两天，就死在她自己家里。"

钟钰正将杯子端到嘴边，听到这话动作一下子顿住，抬起头，诧异地对上陆俨淡定的眼神。

钟钰问："您是怎么知道的？"

隔了一秒，钟钰又道："是啊……是有这么回事，可我现在也不知道该怎么办，我老公联系不上，我公公还躺在里面，我婆婆又……"

陆俨没有接话，只是趁着这个机会就近观察，这个角度看得最清楚，就算钟钰偏头、转头、眼神回避，都能有个直观判断。

一般来讲，一个心智正常且有一定社会阅历的人，面临突发事件，打击再大，再悲伤，也只会有一个短时间的恍惚，很快就能恢复部分思考能力，和旁人对答，出于条件反射和本能都会选择"坚强"起来，先把眼前的问题解决了。

反之如果是演戏，这个过程就会延长很久，或是沉浸在自己的情绪里不理人，或是崩溃，甚至表现得很夸张。

但钟钰并没有任何夸张或是过度的表现，不一会儿，她就渐渐找回"神智",恢复正常的思考能力,转而又想到这件事的古怪之处,就问陆俨:"请问您是……"

陆俨说:"我是刑侦支队的副队长,姓陆。钟女士,接下来我要和你说的话十分重要。"

"原来……"钟钰一愣,"哦,那您想和我说什么?"

"关于你婆婆李兰秀的死,目前死因存疑,我们希望能做进一步尸检,查明死因,需要家属在同意书上签字。"

"你们要尸检?"钟钰的音调扬高了。

陆俨:"我知道这对你来说很突然,如果不是李兰秀的死因有可疑之处,我们也不会提出这样的要求。经过法医的初步判断,李兰秀是死于呼吸系统疾病,就和你公公高世阳病发时的症状相似。我们提议尸检,也是为了进一步弄清死因,还给你们一个真相。"

"真相?什么真相?"钟钰听得一愣一愣的,仿佛被陆俨说晕了,"陆警官,你的意思是,我婆婆是被人害死的?"

"我们现在也只是初步怀疑,要进一步确定,只能尸检。"

钟钰倏地起身:"行了,你不用说了,我不同意。现在我公公还在里面急救,生死未卜,你竟然跑到我面前要求解剖我婆婆?你不要以为当警察就了不起,看见什么都觉得可疑,想解剖谁就解剖谁!我就问你,你现在拿得出证据吗,要是尸检过后又证实死因无可疑,你们能给我们家一个说法吗,能把我婆婆的身体恢复吗?简直太荒唐了!"

陆俨没动声色,将杯子放在一旁,随即跟着起身:"钟女士,你的心情我能理解,现在一位亲人生死未卜,另一位亲人被要求解剖,换作我也无法接受。但这件事我希望等你冷静下来,考虑清楚。"

钟钰没理陆俨,快步走到一旁,就站在ICU门前盯着大门看,不应,也不动。

陆俨没有再多说一句,只是借着这短暂的时间快速整理思路。

就刚才观察所见,钟钰的表现都在正常范畴之内,并没有刻意演出来的惊讶,虚假的痛苦或是悲伤,她好像是真的觉得很意外。

要说这里面让陆俨觉得奇怪的,也就是当他准备离开的时候,看到钟钰拿出粉饼盒补妆的一幕。

到了这一刻,到底是什么人、什么样的性格,还会有时间管自己的妆是不是哭花了呢？

显然钟钰和公婆的感情并不深，所以更在乎自己的仪容，而且她原本就是一个很在乎美丑的人，出任何事都会下意识地保持形象。

这一点从钟钰的穿着打扮倒是不难看出来，虽然颜色比较素，但一看就是精心挑选过的衣服，妆容不浓，却颇为精致。

想到这里，陆俨又不禁开始怀疑他一开始的"直觉"是不是有了误差。如果钟钰就是一个极度爱美的人，她刚才的行为也是可以解释的。

ICU的门又一次开了，医生拿着一张片子匆匆走出来，迎上钟钰说："家属，你看一下，这是患者的肺片。"

只见高世阳的肺片上有许多小点状的阴影，走势像是树枝状，沿着血管分布。

钟钰看了几眼，很是困惑："医生，我看不懂，这是什么意思，这些小点是什么？"

医生没有回答，只问："我想问一下，病人之前有没有接触过什么化学物，或是在化工厂工作？"

化工厂？

陆俨倏地抬眼，却只能看到钟钰的背影。

他往前走了两步，绕到钟钰和医生的侧面，正好看见钟钰震惊的表情，她对医生说："对，我公公以前在化工厂工作过，不过他现在已经退休了。"

而医生却是恍然大悟，好像终于找到了病因。

钟钰追着问："医生，您这么问是什么意思，我公公到底得了什么病？"

医生说："刚才我们ICU、肾内科、呼吸科和消化科进行过一次会诊，高世阳不仅有呼吸系统疾病，肝、肾和肺也都有衰竭现象，根据目前的诊断结果，这很像化合物慢性中毒引起的。这种情况我们会极力抢救，但你也要有个心理准备。"

等医生离开，钟钰又立在原地好久，她的双眼发直，身体一动未动，也不知道在想什么。

过了好几分钟，钟钰消化完所有信息，这才缓慢地转身，对上陆俨的目光。

钟钰闭了闭眼，声音很低地说："我同意给我婆婆做尸检……"

这下，反倒是陆俨感到意外。

但陆俨还没开口，钟钰便深吸一口气，说："我公婆都曾在一家化工厂工作过，退休后这两年身体一直不太好。其实我和我老公也有过怀疑，他们会不会落下什么职业病，也提议让他们做个全身检查，要是查出什么问题，就去找化工厂索赔。可两位老人总说不至于，还说自己防护得很好，其他老同事也都没事。可现在，我婆婆突然就没了，我公公又……要真是因为化合物中毒，我也很想弄清楚到底是哪里出了问题。"

陆俨的眼睛又眯了起来，一言不发地看着钟钰。

不得不说，钟钰这种转变真是太快了，快得很不正常，但是在衔接上又自然又顺畅，让人揪不出一个所以然。

钟钰抬眼，眼睛又一次红了："陆警官，我为我刚才的态度跟您道歉，您说得对，做尸检是为了还我们一个真相。好好的一个大活人，总不能就这么不明不白地没了，这事儿说不过去。"

这话落地，钟钰就垂下头，缓慢地走向长椅。

陆俨的声音这时在她身后响起："既然这样，尸检的手续我们会安排，请节哀。"

钟钰没应，坐下后就开始哭。

陆俨很快通知了东区分局，让齐昇派两个队员过来先做个笔录，最好有一个是女警。

趁着人来之前，陆俨简单问了钟钰几个问题，等交接的人到了以后，便离开了医院。

在返回到市局的路上，陆俨给齐昇拨了通电话，问："李兰秀已经死亡两天的消息，是谁通知钟钰的？"

齐昇说："哦，是王志申。有问题要问他？"

"对。"

齐昇立刻叫道："那个，小王，来一下！"

齐昇把王志申叫到跟前，陆俨很快问起当时的情形："小王，在你告诉钟钰她婆婆的事之后，钟钰有什么反应？"

小王说："她开始很惊讶，不太相信，又问我们查清楚没有，然后就抽噎了几声，问我们下一步该怎么办，能不能帮忙先安置李兰秀的尸体，还说一直联系不到她老公，她公公现在在医院急救，她暂时走不开……"

陆俨一边听一边回忆着在医院的情形，他一直在医院等钟钰，钟钰赶来以后，他也没有离开过，印象中好像没见到钟钰接过这通电话，应该是在钟钰去缴费的时候打的，她当时去了十几分钟，时间有点长，回来的时候人还有点六神无主。

思及此，陆俨又问："那么从这以后，你们接到过钟钰打回来的电话吗？"

小王："那倒没有。"

"你肯定？"

"我肯定。我给钟钰一共打过两次电话，一次是通知她要撬门，一次是通知她老人已经死亡，而且不管是入室处理尸体还是取证，这都必须征求家属的同意，我还告诉她稍后我们会补一个手续，问她有没有意见。钟钰在电话里是答应的，我也录了音，但这之后她没再打回来过。"

等回到市局，陆俨并没有直接回刑侦队，而是直接去了实验室大楼。

这个时间，齐昇的人已经开始给钟钰做笔录了，而陆俨的脑海中也一直回荡着钟钰对那几个问题的回答。直到走进实验室的电梯，陆俨仍沉浸在自己的世界里。

钟钰在缴费的时候接到了小王电话，得知婆婆李兰秀已经死亡两天，这之后就是医院对高世阳进行抢救，再到进ICU，这期间钟钰一直守在医院没有离开过，她的所有情绪反应都是正常的。

这里面唯独一点比较奇怪。

在经过一连串的打击和变故之后，人的精神极度紧绷，就会产生疲倦感，会有虚脱的反应，钟钰也是一样，她在ICU门外坐下时的确很累。

可是当她得到短暂的休息，稍稍缓过神来，想到要做的第一件事竟然不是打电话给王志申，再追问一下婆婆李兰秀的死因，而是先拿出粉饼盒补妆？

如果钟钰是个极度爱美的人，补妆这个动作是可以解释的。如果钟钰一时顾不上回拨电话追问李兰秀的情况，这也是可以理解的，毕竟人的精力有限，而且打击一个接一个，脑子只能思考一件事，就只能先把另外一件事放下。

可是当这两个细节放到一起的时候，钟钰的心理就非常奇怪了，显然她并不关心李兰秀是怎么死的，起码这件事还没有她补妆重要。

就连医生都说，怀疑是化合物慢性中毒，既然钟钰夫妻曾经怀疑过是化工厂的工作影响了两位老人的身体，那么正常来说，是不是也会忍不住抱怨两句？

而且刑警就站在旁边，如果钟钰夫妻有心追讨赔偿、追究责任的话，那么这时候逮住警察追问化工厂害人的判刑力度，他们家能获得多少赔偿，也都是合理的。

可钟钰什么都没提。

当然，这些都只是对钟钰的言行进行的简单心理分析和推理，的确会让钟钰变得有些可疑，但这些推理并不能解释整个案子，也不能因此就将她列为嫌疑人，最起码还要拿出一点实据。

还有，钟钰的丈夫一直没接电话。

据钟钰说，她丈夫现在没有工作，三个月前就辞职了，这几个月一直寻求自由职业的发展，有时候会将手机设置成静音，大半天都联系不上。

所以今天，是钟钰的丈夫又一次将手机调成静音了，还是另有故事？

就这样，陆俨想事情想得出了神，一时都忘记自己身在何处，只将所有精力都放在脑海中渐渐浮现出来的人物关系图谱上。

也不知道过了多久，耳边突然传来"叮"的一声。

陆俨下意识地抬起头。

电梯门开了，他的目光刚好对上这时走进电梯的姚素问。

姚素问也有些诧异："你这是刚下来，还是准备上去？"

陆俨恍然道："哦，我忘记按电梯了。"

"什么案子，能让陆队想得这么出神？"姚素问带着点笑意瞅着他。

一说案子，陆俨才想起来这茬儿："对了，下午你们是不是接到一个排泄物和血液样本，要做毒检的，有结果了吗？"

姚素问："你说的是那个叫李兰秀的样本？"

"嗯。"

"我今天刚来，还在了解情况，检测是别人做的，不过初步结果已经出来了，的确有毒物反应，但具体是哪种毒物还在找。现在最好是先做尸检，再送检材切片……"

姚素问的话还没说完，电梯就到了四楼。

门一开，姚素问的话音跟着顿住了。

站在门口的不是别人，正是薛芃和孟尧远。

一时间，门里门外四人都是一顿，但只是一秒，四个人的表情就相继变了，神情各异，有的挑眉，有的诧异，有的冷着脸，还有的在笑。

几秒的沉默，率先开口的是孟尧远："陆队，你这是要去哪儿？"

"去一趟理化实验室，问毒检结果。"陆俨淡淡答了，又扫了眼似笑非笑的薛芃，问，"你们呢？"

孟尧远让开门口，让陆俨和姚素问先出来："我中午还没吃，这会儿饿了，去食堂看看还有没有剩饭。"

说话间，四个人也调换了位置。

"哦。"

"哦……"

擦身而过时，陆俨和姚素问异口同声地发出一个音，只不过一个平静，一个却是语调上扬。

陆俨"哦"的这声，薛芃没觉得有什么，就像是应了一声。

反倒是姚素问那个上扬的语调就有点古怪了，好像只有熟人之间才会这么应对，而姚素问也不像是自来熟的性格。

薛芃不动声色地扫过去一眼，只见姚素问正盯着孟尧远看。

只是薛芃还来不及确定更多，这时就听到陆俨问："那你呢？"

薛芃又转开视线，对上陆俨。

薛芃笑了下，余光扫到姚素问的眼神，便故意说："哦，我陪他一起去，正好活动一下。"

陆俨动了动嘴唇，刚要说话，却不防姚素问率先接茬儿道："师兄，你吃饭还要人陪啊？那不如我陪你去吧，正好可以跟你聊聊，多了解一下工作环境。"

孟尧远有点傻眼："啊？这……"

可孟尧远还没反应过来，姚素问就折回电梯，站到孟尧远另一边，还隔着孟尧远对薛芃笑了下："师姐，你不会介意吧？"

这一招可真是始料未及。

薛芃垂下眼帘，无声地笑了一下，很快就走出电梯，还对里面的孟尧远说："慢慢吃，多吃点。"

直到电梯门合上，将孟尧远诧异的表情关在里面，薛芃这才转身，看向陆俨。

陆俨也正低头看她。

安静两秒，薛芃说："看来你的相亲对象已经心有所属了，你怎么好像也不紧张？"

"嗯？"陆俨明显愣了一下，反应了一下才知道她指的是什么，"你是说……姚素问对孟尧远有意思？你是怎么看出来的？"

薛芃无奈地摇了下头，直接越过他往来路走。

陆俨跟上去，边走边说："其实我中午就想说了，我们就是走个形式，是两家家长的安排，不是我要去相亲的。"

"哦。"薛芃就一声，好像对这件事的来龙去脉并不感兴趣。

等两人来到痕检科的实验室门口，薛芃准备进门，却见陆俨也跟着停下来了，她奇怪地问："你不是要去理化吗？前面就是。"

陆俨却说："刚才姚素问说了，还没出具体结果，我想还是先看看其他物证。"

薛芃和陆俨一起进了实验室。

从李兰秀家里拿回来的物证就摆在案台上，基本都装在袋子里，标注记号签了字。

薛芃正准备戴手套，这时放在兜里的手机振动起来。

她翻出来扫了一眼，来电人又是韩故。

"你先看，我接个电话。"薛芃撂下话，随即走开几步，将电话接起来，"喂。"

手机那边很快出现韩故的声音："你总算接电话了。"

薛芃："找我有事？"

"是这样的，昨天你的车不是和一辆宾利追尾了吗？负责开车的司机张师傅委托我来和你私了这件事。"

这倒是奇了。

通常不希望走保险，而要求私了的，都是为了省钱。要是不差钱，谁有这个闲工夫扯皮讨价还价呢？

可这个司机却找了个律师跑来私了，这到底是省钱还是浪费钱？

薛芃想了一下，反问："你什么时候开始接免费的活了？"

韩故笑道："只是在人情上帮个忙，不牵扯接活儿，修车费方面，你的保险公司定损报多少就是多少，我们绝不还价。"

薛芃安静了两秒，把那天的细枝末节在脑海中过了一遍，很快就有了答案，便应道："行，我同意了。"

这下反倒是韩故有些惊讶:"我还以为我需要再说服你两句。"

"那辆宾利的老板,我猜他的脾气、性格一定不怎么样,而且不容易讨好,如果我坚持公事公办,那个司机的工作就保不住了吧?"

"嗯,的确如此。"韩故吸了一口气,"你还是跟以前一样聪明。"

薛芃却没接这句恭维,只说:"行了,那就这么定吧,我还有工作。"

"好,那不打搅了,再联系。"

等薛芃切断电话,再折回来,一抬眼就见陆俨靠在案台边,正双手环胸地看着她。

薛芃挑眉问:"你看什么?"

陆俨跟着问:"谁的电话?"

"哦,昨天我的车不是跟一辆宾利追尾了吗,车是那个司机的老板的,他怕因为这个影响工作,就委托当时在场的一个律师跟我私了。"

"律师?"陆俨也挑了一下眉,"可你们说话的口吻好像很熟。朋友?"

薛芃戴上手套,说:"曾经很熟,但不是朋友。"

随即她又扫了陆俨一眼,语气很淡:"陆警官,请问你问完了吗,还要不要看物证?"

陆俨一声轻笑:"抱歉,职业病。"

薛芃没理他,很快在实验台前站定,将物证照片逐一摆出来。

由于现在还没有做好案发现场的立体图,薛芃只能根据物证记录、现场照片和自己的记忆,口述还原案发现场。

这次的现场比较简单,不像上次陈凌案,屋里有五个人的生活痕迹,所以整个描述过程也就几分钟。

薛芃就以实验台为李兰秀住的房子的平面图,用手简单画出几个区域,一边说一边将物证照片放到相应的位置上。

这次勘查回来的物证并不多,一来是因为东区分局还要补办手续,二来也是在完全确定案件性质之前,要掌握好尺度。

薛芃很快说道,李兰秀生前一直在吃肝肾方面的药,但都是以西药为主,就药品的品种和病历本信息来看,最近半个月才开始用中药,这说明之前吃西药时,身体一直没有大起色,反而还有严重的趋势。

在李兰秀的冰箱里只找到一些蔬菜和水果,并没有发现肉食。

薛芃说:"其实有肾病的人,可以摄入肉和豆类这些优质蛋白,但李兰秀的肝也不好,而且她的呼吸道和肠胃也有问题,口腔里还有溃疡。加上她的样本里检测有毒物反应,那她生前应该经常觉得口苦,没胃口,尤其不想吃肉,最多吃点蔬菜和水果,也会吃木耳和菌类。但就算抛开毒物不说,正常人这么吃一段时间,身体都会变得虚弱,免疫力也会下降,何况李兰秀还有这么多慢性病。"

至于李兰秀的生活,似乎也比较简单,她不是一个外向的人,没有跳广场舞和走街串巷的习惯,也不喜欢活动,待在家里的时间比较长,唯一的消遣就是坐在沙发上看电视。

按理说李兰秀年纪大,活动少,代谢慢,应该比同龄人胖才对,但因为她身体虚弱和饮食清淡,反而有点偏瘦。

薛芃话锋一转,又道:"不过,李兰秀的体重,应该是这一两年内突然降下来的。"

薛芃将几张李兰秀衣物的照片和她的尸体照片,摆在陆俨面前。

"你看,她的衣服普遍偏大,肩膀是合适的,但是穿在身上有点晃荡。你注意看上面的洗标,这行写着165/90C,前面的数字代表身高和胸围,后面这个C指的就是'胖'。"

薛芃很快将旁边的笔记本转向给陆俨,指给他看:"我查过李兰秀身上这件衣服的生产日期,是两年前买的,还有全家福也是两年前拍的。无论是衣服还是照片,都说明李兰秀那时候属于肥胖人群。"

始终未发一言的陆俨这时终于有了动作,他拿起几张洗标和衣服照片看了看,目光扫向笔记本,说:"价格不便宜,而且都是B类品。"

在衣服的洗标上,都会注明"安全技术类别",A类基本都是给婴儿穿的,B类是可以接触皮肤的面料,C类就是不能接触皮肤的面料,所以这三类的售价也是不一样的。

陆俨又翻了一遍照片,边看边说:"高世阳和李兰秀都曾在化工厂工作过,那他们应该都具备一定的化学知识。李兰秀的衣服颜色基本偏素,高世阳穿的那身也是。工厂加工纺织品的时候,会选择将浅色染坏的衣服再加工成深色,在这个过程里,染料中的有害物质就会增加。"

在化工厂工作过?

薛芃注意到这句话,随即接着道:"还有,洗标合格证上基本都写着'优等品'和'一等品'。

"两位老人都是六十五岁,这个年纪应该经历过几个特殊时期,一般都会比较省吃俭用,这种刻在骨子里的习惯不容易改变。

"但这两位老人比其他老年人更注重保养自己,就连衣服都是精挑细选的。这应该是和他们的职业有关。"

说到这儿,薛芃又指向摆在"客厅区域"的照片,说:"家具选材也是比较环保的,老式木头的居多,而且卧室、客厅都摆了空气净化机。"

陆俨:"江城的天气一向不好,在化工厂工作尤其要预防尘肺一类呼吸系统方面的疾病,就算离开工厂了,也会下意识地注意空气问题,这种职业带来的条件反射,会不自觉地流露出来。"

说到这里,两人相继沉默了。

直到薛芃想起刚才那茬儿,说:"哦,你刚才说他们在化工厂工作过?我们第一次取证比较匆忙,而且家属也不在,我们不敢翻查得太过分,没有发现类似工作证明之类的东西。等齐队把手续补上,我们再返场取证,也许还会有其他发现。"

陆俨放下照片:"我也是问了老人的儿媳妇才知道。对了,这个人你也听过。"

"我也听过?谁啊。"

"钟钰,有印象吗?"

钟钰?

薛芃皱着眉头,回忆了几秒,随即有些不太确定地问:"陈凌的朋友?"

陆俨笑了:"就是她。"

薛芃下意识地说:"这也太巧了吧。"

"是很巧,我当时也是这种反应。"

薛芃歪着头,和陆俨对视了几秒,忽然明白了:"你觉得这不是简单的巧合,也许会有内在联系?"

陆俨:"陈凌的父母去世前也在一家化工厂工作过,陈凌和钟钰的父母是同事,钟钰的公婆也有类似的工作背景,而她婆婆李兰秀的样本里检验出了毒物成分。"

"你是在怀疑钟钰?"薛芃很快提出疑问,"可是我们这次并没有在李兰秀家里找到毒物。而且如果是因为职业关系导致的慢性中毒,这也和钟钰无关,应该是化工厂的防护问题。你的怀疑是从哪里来的?"

停顿了两秒,陆俨就蹦出两个字:"直觉。"

"……"

薛芃默默地翻了个白眼，随即开始收拾桌上的照片。

陆俨皱了一下眉头，双手环胸地问："你不信？"

"你的直觉一向很敏锐，我知道的。只不过我还以为你能说出什么颠覆性的东西，吓我一跳……"

陆俨垂眸笑了下，随即脑海中就浮现出钟钰的模样。

他想了下，又忽然问："你们女人如果化了妆，是不是随时随地都会想到补妆？"

这话没头没脑的，把薛芃问得一愣。

"我不怎么化妆，偶尔需要化，是会抽空看一下有没有脱妆，有没有花掉。"

"那这个抽空，会有多频繁？是不是不管什么情况，只要想到自己的妆花了，都会立刻拿出粉饼盒补一下妆？"

薛芃一时无语，只定定地看着陆俨。

陆俨也直勾勾地望着她。

薛芃叹了一口气："你到底想问什么，直接一点。"

陆俨"哦"了一声，这才将钟钰在ICU外的补妆动作描述了一遍。

薛芃听完许久没有说话，脸色渐渐严肃陷入沉思。

趁着薛芃发呆的工夫，陆俨又检视了一遍箱子里的物证，直到薛芃醒过神，喃喃道："我想，你的直觉是有道理的。"

陆俨看过来："你也觉得解释不通了？"

"嗯。"薛芃应了一声，但很快就话锋一转，"不过这也只能说明钟钰并不关心李兰秀，不在乎她的死因，或许她只是觉得，人都死了，还有什么好追究的。可能她表现出来的对高世阳的关心也是演的。但就算是这样，也不能代表什么。"

陆俨："所以现在还需要更有力的证据来验证我的怀疑。"

薛芃笑了下，一样一样地数："起码也要等进一步毒检结果、尸检和二次取证之后，就算东区分局动作再快，这么多事安排下来也要两三天。再说，这又不是支队的案子，你怎么这么上心？"

"也许是案中案或是连环案呢。"陆俨淡淡地落下这样一句。

他只是随口一说，薛芃也只是随便一听，两人都没有太当真，最起码现阶段的所有猜测和怀疑都只是某种设想，还没有变成事实。

下午，历城。

"轰"的一声，天上开始打雷，云层黑压压地笼罩在城市上方，压得人喘不过气。

韩故下了飞机，就叫了一辆车，直奔市区。

到了酒店，韩故却没有办入住手续，而是在前台和经理点了下头，值班经理便将房卡递上。显然韩故是这里的熟客，经理早就认识他。

韩故一路上了十五楼，在最尽头的房门前站定，刷卡进屋，动作很轻。

进门后，韩故依照经验，先快速四处检查一遍，比如一些针孔摄像头。

几分钟后，韩故又折回外间坐下，不一会儿门口就响起敲门声，接着便是一句："客房服务。"

韩故起身，将门打开，门外是负责清理房间的女工，四十多岁，面容有些憔悴，身材也有点走形。

女人十分客气地问："先生，需要打扫房间吗？"

韩故让开门口，一言不发，等女人进来。

女人："抱歉，打搅了。"

门合上的瞬间，女人神情一转，又道："韩律师，您总算来了！"

韩故没应，径自往屋里走，女人连忙跟上。

韩故从公文包里拿出一张储蓄卡，又拿出一张纸巾，将上面自己的指纹擦掉，这才放在桌上，说："这是尾款，后面的事你知道该怎么做了。"

女人松了一口气，立刻把储蓄卡收进兜里，感恩戴德地说："您放心吧，我们拿了钱，一定不会给您添麻烦的！"

韩故双腿交叠着，手就搭在膝盖上，显然并没有相信女人的一面之词，毕竟在金钱面前，任何人都会答应得很容易。

可钱一旦不够用了呢？某些人又会选择变成麻烦。

韩故垂下眼帘，只说："你记着，一旦将来你们要翻供，将会付出比现在更多的代价。在那之前，最好先计算一下你们一家人的命值不值得这个价。"

女人脸色倏地变了，忽然又觉得这张卡有点烫手。

可韩故没给她犹豫的机会，很快起身，说："我会在这里出差两天，在此期间不要再打搅我。今天走出这个门，你我就是陌生人。你这份工作月底就换掉，会有人介绍你去其他酒店。"

女人点了两下头，头越来越低："是，是，我都记住了，多谢韩律师……"

直到女人战战兢兢地走出门口，门开了又合上，韩故这才走上前，将门锁从里面别好，随即折回屋里，拨通了电话。

"霍总，都办妥了。"

雨说下就下，一直下到晚上九点多，才算安静。

季冬允刚结束完一场解剖，走出实验室楼，站在台阶上，看着外面稀稀拉拉的毛毛雨，呼了一口气，随即点了根烟，拿出手机玩了两盘数独。

这时，手机里进来一条微信，发件人叫"过路人"。

过路人："下雨了，要不要改期？"

季冬允回："已经快停了。你有别的事？"

过路人："没有，就是给你一个犹豫的机会。"

季冬允安静了片刻，没有立刻回，而是看向前面的空地，又吸了一口烟，约莫半分钟。

过路人也没有催他。

季冬允把烟叼在嘴上，打字道："犹豫过了，不改期。"

过路人发来一个笑脸，就是网上常用来骂人的那个。

季冬允见了，一声轻笑，也回了一模一样的表情。

直到法医助手小晨出来，说："季法医，原来你在这里，陈队他们正在找你，说想开个小会，不会占用太多时间。"

季冬允"哦"了一声："那先回吧。"

两人往里走了几步。

季冬允又说："对了，晚点你自己回酒店，我要出去一趟，见个朋友。"

小晨一愣："咦，季法医在这里有朋友，没听你说过啊？"

季冬允笑道："你小子，难道我像是没朋友的人吗？"

小晨忙解释："不不，我不是这个意思……"

"行了，就是通知你一声。明天早上，咱们还是按时返回。"

Chapter 5

高家灭门案（二）

同一天晚上，微博上多了一条自然热搜，标题是"知名女模死在家中，死因不明？"

热搜里面还附上两张前一天拍摄得有些模糊不清的照片，大概只能看到是一个小区大门，大门外停着警车，还有身着防护服的现勘人员来回出入。

网友们纷纷猜测这个知名模特是谁。

模特的家在历城，那么现在居住在历城的模特都有谁呢？很快就有"课代表"列出一张名单，粉丝也纷纷跑到自己喜欢的模特微博里留言，希望不是自己粉的这一个。

住在历城的模特们也相继在微博上现身。

"安好，谢谢挂念！"

"现在在春城，正在工作。"

"希望大家都好好的，希望只是误传。"

一阵虚惊过后，吃瓜群众的劲儿过了，很快就有人开始骂传谣的人，也有不少人发声，说："不信谣，不传谣。"

就在这时，又有一个微博小号蹦出来说："的确有人出事了，昨天亲眼看到有好多警察把尸体抬走了，我家也住在这个小区，出事的的确是一个模特的家，就是不知道是不是她本人。"

这个微博小号也发出一张照片，很清楚，连出事的别墅门口都拍到了，而照片里也的确有人抬着尸体袋出来。

这下，原本刚偃旗息鼓的热度，又瞬间沸腾了。

很多人都跑过去问，这到底是谁家？

下面很快就有人指出来，说："就在刚才报平安的模特家里面。"

一时间众说纷纭，不少人开始一条一条线索去核对，最后也不知道是谁说出事的就是这个模特本人，微博上报平安的应该不是本人，大家还是等官宣消息吧。

虽说这个模特名气不是特别大，可她平时的作品也有不少人在关注，微博粉丝也有几百万，有时候还会参加娱乐节目，前阵子更和一个富二代来往频频。

这事儿持续发酵，一直到第二天早上，吃瓜群众的猎奇心理依然不能得到满足，而粉丝们的忧心忧虑也持续了一整夜。

模特事件虽然发生在历城，可因为是公众人物，所以远在江城的市公安局也在关注，唯独两个人，这天晚上连微博都没时间上，彻底把自己和外界隔绝了。

这两人不是别人，正是薛芄和陆俨。

薛芄晚上一回到二层小楼，连陈凌的湖水样本都没顾得上研究，就在书柜里翻找薛益东的毒物笔迹。

像毒物、化合物、毒品这些东西，接触人体会损害人体，接触湖水和土壤，也会转移和渗透进去，直接改变它们的性质，损害周围的植物、动物。

而薛益东的笔记刚好就记录了江城各个化工厂的生产线和厂址分布，厂子周边有什么田、什么湖、田里长了什么作物、湖里是否养殖水产，还有因为某工厂的排污处理不当，对这些周围的农作物、动物和其他植物造成了什么样的污染，等等，这些全都记录在案。

薛芄一页一页地排查，看得很认真，只是偶尔醒神，会忍不住自嘲一下，觉得自己就是在大海捞针，漫无目的。

但是一转眼，又投入这些笔记当中，沉浸在这个有趣又神秘的世界里，渐渐地忘记了最初翻找的目的。

薛益东去世时，薛芄刚上小学，现在已经过了二十年，当薛芄翻到薛益东的最后一篇笔记，发现日期正是他去世前的半个月，最后一页纸只写了一半，仿佛才开始讲述一件事，就突然停笔了，最后停下的地方连句号都没有。

只是薛芄看得一知半解，琢磨了许久也没搞清楚为什么，便将电话打给张芸桦。

电话接通了，薛芄很快问道："妈，你还记不记得，爸爸生前留下的那些笔记？"

张芸桦一顿，随即应道："记得，怎么，又有什么新发现？"

"哦，是这样的，我看爸爸写的最后一篇笔记，刚好提到污水和土壤污染，还有一些处理后的样本检验。根据这些记录来看，江城南区应该发生过几次突发性的环境污染事故，可我怎么一点印象都没有？"

张芸桦："都是好多年前的事了，那时候你还小，就算让你看见了，你也不会往心里去。不过你爸爸记录的事件的确都发生过，那时候因为泄漏和水污染处理的问题，有的厂子违规操作，很早就被取缔了，有的被勒令修复，还有的搬出江城。不过这些厂子给湖水、土壤还有很多农作物造成的污染问题，就不是那么容易解决的了，起码还要几十年才可以慢慢修复，而且就算修复得再好，也变不回原来的样子。"

水利研究是张芸桦的专业，正好薛芃对此也感兴趣，问题一个接一个，母女俩一说上话就忘了时间。

等她们反应过来，已经快到深夜，薛芃还有点意犹未尽，毕竟已经许多年没有和张芸桦聊过这么长时间了。

薛芃看了眼时间，说："都要凌晨了，妈，改天我再问你，我先把我想知道的问题整理出来，您今天早点睡吧。"

"好，你也早点休息。"张芸桦应了声，随即话锋一转，又道，"对了，有个事，白天吃饭的时候忘了和你说了。"

"什么事？"

"你常叔叔打算搬出去，我们的事就这么算了。"

薛芃下意识地问："为什么？"

张芸桦只字未提常智博是为了薛芃将来升职的前途着想，怕自己的案底会连累她，只说："哎，就是性格不合呗，还能为什么？你常叔在里面待了几年，性格也和以前不一样了，我也是，一个人独身久了，很多想法都变了，大家都觉得有点勉强，坐下来一商量，还是好聚好散吧。反正咱两家以后还是朋友。"

薛芃"哦"了一声，本想说点什么，可是话到嘴边又觉得这些都是父辈的事，她一个晚辈不好刨根问底，更不能强行撮合。

而且张芸桦和常智博都这个年纪了，两人都理性，考虑问题一直都很周到，必然是把所有事情都想明白了才做决定。

至于为什么分开，可能真像张芸桦说的那样是性格不合，也可能是其他不便对人讲的理由，但那些都是他们两人之间的事。

薛芃安静了几秒,说:"既然您和常叔叔都决定了,我也支持,那早点睡吧,晚安。"

张芸桦:"好,晚安。"

同一个晚上,陆俨也是早早从市局回到单身宿舍,但他却没有沉迷案情思考,一回家就换了身穿旧的居家服,撸起袖子,给屋子来了个彻底的大扫除。

单身宿舍原本是两室一厅,但两间内室面积相差有点大,大的那间陆俨用来当卧室和工作间,小的就用来堆放杂物。

客厅的东西一向不多,除了沙发、电视机和茶几,还有一盏落地灯,就只在电视机下面放了个柜子。

陆俨将原本堆放杂物的房间清理出来,把不用的旧物都装进大号的垃圾袋,一个个堆放到门口。

杂物间里还有很多没有拆的快递箱子,他拿着剪子和刻刀将箱子一个个拆开,又用酒精湿巾将里面的东西擦干净,随即一件件摆进小屋。

直到晚上九点,陆俨总算把整个屋子收拾出来,小屋里摆放着狗狗日常所需要用的碗、睡觉的垫子和狗粮,还有好多杂七杂八的玩具,也不知道用不用得上。

陆俨又将门口的垃圾清理到楼下垃圾站,折回来将身上的脏衣服换掉,就进了浴室冲澡。

等他终于把自己拾掇干净,换上居家服出来时,身上还是有些薄汗,就到冰箱里翻了瓶水出来。

刚拧开瓶盖,手机就响了。

来电的是艾筱沅。

陆俨一边擦头,一边把电话接起来:"喂。"

艾筱沅:"抱歉,这么晚打搅你。"

时间已经是晚上十点。

陆俨应道:"没事,怎么了?"

艾筱沅:"哦,我是想告诉你,我终于联系到常锋了,也知道他现在住在哪里。今天我下了班,就直接从医院过去找他,跟他聊了很久,他也同意咱们三个人找个时间聚聚。"

陆俨喝水的动作一顿,叹了一口气,说:"也好,那你们定个时间再通知我，如果我有案子走不开，咱们再调整。"

"那就暂定周末吧，我平时也要倒夜班，未必有空，其实现在最清闲的就是常锋了。我问了他，他还没找到工作，打算筹点钱做小生意。"

陆俨没说话，拿着水走进卧室，透过窗户看向外面的夜景。

艾筱沅这时说："我知道你在想什么，不过我想，常锋坐了几年牢，肯定学乖了，也知道什么该做、什么不该做。他当时刚接触风投，什么都不懂，人也比较冒进，要不是被上司忽悠了，经不住金钱的诱惑，也不会受贿，更不会再参与洗钱这种事儿……

"你发现不对，带他去自首，也是为了他好，要不然他会越陷越深，将来只会判得更重。这些事到底孰对孰错，我想常锋心里是有数的，他那么聪明，怎么会想不明白？等周末咱们见了面，由我打圆场，咱们三个好好把事情说清楚，到底是发小……"

陆俨听着电话里艾筱沅的细数，始终很安静，脑海中也跟着浮现出三年前的种种，想到那时候被他亲手"押"去警局的常锋，对他投来的愤恨的目光，还有常锋被判刑后对他说过的那句话："如果不是你这么着急，我自己也会收手，根本不用坐牢。"

陆俨就直接问他："你上的是贼船，你说收手就收手，船上的人会答应吗？"

常锋气道："所以你就用这种方式，让我连自己下船的机会都没有！"

陆俨当时还以为，常锋只是一时愤愤不平，放不下。毕竟他自小就聪明且品学兼优，工作后年纪轻轻就在公司拿下几个大单。谁能想到就在意气风发的时候，突然从高处跌落，还是被自己的发小亲自带去警局自首，面子和自尊心一时过不去。

可常锋后来的种种表现，似乎是真的要绝交了。

思及此，陆俨说："我也希望常锋都想明白了，前两年我去探监，他拒绝让我探视，后来我也没再去过。"

艾筱沅说："那都是前两年的事了，这次他既然答应出来见面，就是有转机。"

"嗯。"陆俨应了，也不再多言，"很晚了，周末见面再聊吧。"

"好，那你早点睡，晚安。"

"晚安。"

切断电话，陆俨将水灌进肚子里，随即拿着手机靠坐在床头。

手机里的照片不多，有家人的，也有朋友的，他翻看了几张，直到手指滑向他和常锋、艾筱沅三人自小长大的合照，动作慢了下来。

照片原本都是用胶卷洗出来的，后来为了看着方便，就一张张导入手机。有的照片比较老，已经泛黄了，但是照片中三人始终都是扬着笑脸。

照片一直持续到高中时期，渐渐少了。

他们三个考上了不同的高中，大家都忙，各自又有了新的社交圈，只偶尔聚在一起合个影，而且每次都是艾筱沅牵头，她是最喜欢照相的。

陆俨又往后翻了几张，最后一张合影是他从公大毕业那年，常锋是念金融专业的，艾筱沅读的是医科大学的护理专业，同一年毕业，同一年踏入社会。

自那以后，他们见面的次数越来越少，就算偶尔约出来，也时常缺席一个，或是其中有人突然有事，来去匆匆，始终没有新的合影。

或许人和人之间的缘分就是如此，上一刻还是其乐融融，下一秒就各奔东西，谁也不知道当下的分开，是不是就是这辈子最后一次见面。

看到这里，陆俨无声地叹了一口气，手指一滑，又翻到了下面一张。

他只抬了下眼，目光就定住了。

这张照片依然是三人合照，两男一女，其中一个依然是陆俨，只不过另外两人不再是常锋和艾筱沅。

女人变成了薛芃，她就坐在桌边，单手托着腮，对着镜头微微笑着，她的眼睛很亮，也很黑，头发掠过两颊的苹果肌，上扬的下颌线，落在肩上。

陆俨就坐在薛芃的左手边，而她右手边的男人，和陆俨差不多身高，身材也很健壮，宽肩窄腰，皮肤比陆俨黝黑，单眼皮，眉宇斜飞，鼻梁上还有一截突起的骨头，笑起来时露出一口白牙。

陆俨盯着照片许久，视线缓慢地自薛芃和男人脸上滑过，随即垂下，将手机屏幕按掉，放在床头柜上。

陆俨在床上躺平，关了台灯，却没合眼。

窗外远处的灯光洒进屋里，落在地上，床上。

过了许久，昏暗中才响起一声叹息。

陆俨翻了个身，背对着窗户，终于闭上眼。

陆俨不是个多梦的人，他自小睡觉就很沉、很投入，不似薛芃心里总装着事，白天想事情想得多了，到了梦里也不放过自己。

但是自从一年前那次突发事件，这一年来陆俨也做了不少梦，梦里的场景大同小异，有很多人，很多声音，场面很混乱。

唯一不变的，就是梦里的他对发生的一切都无能为力。

而这一晚，他又做了同样的梦。

那是在一个破旧的工厂里，两方人正在交涉，气氛紧张，每个人都绷紧了劲儿。

你来我往，话还没说够十句，火药味儿就出来了，随即也不知道是谁先挑起战端，两方人忽然发生争执。

直到第一声枪响，局面彻底崩了。

枪林弹雨中，每个人都在拼命，要跟对方同归于尽。

但这地方毕竟是工厂，虽然废弃了，却还堆放着很多易燃物，也不知道是哪颗子弹击穿了一个装满化合物的金属罐。

就听"砰"的一声，罐子爆炸，一团火云很快将四周吞噬，靠近罐子的几人立刻被炸飞。

混乱中，有人喊："快走，气体有毒！"

到处都充斥着白色的烟雾，烟雾中还有子弹飞过。

陆俨藏身的遮挡物距离爆炸点比较近，爆炸声落，他的耳朵几乎要失聪了，连近在咫尺的枪弹声都仿佛被调小了音量，令他瞬间有一种空间错位的感觉。

陆俨将身上的T恤掀起来，捂住口鼻，随即一手拿着枪，在弥漫的白色烟雾中伏地前行，寻找某人的身影。

很多人倒下了，还有一些人往后门的方向逃了。

陆俨的声音不清不楚地在T恤下响起："钟隶！钟隶！"

可是没有人回答他。

又一声爆炸响起，比刚才更大，更剧烈。

四周的杂物纷纷燃烧起来，瞬间成了火海，再不往外逃就要折在这里了。

可陆俨已经吸入了一些气体，体力渐渐不支，他撑着地面刚起身，恍惚间，就感觉到有什么东西穿过了他的肩膀。

那东西很小，很冰凉，但力气很大。

他的肩膀被它一带，跟着就失去重心，翻倒在地上，连遮住口鼻的力气都没了。

就在这时，工厂的大门被人用力推开，发出了沉重且刺耳的声音。

而后就冲进来一群人，有的去抵挡火力，有的开始在地面搜索。

直到有人发现了陆俨，将他的脸照亮，看清面容，随即对着对讲机说："报告，我们已经找到陆俨，还没有发现钟隶。"

对讲机里传来林岳山的声音："先救陆俨！"

"是！"

然而就在陆俨被抬出工厂大门的时候，里面又一次响起爆炸声。

陆俨眯着眼睛，只看到工厂里弥漫的白雾和一团团炸开的火云。那画面、那气味，就在那一刻，深深地刻在他的脑海中。

昏迷前，陆俨看到林岳山拨了个电话，只有一句："人找到了，还活着。"

随即便是无边的黑暗。

一大早，薛芃刚到市局，就和冯蒙请了一小时事假，离开实验室往禁毒支队的方向走。

禁毒支队后面有一片空地，还有几间房。

空地上，警犬驯导员王超刚在盆里调配好狗粮，不远处有几只警犬蹲坐在地上，背很直，张着嘴。

可是王超调配好狗粮后却迟迟没有下令，警犬们也不敢动，就直勾勾地看着这边。

王超却从旁边的小凳子上端起一碗热腾腾的汤面，大快朵颐起来。

直到一碗面稀里糊涂地下去了，王超打了个嗝儿，见警犬的口水已经流了一地，但身体还是一动不动，王超这才说："行了，吃吧。"

几只警犬立刻冲上前，把头扎进盆里"吧嗒吧嗒"地吃起来。

薛芃就站在不远处，目睹了王超整个"不是东西"的操作，直到王超转过身，对上薛芃的目光。

王超咧嘴一乐，薛芃走上前，就听他问："又来看巴诺？"

"嗯。"

"你等着啊，我给你叫去。"

王超很快离开，不一会儿就牵出一只德牧，正是巴诺。

巴诺一见到薛芃，就高兴地摇尾巴。

王超松开手，巴诺就朝薛芃跑过来。薛芃也笑着蹲下身子，顺着巴诺的后脖颈。

等王超上前，薛芃仍没有松开巴诺，只问："对了，巴诺是不是今年退役，领养手续怎么办？"

王超："嘿，我刚想告诉你，今天多陪陪它，过了今天，巴诺就不在这里了。"

薛芃愣住了："怎么，你们向社会开放领养了？不是说体制内的可以优先考虑吗？"

王超刚要说话，就看到这时走进院门的身影，笑道："喏，正主来了。"

与此同时，刚踏进门的陆俨也跟着喊了一声："巴诺！"

巴诺叫了两声，遂拔地狂奔，朝陆俨飞扑过去，抬高上身，将爪子搭在陆俨大腿上。

陆俨也笑着弯下腰，一手扶着巴诺的后脖子，一手在它腰背后来回顺毛，一下接一下。巴诺很快就舒服地斜躺在地上，让陆俨顺它的腹部和后背。

薛芃走上前："原来是你。"

陆俨扬了一下眉："什么是我？"

王超这时笑道："刚才薛芃还问我领养的事，被你捷足先登了呗。"

陆俨"哦"了一声："你也想收养巴诺？"

薛芃扫了一眼巴诺的反应，又扫向陆俨，说："你手续不是还没办么，要不要PK一下？"随即不等陆俨回应，就对王超说，"我的条件也符合，还是再考虑一下吧，择优录取。"

听到这话，陆俨动作一顿，很快直起身。巴诺也跟着起来，蹲坐在陆俨腿边，仰着头看着三人。

几秒的沉默，王超尴尬地笑了："那你们想怎么PK？"

薛芃看向陆俨，说："我记得你一个人住，就在单身宿舍，一个小套间，白天你不在家，就把巴诺放在那么小的屋子里关着？"

一开始陆俨还不是特别当真，以为薛芃只是有意而已，听到这儿他才明白，这是下战书了。

陆俨沉默了两秒，便双手环胸，回击道："我昨天特意收拾出一间屋子，专门给巴诺。平时我起得早，睡得晚，早晚都可以带它出去遛。而且，你好像也是一个人住。有时候加班忙，你干脆就睡在市局实验室了，巴诺怎么办？"

说到挖掘"敌人"的弱点，逐一击破，这一向是陆俨的强项。

薛芃一顿，飞快地说："等以后巴诺来了，我一定天天都回家，而且我家地方大，它活动得开。"

"哦。"陆俨淡淡应了，"的确很大，而且还有很多瓶瓶罐罐，玻璃器皿，你就不怕巴诺碰坏你的实验仪器？"

薛芃的眼神渐渐锐利了："巴诺受过训练，不会拆家的。"

"话是不错，但就算是短毛狗，也会有毛，做实验最好是无菌环境，不适合养猫狗。"

"你……"薛芃冷着脸，刚吐出一个字。

陆俨很快将她打断："如果养在我那里，我住的地方距离市局很近，你想看它，我随时都可以把它带过来，可是你住的地方已经出城了，我想见巴诺会有很多不方便。要是以后巴诺想我了，怎么办？"

薛芃："……"

陆俨难得一见地口才了得，尤其是这最后一条，令薛芃根本无法反驳。

薛芃垂下眼帘，对上巴诺的眼睛。

巴诺的眼神干净单纯，它盯着几人，似乎隐隐也有感觉，知道将要发生什么事。

整个警犬队，除了训导员，巴诺和陆俨、钟隶的感情最好，禁毒支队时常要出去执行抓捕毒贩的任务，两人和巴诺配合得最多，平时没有公务，也会经常过来喂它，给它梳毛、洗澡。

直到一年前，陆俨和钟隶一同出任务，两个人去，却是一个人回。

钟隶出事之后，巴诺也曾被派去现场追寻钟隶的气味。

可是因为经过化合物爆炸，人的气味已经被掩盖破坏，两队人找了一天一夜，也没找到半个影子。

直到最后，不死心的巴诺嗅到了一点味道，终于在角落的一个重物下面，发现一条人类男子的半截小腿。

后来经过检验证实，小腿确实是钟隶的，是被人砍断的，而且砍断的时候人应该还活着。

至于钟隶的腿到底是谁砍断的，后来刑技人员也在现场通过痕迹取证进行过分析，显然当时钟隶的腿被重物压住，现场又太过危险，为了逃生，就只能砍掉小腿。

如果是他自己动的手,那他应该是爬出去的,可是现场并没有找到任何血液拖行的痕迹,反而找到一些滴落痕迹,这说明钟隶不是自己离开的,而是毒贩现场砍断了他的腿,把他带走的。

那么这些毒贩,是不是已经发现了钟隶的卧底身份?

如果要灭口,一枪就够了,这样带着一个大活人上路,是为了套取情报,方便日后反侦查,还是想进一步打击报复?

反过来,如果毒贩不知道钟隶的身份,砍断腿只是为了方便把人救走,那么事情平息之后,钟隶为什么迟迟没有现身?

随着时间一点点推移,关于钟隶的生死,也渐渐有了"答案"。

事发后一个月,陆俨和薛芃还抱过希望,也许是他重伤未愈,找不到机会回来。

事发后两个月,这种希望就减少了一大半。

接着是三个月、四个月……半年、一年,直到现在。

钟隶已经牺牲,这基本是可以肯定的。

禁毒支队内部不能对外声张任务,就在队里办了一个小型仪式,悼念钟隶,追封钟隶的功绩,以及授予陆俨第二个三等功。

在陆俨养伤期间,母亲齐韵之和继父秦博成也来看过他。

陆俨心里始终装着一个问题,迟迟问不出口。

直到那天齐韵之又来了,陆俨忍不住,终于发问:"妈,在林队下令救人之前,你有没有和秦叔叔说过什么?"

齐韵之眼神闪烁,显然是有隐瞒。

可陆俨还想听她亲口说,便又问:"比如,一定要把我救出来,一定要保住我的命,这样的话。"

这之后,陆俨和齐韵之又聊了很久,气氛一时沉重,很不愉快。

直到齐韵之唉声叹气地离开,她才在门外的把手上发现挂了一袋子补品,是薛芃送来的。

显然屋里的谈话,薛芃也听到了。

自那以后,薛芃和陆俨就少了联系。陆俨心里也有数是为什么,自知没有颜面为自己辩解,两人的关系慢慢地也就淡了。

事实上，钟隶的死直接影响的不仅是陆俨和薛芃，还有巴诺。

钟隶的断腿是巴诺找到的，王超说，巴诺因为这件事受到很大打击，一个月来始终没什么精神，还有绝食的迹象。

等陆俨养完伤回来，巴诺才重新振作起来。

王超说，一个月了，就没见过巴诺这么高兴过，明明没怎么吃东西，闻到陆俨的气味，听到他的声音，却一下子直起身来，叫声中气十足，就连训导员都差点拉不住它。

这些事，是在钟隶出事后几个月，薛芃才听说的，那时候她和陆俨已经开始"冷战"。

如今一听陆俨说"以后巴诺想我了，怎么办"，薛芃心里一软，又看了看巴诺的眼睛，安静了好一会儿，这才下定决心道："我知道你会好好照顾巴诺。是不是以后要是我想去看它，随时都可以去？"

陆俨一顿，有些惊讶，却也是如释重负："当然。"

薛芃轻笑了下，扫了他一眼，刚要说话，这时手机进来一条微信，薛芃拿出来一看，是一个叫张潇的高中同学发来的。

"老同学，忙呢吗？方不方便说话？我想和你打听个事。"

薛芃一顿，很快就明白了张潇的来意。

张潇毕业后就做了记者，一直在跟社会新闻线，这两年时不时会从薛芃的微信上蹦出来，每次都是因为命案。

但薛芃因为职业操守，从没给张潇透露过消息，偏偏张潇打算在一棵树上吊死，就算薛芃一个字都不说，却依然每次都来问她。

薛芃下意识地叹了一口气。

陆俨问："怎么了，谁的微信？"

薛芃："张潇你还记得吗？高中那个。"

陆俨回忆了一下，摇头："没印象。"

"就是每天中午负责广播站的那个女生。"薛芃提示道。

陆俨这才恍然大悟："哦，就是那个很八卦的、经常利用广播站报一些小道消息的女生？"

"对，就是她，她现在比那时候还要八……"薛芃一边说一边扫向手机，这时张潇已经发来好几条消息。

薛芃一看之下就愣住了，话也哽在半截。

张潇:"嘿嘿,你说巧不巧?我爸妈住的那个小区,昨天不是抬出去一具老太太的尸体吗?我妈说那个老太太她认识,她当时刚好从楼上往下看,还看见你了。我晚上刚回家,她就跟我念叨这老太太的事儿。我就想来跟你证实一下,到底老太太是不是被儿子儿媳毒死的啊?"

薛芃的眉头渐渐皱起来,随即将手机递给陆俨。

陆俨开始还没当回事,直到搭眼一看,也是一愣。

毒死的?

张潇的妈妈是怎么知道的?

陆俨:"问问她是不是听到家人说起过什么。"

薛芃点头,很快打了一行字。

不一会儿,张潇回道:"就是我妈听那个老太太说过,说儿子想她死,肯定是给她下毒了……咦,难道是真的?那这可是大新闻啊!"

薛芃很快说:"我什么都没说,事情也还没证实,你不要出去瞎说瞎写,散播谣言是要追究法律责任的。"

可张潇却没回。

几分钟后,薛芃和陆俨往办公区方向走。

路上陆俨给东区分局的齐昇拨了个电话,得知齐昇那边手续已经办好,也让钟钰签署了解剖同意书。

法医陈勋和痕检孟尧远都已经做好准备,即刻尸检,经过解剖和切片检验后确定案件性质,下一步就是到李兰秀家二次取证。

和钟钰一起待在医院的东区分局同事也发来消息说,高世阳的情况很不乐观,现在不仅是肾,其他脏器也纷纷出现衰竭现象。

而最大的问题就是累及脑,已经发展到中毒性脑病。

就在昨天下午,齐昇队里的刑警已经简单调查过高世阳和李兰秀以前工作过的化工厂,证实两人曾经换过两次工作,都是化工企业。

最早待的那家工厂,他们是有机会直接接触到化合物的,但近二十年已经远离一线。

再后来,高世阳升到了副厂长,一线接触更是少之又少,李兰秀则去了化工行业的第三方质检公司。而质检公司的防护一般都比较到位,起码比化工厂要安全得多。

这样的工作一直持续到五年前他们相继退休。

也就是说，如果两人是因为接触化合物中了毒，毒性再慢，也不至于到现在才发作，而且发作时间还这么一致。

那么高世阳和李兰秀的慢性中毒，就很有可能和其家人有关。

得到进一步消息之后，齐昇很快联系留在医院的刑警，让他马上和医生沟通，尽快出一个尿汞测定，再结合肺片和高世阳的种种症状，确定他是慢性汞中毒。

齐昇将经过一五一十地告诉陆俨，还说就在刚才，他已经让人把钟钰带回东区分局问讯，正式立案侦查。

切断通话，陆俨面色凝重，脚下一顿，再一抬眼，对上薛芃的目光。

薛芃始终没有走远，隐约也能听出来他们话里的意思，还没等陆俨开口，便问："到底什么毒物？"

陆俨说："慢性汞中毒。"

汞就是水银，中毒会有急性和慢性之分，一旦中毒，就算救过来，像这种重金属也无法代谢干净，会有一部分永远地留在体内。

薛芃想了下，边走边说："如果是汞中毒，倒是很符合高世阳病发的症状。急性的标靶主要是肾，其次才是脑和消化系统，但如果是慢性的，主要伤害的就是脑，其次才是消化系统和肾。我记得昨天高世阳在饭店里，就是无缘无故地和一个中年男人吵了起来，说话也有点不清不楚的……"

陆俨接道："后来我跟去医院，见过高世阳的肺片，上面有很多白色的小点，应该就是水银沉积。"

薛芃很快给孟尧远发了信息，将情况告知。

孟尧远很快回了："收到，我们这就准备开始。"

薛芃对陆俨说："如果高世阳是汞中毒，那么李兰秀也有可能是。他们现在开始尸检，中午就有结果了，等消息吧。"

陆俨："下午返场取证，就针对汞中毒这条线索搜查。"

说到这儿，薛芃忽然想起一茬儿："对了，两位老人的儿子呢？到现在也没听到他的消息。"

"一直联系不上。"

薛芃瞬间不说话了。

其实这种情况大家心里都有数，要么就是躲起来了，要么就是遇害了。

一声轻叹，薛芃低下头，盯着地上的影子，喃喃道："不管是儿子还是儿媳，都够丧心病狂的。"

"而且……"陆俨也站住脚，直视着前面的刑侦大楼，说："还非常有耐心，非常偏执，懂得一点一点下毒。"

同一时间，支队几人也刚忙过一阵，趁着喝水休息的工夫，聊了几句之前微博上女模特死在自家的新闻。

随即张椿阳话锋一转，忽然提起昨天回来路上，孟尧远调侃薛芃和陆俨已经开始见家长的事。

按理说，这种内部八卦，最应该大惊小怪的是李晓梦才对，可她听了却非常淡定，还说："就算发展到这步，也不稀奇啊。"

张椿阳立刻来劲了："哟，难道你又有新消息？"

"那是，是法医助手小晨告诉我的。"

可她还没继续说，就被张椿阳打断了："等等，小晨不是跟季法医出差了吗？"

"已经在回程路上了，而且他也可以在出差的路上告诉我呀！"

此言一出，连方旭和许臻的注意力都被吸引过来。

李晓梦清清嗓子，说："这事儿，还得从九年前说起……对了，薛芃姐姐的事你们都知道了吧？"

薛芃的姐姐薛奕，于九年前，被女同学方某某刺杀在北区十六中的天台上，当场身亡，这事儿不仅曾在江城轰动一时，后来还作为青少年犯罪的典型案例，在公大的授课里出现过。

只不过当这件事作为一个典型案例时，任何人都不会想到案例中死者的妹妹会出现在自己身边，还是工作中的同事。

直到薛芃进了市局，她的背景也跟着一起在私下流传开，刮过一阵不小的风，但时间久了，渐渐也就淡了，这两年大家也没再提起过。

李晓梦说："陈凌那个案子，一开始我和方旭去狱侦科取资料的时候，还接触过方紫莹。方紫莹一听我们是市局来的，就立刻追问我们，薛芃是不是也来了。我们一看资料才发现，原来这个方紫莹，就是薛奕案里的凶手方某某。"

张椿阳听得一愣："还有这么一出？那薛芃有没有什么特殊表现？对了，许臻，后来是你跟陆队一起过去的，有发现没？"

许臻说:"没有,第二次去狱侦科,薛芃和方紫莹根本没照面。"

李晓梦接道:"第二次是没接触,但是第一次有啊。你们还记不记得,陆队曾经叫薛芃和季法医去给几个囚犯取证来着?就那次,是小晨亲眼看见的,方紫莹突然一把抓住薛芃,还在她耳边说了几句话,薛芃当时脸色就变了!"

张椿阳反应最大,连忙追问:"然后呢?方紫莹都说啥了!"

就连方旭和许臻,都不约而同地发出疑问。

李晓梦:"那小晨没听到,但他说陆队肯定听到了,因为当时陆队挨得很近,就在薛芃身后,而且他的姿势像是在保护薛芃,应该是怕方紫莹伤害她。"

张椿阳:"这也很正常吧,方紫莹毕竟杀了薛芃的姐姐啊,而且这也不能说明他俩私下发展到什么程度了。还有没有更震撼的?"

李晓梦继续道:"更震撼的来了!就前两天,小晨和北区分局的人聊闲天,对方有一句话是这么说的——哎,谁能想到当年薛奕案的目击证人之一,后来会成为咱支队的副队长啊!"

这下,群里彻底鸦雀无声了。

隔了好一会儿,才开始有回应:

孟尧远:"天哪!"

张椿阳:"陆队是目击证人?"

方旭:"不可思议……"

许臻:"……"

李晓梦总结道:"综上所述,薛芃最伤痛的经历,陆队全都见证了,而且一直陪伴至今,不离不弃,所以发展到见家长的程度也很正常啊!说不定啊,已经不是第一次见了,而且好事将近呢!"

可李晓梦刚说到这儿,陆俨就进来了,脸色严肃,眉眼锐利,刚一跨进门就说:"都别聊了,准备出任务。"

几人立刻起身,齐刷刷地盯着陆俨。

陆俨站定,说:"东区分局人手不够,需要协助,下午要分成两组人,去高世阳和李兰秀的住处取证,还要腾出人手去寻找两人的儿子高力鸣的下落。高家四口的社会关系全都要查,包括邻居。现在得到的消息是,李兰秀生前曾经和邻居提过,怀疑儿子在给她下毒。至于儿媳钟钰,现在已经去东区分局接受问话。所以接下来咱们调查的目标,除了下毒,还要确定犯罪嫌疑人,下毒者到底是儿子还是儿媳,还是两人联合作案。"

中午，陈勋那里就出了第一次尸检结果，只是和医院方面提供的尿检结果相差很多，李兰秀不是汞中毒。

孟尧远回到痕检科的实验室，整个人一点胃口都没有，一边喝水顺气，一边对正在做物证检验的薛芃形容他身心遭受的重创。

薛芃听孟尧远说了几句，就不动声色地给陆俨发了微信，让他过来实验大楼一趟。

陆俨大概是飞毛腿吧，不到两分钟就到了，而且进来时气定神闲，一点都没有大喘气，说："刚好我也要过来问问结果，走到楼下就接到微信。"

孟尧远一愣，什么微信？

随即再转头看向薛芃，见她无比淡定地说："人到齐了，继续。"

"哦。"孟尧远眨了眨眼，跟着问，"我刚说到哪儿了？"

薛芃说："你说到尸臭。其实昨天去现场，我就觉得那个气味不太对，好像不只是尸臭，里面还有些别的味道，似乎比一般腐烂的尸体还要臭上几分。"

"呕！"孟尧远立刻有了反应。

孟尧远缓过气，就开始描述整个尸检过程和其中发现的一些奇怪征象。

比如，李兰秀的肺打开之后，没有出现和高世阳肺片上相似的症状，更加没有水银沉淀物，肺部出现了很严重的纤维化，肺动脉中层增厚，肺泡腔内出血，等等。

然后就是她的肠道，有出血现象，肾上腺皮质和肾小管有坏死现象，肾脏苍白肿胀。至于更详细的结果，还要等各脏器的检材化验之后才能知道。

描述完大概情况，孟尧远说："听陈法医的意思，目前除了要做毒物检测，还要进一步确定是不是非典型肺炎？"

陆俨安静了两秒，转而问薛芃："对了，你之前说觉得这次的尸臭不同于以往，是不是已经有怀疑了？"

薛芃一顿："我暂时还说不好，像某种毒物的臭味。"

"如果是发生在生活里的慢性中毒，一般都是'病从口入'，那么口腔、咽喉、食管、胃部就一定会有变化。"这时，忽然从门口传来一道声音，回应了薛芃的话。

几人转头一看，此时走进来面带微笑的不是别人，正是季冬允。

孟尧远："季法医，出差回来了？怎么样，有什么收获？"

可季冬允还来不及回答孟尧远的话，陆俨的声音便插了进来："季法医，你刚才说口腔、胃部这些地方一定会有变化，怎么讲？"

季冬允说："比如表层脱落、溃疡，有很多急性中毒的案例都是。直接把农药喝进去，舌头会肿胀，口腔表面还会溃烂。"

听到这儿，薛芃的眉头跟着就皱了起来。

陆俨见了，问："是不是联想到什么？"

薛芃说："一说到农药，我好像想起来了，那个奇特的臭味，有点像是喝了百草枯，死后尸体散发出的那种味道。两年前我闻过一次，印象很深。"

百草枯？

陆俨一顿，他只知道这是一种除草剂，农业和园艺中经常可以接触到，除草效果非常好，而且对土壤环境无害，在世界范围内使用最多最广。

可是因为它对人畜的毒性极大，农村有不少误食百草枯或是故意喝百草枯闹自杀的案子，死亡率很高，所以在2014年的时候国内已经撤销了对百草枯的登记和生产许可。

季冬允："如果服食了百草枯，那就会有刚才我说的几种现象，比如'百草枯舌''百草枯肺'。以百草枯的毒性来说，就算是稀释过的，长期服用下去，口腔都会出现症状。进入身体以后，它的靶向器官就是肾和肺，跟着就胸闷、呼吸困难，肺部逐渐纤维化，在临床上很容易被误认为是非典型肺炎。然后肾和肝也会开始出现问题，比如肝功能异常、尿毒症，不过最后基本都会因为严重的肺水肿而死于呼吸衰竭。"

听季冬允科普完，孟尧远提出疑点："要说是百草枯肺的话，李兰秀倒是吻合的，但是她的口腔里没有什么明显症状……"

季冬允："许科那边已经在测试毒物了，也许下午就能出结果。"

孟尧远又跟着问了两个问题，季冬允笑着应了，两人你一句我一句，话题渐渐跑偏，反倒是薛芃和陆俨却始终未发一言。

薛芃半低着头，眯着眼，努力回忆着李兰秀家里的那种气味。

而陆俨则仔细琢磨季冬允的科普，脑海中渐渐浮现出某种可能性。

按照"病从口入"的说法，嘴里服毒，口腔自然会有反应，可如果这种毒通过的媒介不是嘴呢？

想到这儿，陆俨问："季法医，如果下毒者没有将毒物下在食物里，而是通过皮肤接触，那么在症状上会有什么不一样？"

薛芃倏地抬起头，看向陆俨。

季冬允说："如果是具有腐蚀性的毒药，直接接触，皮肤会干裂、过敏、灼伤，类似于碱性腐蚀；如果是眼睛，会有结膜炎；如果是吸入式的，那么鼻子、喉咙、呼吸道也会出现类似刺激性症状。"

薛芃突然问："李兰秀的皮肤有没有灼伤或是溃烂？"

孟尧远一顿："有。"

薛芃："在哪里？"

"差不多是在胸腹、臀部、后背，哦，胯部也有，还有脚心和脚背。"

这个分布……

薛芃眯了眯眼，忽然想到什么，很快走到自己的办公桌前，拿起笔在纸上唰唰地画起来。

陆俨也看了眼时间，很快拿出手机，给理化实验室拨了过去，问道："许科，李兰秀的切片检验现在做到哪里了……"

电话里许科应了两声，随即陆俨就按下免提键，让屋里几人一起听。

许科很快说道："李兰秀的肺泡细胞坏死，纤维细胞肥大，纤维素渗出，纤维化结节形成，肺泡上皮细胞有明显增生，相比起其他脏器，肺的情况最严重，目前还在做进一步毒检。"

季冬允走到陆俨旁边，说："许科，先做个毒检，看看肺和肾的检材里是否有百草枯的成分。"

许科说："其实我们也在怀疑百草枯，小姚已经在做了。"

陆俨："好，我们等你。"

这话刚落，许科那边就有回应了："出来了，几个器官的检材均呈阳性，尤其以肾和肺部的浓度最高。"

果然……

陆俨："好的，谢谢许科。"

电话切断，这边，薛芃也将刚才涂写的纸拿起来，示意几人。

纸上画的是简单的人体图，标注出几个部位，其中还将孟尧远提过的皮肤灼伤和溃烂的位置标记出来。

薛芃说："李兰秀是女性，如果有人要给她下毒，又不是通过食物，那么最有可能的就是从衣服上下手，而且是贴身衣物，比如内衣裤、袜子。刚好李兰秀皮肤出现问题的地方也在这几个区域。"

孟尧远最先发出感叹。

季冬允:"如果是下在食物里,食物会有苦涩的味道。而且百草枯里面加了臭味剂,味道很冲,开盖就能闻到,目的就是想用这种刺鼻的味道给人警示,避免口服。"

"所以下毒者才选择稀释百草枯,和洗衣液、洗衣凝珠混在一起浸泡贴身衣物的方式,这样既能达到目的,又不会因为臭味剂而暴露。"陆俨接道,又盯着薛芃手里的纸看了几秒,随即目光一转,看向实验台上的几袋物证。

"要证实在衣物上下毒的猜测是否准确,其实只要验一验李兰秀的衣物就能知道。"

薛芃很快拿起一袋从李兰秀尸体上脱下来的贴身衣物,和陆俨对视了一眼,说:"我这就送去毒检。"

陆俨点头,又看了眼手机上的时间:"我先回队里,半个小时后,停车场见,准备二次取证。"

两人撂下话,随即一前一后地出了门,屋里只剩下季冬允和孟尧远。

孟尧远盯着门口,反应了两秒,才说:"这就讨论完了?结束得好突然啊。"

季冬允有些好笑地看过来:"基本结果已经出了,你还想讨论什么?"

"我这不是有点意犹未尽吗!"孟尧远叹了一声,将台面上的物证收拾好,又看了眼季冬允,这才想起一茬儿,"对了,冬允兄。"

季冬允眼皮一跳:"你又想问什么?"

孟尧远乐了:"模特的那条微博热搜看见了吧?你这次去历城,是不是为的这件事啊?"

这话落地,屋里安静了好一会儿,孟尧远始终盯着季冬允,不愿放过任何细微的表情。

季冬允一时招架不住,无声地叹了一口气,只能承认:"你倒是挺敏锐的。"

"还真让我猜对了?"孟尧远说,"倒不是我敏锐,主要是这两件事发生得实在是太巧了,那模特前脚出事,你后脚就被叫去历城尸检,除了这个案子,我真想不到还有什么事会需要你跑一趟。"

季冬允微微一笑,不接话,脚下一转,就往门口移动。

孟尧远的声音追了上去:"哎,你也不透露一下啊,到底是自杀还是他杀?"

季冬允却头也不回,还举起食指摇了摇。

孟尧远叹气:"我就知道……"

这边，季冬允一跨出门口，脸上的笑容倏地消失了，原本笑起来弯弯的眼睛也垂了下去，眼里是一片冰冷。

拐过一条走廊，前面就是法医科。

季冬允进门时，正往外走的助手小晨差点撞上来。

"啊，季法医，我还以为你回去休息了。"

季冬允抬了下眼，应道："嗯，收拾一下就准备走。"

两人擦肩而过，季冬允走了两步，又是一顿，随即回身叫住他："小晨。"

已经出门的小晨又折回来："怎么了，季法医？"

季冬允站在屋里，双手插兜，表情很淡："没什么，就是提醒你一句，在历城的案件明朗化之前，就算是关系很好的同事跟你打听，都不要乱说。"

小晨一愣，随即说："哦，好，我明白的，我保证不会！"

季冬允这才笑了下："去忙吧，忙完了早点回去休息。"

另一边，陆俨已经回到刑侦支队，趁着出任务之前，先将目前的情况告知队员。

几人一听，都是一愣，一阵安静过后，随即有人互相交换眼神，有人低头沉默不语。

直到陆俨说："有什么问题，现在讨论吧，还有几分钟。"

张椿阳率先说："有一点挺奇怪的，如果是家人下毒，为什么不用同一种毒，一个用水银，一个用百草枯，是不是也太麻烦了点？"

李晓梦接道："也许是为了故意模糊视线，万一被发现了，这也可以作为一个疑点，将重点转移出去？"

方旭："不管怎么转移，都是中毒，不管是几种毒，这种手法都需要长期接触死者的贴身衣物，除了死者的儿子儿媳，基本不会有其他可能了。"

隔了几秒，许臻才开口："李兰秀中毒是通过皮肤接触，那么高世阳呢？"

屋里瞬间安静了。

陆俨斜坐在办公桌上，手指在桌面上敲了两下，随即说："现在有几件事需要确定：第一，给李兰秀下毒的人是谁；第二，高世阳是通过什么途径而引发的慢性汞中毒，是他之前在化工厂留下的病根，还是家人毒害。现阶段，咱们还不能完全将嫌疑锁在高力鸣和钟钰身上，别忘了，李兰秀和高世阳到底是夫妻，就算现在分开住了，就算李兰秀曾经对外人说，她怀疑儿子高力鸣给她下毒,那么高世阳呢?"

听到这儿,方旭最先反应过来:"陆队,你的意思是,高世阳的水银中毒,也有可能和李兰秀有关?"

陆俨:"李兰秀和高世阳是什么时候开始分居的,为什么分居?别忘了,李兰秀也曾在化工厂工作过,而且后来还在第三方质检公司做过很长时间。高世阳和李兰秀对化合物都有一定了解,如果说到慢性下毒的隐秘性和对毒物的了解,他们二人都会比普通人高明很多。反过来说,要在这两人的眼皮底下动手,也需要有一定的化学知识,还要格外小心。大家一定要把思路打开,任何一种可能都不要放过,每一种可能都要去调查。"

方旭接道:"还要找到毒物,弄清毒物来源……其实按理说,高世阳和李兰秀是比较有机会拿到的。"

张椿阳:"可是两人已经退休好几年了,如果突然跟以前的同事要这种东西,反而会引起怀疑吧?"

李晓梦:"哎,他们做这行这么多年,肯定有门路。"

陆俨听着几人讨论,并不接话,心里很快浮现出一个疑点,是他回来路上一直觉得奇怪的地方,也是刚才张椿阳提出来的第一个问题——为什么不用同一种毒?

汞中毒不奇怪,百草枯中毒也不奇怪,但为什么会出现两种毒物?

如果下毒者是两个人,出现两种毒物就比较容易解释,可能这两人彼此之间并不知情。

可如果是同一个人呢?

这个人既选择了百草枯,又选择了重金属。如果说选择第一种毒物是因为获取途径方便,那么为什么又换了第二种,还是说这里面有什么特殊含义?

或许,只要能把这个问题解开,这个案子就可以水落石出了。

下午两点,支队的车就来到东区片区的地界。陆俨和齐昇对了一下分工,让两边分开行动。

齐昇把自己队里的王志申调来给陆俨,负责将东区分局现阶段调查的结果跟支队做个简单汇报。陆俨清点了人手,让李晓梦和张椿阳过去帮齐昇。

技术也分成两组:一组冯蒙带着程斐,和东区分局一起到高世阳家里搜查取证;另一组则是薛芃和孟尧远,去李兰秀家里二次取证,速战速决,稍后还要去高力鸣和钟钰家里。

任务分配完，两边人马很快分头行动。就在赶去李兰秀家的路上，陆俨接到实验室许科拨过来的电话。

"陆队，我们已经针对痕检科送来的衣物进行毒检，结果出了，贴身衣物上果然验出百草枯毒素，而且毒素有新有旧，旧的已经陷入纤维里层，应该是有人多次将衣服浸泡在百草枯溶液里。"

也就是说，给李兰秀下百草枯的人，的确是通过清洗衣物这道工序来完成的。

那么这个人就一定要经常出入李兰秀的家才行，而且洗衣服需要一段时间，他每次去应该都会待在那儿超过一个小时。

这之后，王志申便开始跟陆俨汇报东区分局的调查情况。陆俨用手机开了三方会议，让坐在另外两辆车上的薛芃、孟尧远和方旭、许臻一起听。

东区分局第一时间调出了小区监控，注意到在李兰秀去世前两天，曾有一男子前去探望。

而监控拍得很清楚，这名男子正是高力鸣。

他穿着一双运动鞋，手里还拎着一袋水果，而后在李兰秀家里停留了不到半个小时，就打车离开。

小区门口的监控还拍到高力鸣乘坐出租车的车牌号，通过叫车的记录，发现高力鸣上车后直接回了自己家。

也就是说，这是李兰秀生前最后一次见到高力鸣。

至于高力鸣回家后出没出过门，去了哪里，还需要进一步调查高力鸣和钟钰所住小区的监控。

随即王志申就讲到高世阳和李兰秀退休前的工作，东区分局的同事曾经去他们之前工作的企业问过，无论是化工厂还是质检公司，这十几年都没有出现过化合物中毒的事件。

不过据一个在厂子里干了很多年的老员工说，高世阳退休前曾经跟他念叨过一事，说大概在三十五年前，江城南区的郊区靠近村落的地方，曾经有一家工厂出现过毒气泄漏事件，据说闹得很厉害，牵连也广，不仅厂子里有职工死亡，还牵扯附近一所小学。

王志申转述道："这件事后来我们去南区的村落问过村民，他们也是听老人们提过，说那时候距离工厂最近的是一所小学，好多村民的孩子当时都在上课。毒气泄漏后没多久,大家就感到身体不适,集体送到医院。幸亏距离化工厂有一段距离,中毒也不算深,在吸氧、输液之后很快就缓过来了。"

村民们还回忆说,当时的事故原因好像是铁桶爆裂,内部原料喷出,更详细的原因他们也不知道,这些都是听老人们念叨的。

这件事之后,当时在那家小学念过书的很多村民后来都出现了呼吸系统的问题,持续多年,也一直怀疑是和那次泄漏事件有关。

只是那时候医疗技术有限,这样的猜测拿不出证据,而且在毒气泄漏之后,政府就介入调查,工厂很快关门,他们想追讨也不知道该找谁。

这已经是三十五年前的事了,能在这么短的时间内调查到这一步,已属不易,而且厂子关门多年,当年的所有记录早就找不到了。

只是有一点很奇怪……

陆俨忽然问:"都这么久以前的事了,而且还是高世阳上一个工作单位的丑闻,这种事一般都会避讳,为什么高世阳还会和后来的同事提起?"

王志申说:"因为高世阳是那次毒气泄漏事故的功臣。当时就是高世阳负责带队善后的,因为应急处理得当,在短时间内将伤害降到最低,还因此上过报纸。据高世阳退休前的同事说,他就是因为这件事,才会受到后来工作单位的重用,一进去就是主任。"

虽说是功臣,可那次泄漏事故到底不是什么光彩的事,就算有人因为立功而"受益",这种张扬也是建立在他人的悲剧之上的,而且过了那么多年,还跟后来的同事提起年轻时的"风光",显然高世阳对个人成绩的看重,远远大过那几条人命。

陆俨一边听王志申描述情况,一边翻看东区分局做的调查副本,很快就翻到李兰秀那一页,说:"李兰秀也曾经是这家工厂的员工,那她和高世阳应该是在这期间认识的。"

王志申接道:"对,两人是在毒气泄漏事件的第二年结婚的,然后李兰秀就和高世阳一起去了新的工厂,直到二十年前,高世阳又换了另外一家工厂,李兰秀也去了第三方质检公司。"

这时,手机另一头始终没开过口的薛芃忽然问道:"那两人的儿子高力鸣呢,他是不是领养的?"

王志申先是一愣,随即说:"的确是领养的。我们调查过,高世阳和李兰秀一直没有后代,差不多在三十年前收养了一个男童,就是高力鸣,他当时只有五岁。"

"薛芃,"陆俨说,"你们还记不记得,在陈凌案里找到的那张字条?"

"当然记得,我还记得上面写了什么——我们的故事,要从三十五年前讲起。"

而三十五年前,刚好就是高世阳和李兰秀工作的工厂发生毒气泄漏事件那年。

孟尧远"咝"了一声,说:"不会是巧合吧,都是三十五年前。"

另一边,方旭接道:"而且之前调查陈凌案的时候,钟钰就说过,她和陈凌的父母都曾经是化工厂的工人,因为父辈认识,她们才保持着朋友关系。不过钟钰的公婆,也就是高世阳、李兰秀,一直都不赞同钟钰去看陈凌。"

许臻忽然问:"那钟钰和陈凌的父母,和高世阳、李兰秀会不会也是老同事?"

薛芃:"很有可能。陈凌的档案上也提到过,她的父母在化工厂关门之前就死了,但死因是什么,会不会和毒气泄漏有关?如果真是这样,两个案子似乎就能联系起来了。"

此言一出,三辆车上都出现了短暂的沉默。

直到王志申问:"等等,我有点晕,陈凌是谁?"

孟尧远很快给王志申介绍了一遍。

陆俨听着两人的对话,思绪早就飘到窗外。

东区分局经过一天的调查,似乎又为这幅案件拼图找到了几块碎片,好像冥冥之中有一条线,可以将这些信息串联到一起。

钟钰和陈凌是朋友,而且除了钟钰,没有人去监狱看过陈凌,可见两人的友谊之深。

根据陈凌案的种种迹象,足以看出陈凌这人城府很深,而且不是轻易与人交心的性格,能和她做朋友的,也不会是一般人,更不可能仅凭朝夕相处就能建立起关系。

钟钰、陈凌自小就认识,保持了三十多年的友谊都没有断,这一点实属不易,可能是因为彼此朋友都不多,所以才格外重视这份感情,又或者是有什么共同的经历、遭遇,才会捆绑得如此牢固?

高世阳、李兰秀不赞成钟钰每个月去探望陈凌,但钟钰不听,可以想见,钟钰和公婆一定因为这件事讨论过多次,还起过争执。

那么在这样的关系中,高力鸣又扮演着什么角色呢?是赞成,还是反对?

还有，如果陈凌写下的"三十五年前"那句话，指的就是化工厂毒气泄漏，那么陈凌父母的死很有可能就和此事有关，同是化工厂员工的钟钰父母，会不会知道其中的内情呢？

陆俨正想到这里，就听到薛芃在手机那头问："小王，钟钰的背景你们调查过了吗？"

王志申说："哦，调查了，钟钰也是江城人，不过中间有很长一段时间跟着父母在历城生活，差不多是二十几岁的时候，父母去世了，她才自己回来的。"

跟着父母去了历城多年，父母去世后，又自己跑回来江城？那么钟钰在历城的这些年里，她和江城的陈凌，一直都是远距离联系？

陆俨的眉头渐渐皱了起来。

似乎陈凌和钟钰的关系，才是串联整个案子的关键性线索……

另一边，薛芃也不再发问。

孟尧远和方旭、王志申，一直顺着现有的线索进行讨论，薛芃却同样看着窗外，在脑海中拼命回忆着陈凌案的种种细节。

陈凌案最明朗的部分就是自杀和安眠酮，这两者已经没有推翻的可能，但这个案子却留下几个疑点。

比如"三十五年前"那句话，比如那瓶湖水，还有陈凌写在本子里却又撕掉的那张纸，后来还是孟尧远进行笔迹分析，才将那句话显露出来——悭贪者报以饿狗。

这句话不像是自创的，会不会有出处呢？

薛芃拿出手机，将它输入浏览器里，很快就浮出一串搜索结果。

原来陈凌写下的只有前半句，后半句则是："毒害者报以虎狼。"

数分钟后，一行人来到李兰秀住的小区。

警车停靠的地方，外面围了一圈警戒线，但附近不少居民都在好奇地驻足围观，这和李兰秀的尸体被抬出来的那天情形完全相反。

那天，所有人都知道死了人，还有尸体，没人敢出来。但今天不一样，最初受到惊吓的恐惧感已经淡了，余下更多的是猎奇和八卦心理，很多人拿着手机，有的在拍照，有的在录视频。

陆俨很快将任务分配下去，留下几个人负责案发现场的现勘秩序维护，其余的人继续走访调查,对象除了邻居,还有附近的商户,包括街道居委会。

而且调查的时间线要往前推二十年,所有知道或者听李兰秀提过年轻时工厂里事故的信息,都有可能是破案的关键。

等部署完,陆俨让王志申给齐昇去个电话,将车上讨论出来的新进展告知齐昇,让他们结合化工厂往事一起走访调查。

这时,已经换上防护服的薛芃走了过来,将手机递给陆俨:"这是我刚才搜索到的。"

陆俨低眸一看,愣住了。

薛芃轻声说:"陈凌只写了这句话的前半句,写完之后还撕掉了。而后半句刚好提到了'毒害',不知道和这个案子会不会有关。"

"其实我也在想两个案子之间的联系。"陆俨抬了下眼皮,随即话锋一转,"不过我有预感,这次取证会将整个案子再往前推进一步。"

薛芃笑了一下:"拭目以待。"

很快,薛芃和孟尧远开始第二次取证。

这一次不同于上次,上次是摸索,整个案件的详情还不了解,就连李兰秀的确切死因都不知道,取证都是浮于表面,但这次却有了新的目标。

薛芃第二次进入李兰秀的卧室,和孟尧远一起针对贴身衣物进行快速的毒性测试,再将衣物分批装进物证袋。

然后,两人又开始围绕着洗衣机取证。

孟尧远将洗衣液瓶子装袋,薛芃打开一个洗衣凝珠的盒子,随手拿了一个出来,轻轻一捏,发现上面有很细小的针孔。

薛芃又换一个拿起,捏了捏,同样有针孔。

孟尧远也看见了,转头叫道:"陆队!"

陆俨走上前,薛芃示意道:"每一颗洗衣凝珠上都有针孔。还有,这些洗衣液也不太对,好像有点稀。应该是下毒者提前将百草枯稀释过,再注射到这些洗衣用品里搅匀,而他本人根本不需要在场,只要李兰秀洗衣服,就会接触百草枯。"

陆俨安静了几秒,目光向四下看了一圈,说:"李兰秀有两台洗衣机,一台大一台小。"

"小的是用来洗内衣裤的,大的就是其他分类……"薛芃接道,只是话才说了一半,就顿住了。

她很快又从角落里找到两盒洗衣凝珠，拿起几个捏了捏，随即喃喃道："原来如此……"

陆俨问："怎么？"

薛芃说："这个人只在洗内衣裤专用的洗衣液和凝珠里做了手脚，因为贴身衣物会直接接触皮肤。你看，像是这种用来清洗大件衣物的就没事。"

孟尧远很快打开小洗衣机的盖子，从内缸的小孔里蘸取一些污垢出来，装进试管，说："如果有毒，这些污垢就能验出来。"

陆俨："不过有一件事很奇怪。"

"什么？"薛芃问。

"李兰秀是将内衣和外衣分开洗的，而清洗外衣的洗衣凝珠没有下毒，那么她脚上的腐蚀反应是怎么来的？难道她将内衣和袜子放在一起洗？"

按理说，李兰秀这样在意衣物卫生的人，是不会犯这样的错误的，应该会将袜子和大件衣物一起清洗。可这样一来，袜子上应该就沾不到百草枯，那么李兰秀的脚是怎么回事……

一时间，三人都沉默了。

陆俨目光一转，在角落里看到一个盖着盖子的电动洗脚盆，脚盆旁边还放着一个塑料袋，袋子里面透出很多中药泡脚包。

陆俨一顿，说："看看那个泡脚桶，还有旁边的药包。"

孟尧远立刻上前，将泡脚桶的盖子打开，味道一下子涌出来，中药味很浓，而且脚盆里还残留着药渣污渍。

孟尧远先从里面刮了一些出来，再将中药包一起打包。

陆俨回到客厅，思路已经渐渐清晰。

其实要想知道是谁给李兰秀下的毒，就要从毒物的来源着手去查，看看这家人到底是谁向非法渠道购买过百草枯。

虽然几年前国家已经明令禁止百草枯水剂的使用和出售，但有些店铺和企业仍在秘密生产、销售百草枯，甚至还给它换了其他名字。

有人说，百草枯是死亡之水，致死率可以高达百分之九十，很多人因为无知，根本不了解其毒性和威力，就因为和家人赌气，便喝百草枯闹自杀。

刚喝下时不会出现剧烈反应，症状出现因人而异。

而在发作之前，很多人并不会当回事，没有及时就医，便错过了抢救的黄金时间。

不仅是口腔，嘴和脸也会开始溃烂，随即蔓延到身体里的各个器官。

有的中毒者，因为家人有足够的钱去支付高额的抢救费用，可能一两个月才会死，但肺部的纤维化是不可逆的，百草枯也没有解药，所以无论如何用药也只是缓解痛苦，直到呼吸衰竭而死。

而它最可怕的地方就在于，中毒者始终都很清醒，知道自己在经受什么样的痛苦，可他却因为呼吸衰竭，有口不能言。

思及此，陆俨转过头，看向摆在客厅长条柜上的全家福。

全家福里，一家四口脸上都洋溢着笑容，很真实。如果不是李兰秀毒发身亡，又有谁能想到这些笑容背后暗藏的杀机呢？

陆俨盯着全家福看了许久，一动不动。

薛芃出来，问："在想什么？"

陆俨一顿，醒过神说道："哦，我在想，我大概知道为什么这个下毒者会选择用百草枯了。"

陆俨转过身，和薛芃的目光对上："他就是想让李兰秀到死都保持清醒，看着自己的身体一点点走向衰败。而且在毒性已经被稀释过的情况下，李兰秀中毒后的所有症状都会变得很缓慢，很像是得了慢性病。李兰秀再了解化合物，都不会想到自己是中了百草枯。就算她意识到这一点，也难免会自欺欺人，自我安慰。等到真的确定是这种毒，已经晚了。"

听到这里，薛芃心里受到震动，好一会儿没说话，任何语言都无法形容此时的感受。

她看向那张全家福，过了许久，声音才从口罩里发出："会是什么深仇大恨，令一家人自相残杀，一定要用这方式做了断，我想我永远都不会懂……"

就在这时，陆俨的手机响了起来。

陆俨将电话接起来，应了两声，眉头皱了起来，眼神也沉了。

电话很简短，不过十几秒钟，等陆俨挂断，薛芃便问："看你的表情，是不是齐队那边有消息了？"

"嗯。"陆俨说，"是冯科发现的，在高世阳吸的香烟里找到了水银。"

香烟？

薛芃瞬间说不出话了。

陆俨一声冷笑："还真是别出心裁。"

在李兰秀家附近走访调查的方旭和许臻，很快就问到了新线索。

方旭问了记者张潇的母亲，听她描述了李兰秀和高力鸣母子的关系。据说这半年来，他们的关系越来越差，母子俩一见面就吵架，每次吵完架李兰秀就趁着遛弯的时候抱怨，唉声叹气，说自己身体不舒服，怀疑儿子给她下毒了，还说连他买来的东西都不敢吃。

而许臻则走访了住在李兰秀楼下的那户人家。

这家人前几天出去旅游了，刚回来，但是在离开当天的下午，还听到了楼上传来争吵声，还说隔三岔五就能听到一次，每次都是因为李老太太的儿子过来看她，也不知道这对母子为什么一见面就吵，有时候声音实在太大，隐约倒是能听到吵架内容，好像和钱有关。

直到二人收队，在准备去高力鸣和钟钰家取证的路上，东区分局传来了关于高力鸣的初步调查汇总。

正如钟钰所说，高力鸣是三个月前辞职的，辞职后就一直从事自由职业，但名下并没有任何店面或是公司，这几年一直拿钱做基金和黄金炒卖，而且投资眼光不行，亏损远远大于收入。

除此之外，高力鸣还有多笔跟银行的借贷记录，加起来有几十万。

至于高力鸣和钟钰现在住的房子，是他们租的。

原来小两口是和父母一起住，就是高世阳住的那套房子，但就在一年前，高力鸣和钟钰，以及李兰秀先后搬了出来。

高世阳和李兰秀也有积蓄，过去几年，一直有银行转账给高力鸣，帮他还贷款，但是这半年已经停止了转账记录，这说明二老停止帮高力鸣还贷了。

从李兰秀的住处到高力鸣和钟钰的住处，只有十五分钟车程，部署过后就是搜证。

但这一次，陆俨异常沉默，到了钟钰家也很少走动。

王志申在物业办公室看完了高力鸣最后一次出现的监控录像，给陆俨拨了通电话，并在电话里描述道："高力鸣走的时候很匆忙，手里还拎着一个包，距离他从李兰秀家回来之后还不到一小时。"

陆俨问："那钟钰呢？"

王志申说："高力鸣走的时候只有一个人，钟钰当天是按时下班回的家，傍晚才进小区。"

安静两秒，陆俨说："尽快追查车牌号，看高力鸣到底坐车去了哪儿。"

"是，陆队。"

等切断通话，陆俨又翻开东区分局的调查记录，看到在李兰秀的尸体被发现之前的两天内，她的手机曾经打进来两通电话。

当然李兰秀那时候已经死了，电话没有接。

东区分局调查过，打给李兰秀的是公共电话，也通过号码定位到是一个电话亭打来的，但是电话亭附近并没有监控。

陆俨闭上眼，半低着头，食指的关节在额头上缓慢地敲着，逐渐将这几条线合并到一起。

李兰秀的尸体被发现，距离她的死亡时间相隔两天，高力鸣最后一次去看望李兰秀也是两天前。

高力鸣不用上班，按理说去看望李兰秀，不至于只逗留半小时，而且高力鸣要说服李兰秀再帮他还贷，是需要费一番口舌的。

除非在此期间发生了什么突然事件，比如有急事要离开，或者母子俩出现了争执，谈崩了，甚至李兰秀病发时高力鸣就在现场……

陆俨脑海中飞快地浮现出一幅画面。

李兰秀和高力鸣因为钱的问题吵了起来，高力鸣气愤不已，说了很多难听的话。李兰秀的身体本来就不舒服，见到高力鸣来，就知道他又是来借钱的，胸口憋闷、气短，而后被高力鸣一刺激，当即就匍倒在沙发上。

很快，李兰秀开始大口喘气，身体也开始抽搐。

如果是正常情况，就算母子俩之前再不愉快，这时候高力鸣都会放下所有成见，先上去查看母亲的情况，然后拨打急救电话。

但是高力鸣没有上前，这是因为他知道李兰秀的"病因"，所以他就站在门口，看着李兰秀挣扎着摔在地上。

因为喘不上气，所以李兰秀连叫都叫不出来，更不可能呼救。

而高力鸣的第一个动作就是转身出门，叫车回家。

回家后第一件事就是收拾东西，进家门还不到一个小时，就又叫车离开。

思及此，陆俨睁开眼，又一次翻开调查报告，发现在高力鸣从李兰秀家回来，到他再次离开，这中间曾经和钟钰通过一次电话。

而高力鸣离开后一天，又跟钟钰通过两次电话，两次都是钟钰打的，两人还交谈了很久。自这以后钟钰再给高力鸣拨过去的电话，就都是无人接听的状态。

想到这里，陆俨很快拿出手机，打给齐昇。

"你们那里怎么样？"

齐昇："正准备收队。目前除了在香烟里找到水银，其他地方还没有发现。而且香烟是自制的，应该是有人卷好烟，定期给高世阳送过来。"

陆俨又问："钟钰是不是还在分局？"

"对，笔录应该快做完了，我跟底下人说了，暂时不要让她离开。"

"那好，让你的队员把她带过来，我们现在就在她家里，有几个问题，要当场问她。"

钟钰家的取证异常顺利，不仅搜到了装有百草枯的瓶子，还搜到了制作了一半的水银香烟。

然而无论是百草枯的瓶子，还是水银香烟，都没有在表面找到指纹，所有道具都擦拭得很干净。

也就是说，现在还无法证明下毒者到底是高力鸣和钟钰中的哪一个，还是两人都参与了。

薛芃将取证的结果告诉陆俨，转而说道："其他的物证我们还在找，还需要一点时间。"

陆俨看了眼手机："你们慢慢找，务必仔细，待会儿钟钰会过来，所以暂时不着急收队。而且现在已经找到毒物了，东区分局很快会对钟钰进行刑事拘留。"

薛芃有些惊讶："为什么要让钟钰过来？"

陆俨："这是她的家，她回到自己最熟悉最有安全感的地方，一方面会下意识地松懈，另一方面看到有这么多人在取证，又会心生警惕，在这种一松一紧的情况下，最容易说错话和露出破绽。"

薛芃扬了一下眉，似乎想说什么，却又忍住了。

陆俨问："怎么了？"

薛芃这才似笑非笑地说："其实你还挺适合做刑侦的。"随即也不等陆俨接话，很快走开了。

陆俨站在原地安静了片刻，遂低头笑了。再一转头，对王志申说："小王，做好录像、录音的准备，待会儿就在这里，给钟钰制作一份补充笔录。"

就在东区分局的人带着钟钰过来的路上，微博上也出现一条热搜，题目就是"儿子毒杀母亲，天理不容"。

热搜里还出现许多刑侦、刑技人员在李兰秀家楼下出入的照片和短视频，虽然隔着一段距离，却能很清楚地看到附近环境。

有不少网友在下面留言说，这地方好像很熟悉。还有网友认出来是自己住的小区。

几分钟后，某网站上就放出一条新闻，里面还提到受害人李某某和其子高某某的恩怨，而李某某在被毒害之前，也曾多次和附近的邻居说，怀疑儿子在给她下毒。

不用问，放出新闻的人多半就是张潇。

这件事很快就在网上发酵，不到半小时就挤进了热搜。

陆俨刷了一会儿热搜，直到王志申从门口进来，说："陆队，人带到了。"

陆俨收起手机，再一抬眼，刚好见到这时走进门口的钟钰。

她身后还跟着东区分局的两位同事。

屋里的气氛一下子就变了。

正在取证的薛芃和孟尧远也下意识地停下动作，朝钟钰望去。

钟钰脸上没有一丝慌乱，她倒是很淡定，进门后目光向四周看了一圈，一言未发，似乎对屋里来了这么多现勘人员取证毫无异议。

陆俨指了指客厅的沙发，说："有几个问题我们想问你，坐下说。"

等钟钰坐下，陆俨从饮水机接了杯热水，端到钟钰面前。

钟钰接过水时，低声说了句"谢谢"。

陆俨站到钟钰对面，双手环胸，居高临下地看着她，等她喝了一口水，才说："咱们见过一次，在医院。"

钟钰抬了下眼，对上露在口罩上方深邃的目光："原来是你，陆警官。"

陆俨话锋一转："你公公高世阳经过医院确诊，是慢性汞中毒。你婆婆李兰秀经过尸检鉴定，死因同样是慢性中毒，只不过毒物来源是一种叫百草枯的除草剂。你对这两样东西了解吗？"

钟钰垂下眼帘，隔了两秒才说："我只知道汞是水银，百草枯是一种除草剂，它们都有毒。"

陆俨说："看来你从一开始就知道他们中了毒，也知道中的是什么毒。如果真是毫不知情，你进门的第一件事应该质问我们在你家搜什么，有没有搜查令，然后你会震惊你公婆都中了毒这件事。"

"我的确知道……"钟钰叹了一口气,"我还知道下毒的人是我老公,他在我婆婆出事的当天就跑了。"

钟钰坦白得倒快,也不再像那天在医院一样飙演技,连垂死挣扎都省了。

陆俨眯着眼睛,看着她剖白时的表情,琢磨着她的心理动机。

显然这个女人心思十分缜密,也知道什么时候该做什么事,经过了一上午的笔录,又看到这么多侦查人员出入她的家,她心里一定比谁都清楚,警方必然是掌握了切实的证据,锁定了嫌疑人就在她和高力鸣之间,这才会申请到搜查令进屋取证。

也就是说,到了这一刻,无论她怎么狡辩都是做无用功,而且还会被记录下来,将来上了法庭只会对她不利,更何况此时的王志申还在一旁录像。

陆俨接道:"那就请你把事发经过详细地说一遍。"

钟钰依然垂着眼,声音很低:"那天,我正在上班,突然就接到我老公的电话。他说他刚才去看过我婆婆,他们大吵了一架,我婆婆很不舒服,当着他的面病发,然后就倒在地上,咽气了。我老公很害怕,就赶紧叫车离开……"

说到这里,钟钰喝了一口水,继续道:"我就问他,为什么不把婆婆送去医院。他说,就怕送到医院,怀疑和他有关,所以他不敢那时候叫救护车,还是要等人死透了,过个半天一天地再叫。而他现在不知道该怎么办,就只能先回家了。然后,他就收拾了东西,说要躲出去几天,还跟我说,让我记得第二天叫救护车。"

"既然高力鸣让你第二天就叫救护车,你为什么没叫?"陆俨忽然开口,将钟钰打断。

钟钰:"我和我婆婆关系不太好,我已经很久没有过去看她了。要是我过去看到她的尸体,再叫救护车,我怕这件事会怀疑到我身上,我没这么傻。再说毒是我老公下的,人也是他杀的,我凭什么帮他背锅呢?"

"你口口声声说是高力鸣毒害的李兰秀,那高力鸣为什么要这么做?"

"他欠了很多钱,还跟银行贷了几十万,自己又没能力偿还,就一直在跟我公婆借钱。前两年公婆还愿意借给他一些,但是二十几万下去了,他的债却越还越多,又管不住自己大手大脚的毛病,刚还上一点就又去消费,弄得我公婆也越来越烦他。到了今年,他们已经不再借钱给他。他还不上贷款,就拆东墙补西墙,我把我所有的积蓄都拿出来了,也不够他用的,于是他就想到了下毒。只要我公婆死了,他就能继承那两套房子。"

钟钰的说辞基本和表面证据吻合，高力鸣是为了求财而毒害养父母，而且她还在整件事情里把自己择了出来。

陆俨问："那你是什么时候知道高力鸣下毒的？"

钟钰想了下，说："有几个月了吧。"

"几个月，你都没想过报警，或是阻止他？"

"我刚发现的时候，曾经阻止过他……"钟钰的头越来越低，声音闷闷的，"但他曾经给我拍过一些视频和照片，说是为了增加夫妻间的情趣。我想既然是夫妻，也就没往心里去，谁想到后来他就拿这些东西来威胁我，还说如果我报警，或是告诉我公婆，就把视频和照片都散播出去。"

陆俨："就算是有这些照片和视频，这也不能证明下毒者就是高力鸣，而你只是知情。"

"我还有其他证据！"钟钰倏地抬起头，盯住陆俨的眼睛，"就收在卧室写字台最后一个抽屉的下面，用胶带粘着一个优盘，里面有高力鸣下毒的视频。"

听到这话，陆俨先是一顿，随即转身看向薛芄。

薛芄很快返回卧室，将最后一节抽屉完全拉出来，果然从下面找到优盘，然后将优盘拿回客厅，连接到笔记本电脑上。

很快，所有人都看到了视频内容，是俯拍的镜头，显然是在高处装了摄像头，还很清楚地拍到高力鸣。

高力鸣将窗户打开，然后走到茶几前坐下，戴上防毒面罩和胶皮手套，随即开始仔仔细细地卷香烟，过程中还将少量水银加进去。

跟着画面一转，又看到高力鸣用针管探入百草枯的瓶子，抽取一点，随即注入洗衣液，还将洗衣液搅匀，再灌进洗衣液的瓶子里。

这时，钟钰说道："因为受到父母的影响，我老公的化学成绩一向很好，这些毒物要配什么浓度，用多少比例，他都一清二楚。"

视频结束了，薛芄将优盘收好，说话间语气很淡地问："你说你没有参与下毒的事，那么这些下毒的工具，包括手套、防毒面罩，你碰过吗？"

钟钰："当然没有，我甚至都不知道他把这些东西收在哪里。"

哦，这样啊。

薛芄转而又道："视频只有这两段。如果是在家里安装了摄像头，应该会拍到更多才对。"

"是啊，原本是拍了很多。"钟钰接话，"不过后来高力鸣发现了我装摄像头的事，还让我把所有视频都交给他，他全都删掉了。这两段还是因为我当时多留了一个心眼，提前剪辑好，复制下来的。"

薛苊似是笑了下："既然有时间剪辑，为什么不多剪辑一些呢？"

钟钰没说话，又一次把头低下了。

薛苊眯了下眼睛，跟着打量起钟钰。

这是她第一次见到钟钰，从进门时就在观察。

钟钰给她一种很奇特的感觉，一时难以形容，但不得不说，这个女人不仅冷静，而且聪明，知道说什么对自己有利，也知道怎么自圆其说，而且很会控制自己的好胜心，也清楚说多错多，所以对于一些疑问不做过多的争辩，只回答对自证清白有利的问题。

就目前来看，钟钰已经拿出了证据证实是高力鸣下毒，而她是知情的，最多也就是包庇，可是她也提到了高力鸣给她拍了不雅视频和照片，借此证明是高力鸣在威胁她。

根据疑罪从无的原则，再加上目前的证据，下毒的罪名十有八九会定在高力鸣头上，而钟钰虽然也会受到刑事处罚，但这种程度远比故意杀人罪来得要轻。

当然，钟钰的这些话可信度并不高，可是在案件里，凡事都要用证据说话，而钟钰恰好拿出了证据。

过了一会儿，钟钰突然开口："如果你们还不相信，我可以积极配合调查，告诉你们高力鸣藏身的大概位置。他临走前跟我说过，会在郊区的村子里躲几天。等你们找到他，就会相信我说的，他拍我的那些视频都在他的手机……"

可钟钰的话没有说完，就又一次被打断。

陆俨问："在李兰秀的尸体被发现之前两天，你有没有用公共电话打过她的手机？"

钟钰一愣，眼里有些东西一闪而过，可她很快就别开视线，还用手拨了拨头发，说："我想找律师。"

王志申等人带钟钰返回东区分局，薛苊和孟尧远也结束了取证。

孟尧远和方旭、许臻先一步下楼。

陆俨仍在客厅里徘徊。

薛苊收好箱子，起身后的第一个问题就是："你相信她的说辞吗？"

陆俨转身说："高明的谎言，往往是七分真三分假。就字面上，钟钰的说辞对她非常有利。但从心理分析上讲，她的话我一个字都不信。"

薛芃："虽然她能拿出高力鸣下毒的视频，但也有可能是她教唆的，或是她也参与了，只不过视频只剪辑了对她有利的部分。"

陆俨问："对了，有没有找到摄像头或是其他录像设备？"

"没有，只找到一个笔记本电脑，钟钰可能就是用它来剪辑视频的，不过详细结果要等送到电子物证组检查过才知道。"

说到这儿，薛芃忽然想起一事，问："你刚才为什么突然问起公共电话的事？而且一提到这个，钟钰就转移话题说要律师。"

"我假设高力鸣离开李兰秀家之前，李兰秀已经倒在地上，但还没有咽气。然后高力鸣就收拾东西离开。那么如果我是钟钰，我想知道李兰秀有没有死，应该怎么做？"

"打李兰秀的电话，看有没有人接听。"薛芃说，"不过最好不要用自己的手机，也不能贸然登门，所以就用公共电话。"

陆俨接道："而且还得找一个附近没有监控探头的电话亭。两次确认之后，再用这个电话打给高力鸣。"

"可这也只能证明钟钰是知情不报，还包庇了高力鸣，也不能证明下毒的事和她有关。"

"是无法直接证明，但在整件事的逻辑上，钟钰明显比高力鸣淡定得多，与其说她是受到高力鸣的威胁，倒不如说她更像一个操纵者。"

的确，钟钰不淡定、冷静，而且她的每一个步骤都很有条理，像是早已经过深思熟虑，遇到什么样的情况都知道该怎么做似的。

薛芃："我明白你的意思。高力鸣的行为的确很奇怪，也很冲动。一发现李兰秀病发，他首先想到的就是逃跑。这么莽撞不过脑子的行为，像是在不打自招，和这个案子里心思缜密的下毒者一点都不吻合。"

陆俨："也许高力鸣原本并不想玩'失踪'，而是被人煽动的呢？"

薛芃："你是说，事发之后高力鸣给钟钰打了电话，而钟钰就故意刺激他，引起他的慌乱，还主动建议让他先离开几天，说这里的事她会处理好？"

陆俨："钟钰甚至可以骗高力鸣说，她会叫救护车过来救人，像是这种表面没有明显中毒迹象的死者，救护人员来走个过场，证实是呼吸衰竭而死，这时候多半就会送到停尸间，再安排后面的手续。"

"可是钟钰并没有这么做。尸体放置的时间久了，就会腐烂，发出尸臭，早晚都会惊动附近的邻居，进而报警，把事情闹大。

"然后警方就会介入调查，排查死因，钟钰再顺水推舟，拿出证据，将所有事都推在高力鸣身上。"

"可如果真是这样……"薛芃皱了一下眉，"等找到高力鸣之后，高力鸣一定会拆穿她。"

陆俨："那就要谁的证词和整个证据链更吻合，看证据对谁更有利了。"

"就目前来看，钟钰的确处在上风。"

陆俨却冷笑道："可我相信，不管一个人再高明，事前部署得再周密，都有百密一疏的时候。而我想找的，就是那一疏。"

薛芃没有立刻接茬儿，只是歪了下头，眼神古怪地瞅着陆俨。

陆俨问："你在看什么？"

"奇怪，你好像很'针对'钟钰似的，好像送高世阳去医院之后，你就已经锁定她了。除了她拿出粉饼盒补妆这个细节，是不是还有其他原因？"

陆俨脚下一转，和薛芃一前一后走出门口时，说："高世阳和李兰秀接触化工厂的一线工作是二十年前的事了，可那天在医院里，医生说怀疑高世阳慢性中毒的时候，钟钰没有一点犹豫，直接就提到他们在化工厂工作过。"

薛芃："哦，这也许是为了引导医院去怀疑高世阳中毒是工作导致的，而不是家人下毒，用来消除医生对她的怀疑。"

"也有另外一种可能。"陆俨说。

"什么？"

"她是说给我听的，就是想让警方去调查化工厂这条线。"

毕竟当时除了医生，他也在场，那时候钟钰已经知道他是刑警，而且他才和钟钰提过要给李兰秀做尸检的事。

薛芃想了下："是有这个可能，但目的呢？为什么要翻出三十五年前的事，都过了那么久了，就算翻出来又能怎么样，想要什么结果？最多也就上个社会新闻罢了，有多少人会关心呢。"

薛芃这样一问，陆俨也沉默了。

是啊，不管当年毒气泄漏事件有什么隐情，都已经过去这么久了，现在翻出来是图什么呢？

上了热搜，网友们讨论最多的，也就是围绕着"养子毒害父母"展开的话题，声讨一下高力鸣的行为，仅此而已。

人都有个通病，只会关心距离自己很近的事，或是即将要发生，或是期待发生的事，不管这件事是好事还是坏事。

而过去一件和自己毫无关系的事，根本不会在意。

陈凌和钟钰都是心思细腻的人，她们"玩"得这么大，如果只是为了挖出陈年旧事？如此吃力不讨好，费尽周折，一点都不像是两个聪明人会做的事。

又或者，一切都是他想多了？

回到刑侦支队，陆俨一头扎进办公室研究案情，外面的李晓梦和张椿阳就在办公桌前小声议论，先是感叹高家二老的惨剧，随即说到东区分局的王志申。

张椿阳："小王刚才还跟我念叨呢，说就没见过破案这么'着急'的，还问我陆队是不是工作狂，这新官上任三把火也太旺了吧！"

李晓梦单手托着头，接道："就是说啊，这案子就算咱们介入再多，也就是一个指导的名义，到最后破案的功绩还是落在东区分局。"

方旭和许臻都没说话，只是对看了一眼。

张椿阳："哦不过，小王也觉得薛芃和咱陆队好像挺有默契的，尤其是在钟钰家的时候。"

李晓梦："废话，都见过家长了。"

方旭忽然开口说："我倒是觉得这事儿是脑补过头了，以后还是别议论了。"

"咦？"李晓梦问，"为什么说是脑补过头了？"

方旭："如果真像你们说的，他们是一对，那都认识这么多年了，怎么两人对外还说是单身？这事儿有必要隐瞒吗？市局内发展对象一向都是鼓励的。"

"也是。"张椿阳说，"陆队工作这么雷厉风行、一马当先，恨不得一天之内就要破案，他这样的性格要真是发展感情，还不得一天确定关系，三天就领证啊？怎么着也不至于这么磨叽啊……"

这话不高不低地，刚好将正在沉思案情的陆俨从思绪中拽了出来。

办公室的门虚掩着，而且门本来就是玻璃的，不够隔音，屋里又安静，外面的交谈声或多或少会被他收进耳朵里。

只是听到归听到，陆俨却没有什么表示，很快就拿起手机刷热搜。

其中一条留言说："被害死的老太太我妈认识，说是以前的老同事，听说老太太一直不能生育，儿子是收养的。"

这条留言下面很快就有人展开讨论：有的说养子到底是外人；还有人说这个不看是养还是生，就跟品行和教育有关，也有亲生子女毒害父母的案子。

就在这时，许臻敲响办公室的门。

陆俨抬了下眼皮，说："请进。"

许臻进来将门合上，走到桌前，说："陆队，还有十分钟就下班了，想问问你还有什么事情需要我们做。"

"哦，我这里没事，大家今天早点回去休息。"陆俨说，"对了，微博上的留言大家密切关注一下，可能会发现对案件有帮助的知情者。"

"是。"

等许臻离开，陆俨又在办公室里坐了许久，一直看着窗外怔怔出神，脑海中也又一次浮现出张椿阳刚才的话。

张椿阳嘴比较快，可他也是队里最敏锐的那个，就像他刚才质疑的那样，一个工作上雷厉风行的人，怎么会在感情上这么磨叽呢？

是啊，按理说的确不应该。

陆俨皱了一下眉头，不禁开始自我反省，他真很磨叽吗？

陆俨一边想着张椿阳的评价，一边拿起手机找到薛芃的微信，就像为了证实自己不是这种人，很快点开窗口打了一句话：

"下班了吗？"

只是陆俨的手指刚移动到发送键上，还没点，聊天窗口里就出现了一模一样的一句。

薛芃："下班了吗？"

陆俨一愣，回道："还没，你呢？"

薛芃说："我就知道你还没走，先来一趟实验楼吧，楼下见。"

"哦，好。"陆俨应了，随即拿着手机往外走。

薛芃怎么突然叫他去实验楼？

哦，大概是案子有什么新进展吧，毕竟今天在钟钰家搜到了很多新物证。

陆俨一边走一边想，一路上都有点心不在焉，不知不觉就进了实验楼，一路到四楼的痕检科，完全忘记"楼下见"这茬儿。

刚迈进门口，就见薛芃已经在收拾桌面了，完全不像是要讨论案情的样子。

"怎么，这是要准备走？"陆俨问。

薛芃一手拿着手机，一手拎着包，斜了他一眼说："还真让我料对了。你果然是沉迷案情，把别的事都抛在脑后。"

陆俨："别的事？你在说什么？"

薛芃翻了个白眼，提醒道："我的车送修了，需要修两天，这两天我得开你的车，送你回家。"

"哦，这事儿我记得。"陆俨双手插兜，跟着薛芃穿过走廊，来到电梯间。

薛芃说："还有呢，今天早上，某人还因为巴诺的领养权跟我据理力争，这才过了半天，就把要接它回家这茬儿完全忘了，我真的很怀疑你到底有没有能力领养巴诺。如果你没做好准备，不如现在就让给我。"

陆俨："……"

几秒的沉默，陆俨垂眸，轻咳一声："我的确是忘了……"

"看吧，本末倒置。"薛芃毫不客气。

"嗯，"陆俨说，"是我疏忽了，那咱们先去接巴诺。"

薛芃接道："等接上巴诺，再去一趟超市，给它买点狗粮和罐头，然后我再开车送你们回去。"

说话间，两人走出实验楼，走向停车场。

陆俨："狗粮和罐头我已经买了。"

"那是你买的，又不是我买的，今天是巴诺第一天退役，我总要送点礼物给它。"

来到驾驶座，薛芃拉开门坐上去，调整了一下座椅。

陆俨也坐上来，说："那晚饭我请吧，你就别客气了。"

薛芃调好后视镜，转头笑道："我根本没打算跟你客气，还要宰你一刀，以消我心头之恨。"

话落，薛芃就发动车子，开出市局大门，绕到后面警犬队的铁门前。

正好王超牵着巴诺出来，上前时还说："你们可算来了，巴诺等了好久，差点以为被抛弃了。"

陆俨抿着唇笑了下，下车打开后门，让巴诺上车。

巴诺显得格外兴奋，一上车就把头凑到前排的空隙中，吐着舌头，一直兴奋地笑。

陆俨坐回来，说："巴诺，坐好。"

巴诺又乖巧地趴在后座上，一动不动。

不到十分钟，薛芃就将车开到超市大门外，却没熄火，直接拿出手机拨了电话。

很快，就有一个超市店员拎着两大袋子东西出来，张望了一下，看到陆俨的车。

陆俨下车将袋子接过来，放进后备箱，里面全是狗粮和罐头。

陆俨和超市店员寒暄了两句，就回到车上，问："这些东西早就买好了？"

薛芃又一次发动车子，驶上大路："是啊，下单还不到半小时，我和店员说好了，这就到门口，让他等我一会儿。这家超市的罐头很齐全，回头我推送给你，以后就网上下单，随买随送。"

陆俨："还是你想得周到。"

"不是我想得周到，是你的心思根本没在这里。"

陆俨住的宿舍距离市局很近，不到五分钟就到了。

车子熄了火儿，薛芃牵着巴诺，陆俨拎着狗粮和罐头，两人一前一后走上台阶。

陆俨就住在一层，不需要坐电梯，进了单元门，拐个弯就到了。

一进屋，薛芃就问："巴诺的屋子在哪里？"

陆俨放下东西说："左边那间。"

薛芃换好拖鞋，就牵着巴诺进去参观，说话时的声音始终带着愉悦，断断续续地从屋里传出来："巴诺，快看，这是新家……收拾得很干净，你看，还有玩具，新的睡垫，喜不喜欢？"

客厅里，陆俨侧耳听了片刻，就拐进厨房洗手，等擦了手，就烧了壶热水，嘴角始终挂着笑。

薛芃出来，说："没想到你把巴诺的房间弄得像模像样的。"

陆俨的笑意又飞快地收了半分，不动声色地抬眼，问："你还没洗手吧？"

薛芃"哦"了一声，跟着拐进厨房洗手。

等要去够擦手毛巾时，却发现挂毛巾的挂钩有点高。薛芃踮了下脚尖，刚要拿，陆俨却先一步将毛巾拿下来给她。

"谢谢。"

陆俨从袋子里取出罐头，和狗粮调到一起，端着盆就进了屋。

不一会儿，屋里传出"吧唧"声。

等陆俨再出来，薛芃已经倒好两杯热水，就站在案台前，有些出神地看着空旷的客厅，说："你这里倒是没怎么变。"

"嗯。"陆俨应道，"我就一个人住，也不需要添置什么家具，还和以前一样。"

薛芃笑了下，指着屋子中间说："我还记得以前咱们三个吃火锅，就在中间支一张桌子，吃完了满屋子都是味儿。"

陆俨也是一笑，却没应。

薛芃忽然问："哦，晚上咱们吃什么？我饿了。"

陆俨想了想："要不就在家里吃，我来做，要是不够，就叫外卖送点来。"

"你做？靠谱吗？"薛芃眼里带着怀疑。

陆俨一噎，说："要是不放心，就多叫几个菜，我就做个凉菜……"

"……"薛芃盯了他几秒，倏地笑了。

陆俨一时不知道她笑什么，只是直勾勾地看着她脸上突然绽放的笑意，眼神半晌没有挪动。

薛芃五官清秀，并不是那种浓眉大眼、十分立体的长相，平时不笑时，习惯性地绷着脸，看上去好像脾气不太好，可是一旦笑起来，就好似云破月出，格外明亮。

一时间，气氛好像又回到了一年前。

陆俨不动声色地错开目光，端起杯子喝了一口水。

薛芃也终于不再为难他了，说："你的厨艺还是算了，就叫外卖吧。"

同一天晚上，慈心私立医院。

艾筱沅刚刚检查完病人的吊瓶，分配了药，回到护士站，坐下休息了一会儿，随即在 App 里翻查了几家热门餐厅的口碑留言，很快选中了其中一家。

然后，艾筱沅给陆俨和常锋都发了微信，说："餐厅我已经找好了，位子也订了，时间是中午十二点，到时候我会先去，你尽量别迟到，周六见。"

过了片刻，常锋回了："我周六要见个客户，可能会晚点到。"

艾筱沅："好，但也别太晚了。"

常锋："嗯。"

陆俨这边一直没有回。

艾筱沅也没在意，以为他正在忙案子，这时就听到走廊尽头传来一道声音："霍总，这边请。"

跟着就出现了一行人，由医院的副院长和两位主任医生领路，最后面还跟着两个身着西装、长得人高马大的保镖。

艾筱沅听到脚步声，抬头一看，愣了，随即很快起身，低下头。

这时返回护士站的护士长也连忙跟上去。

就在这些人越过护士站那几秒，艾筱沅下意识地抬了下眼，刚好看到被几人围在中间的一身深色便服的男人。

男人很年轻，也很瘦，颧骨很高，眼尾向上挑着，嘴唇比一般人要红一些，走路时不紧不慢，好像早已习惯了这样被人簇拥着。

男人经过护士站，刚好也侧了下头，朝站在后面的艾筱沅扫了一眼。

这一眼，四目相交。

艾筱沅又飞快地低下头。

直到一行人走远了，又过了好一会儿，艾筱沅才喘了一口气，这才发现背脊正倒着寒意。

刚才那个男人的眼神，令她想到了草原的深夜，蛰伏在暗处伺机而动的野兽，没有半点人情味。

护士长这一去，十几分钟才回来，紧绷的神经总算松懈下来，一屁股坐在椅子上。

艾筱沅给护士长倒了杯热水，随口问："刚才过去的那个人，是谁啊？"

慈心私立医院是全江城最好的私立医院，能住进来的人非富即贵，只是刚才那个男人，艾筱沅还是第一次见。

护士长喝了一口水，才说："你才来两个月，没见过他也正常。我问你，你知道住在五楼的都是什么人吧？"

艾筱沅点头："顶级 VIP。"

"那 505 那位呢？"

艾筱沅有些迟疑："也听说过一点……"

全医院都知道住在 505 的那位姓霍，已经在床上躺了一年了，看上去和植物人差不多。

但事实上，经过一系列的检查之后，发现这位霍先生偶尔是有意识的，和他说话，他的大脑会产生反应，只是人醒不过来。

护士长说："刚才那位，就是咱们医院的投资商之一——霍家的小少爷，住在 505 那位就是他哥哥，一年前出了车祸。刚送进来的时候，人都快不行了，没想到抢救了三天，情况又逐渐稳定了。只是从那以后就变成这样了，只能靠仪器维持生命，可惜了，不仅人长得帅、年轻有为、会做生意，还挺有爱心的，这才二十七岁……"

艾筱沅听到这儿，心里一惊，她怎么都想不到刚才那个经过护士台的男人，就是霍家的少爷霍雍。

就算她不怎么关注财政新闻，以前也多少听过一些霍雍的事，尤其是常锋入狱之前就是做投行的，这个名字时常被他们投资圈的人挂在嘴上。

那时候常锋就念叨过，要是能有幸和霍家两位少爷达成合作，不管是哪一个，金额有多大，那他在这个圈子里都能出头了。

常锋还说，他们公司有个新人，因为有幸和霍家的生意间接牵上线，一下子成了老板眼里的红人，不仅职位三级跳，还直接被派去业务最吃香的小组。

正想到这儿，艾筱沅的手机响了。

她低头一看，是陆俨回复的微信："我周六会尽量赶过来，现在刚来一个案子，就怕有突发情况。"

艾筱沅说："案子再重要，也总要吃饭。常锋已经答应过来了，要是错过这次机会，以后约就更难了。"

隔了几秒，陆俨回道："好，我一定来。"

另一边，陆俨放下手机，无声地叹了一口气。

薛芃正在给巴诺梳毛，梳得地上和自己身上都是毛，见到陆俨一脸严肃，便问："怎么了，谁的微信，让你这副表情？"

陆俨走过来，拿走薛芃手里的毛刷，说："我来吧，你先把自己清理一下。"

薛芃也没跟他抢，隔开一点距离，择着自己身上的毛，转而就听到陆俨说："我有没有和你说过，我曾经有两个关系不错的发小？"

"当然，我还记得，因为其中一个犯了法，被你亲自带去警察局自首，自那以后他就没再理过你。"

"是啊，其实另外一个一直希望我们的关系能恢复到从前，所以就约了我们两人，说周末出来聚一次。"

薛芃问："既然这样，你为什么是这种表情？你好像很不情愿。"

"主要是去了，我也不知道该说什么。这件事我从根儿上就没觉得自己做错了，就怕到时候……"陆俨的话说到一半，就顿住了。

薛芃意会："我明白，你觉得你是在救他，所以你是不会低头认错的。可是如果你不先低头，又怕见了面会把关系弄得更僵。与其这样，还不如不见。"

"嗯。"

"那这就要看你有多珍惜你们之间的友谊了。"薛芃说，"如果你还像处理你我之间的问题一样，恐怕就要失去这个发小了。"

陆俨听了，先是一愣，随即问："什么叫'处理你我之间的问题一样'？"

"就是冷处理啊。"薛芃说。

陆俨很认真地否认："我没有冷处理，我只是不知道怎么转圜。"

说话间，陆俨手里的动作也没有停，只是毛刷一直刷着同一个位置，就连原本正在享受刷毛的巴诺都忍不住转头看他，眼神很无辜，好像很想提醒他该换位置了。

薛芃见状，笑了一下，随即上前握住他的手肘，帮他换了个位置，这才说："这样不就是冷处理吗？当然，明白的人，会明白你只是因为笨，不知道怎么表达。可是不明白的人呢，就会觉得你是故意拿姿态。而且你平时不怎么爱笑，看上去很难相处，遇到为难的事还绷着脸。"

陆俨越听眉头皱得越深，只觉得薛芃说的像是另外一个人，与他无关。

"我真是这样吗？"

"你是。"薛芃看着他，十分肯定。

四目相交，只停顿了两秒。

陆俨眨了下眼，说："那你说我该怎么办？"

"你就告诉他，你一直都把他当朋友，当初那么做你心里也很难受。"

"这些话，我当初就说过了。"

"那就再说一次。那时候他未必听得进去，现在坐牢出来了，可能有些事也想明白了，你再说一次，或许会有不一样的效果。"

"嗯，那我……"陆俨应了一声，嘴唇动了动，似乎要说什么。

这时，门铃响起，外卖到了。

薛芃很快起身，将外卖拿进屋里，洗过手，就将外卖盒子一个个摆在案台上。

"吃饭了！"

"哦，来了。"

陆俨很快将自己和地板收拾干净。

出来时，薛芃已经摆好碗筷。

就在陆俨进厨房洗手的工夫，薛芃的手机也进来两条微信。

薛芃点开一看，是韩故发来的。

第一条是一笔转账。

第二条只有一句话："这是张师傅托我转给你的修车费。"

金额比薛芃送修定损的费用要高一点。

薛芃没有接，只是回道："你是律师，怎么会犯这种错误？给公职人员微信转账，这事儿说得清楚吗？既然是张师傅开的车，他也有我的手机号，就让他自己转给我。"

韩故很快发来一个笑脸，说："抱歉，一时忘记了，我还以为咱们的关系会和以前一样。"

这话说完没多久，薛芃的微信上就多了一条好友申请，验证那一栏写着"张师傅"。

薛芃将人加上。

张师傅很快说了几句客气话，便将修车费转了过来。

薛芃收了钱，就将手机扣在桌上。

再一抬眼，见陆俨正扬眉看着她，而他旁边蹲坐着巴诺，睁着一双好奇的眼睛。

"你刚才还说我，这又是谁的微信，你怎么是这种表情？"陆俨笑问。

薛芃："还是上次那个律师，为了修车的事，不过已经解决了。"

"哦，那吃饭吧。"

结果，陆俨刚拿起筷子，饭还没送进嘴里，他的手机又响了。

是齐昇打来的。

陆俨放下碗筷，接起来，只听了两句，眉头就皱了起来，脸色也渐渐变得凝重。

薛芃见状，也意识到事情非比寻常，便放下筷子，一眨不眨地盯着他。

等陆俨切断电话，她才问："是不是案子的事，有变故？"

"嗯。"陆俨重新拿起筷子，往薛芃的碗里夹了块肉，垂着眼皮说，"齐昇他们根据钟钰提供的线索，去郊区捉拿高力鸣。但在抓捕的时候，高力鸣冲出马路，被车撞了，现在正在医院抢救。"

什么……

薛芃愣住了。

陆俨抬眼，语气很淡："还有，钟钰的律师也到东区分局，而且这位律师名气很大，想不到钟钰竟然能请动他。"

名气很大？

薛芃问："是谁？"

全江城最会打刑事官司的，无外乎徐、韩二人。

徐，指的就是徐烁；韩，就是韩故。

当然要说经验丰富，肯定是徐烁更胜一筹，刑事案是他的主打，不过他一向帮的都是穷人或是弱势群体。

韩故则刚好相反，光顾他的人非富即贵，像钟钰这个体量的案子，还不够他塞牙缝的。

照这个案子来看，应该是徐烁。

只是薛芃刚想到这里，就听到陆俨说："是韩故。"

一顿晚饭，陆俨吃得心不在焉。

薛芃看了他好几次，他碗里的饭根本没动几口，不一会儿就说吃饱了。

薛芃知道他心里装着事，而且不会掩饰，于是趁着收拾餐盒的时候，随口问道："一会儿有什么安排？"

陆俨说："没有，打算早点睡。"

能睡得着才怪。

"可我看你挺精神的，睡得着吗，要不要去看电影？"

"现在？"

"是啊，午夜场，看通宵。"

陆俨终于抬眼，诧异地看向薛芃。

薛芃就靠着案台站着，似笑非笑地回望。

一阵大眼瞪小眼，陆俨终于妥协了："好吧，我承认，我是打算去一趟东区分局。钟钰要求做笔录的时候有律师在场，我想去旁观，看有没有新发现。"

"我就知道。"薛芃说，"你不去这一趟今晚肯定要失眠。这样吧，我开车送你去。"

陆俨似是不赞同："做完笔录要很晚了，也许要熬夜。"

"熬夜我可是专家。行了，就这么决定了。"

等收拾好东西，薛芃和陆俨进屋跟巴诺打了招呼，便一起出了门。

上车后，陆俨说："第一天把巴诺接回来，还没待多久就出门了，有点对不起它。"

"它会明白的，知道你是出去赚钱给它买狗粮，还会一直趴在门口等你，不管门外有什么动静，它都能立刻惊醒。"薛芃将车驶上大路。

车里光线很暗，街道两旁的路灯早已亮起。

陆俨看了眼薛芃，轻叹："你这么说，是不是想让我过意不去？"

薛芃笑了下，遂话锋一转，说："今天从钟钰家搜集回来的物证，明天我们会开始检验，包括从李兰秀和高世阳家里拿回来的，东西很多，但现在线索已经很清晰了，我想应该不会很久就能出结果。"

陆俨："我知道，我相信不管钟钰多聪明，她也只是一个人，一定会有漏掉的地方，咱们这么多人，一定能把这个漏洞找出来。"

薛芃没接茬儿，一边开着车一边在想今天下午在钟钰家，陆俨就说了差不多的话，他认定再精密的布局也有百密一疏的时候，而他要找的就是那个"疏"。

当时她还觉得奇怪，为什么陆俨从一开始就认为钟钰有问题。

若说起今天下午钟钰异常冷静、从容的表现，那的确惹人怀疑。

可陆俨却是在案件性质确定之前就开始怀疑了，而且他怀疑的那些点，也可以解释为是他过分敏感，夸大事实。

只是如今看来，陆俨的怀疑似乎从一开始就是对的。

薛芃沉默了许久，不知不觉车子就已经开到东区地界。

陆俨一直在看手机看"儿子毒害母亲"的微博热搜，上面突然冒出一些"知情人士"，纷纷提供自己知道的"故事"。

有人说，这家的儿子高力鸣，自小花钱就大手大脚，是典型的享乐主义，不仅贪财，还特别不孝顺，为了钱什么事都做得出来。

有人说，这高家的老头子这会儿正躺在医院，好像就剩下半条命了，据说也是中毒。

有人说，果然啊，老头子也出事了，如果只对老太太一个人下手，就算老太太死了，高力鸣也继承不了房子。

还有人说，老两口是搞化工出身的，对化合物了解很深，儿子据说化学成绩一向都很好，要对老两口下手肯定要仔细小心，感觉这是一次高智商犯罪啊！

看到这里，陆俨不禁冷哼一声。

薛芃扫了他一眼，问："你哼什么？"

"哦，我在看微博热搜……"陆俨将看到的内容转述给薛芃，说，"好像一夜之间，所有人都认识高家三口一样。"

薛芃听了半晌不语，隔了好一会儿才说："按理说直觉这东西，应该是女人的更准，有时候我也会莫名其妙地认定一件事，无缘无故地生出某种怀疑。但我的理智告诉我应该相信证据，而且在有证据证实之前，所有直觉都是自寻烦恼。"

陆俨下意识地侧过头，露出一边颈侧的肌肉线条。

他的眼窝很深，眸色漆黑，在这样光影交织的环境中，越发显得五官深邃立体。

车子来到红绿灯前停下，薛芃也转头看他，继续道："虽然这话我已经说过了，我还是想再告诉你一次，你的直觉真的很准，你一开始就锁定钟钰，真的太正确了。"

陆俨问："你是不是想到什么？"

"一个人的精力是有限的，钟钰一方面要接受警方的问话，一方面还要关注高世阳的病情，她老公又在外面，指望不上。如果下毒的事与她无关，那么她一定会为公婆的遭遇感到难过、愧疚，还要担心警方会怀疑到她身上，这样的情绪割裂，到底什么样的人才能招架得住？"

说到这儿，薛芃脑海中也跟着浮现出许多以前的片段。

那年薛益东突然病发去世，张芸桦险些精神崩溃。最初，她根本不知道该怎么办，幸亏单位很多同事过来帮忙。

数年后，薛奕又意外被害，惨死在天台上，这件事不仅对薛芃打击很大，对张芸桦更是如此。

薛奕的优秀和早逝，已经永远成为张芸桦心里的遗憾。

薛芃很清楚，无论自己再怎么努力，再怎么紧追，都无法和薛奕相比，如果薛奕现在还在，一定已经成为江城的知名律师，定会有大成就。

这时，绿灯亮了。

薛芃盯着路面，轻叹了一声，发动车子时说："这么多事情撞在一起，还要几方面都照顾周全，正常人一定会觉得疲惫不堪，难免疏漏。可是钟钰非但没有疏漏，气色还算不错。你看她哪里像刚经历家人去世，自己又遭到警方怀疑的人呢？"

"不仅如此，她还有时间请律师。"陆俨说，"而且请律师应该是在高力鸣'跑路'之后。也就是说，她那时候就料到会有这个需要。"

薛芃不禁冷笑："还真是深谋远虑。"

最主要的是，从李兰秀病发到尸体被发现最多两天，就算钟钰在这两天里去找韩故，难道韩故就有时间接这个案子？

按理说那个时候，这件事还没有成为刑事案件，最多也就是咨询一下律师，未雨绸缪罢了。

可现在看来，钟钰却像是提早做好了所有准备，心思之深，高力鸣和她根本不是一个段位的。

这样一个女人，竟然会被高力鸣这种"胆小鬼"用不雅视频和照片威胁？

呵，骗鬼去吧！

薛芃和陆俨来到东区分局，刚下车，就见从分局大门口走出来两人，皆是西装革履，一看就是精英人士。

只不过走在前面的男人更淡定，出入警局就跟进自己的办公室一样。

双方距离越来越近，韩故一抬眼，看到了薛芃和陆俨，脚下一顿，随即和旁边的助手交代了一声。

助手应了，很快越过薛芃，率先走向大门。

陆俨见状，先是有些惊讶，直到韩故走近了，又见韩故一直盯着薛芃。

韩故单手系上西装外套的扣子，同时在薛芃面前一步远站定，问："你怎么也来了？"

薛芃的语气再淡没有了："你现在是以什么身份问我？钟钰的代表律师？不好意思，你我立场不同，请你注意避嫌。"

韩故扬了一下眉，不太在意地笑了，随即目光一转，对上始终没什么表情的陆俨。

陆俨就站在薛芃旁边，比她高了大半头，肩宽腿长，存在感十足，瞅韩故的眼神也透着估量。

两个男人目光一对，韩故率先开口："这位就是刑侦支队的陆副队吧，听说您是空降，真是年少有为。我记得，你还是小芃的高中同学。"

陆俨细微地蹙了一下眉，注意到韩故的用词，遂平静地回道："韩律师的大名也是如雷贯耳，享誉江城，今日一见，果然别具风采。"

这话落地，几秒的沉默。

一时间，只有风声。

直到韩故笑着说："我还有事，就不耽误二位了，先走一步，再会。"

陆俨和薛芃都没吭声。

等韩故走远了，薛芃侧身看了一眼，确定附近没有人，才笑出声，道："什么别具风采，什么享誉江城，你这反话说得还挺溜。"

陆俨"哦"了一声，嘴角也翘了起来："谁让他内涵我是空降，还说什么年少有为，他看上去也就长我两三岁。"

"差不多。"薛芃又是一笑，转身就要往警局里走。

陆俨却说："先等等。"

薛芃又站住："怎么了？"

"你和韩故认识？"

"是啊。"

陆俨想了下，又问："他刚才为什么说，他'记得'我和你是高中同学，好像他认识我似的……而且我也觉得好像在哪里见过他，但我从来没关注过他们那个圈子。"

薛芃轻叹一声："你们的确见过，不过那时候大家都是学生。"

都是学生？

那最起码是八九年前的事了，甚至更早。

陆俨眯着眸子，快速在脑海中翻查记忆，不仅快速而且果断。

他十分确定在公大期间是不会和韩故有任何交集的，而且韩故和薛芃似乎很熟，像是认识多年，韩故在面对薛芃时还有一种仿佛是"关怀"的姿态，如果只是平辈的朋友，犯不上这样。

陆俨一页一页地翻着，直到记忆回到高中时期，某些片段也跟着破土而出。

那天同样是在警局，只不过当时的他和薛芃都是高中生。

薛奕遭遇不幸，他们都是目击者，被带到警局做笔录。

薛芃很伤心，从问话室出来时眼睛还是红的，人也有点恍惚，走路时有点摇晃。

陆俨刚好走在她后面，见她脚下趔趄了一下，下意识地伸手去扶她。

与此同时，迎面走上来一个男生，他也伸出手，去扶她的肩膀。

"小心。"

"没事吧？"

两人同时开口。

陆俨抬眼，和站在薛芃面前的男生目光一对。

男生面容清俊，肤色偏白，嘴唇很薄，鼻梁上架着一副黑框眼镜，一身的书卷气，且皱着眉头，脸色很差。

最令陆俨注意的，是男生的眼圈也有点泛红。

想到这里，陆俨如梦初醒，眼里某些东西一闪而过。

他很快看向薛芃，说："我想起来了，你姐姐那个案子，韩故也去警局做了笔录……如果我没记错，他那时候应该是大学生。"

"你记得没错。"薛芃说，"虽然那时候我姐还没毕业，但她经常会去江城大学的法律系旁听，他们就是在那里认识的。"

自这以后，陆俨没再发问，有些事根本不需要刨根问底，或是直接捅破。

薛奕在毕业之前一直都是学校里的风云人物，又是学生会主席，她的一举一动都会备受瞩目。

那时候学校里就已经有传言说，薛奕在校外认识一个男大学生，是个法律系专业的佼佼者，但也有人说，薛奕真正的男朋友是在校内，是同年级的霍骁。

当然，这些众说纷纭，后来都随着薛奕的离世烟消云散了。

等陆俨和薛芃来到讯问室的隔壁，透过单向镜看过去时，钟钰的审讯环节刚进入正题。

负责审讯的是齐昇，旁边还有个刑警负责笔录。

这边，王志申就站在陆俨旁边，汇报东区分局进一步的调查结果。

东区分局已经调查过水银和百草枯的来源，全都是从高力鸣这边获取的，没有证据可以证明钟钰沾过手。

这次抓捕高力鸣之前，钟钰也没有机会和高力鸣通气，刚好警方赶到时，高力鸣正从藏身的村屋里出来透气，被撞个正着。

高力鸣惊慌之下掉头就跑，不想冲上大路时，却被一辆柴油车撞了出去。

柴油车的车速原本不快，但高力鸣一边跑一边往后张望，被车子那么一撞，人在路上滚了几圈，跟着就跌进路边的一个泥坑。

这一撞加上那一摔，人当场就昏厥过去了，便立刻送到医院急救，直接将脾脏摘除，脑子里还发现了瘀血块，这会儿人正昏迷不醒。

听医院的意思是，这四十八小时是危险期，要是醒不过来，就麻烦了。

后来，东区分局还检查了高力鸣的手机，发现里面的确有钟钰所说的不雅视频和照片。其中一段视频，还非常清楚地录到是高力鸣一直拿着手机追着钟钰拍，而钟钰是有点排斥和抗拒的。

也就是说，这些视频和照片也都和钟钰的供词吻合。

就目前为止，还没有发现钟钰有哪句话是在说谎。

王志申的声音不高也不低，刚好令站在陆俨另一边的薛芃也可以听到。

薛芃一边听着王志申的描述，一边看着单向镜对面神色平静的钟钰。

从头到尾，钟钰的话都不多，没有多余的描述和形容词，而且她的答案也始终如一，不管警方如何反复重复问题，如何找漏洞，她都没有更改过一个字，甚至连语病都没有出现过。

其间，钟钰还时不时抬一下眼，看向单向镜，又若无其事地垂下。

薛芃和她的眼睛对上，眯了眯眼，突然转头问王志申："对了，钟钰知道高力鸣的情况吗？"

王志申说："已经告诉她了。"

陆俨问："你想说什么？"

薛芃说："一个女人，在听到她老公被送进医院，昏迷不醒，而且还处在危险期的消息之后，还能保持这么冷静，不奇怪吗？"

"显然，钟钰并不在乎高力鸣的死活，或者说他们的感情很一般。"

"而且她现在的模样比下午在她家里的时候，还要镇定。"

"因为韩故已经来过了，这就等于给她吃了个定心丸。而且就目前为止，还没有更有力的证据指认她参与下毒，反而是高力鸣，证据确凿。"

"我想还有第二个理由。"薛芃接道。

王志申问："是什么？"

"如果我是钟钰，在我得知犯罪嫌疑人已经躺在医院昏迷不醒的时候，我心里首先想到的就只有四个字——天助我也。"

薛芃话音一落，陆俨瞬间拧起眉，王志申也是一愣。

王志申喃喃道："是啊，现在能开口说话的就剩下她一个了，而且她的证词和现有的证据吻合，还是目前唯一的证词……"

陆俨这时问："韩故刚才过来，都说了些什么？"

王志申："还不是老一套，要求和钟钰单独聊几分钟。然后就跟我们说，钟钰有强烈愿望，主动配合调查。但不管怎么样，明天一早，我们就会把钟钰送去看守所，要是没有新证据，就会以包庇罪来起诉她。不过那个韩故肯定要帮她办理取保候审。"

一般来说，刑事律师这时候来警局见当事人，要么就是对指控罪名进行分析，提前告知一些审判尺度，要么就是对审讯方向进行分析和预测。

但后者的界限一向比较敏感，也是最需要技术含量的一环，稍有不慎就会有妨碍侦查和引导做伪证的嫌疑。

当然，这些对于韩故来说都是驾轻就熟的流程，不会让人抓着把柄。

陆俨扯了扯嘴角："后面的事就按照程序走，不用为难她。"

王志申一愣。

陆俨双手环在胸前，目光平静地看着对面的钟钰，忽然觉得，她身上那种异于常人的冷静就像是在下战书，甚至是挑衅。

半晌，陆俨说："既然她这么有恃无恐，认为自己一定能过关，那咱们就'配合'一下。后面的事，该怎么查还怎么查，不要打草惊蛇。一旦找到更有力的证据，直接抓捕归案。"

Chapter 6

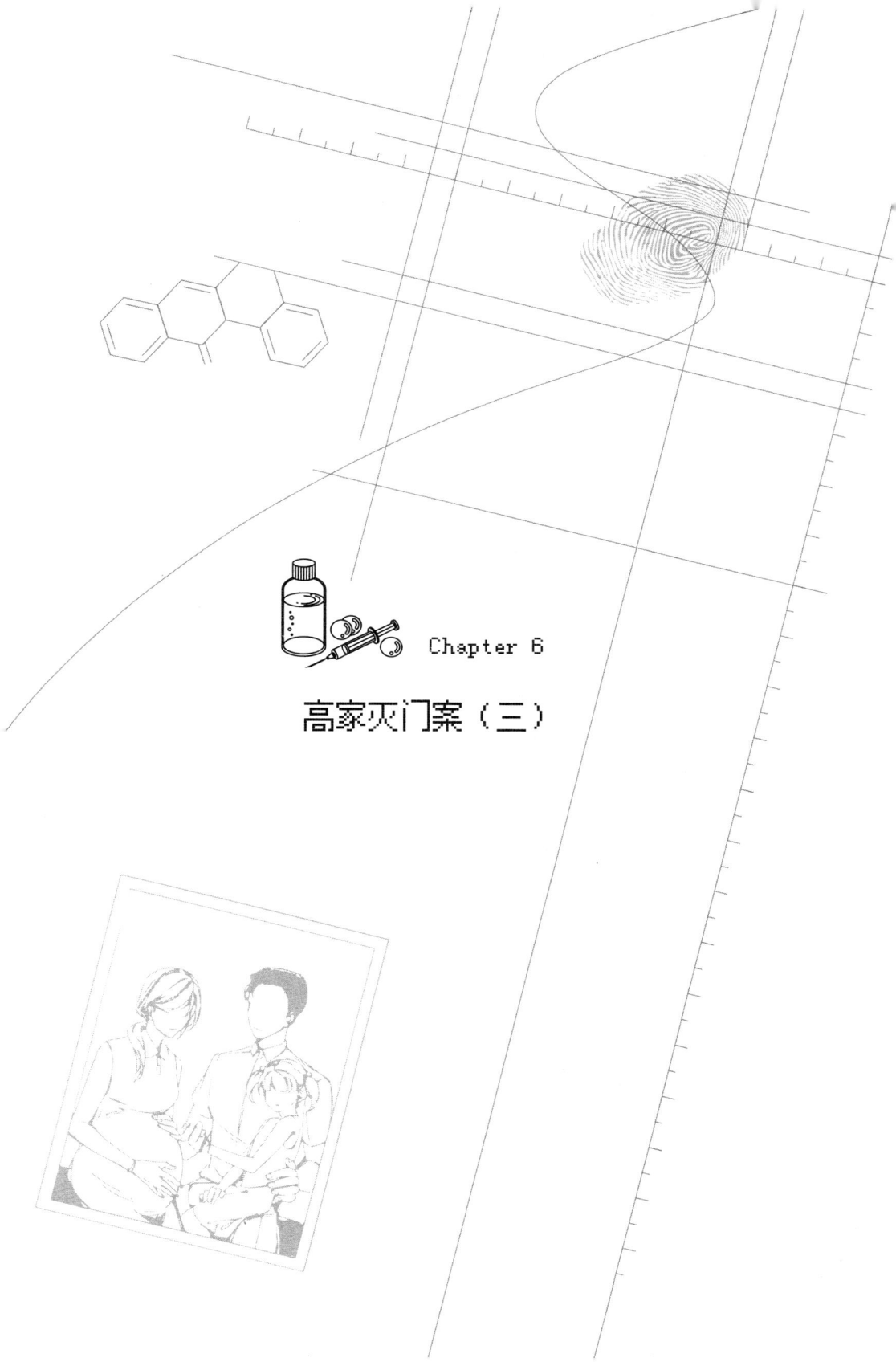

高家灭门案（三）

一大清早，孟尧远和几位痕检科的同事就去了郊区取证。

高力鸣藏身的村屋还算干净，房主是这里的村民，时常会将房子租给前来体验农家生活的城里人。

就在两年前，高力鸣和钟钰夫妻俩就来这里度过一次假，那时候他们正值新婚，关系融洽，而且每到傍晚，钟钰都会挽着高力鸣的手臂在村里溜达半圈。

这次高力鸣来，房主对他还有印象，也没多问怎么就他一个人，以为就是来度假散心的。

只是几天下来，房主也发现高力鸣有点奇怪，好像时刻都处于精神紧绷的状态，不怎么说话，也没有到外面踏青，或是下地体验农家乐，就一直闷在屋里。

偶尔出去活动时，高力鸣也是探头探脑的，如同惊弓之鸟，稍有个风吹草动就一惊一乍的。

可见高力鸣虽然下毒杀害养父母，但他的心理素质却不扛事儿。

附近的村民和其他农家小屋的租客也说，每次见高力鸣都是一个人，而且都是傍晚天快黑的时候才出来溜达一圈，边走边四处张望，还时不时地看手机。

同一时间，薛芄一直在实验室里研究物证。

理化实验室已经送来进一步的检验结果，证实从李兰秀家里搜到的内衣洗液、洗衣凝珠，以及泡脚桶里提取到的中药残渣里，均有百草枯的成分。

薛芄便将泡脚包检查了一遍，发现每一个泡脚包都有一个细小的剪口，不仔细看不易发现，开口也不大，连小拇指的指尖都塞不进去。

将泡脚包拆开，再一看里面的中药成分，大部分薛芄都认识，少数的不太确定，但也能辨别个大概。

唯独有一些细小的白色粉末，单靠肉眼看难以分辨。

薛芃提取了一些白色粉末，做了个简单的验证，证实是百草枯的固体颗粒。这种固体颗粒是没有加过臭味剂和催吐剂的，所以和呈现蓝绿色的百草枯液体不同，而且易溶于水，无味无臭。

每一个泡脚包里的白色粉末都不算多，溶于水后得到稀释，大幅降低浓度和毒性。

薛芃将李兰秀的泡脚盆插上电看过，水温设置是四十二摄氏度，默认泡脚时间是三十分钟，在这个温度和时长下泡脚一定会出汗，那么这些百草枯就会顺着打开的汗腺进入体内。

如果李兰秀用来泡脚，并不会出现皮肤直接接触百草枯母液那样出现红肿溃烂的现象，甚至在一段时间里都不会有明显症状。

但如果长期使用呢？那毒性就会一点一点地、悄无声息地渗入五脏六腑。

等皮肤开始出现红肿反应，人们一般情况都会下意识地认为是过敏了，会买来一些修复性的皮肤药膏涂抹，所以李兰秀的药盒里也有百多邦、红霉素、凡士林等常备药膏。

这些药膏会缓解和修复皮肤的问题，会掩饰中毒的症状，却无法阻止毒素通过皮肤和汗腺渗入。

随即，薛芃又开始研究洗衣液、洗衣凝珠，以及水银香烟的调配。

其实最简单的方法就是依样画葫芦地做一遍，虽然耗时耗力，办法比较笨，但她很快就将常备的防毒面具戴上，开始模仿高力鸣的下毒过程。

整个过程薛芃都很专注、认真，只沉浸在自己的世界里，就连虚掩的门被推开，有人进来了都没有丝毫感觉。

季冬允无声地走到桌边，就在薛芃的侧后方，没有打搅，只是双手插在口袋里，安静地观摩。

只见薛芃一手拿着洗衣凝珠，另一手拿着针筒，先从装有百草枯的瓶里吸出来一点溶液，再将针头扎进洗衣凝珠注射进去。

等完成这个动作，薛芃又将手边的计时器按一下，再点开笔记本电脑里高力鸣的下毒视频，记下他的时间。

就在这时，薛芃身后有人轻轻咳了一声。

薛芃回头一看，见正是面带微笑的季冬允，也不知道他在那里站多久了，眼睛弯弯的，好像正在欣赏多么有趣的事。

季冬允："瞧你这架势，不知道的还以为你在做什么生化武器。"

薛芷将防毒面具摘下来，换上口罩，解释道："我在还原高力鸣的下毒过程。"

"我看到了，不过为什么还要计时？"

"因为我想知道，视频里的高力鸣到底是刚开始下毒，还是已经下毒过很多次了。如果是新手，会比较生疏，时间就会长一点。"

"你竟然能想到这一点。"季冬允挑了一下眉，"那有结论了吗？"

"他应该是新手，甚至是第一次，因为和我的时间差不多，我还比他要快一点。"

薛芷重新按下计时器，又拿起针筒和凝珠，一边说一边演示给季冬允看："其实这种下毒方式并不容易，如果刺中的是凝珠比较光滑凸起的部分，那就会有明显的针孔痕迹，而且里面的洗衣液还会渗出来，所以要将针头从比较边缘的地方扎进去，就像是这样……"

话落，薛芷又按掉计时器，示意季冬允看上面的时间。

"你看，从我拿起凝珠，到注射，再到放下，一共要十五秒。如果不小心手劲儿大了，这个注射过的凝珠就会留下破绽，要重新做。我检查过李兰秀家里的这些凝珠，根本看不出做过手脚。而且她家里有三盒的凝珠被下过毒，一共三十六颗，这样算下来，最起码要九到十分钟，这还不算中间有可能会不小心挤破几颗。"

听到这里，季冬允的笑容渐渐收敛了，随即戴上手套，按照薛芷说的方式试了一次，果然不简单。

季冬允将针筒放下，说："在这个过程中还需要注意力高度集中，手要稳，心也要细。"

"这还只是第一步，我也试过水银香烟的做法，还有将百草枯和洗衣液调配在一起，这一整套过程下来起码要一小时。因为毒性会挥发，所以要一直保持开窗，中间也不能离开去做别的事，每个环节都要谨慎，还要小心别沾到衣服。"

说到这儿，薛芷下意识地皱起眉，她怎么都不相信高力鸣会是那么有耐心又足够细心的人。

季冬允说："或许还有另外一个人帮高力鸣一起做。"

"我也是这么想，可惜没有证据证明。防毒面具、百草枯的瓶子、针筒，还有装水银的容器，上面的痕迹都擦掉了。"

"那这个人倒是很聪明。"

薛芃没应，只是放下手里的东西，话锋一转，突然说道："听说历城这次的案子很刺激。"

季冬允先是一愣，随即叹了一口气："小晨又到处乱说了？"

"不是。"薛芃摇头，"是历城那边传出来的，内部基本都收到一点风声，而且出事的还是名人，大家或多或少都有点猎奇心理。"

"猎奇心理？你也有八卦的时候。"

"我只是单纯好奇尸检过程。历城公安局特意把你叫过去，可见这个案子不仅棘手，还非常有难度。那个模特是在自己家里出事的，听说小区的安保做得很严密，熟人作案的可能性就很大，顺着受害人的社会关系调查就好了。我不懂，这样一个案子为什么要特意把你叫过去，思来想去，应该是这具尸体上出现了一些超出边界、令人费解的东西。"

"真是不得了。"季冬允无奈地摇头，"不愧是冯科一手带出来的徒弟，逮住一点蛛丝马迹就能想到这么多。不过你知道的，我有保密的义务，不能说太多。"

薛芃带着一点得意："我知道，我也只是想通过你的反应，验证自己猜得到底对不对。"

季冬允"哦"了一声，再度将双手插进口袋里："我可是什么反应都没给你。"

停顿一秒，两人一起轻笑出声。

就在这时，门口传来一道声音："嗯哼！"

屋里两人同时转头看去，这时进门的正是孟尧远，陆俨就在他后面。

孟尧远一上来就阴阳怪气的："我在外面风吹日晒，你们倒好，在这里有说有笑。"

薛芃扫了他一眼，懒得搭理，转而看向陆俨。

陆俨也刚好看向这边，只一眼，就不动声色地挪开，随即问季冬允："听你们的话茬儿，好像是在聊历城那个案子？"

季冬允只笑了一下，没应。

薛芃问："你们这趟调查得怎么样？"

陆俨动了动唇，刚要说话，季冬允就先一步说道："这案子与我无关，我先去忙了,你们聊。"

直到季冬允消失在门外,孟尧远走过去把门关上,折回来说:"哎,季法医是不是生气了,好像不太高兴啊,我不就开玩笑说了一句吗?"

薛芃和陆俨都没搭理他,只是看着对方,沉默了两秒,同时开口:

"你……"

又是一秒的停顿,陆俨道:"你先说。"

薛芃:"哦,我就是想告诉你,我有新发现。"

"巧了,我们也有。"陆俨淡淡笑了,目光扫向台面上的物证,"你先说你的。"

薛芃很快将刚才的发现结合整个逻辑链,跟陆俨描述了一遍。

孟尧远原本在几步外,听着听着也走上前,脸上的戏谑渐渐没了。

陆俨更是神情严肃,垂眸敛目,直到薛芃叙述完,他拿起一个做过手脚的凝珠,一边仔细寻找着针孔,一边轻轻用力捏了捏。

薛芃说:"其实就算做得粗糙一些,李兰秀也未必能发现,她毕竟年纪大了,有老花眼,而且洗衣服的时候都是这样拿起一颗凝珠顺手丢进洗衣机,有谁会先拿在手里寻找针孔呢?"

陆俨放下凝珠,眯了眯眼,脑海中又一次浮现出钟钰的言行举止。

"先不说下毒的人是高力鸣还是钟钰,就说这个过程好了,这个人性格里一定会带有偏执,还有点完美主义,做事情有点较劲,有点强迫症,一旦决定了目标就不会放弃,再麻烦的工序都会尽量做到最好。"

接着,薛芃又将高力鸣的视频播放了一遍。

等视频播放到中段时,薛芃按了暂停键,指着画面说:"看到没有,高力鸣已经戴了手套,可当百草枯母液和洗衣凝珠蹭到手上的时候,他下意识地往身上抹。一般做这个动作的人都不太注意小节。怎么看高力鸣都不像能独立完成整个下毒过程,还能做得这么'完美'。"

孟尧远忽然问:"你是想说钟钰一直在帮他,而且还完成了绝大部分工作?"

"是有这个可能。"

"可现在只是证明高力鸣粗心大意,无法证明有他人帮忙。也许就是高力鸣一个人完成的呢?"

薛芃抿着嘴唇安静两秒,似是欲言又止。

陆俨见状:"你想说什么,尽管说。"

薛芃轻叹了一声,说道:"其实从心理活动和行为上分析,我认为以高力鸣的性格,是无法完成整个下毒过程的,更何况还做得这么细致。而且,心理分析也不能作为证据。"

陆俨:"你先说说看,就算不能作为证据,也可以帮忙剖析犯罪嫌疑人的行为动机。"

薛芃垂下眼帘,一手拿起凝珠,另一手拿起针筒,一边寻找着"完美"的下针点,同时说:"人是有感情有思想的,在这一个小时的下毒过程里,无论我多么专注地做事,都不可能做到大脑完全放空。"

陆俨:"在这个过程里,高力鸣一定会思考,也会产生很多想法。"

薛芃放下凝珠和针筒,说:"虽然我知道我是在做实验,这些凝珠不会有人使用,可是只要我一想到高世阳和李兰秀的死因,我脑海中就会浮现出那张全家福照片。我只是一个外人,都难免唏嘘,那么高力鸣呢……"

陆俨:"高力鸣很清楚地知道自己是在给养父母下毒,也知道这些东西完成之后会造成怎样的后果。那么在这个过程中,他一定也会想起和养父母相处的片段,也会产生愧疚、怀疑、迟疑,甚至是后悔的情绪。"

"对,我就是这个意思。"

"这么说的话,倒是有点道理……"孟尧远跟着说,"就像人在产生自杀念头的时候,会有一个十三秒的周期。只要度过这十三秒,自杀的意愿就会消失。虽然这个数字不是绝对的,但这个道理其实也可以适用在下毒者身上。如果高力鸣花了一个小时的时间都没有放弃这个念头,这就说明他已经想得非常清楚了,而且很坚决,就是要置他们于死地。"

陆俨好一会儿没说话,只是靠在实验台前沉思着。

直到薛芃和孟尧远一起看向他,他才抬了抬眼皮,说:"下毒者不只是要置他们于死地,这个人试图实施一次'完美'的犯罪,还要被害者死得非常痛苦。"

陆俨停顿一秒,继续道:"就像刚才说的,无论是自己服毒,还是给人下毒,产生念头的周期其实很短。所以大部分下毒案都是一时冲动犯下的,根本没想清楚后果,也不会经过深思熟虑才将毒药稀释到什么浓度。而受害人被下毒后的反应就会很剧烈,很容易就被发现。"

薛芃:"可是这个案子的下毒过程,每一环都考虑得周到、详细。以高力鸣的性格,他很有可能在计划阶段就放弃了,或是十分草率地直接下'猛药'。"

这话落地,三人一起沉默了。

他们都知道,就算分析得头头是道,就算所有人都知道下毒者不止高力鸣一个,甚至整个下毒计划都是钟钰制订的,她还教唆、操控了高力鸣,"帮"高力鸣实现了"完美"的犯罪过程。可到目前为止,仍是缺少有力证据去证实这一点。

半响,陆俨率先打破沉默:"不管怎么样,还是有一点突破的。昨天为止,咱们只是怀疑钟钰参与,甚至教唆高力鸣来下毒。而今天这些实验,就将这个可能性变得更大了。"

薛芃笑了下:"是啊。接下来,我会顺着这个目标继续检验物证,指不定就会找到那个'疏'呢?"

"书?什么书?"孟尧远问。

陆俨却没吭声,只是看着薛芃,勾唇笑了。

孟尧远见状,当即翻了个白眼,嘴里念叨着"哎,受不了,受不了",很快脚下一转,边往外走边说:"这里让给你们了,我换个地方!"

等孟尧远离开,薛芃便开始收拾台面,说:"今天可有的忙了,还有两箱物证要查,要是查到痕迹,还要送去理化实验室做鉴定。不过最终的报告,你可能要多等一等了。"

"辛苦了。"陆俨说。

薛芃看了他一眼,问:"对了,你刚才回来的时候说你们也有新发现,是什么?"

陆俨很快讲起这趟的收获。

当孟尧远在高力鸣租的农家小屋里取证的时候,陆俨在村子里走了一圈,而且沿路还询问了不少见过高力鸣的村民和农家乐租客。

听房主和附近租客、村民的描述,高力鸣每天的遛弯路线,都是出门后左转,绕村子半圈,再沿原路返回。

陆俨就顺着高力鸣的路线走了一遍,发现高力鸣每天的目标都是一座观景台,上去以后可以看到整个村子的田园风光,而且他每天傍晚都会上去待半个小时。

陆俨:"我上去看过,风景是很不错,但也没必要每天上去发呆半小时。

当然，如果他是上去望风，或是等人，那就另当别论了。"

薛芃："你的意思是，他是在等钟钰？"

"两年前，钟钰和高力鸣就一起去那里度过假，也曾经上去过观景台。而这次高力鸣自己一个人来，听村民说，他每次上去都是朝东边看。东边就是公路，来往车辆要进村，一定会经过那里。"

"所以，高力鸣有可能是在等人来接他？也正是因为他一直站在观景台上，才会第一时间发现警车？"

"高力鸣在这里藏身之后，钟钰用自己的手机号给他拨的电话，他要么关机，要么不接电话，那是因为他们约定好了，钟钰会用公共电话打给他。我想，他们在最后一通电话里一定通了气，钟钰将这边的进展告诉他，还跟他约了时间，等事情解决后会在傍晚的时候过去找他。"

可李兰秀的尸体被发现后，还不到两天，钟钰就被带到警局问话，不可能再去公共电话亭打电话给高力鸣，更不可能于傍晚去郊区。

高力鸣的手机大部分时间都是关机状态，他叫车去郊区的时候，中途还换过两次黑车，没有网上叫车的记录。

而东区分局只追查到第一辆网约车的路线，大概锁定高力鸣的跑路方向，若不是钟钰提供了藏身地点，恐怕高力鸣还要在郊区猫上几天。

在这短短的几天里，高力鸣每次短暂地开机，都会看到手机上出现新的陌生号码，当然也有钟钰的手机号，但他们约定过，除了公共电话亭的号码，其他的一概不要接。

然而随着电话越来越多，高力鸣心里一定很不踏实，而且一个人藏身，本来就很容易胡思乱想。

直到高力鸣看到热搜，看到网上那些评价他如何毒害养母的消息，心里更加着慌，必然也会吃不好、睡不安。

他甚至想过，要是再想不到办法，下一步可能就会在媒体上看到自己的通缉照片了。

这个时候，高力鸣最需要的就是一个他最信任的人出现，安抚他的情绪，告诉他应该怎么办。

这些都是陆俨顺着高力鸣的行走路线研究时，通过换位思考的方式，将高力鸣的心理活动还原的。

说到这里，陆俨话锋一转，说："其实高力鸣做的最蠢的事，就是听信钟钰的话，老老实实地躲起来。但凡他动点小脑筋，先发制人，都不至于走到今天这步……"

薛芃忽然笑了下，说："听你的形容，感觉他们很像是一对的 alpha 和 beta。"

还真是一语惊醒梦中人。

陆俨目光微亮，所有的线索和分析似乎都在这一瞬间串了起来，也都有了合理的解释。

"你说得没错，的确是 alpha 女和 beta 男。"

alpha 和 beta 是截然不同的两种人格，钟钰就是那个 alpha，是典型的"领导人物"，据说乔布斯就是 alpha 型人格。

而高力鸣就是 beta，是依附型且没有主见的"小可怜"。

不仅如此，钟钰还有点表演型人格，更是个完美主义者，尽管她一直在掩饰这一点，却在不经意间通过一些下意识的习惯动作露出破绽，比如她会非常注意自己的妆容和仪态，所以就算是在 ICU 门口，她也会抽空补个妆，为下一刻的粉墨登台而自我审视。

薛芃："如果高力鸣真是 beta 男，那他是不会动小脑筋的，更不可能先发制人，去反抗钟钰。钟钰就是他的'脑'，他只是个执行指令的傀儡，没有独立计划的能力，脾气又急躁，又受不住物质诱惑，很容易受人摆布。"

执行指令的傀儡，没有独立计划的能力？

陆俨仔细思考了几秒，随即拿出手机，给齐昇拨了通电话，上来便说："齐昇，继续朝毒药的来源追查。毒药虽然是高力鸣买的，但他怎么知道跟谁买呢？高力鸣虽然欠了很多债，还经常大手大脚，那么这些钱都买了什么，总有个去处吧。还有，高力鸣贷款的途径是什么，是谁介绍给他的，还是他自己找的？"

齐昇那边很快应了，又汇报了一些目前的进展，虽然高力鸣毒害养父母已经证据确凿，但在钟钰方面却遭遇瓶颈。

陆俨："如果调查遇到瓶颈，那就让时间线倒退。追根究底，这个案子很有可能和三十五年前的毒气泄漏事故有关，那就从根上找原因，调查钟钰和高家的恩怨。还有，钟钰这三十多年都做了什么，她中间有一段时间不在江城，二十几岁才回来，她是怎么和高家联系上的？如果真是处心积虑，那么这中间一定有知情者，我就不信她能做到神不知鬼不觉。"

齐昇："是，我明白。我们已经在着手调查了，但那毕竟是三十五年前的事，我们还需要一些时间。"

"辛苦各位了。我知道这件事不能操之过急，要揪出那么久远的过去，可能几天，也可能几个月，大家还是要注意休息。"

"多谢陆队，放心吧。"

等通话结束，陆俨放下手机，再转头一看，见薛芃一直皱着眉，立在实验台前发呆。

"怎么了？"

薛芃如梦初醒："哦没什么，就是听你刚才讲电话，我好像找到点灵感。也许我能解答你刚才跟齐昇提的问题。"

陆俨眼里闪过惊讶："你是指钟钰的过去？"

"那怎么可能，我又不认识她。而且我现在也说不好，只是有点灵感而已，要是没帮上忙，你可别怨我。"

"怎么会？"陆俨勾唇笑了，眼神却丝毫不放松，一直盯着她，好像即刻就想知道答案。

薛芃说："下班后，跟我回趟家吧。"

陆俨一愣："跟你回家？做什么？"

薛芃对上他那直勾勾的眼神中有些茫然的表情，遂没好气地笑了，说："跟我回家，玩个寻宝游戏。你以为做什么？"

转眼到了傍晚。

陆俨和之前禁毒支队的同事暗中通了气，从同事口中得到王川案的最新进展。

因为王川在被注射氯胺酮之前，首先服下了海米那，很快陷入昏迷，这才令翻窗进来的人毫不费力地将氯胺酮注射到他体内。

而就在事发前的半个小时，吧台的酒保给王川倒了杯果汁，是让服务生送进去的，也就是说酒保和服务生都有嫌疑。

听到这里，陆俨跟着就提出疑问："我是除凶手之外第一个到案发现场的人，我并没有看到杯子。"

同事说："现场的确没有杯子，后来还是痕检科的冯科在后巷的垃圾桶里翻到一个，应该是凶手离开的时候一起拿走了，还将上面的指纹给擦掉了。毒检那边在杯子里同样验出海米那和王川的DNA，除此之外，暂时没有其他收获。"

陆俨半晌不语，飞快地回忆着酒保和服务生的言行举止，试图找出这两人身上的古怪之处。

随即陆俨又问："那酒保和服务生调查过了吗？"

"调查了，服务生死了，酒保失踪了。"

陆俨当即愣住。

这后面的事，禁毒那边仍在追查，因为林队不赞成让陆俨接触这个案子，所以没有惊扰刑侦支队。

而且服务生死在自己家里，他的家在北区地界，目前只能证实是他杀，无法将这起他杀案和毒品线挂上钩，也不便声张，以免打草惊蛇，所以就交给北区分局作为独立他杀案件调查。

陆俨神色凝重地回到支队办公室，坐在桌前很久都没有动过，脑海中一直在思考整件事的疑点。

目前有一点是毫无疑问的，那就是王川的死和毒品线有直接关系，很有可能是因为王川知道了一些不该知道的事，这才被人灭口。

而在王川被害之前，他和陆俨还约定了见面时间，只是这个要消灭王川的幕后黑手是否知道他约过陆俨，这件事还无法证实。

至于服务生和酒保，显然酒保是帮凶的可能性很高，而服务生也曾经接触过那杯果汁，是最有可能为警方提供线索的，所以也被灭口。

陆俨太过沉迷于案情思考，等醒过神才发现已经到下班时间。

出门一看，支队的同事基本都走了，就只剩下李晓梦，正一边收拾桌面一边讲电话。

"嗯？她约你去她家里，还说要让你下厨？哎，那就是有戏啊！你想啊，要是普通朋友，她干吗叫你去她家啊？她是单身，你也是，孤男寡女，共处一室，哎哟，这还不是对你有意思吗？什么，下一步怎么做？这还用说吗，先表白啊，或者你先试探一下她的心意，就那么一层窗户纸的事儿……"

陆俨原本只是路过，完全没有要偷听的意思，谁知却猝不及防听到这番话。

偏巧不巧，李晓梦感觉到身后有股存在感，一转身，后半截话就噎在喉咙里，当场就哑了。

气氛一时无比尴尬。

陆俨轻咳一声说："早点回家。"

李晓梦连忙应了："那陆队，明天见。"

陆俨："明天是周末。"

"……"李晓梦愣了两秒，连忙改口，"陆队，周末愉快！"

"周末愉快。"

陆俨走出市局大楼，脑子想的还是李晓梦刚才的那番话。

不知不觉地穿过半个停车场，再往前就是实验楼。

直到余光瞄见车边站了一个纤细的人影，他下意识地侧头看了一眼，刚好对上薛芃似笑非笑的目光。

陆俨愣了愣，刚要问"你怎么在这里"，薛芃就率先开口了："我还以为你会看不见我呢。"

陆俨的嘴角缓慢勾起："在等我？"

"嗯，已经三分钟了。你想什么呢这么出神，一路低着头，还皱着眉，苦大仇深的……"薛芃淡淡地撂下这番评价，也没当真，很快开门上车。

陆俨正走向副驾驶座，听到这话又是一愣。

苦大仇深？他有吗？

直到坐上车，陆俨说："我要先回一趟宿舍，给巴诺续上狗粮，还得带它出去遛一圈。"

薛芃将车子开出市局，笑道："有进步，我还以为你又要把它忘了。"

"怎么会。"

安静了几秒，薛芃建议道："要不这样吧，先去你家把巴诺接上，带它一块儿去我那儿。反正明天我的车就修好了，今天你就可以把车开回去。"

陆俨："你那里有很多实验仪器，不怕巴诺捣乱？"

"它不会的。而且实验是在二楼，可以让巴诺待在一楼，互不干扰。"

"哦，也好。"

两人三言两语就把安排定下，不多会儿，车子开到陆俨住的小区。

陆俨下车，没几分钟就把巴诺牵下楼，一人一狗上了车，车子很快驶上大路。

前几分钟，两人都没说话，一个安静地开车，一个看着窗外。

来到一个红绿灯前，车子停下，薛芃侧头看了眼陆俨，见他盯着窗外出神，一只手就搭在车窗边。

薛芃问:"还在想高家的案子?"

陆俨转过来说:"哦不是,是王川的案子有进展。"

薛芃扬了一下眉:"林队不是不让你插手了吗,你还在关注?"

"嗯。"陆俨说,"我总有种感觉,王川被害可能和他要跟我透露的内线消息有关。如果不是我一直盯着这条线,他也许不会死。"

薛芃张了张嘴,一时竟不知如何接话。

陆俨的五官本就深邃,眉毛浓,眼窝也深,皱起眉时就会显得格外严肃。

薛芃轻叹:"你也不用往自己身上揽。我知道你的性格,这条线无论如何你都会盯下去,就算林队现在不让你碰,将来你回了禁毒支队,一样会追查。"

"我还以为你会劝我收手。"

"这条线关系到钟隶,你不追查到底是不会罢休的……"

一说到钟隶,两人都安静了。

片刻后,陆俨垂下眼睑,声音极低地说:"我不知道是不是我的错觉,事实上,在我和钟隶执行最终任务之前,我就已经觉得不对了……"

绿灯了。

薛芃重新发动车子,跟着问:"什么意思?"

"其实毒贩和毒贩之间的关系也是很复杂的,既牵扯利益又牵扯风险,一个不留神还会把命搭进去,所以他们之间也会钩心斗角。每一次毒品交易之前,都要经过一番讨价还价,或是一些血腥暴力事件,有时候交易谈不成,就直接火并明抢。可是那次任务,这些事都没有发生,所有谈判都是和和气气的,唯独正式交易那天,双方突然发生摩擦,一点征兆都没有,就像是要故意找个开战的理由。"

薛芃意会:"你是怀疑,两边毒贩也有可能在玩无间道,他们根本不想交易,从一开始就打算吞并对方?"

"是有这个可能,但现在死的死,逃的逃,我的猜测也无法得到证实。最重要的是,到底是谁带走了钟隶,他的尸体在哪里……"

是被人随意处置扔到了河里,还是丢到山间喂了野狗。

又或者,钟隶的卧底身份被发现了,毒贩要报复泄愤,就用最残忍的手法将他虐待致死。

以前也曾发生过缉毒警惨遭虐待的事,而且在过程里还被一直被注射安非他命,始终保持清醒,从第一处伤害到致命伤,历经几十个小时。

只要一想到钟隶可能会遭如此对待，惨死在不知名的地方，陆俨心里就是一阵难受。

车里一下子沉默了。

半响，薛芃长叹出一口气，不经意间透过后视镜看到在后座直起上身的巴诺。

巴诺眼睛睁得很大，一直看着两人，耳朵也竖起来，就好像听得懂他们在说什么。

陆俨转过头，微笑着在巴诺的脖子上揉了两下，说："好了，我们不说了。"

薛芃也是一笑，随即将车拐一个弯，说："到了。"

两人一狗下了车，陆俨牵着巴诺先在附近遛了一圈。

薛芃进了门，将狗粮放在一楼的客厅，随即进厨房张罗晚饭。

薛芃很少下厨，就算做饭也都是选简单的，省时省力的。

冰箱里只有冷冻面条，一点蔬菜、鸡蛋，刚好可以做一锅热汤面。

十几分钟，面就煮好了。

薛芃正准备给陆俨发微信，这时就听到门口传来叫声，而后就响起门铃。

薛芃将门打开，巴诺一进门就奔向狗粮。

陆俨进来，问："要换拖鞋吗？"

薛芃说："门口的鞋柜里有几双新的，你自己挑吧。"

陆俨换上鞋，进厨房洗了手。

薛芃将热汤面盛出两碗，说："凑合吃吧，要是不够，我家里还有零食。"

一顿饭，两人几乎没什么交谈。

陆俨很捧场，一大碗面都进了肚子，连汤都喝光了。

饭后，陆俨主动要求洗碗，薛芃就把厨房让了出来，转而去撸趴在地板上的巴诺。

等陆俨走出来一看，薛芃正斜坐在地板上，巴诺的头就枕在她的膝盖上。

陆俨笑着看了一会儿，却没坐下，目光一转，看向旁边的开放式书房，里面摆满了书，书房和客厅是一体的，中间没有隔断，只是用书架隔出空间。

陆俨随手拿起一本书翻了翻，发现都是旧书老书，书页泛黄，年代久远，而且很多书页上都有手写笔记。

不一会儿，薛芃也跟进来了，见陆俨正站在一个边柜前，看着上面那一排照片。

最中间那张是全家福照片，照片里的薛益东眉目淡定、气质儒雅，坐在他旁边的是笑容可掬的张芸桦，她怀里抱着一个只有三四岁大的胖乎乎的小女孩，另外还有一个年龄稍长点的女孩，就站在薛益东旁边。

全家福的两边就是一些生活照，有薛益东和张芸桦的合照，有薛芃、薛奕的合照，也有单人照。

照片里张芸桦和薛益东的变化不大，反倒是薛奕和薛芃的照片，从儿时到青春期，两个人的模样也随着年龄的增长而改变。

薛芃走到陆俨旁边，说："左边这排照片，是我爸爸生前摆上去的。右边这排，是我搬进来以后加的。"

陆俨看着照片里笑容淡然的薛芃，以及气质上明显更成熟也更沉稳的薛奕，说："这个时期我有印象。我还记得，那时候你刚上高一，才第一个学期，就被篮球砸中头三次。"

薛芃当即翻了个白眼："你就是故意的。"

"我不是，而且也不是我砸的，只是我运气不好，去捡球的时候被你撞见了。"陆俨飞快地解释。

薛芃："那好，我问你，除了我，还有谁这么不幸被你的球砸过吗？"

"那倒没有……"陆俨一顿，又改口，"不对，我的球没砸过任何人。"

薛芃却没搭理。

陆俨真是百口莫辩。

直到两人不约而同地转头，同时看向照片里的薛奕，方才的争辩又一下子抹平了。

就在那天，他们一起上了天台，一起目睹了薛奕死时的模样。

当时风很冷，薛奕的身体还是热的，她闭着眼，靠坐在那里，微微低着头，脸上还有点红润，好像还活着。

想到这里，薛芃轻声说："我曾经一度认为方紫莹不是真凶。"

陆俨低头看她，却没接话。

薛芃继续道："我想不明白方紫莹杀她的理由。我姐姐那么好的一个人，亲人、朋友、老师、同学，所有人都喜欢她，方紫莹还将她视为偶像……我不明白，为什么一个粉丝会突然要杀偶像呢？我姐又不是男生，方紫莹也不是那些爱情幻想破灭的女粉丝，脱粉之后就要黑到底，她对我姐完全没有这个动机啊。"

"我想，你不是曾经认为方紫莹不是真凶。"陆俨忽然开口，却没有回答薛芃的疑问，而是说，"你到现在都是这么想的。"

薛芃没接话。

陆俨："或者，找个时间去看看方紫莹，当面问清楚。"

"我问，她就会老实回答吗？你相信罪犯的话？大部分杀人犯都说自己是无辜的，都不承认自己杀人。"

"就像刚才在车里的你跟我一样，不去这一趟，你心里是不会罢休的。这个疑问会永远缠绕着你。你去了，也许就会找到答案，也许会发现，其实凶手就是她。"

安静了两秒，薛芃低下头，倏地笑了。

陆俨问："笑什么？"

薛芃说："笑你跟我啊，都有心结，都是只会说别人，医不自医。"

陆俨也是一笑。

下一秒，薛芃转身往外走，边走边说："好了，聊了半天了，该办正事了。跟我上楼吧，给你看点东西。"

陆俨反应过来，跟着薛芃一路往二楼走。

他的脚步很轻，像是怕惊扰了谁似的，心里也有点恍惚，还有点紧张，明明知道薛芃不是那个意思，可是这样一前一后地上楼，又好像有点什么。

李晓梦的话也在这时浮出脑海："或者你先试探一下她的心意，就那么一层窗户纸的事儿……"

陆俨踩上最后一级台阶，轻咳一声，终于把心神收回来，同时将李晓梦从脑海中驱逐出境。

薛芃推开右边的门，露出里面的实验台和实验器材。

陆俨跟着她进了实验室，视线扫了一圈，就见薛芃从最里面的文件柜里翻出几个笔记本，放在台面上。

陆俨又向四周扫了一圈，这时就听薛芃说："三十五年前的毒气泄漏事件，我爸应该有详细记录。"

陆俨很快看向那几个笔记本，这才发现上面标注着时间区间。

薛芃说："你看，差不多是一到两年记录一本，而且还划分了区域。如果是三十五年前的南区，范围应该在这两本。现在，你就跟我一起找。"

说话间，陆俨已经翻开其中一本，时间一下子就被拉回到三十五年前。

薛益东的笔记做得十分详细，他还做了目录，从第几页到第几页讲述什么工厂、出了什么事故，对水和土地以及周边的环境发生什么改变，这些都巨细无遗。

陆俨看得很快，目光一扫，就来到"毒气泄漏"那一栏。

这一栏下面一共有三个标注，也就是说在那一两年间发生过三次同类事件。

"应该是这里。"陆俨说。

薛芃一听，立刻放下手里的笔记本，跟着看过来。

陆俨按照目录标记，快速翻到对应的页码，和薛芃一起看。

"××××年，三月十三日，上午九点，江城南区会新化工厂发生原料泄漏事件。经过初步调查，车间主任称，是因为突发断电，反应釜搅拌器停止工作，温度异常升高。工人们即刻将有机物放出化工桶，但化工桶突然爆裂，原料喷出，导致多人伤亡……

"事故发生后，当地领导第一时间赶赴现场调度，协调各部门全力做好泄漏气体处置，确保周围群众安全。车间组长高某某也立刻组建危急处理小组，对现场进行紧急处理。因为处理及时得当，将损失降到最低。但很不幸，当场中毒的车间工人，有三人在送医抢救后不治身亡。"

看到这里，陆俨说："反应釜的工作原理我不太清楚，除了停电这一原因，是不是还和设备质量有关？"

薛芃又仔细看了看薛益东笔记的描述，解释道："这里没有提到设备质量有问题，不过也不排除这个可能。其实反应釜出问题不是个例，我说句难听的话，这次事故只是铁桶爆裂导致的毒气泄漏，已经算好的了。通常这类反应釜事故，最怕的就是大爆炸，那死亡数字可就不是三人了。"

薛芃很快跟陆俨简单地描述了一遍原理。

反应釜在工作时，会不停搅拌转动有机物，这些有机物通常都是燃点和闪点很低的危险物料，一旦泄漏和空气接触，就会形成爆炸性混合物。

而有的有机物属于毒害品，还会立刻导致人员中毒窒息。

反应釜本身是具备蒸发和冷却功能的，如果工厂突然停电，又没有后备电源或是后备电源没跟上，反应釜突然停止工作，里面的温度却仍在持续增高，散不出去，这时候就很有可能发生反应釜爆炸。

至于为什么盛放有机物的都是铁桶而不是塑料桶，这是因为有机物在桶内震荡会产生电荷，塑料桶是绝缘体，电荷导不出去，越积越多，就会产生火花进而发生爆炸，而铁桶是可以将电荷导出去的。

听到这里，陆俨说："但是这里有一个很大的问题。"

薛芃挑眉。

"反应釜是密闭的，高温散不出去，物料容易发生爆炸，那么铁桶也是密闭的，把高温的物料放进铁桶内，这不就成了铁桶炸弹了吗？"

"是啊，问题就在于高温。"薛芃又往后翻了一页，说，"你看，这里我爸特别补充了正确的停电应急预案和处理流程。"

陆俨顺着薛芃的指向往下看，后面一大段文字看下来，没有一条指引是说要将高温有机物转移进铁桶里，这里写的都是如何将废料通过管道排掉，以及如何冷却降温，避免引发爆炸。

陆俨的眸子眯了起来，看来整个故事已经变得清晰了。

薛芃说："显然，这是一次操作不当引起的毒气泄漏事故。不过有一点很奇怪，前面写了高某某是车间组长，那么按理说遇到这种突发事件，车间主任或是组长应该按照事先制定的紧急预案来执行，但显然他们没有照做。"

陆俨接道："事情发生在三十五年前，江城工业刚刚兴起，工人经验不足，也没遇到过类似事件，所以就没有制定紧急预案。事发之后，几人就在毫无经验的情况下，出于不要浪费物料的考虑，将它们装进了铁桶。"

"既然这样，那为什么高某某后来还成了功臣？"薛芃问。

陆俨又翻回到刚才那页，说："你看，这里写了，是先发生了毒气泄漏事件，然后车间组长高某某才组建了危急处理小组。也就是说，这个高某某是善后得当才立的功。"

说到这儿，陆俨话音一顿，沉吟两秒，转而又道："不过也有另外一种可能……"

"你是想说，当时下令处理有机物的人可能就是高某某，因此害死三个工人，之后高某某的善后其实都是为了弥补自己的漏洞？"

"嗯。钟钰和陈凌的父母都曾经是化工厂的工人，而且陈凌的父母在化工厂关门之前就去世了。按理说以她父母当时的年纪，不太可能是因为突发疾病，那么就很有可能是因为某次意外事故。"

陆俨抬眼，目光深沉，说到这里停顿两秒，脑海中迅速将几条线索串联起来。

"我现在假设,这个高某某就是高世阳,陈凌和钟钰的父母都是高世阳的同事,而且在这次毒气泄漏事件中,有人丧生,那么这也就可以解释,为什么钟钰要和高世阳夫妇过不去,还要采用慢性下毒的方式折磨他们。"

薛芃想了下,很快提出疑问:"可是工厂关闭后,钟钰的父母带她去了历城,这说明她父母没有牵连在内。再说,就算陈凌的父母和毒气泄漏事件有关,那也应该是陈凌找高世阳复仇,关钟钰什么事?她们关系再好,钟钰也犯不上为了陈凌杀人啊。"

陆俨沉思片刻,说:"所以现在的问题就在于钟钰的父母……"

薛芃问:"你是不是觉得钟钰的身世也有问题?"

陆俨"嗯"了一声,拿起手机找到齐昇的电话,正准备拨出去,却又突然顿住,随即自嘲地笑了笑,又将手机放下。

薛芃问:"怎么不打?"

"这么晚了,又是周五,还是不了。"

"这可不像是你的性格啊。"

"如果是我自己来查,我当然无所谓,但东区分局手上还有别的事,我总不能一天二十四小时盯着他们查高家的案子。再说,要调查钟钰的父母,也不急在周末这两天。"

薛芃没接话,却歪着头盯着他看,眼里带着笑意。

陆俨对上她的目光,问:"看什么?"

"你变了,你以前不在乎这些的。"

陆俨:"我以前都是在服从命令,任务安排下来,我会和搭档尽全力将敌人击破。那时候根本不觉得苦。但现在换了新的环境,还需要一段时间和新同事们磨合,若是我还按照以前的工作强度,没有几个人能跟得上。"

说到这儿,陆俨一顿,遂话锋一转:"不光是我,你也变化不小。"

"我有吗?"薛芃眨了下眼。

"你有。"

这两字落下,就是一阵沉默。

薛芃直勾勾地看着陆俨,等他的下文,陆俨却好像才反应过来似的,说:"哦……但具体的我也说不上来。"

薛芃:"……"

陆俨安静几秒，目光一转，看到了放在桌角的一本书，书名是《MBTI人格》，讲的就是十六型人格理论。

陆俨将书拿起来，翻了两页，问："你看到哪里了？"

薛芃："差不多快看完了，你有兴趣？"

"这种新型的人格划分，如果能结合侦查心理学，应该会对破案有帮助。"

"我也是这么想的，通过物证分析一个人的习惯、动机、心态，配合人格划分，起码可以更准确地做出嫌疑人画像。"薛芃应道，"哦，这里面有个测试，等你看完了，让我猜猜你的人格属于哪一类，看我猜得对不对。"

陆俨将书放到手边："好。"

接着，又是一阵沉默。

直到陆俨率先轻咳一声，试图再找新的话题。

可薛芃却先一步拿起手机，看了眼时间，说："太晚了，你们早点回去吧，周末难得休息，多陪陪巴诺。"

陆俨一顿："哦，那我走了。"

"嗯。"

两人一前一后下了楼。楼下的巴诺听到脚步声，很快直起身，一双眼睛圆溜溜地看着两人。

薛芃蹲下，抱了抱巴诺，说："巴诺，我下礼拜再去看你。"

巴诺咧着嘴，像是在笑。

直到陆俨牵着巴诺出了门，巴诺上了车，薛芃又将他叫住，随即拎了两大袋狗粮和罐头出来，递给他。

"这些都是我给巴诺买的，你一起带回去吧。"

已经坐在后座上的巴诺，这时"汪"了一声，表示感谢。

陆俨将东西放进后备箱，说："看来以后每天早上要带着它去长跑了，不然天天待在家里吃狗粮，要胖了。"

薛芃笑道："那你要说到做到，记得每天陪它。"

"嗯，我会的。"

陆俨上车发动引擎，降下窗户说："我们走了。"

"夜路注意安全。"

直到车子开走，灯光渐渐消失在夜幕中，薛芃转身进屋，只是刚关上门，就忽然想起一茬儿，遂抬手敲了下头。

她本来是想将陈凌那瓶水的初步检测结果告诉陆俨的，谁知话题一岔开就忘了。

不过话说回来，目前看来，那瓶湖水似乎和钟钰的案子也没有直接联系。

薛芃很快回到二楼，又捡起摊在实验台上的笔记本，继续研究起来。

时间不知不觉地过了，等到薛芃再起身，已经接近凌晨。

薛芃将笔记本收好，进浴室冲了澡，吹干头发，便从床头柜里拿出褪黑素吃了两颗，这才上床。

第二天是周六，陆俨起了大早，带巴诺去跑步。

一人一狗玩得不亦乐乎，到十点多才回家。巴诺吃了一大盆狗粮，陆俨也吃了早餐，再一看时间，快到中午了。

陆俨出了门，原本是想开车去艾筱沅预订的餐厅，临上车前翻查了一下附近的停车场，发现那里很难停车，便改了主意叫车。

路上有些拥堵，等抵达餐厅，已经过了中午十二点。

陆俨人高腿长，几个箭步登上餐厅门口的台阶，刚进门，就见到餐厅里有个女人跟他招手示意，正是艾筱沅。

陆俨上前，只听艾筱沅说："你可算来了，走吧，常锋已经在包厢里了。本来他也说可能会晚到一点，说是要去见个客户，没想到他那里提前结束了，就过来了。"

等拐进走廊，艾筱沅忽然停下来，又嘱咐道："待会儿……我尽量打圆场，你多少也说两句软话。常锋就是好面子，只要咱们给他铺了台阶，让他面子上圆过去，也许就没事了。"

陆俨："嗯，我知道。"

说话间，两人来到包厢门口，推开门，陆俨略一抬眼，就见到坐在桌前正在喝茶的常锋。

常锋这几年变化很大，人比坐牢前看上去结实一些，肤色也比原来健康，但整个人还是偏瘦。

虽然才二十七岁，常锋脸上已经有了淡淡的纹路，少了几分年少时的意气，也不似坐牢前那样锐气逼人，好像所有棱角都已经收敛了，或是被他藏了起来。

陆俨站在门口，脚下一顿，进屋时，眼神很淡，说道："好久不见。"

常锋也站起身，笑了下："是啊，都两年多了。"

艾筱沅连忙说："哎，赶紧坐，我饿了，咱们快点点菜，还得叫两瓶酒。"

两个男人坐下，好一会儿都没有交谈，眼神也很少交会，一直都是艾筱沅在说话，气氛越发尴尬。

直到艾筱沅点好菜，起身去洗手间，屋里只剩下陆俨和常锋。

他们心里都清楚，这是艾筱沅故意留几分钟时间给他们交谈，有些话或许更适合两个男人之间交流。

陆俨抬眼，直视常锋："在里面怎么样，还习惯吗？"

常锋说："还可以，托你的福。我知道你和狱警打过招呼，他们挺照顾我的。"

陆俨抿抿唇，没接话。

几秒的沉默，陆俨才又一次开口："其实那件事……"

常锋却很快将他打断："是我的问题。做错事，就要为自己的行为买单，这很公平。你没错，你是警察，那是你应该做的事。"

陆俨吸了一口气，没言语。

就在那个瞬间，他从常锋的眼神中读到了其他东西，心里一下子就明白了。

而这一次，是常锋先开了口："在你的立场，我很明白你为什么那么做。但是在我的角度，我没法再拿你当兄弟。以后在筱沅面前，做做样子就好了，像这种聚会，我不会再来。"

"我明白。"陆俨应道。

没有挽留，也没有解释，或许有些事，有些人就是这样，因为心里横了一道坎儿，因为彼此的原则发生冲突，就算曾经关系再好，如今也只能形同陌路。

要说可惜，的确是的，但后悔，并没有。

这大概就是孔子说的，道不同不相为谋。

陆俨将桌上的酒开了，倒了两杯出来，随即将其中一杯递给常锋，站起来说："喝了这杯酒，好聚好散，祝你以后的人生顺风顺水。"

常锋似是笑了一下，却并不真诚，也站起身，端起酒杯，和陆俨的杯子碰了一下。

"砰"的一声，两人不约而同地将酒饮尽。

放下杯子，常锋抹了把嘴，第一句话却是："有件事，是我误会了。在吃这顿散伙饭之前，我得和你说清楚。"

陆俨："你说。"

"我一直以为，你当初把我带去警局，是因为你也在追筱沅。"

陆俨一愣，这次是真的很惊讶。

常锋："我以为你是知道没机会赢我，所以才用这种方式铲除我这个情敌。但现在三年过去了，我看你俩好像也没什么发展，这么看来，我当初是小人之心了。"

陆俨终于开口："我拿筱沅只是当朋友、发小。"

"嗯，我现在知道了。"常锋笑了笑，说，"所以，如果将来有一天我能追到筱沅，希望你能有个心理准备。"

陆俨皱了一下眉头，本想说点什么，但话到嘴边又顿住了。

自这以后，常锋也没再说话。

几分钟后，艾筱沅回来了，见他们开了酒，嘴里抱怨着怎么也不等她一起，跟着就要给自己也倒一杯。

常锋却将她的手拦住，说："你忘了，你酒精过敏。"

艾筱沅笑道："所以我才提前吃了抗敏药啊，放心吧，就喝一杯，没问题的，要不然药都白吃了。"

常锋叹了一口气，拿起酒瓶，非常"吝啬"地给艾筱沅倒了小半杯，不容讨价还价。

陆俨看着这一幕，没有动作，也没言语，神色始终如常，眼神波澜不惊，仿佛只是个局外人。

一顿午饭很快就在尴尬中过去，从头到尾都是艾筱沅在张罗，两个男人都看得出来她很累，也很勉强，词穷了好多次，话题越来越不着边际。

而且三人是发小，自小就相熟，所以就算艾筱沅掩饰得再好，不经意流露出的狼狈依然瞒不住他们。

直到陆俨先一步起身，以局里还有事为借口，准备离场。

艾筱沅很快跟着陆俨一起出门，等来到走廊才问："你真有事？不多待会儿？"

陆俨淡淡笑了："真有事，你们接着吃。"

艾筱沅皱起眉，带着点苦恼："可是，你们算是和好了吗，我总觉得……"

大概艾筱沅还停留在"小女生"时期，以为嫌隙、恩怨可以靠一顿饭抹平。

陆俨没应，只是垂下眼帘，隔了两秒才拍拍艾筱沅的肩膀，说："回吧，我走了。"

这话落地，陆俨掉头离去。

艾筱沅盯着走廊尽头好一会儿，这才低着头返回包厢。

另一边，陆俨走出饭店，拿出手机叫了车。

谁知车还没来，齐昇的电话就进来了。

陆俨接起电话，就听到齐昇说："陆队，今天上午高世阳经抢救无效，已经去世了。"

陆俨一顿，安静了两秒，脑海中出现的还是那天在饭店里和人争吵的老人。

陆俨问："通知钟钰了吗？她什么反应？"

"听到消息后，她就一直低着头，不说话。"

齐昇话锋一转，又道："另外，高力鸣也快不行了，医院已经通知我们，说情况很不乐观。"

陆俨没接话，只是一声轻叹。

齐昇很快又汇报了最新调查进度："之前你提到的陈凌，我们已经去狱侦科调查过，也走访了陈凌以前住过的地方，证实她父母生前和高世阳、李兰秀都曾在同一家化工厂工作过。陈凌的父亲叫陈实川，就是在三十五年前那次毒气泄漏事件里丧生的工人。"

这么说，昨晚的推测方向基本是对的……

陆俨追问："那陈凌的母亲呢？"

齐昇："这一点和钟钰的口供有点出入。陈凌的母亲倒不是化工厂的工人，但是她就在工厂附近的小学教书，毒气泄漏事件她母亲也是受害者，中毒后，和学生一起被送到医院，没有性命之忧，但她当时怀了第二胎，因为中毒不幸流产。在同一天之内，陈凌母亲失去丈夫和孩子，后来就有点抑郁，没多久就自杀了。"

陆俨眼底的颜色渐渐沉了。

整个故事的脉络越发清晰，陈凌一家竟然和高世阳一家有这么深的牵扯和恩怨，唯独缺钟钰这一环，好像她这个角色一直是游离在外的。

齐昇说："到目前为止，所有调查都无法证实钟钰有毒害高世阳夫妇的动机……"

陆俨很快将他打断:"突破口应该就在钟钰的身世上。还有,要寻找当年事故的知情者,那次毒气泄漏事件,停电只是由头,真正引发事故的原因是后续的人为操作,才会导致一场悲剧。这件事一定和高世阳有关,钟钰的亲人应该也牵连在内。就朝这个方向查,应该会有收获。"

齐昇一愣,惊讶于陆俨的言之凿凿,很快便说:"可是陆队,就算最终我们证实了钟钰的家人也牵连在内,她毒害高世阳夫妇一事,依然缺少直接证据。"

是啊,现在还没有直接证据,所有痕迹都被钟钰销毁了,而唯一的证人高力鸣,他的生命也走到了尽头。

"证据我会和刑技那边沟通,或者再去现场复查。"陆俨说,"至于当年事故的真相,我记得政府曾经介入调查过。那么市政府应该有档案资料,我会找渠道去问,其他的就交给你们了。"

齐昇明显一愣:"是,我明白了。"

通话结束,陆俨叫的车也来到跟前。

陆俨上了车,刚坐稳就给秦博成拨了电话。

但电话刚响起,他又很快挂断了,随即改成微信。

几秒钟后,秦博成又拨了回来,问:"小俨,你找我?怎么电话响了一声又挂了?"

陆俨:"哦,秦叔叔,本来有点事想问您的,刚打过去,就想到可能您正在忙,就又挂了。"

秦博成笑道:"我现在不忙,有什么事就来家里聊吧,正好你妈妈炖了银耳羹,你赶紧过来,咱们一家人好好聚聚。"

"原来您在家,好,那我这就过来,当面聊。"

就在陆俨坐车回家的路上,薛芃也刚取回修好的车。

一转眼就接到局里电话,听说高世阳去世的消息,遗体正从医院的停尸间运回来,准备下午就开始尸检,法医安排的是季冬允。

薛芃立刻和冯蒙打了招呼,申请去拍照。

冯蒙只笑道:"你要是不来这个电话,我还觉得奇怪呢。行了,已经给你预留出来了。我就只有一条:高世阳是死于汞中毒,你们一定要做好防护。"

薛芃:"放心吧,老师。"

事情一定，薛芃就给陆俨发了微信：

"下午高世阳尸检，你应该已经得到消息了吧？老师批准了，让我去拍照。"

陆俨看到微信，愣了愣："你消息倒是灵通。也好，稍后尸检完，有什么发现，你记得第一时间告诉我。"

"当然，就算我不说，你也会追着问的。"

陆俨笑了，本想再补一句做结束语，可是思来想去，好像说什么都太多余，最后只是发了一个微信默认的微笑小表情。

隔了片刻，薛芃才问："你不知道这表情在网上是什么意思吧？"

陆俨："什么意思？"

"骂人用的。"

"……"

"以后慎用。"

"哦。"

转眼，陆俨到了家。

齐韵之一早得知陆俨要回来，立马盛出新炖好的银耳羹，随即进厨房切了一大盘水果。

陆俨刚进门，齐韵之就迎上去，趁着他换拖鞋和洗手的工夫，嘴上一直追问他最近的情况，还有上次和姚素问相亲的后续。

陆俨不答反问："姚素问是怎么说的？"

"还能怎么说，就说觉得你人不错，就是有点严肃，说先做同事相处一下看看。"

"哦，那我和她的意思一样。"

齐韵之听了，就知道陆俨是在敷衍她："哎，看来你对那姑娘是没意思了。"

陆俨笑笑："妈，我想先和秦叔叔聊个事儿。"

"我知道，你秦叔叔都和我说了，他在书房，你去吧。"

"嗯。"

书房的门虚掩着，秦博成正在里面的书画桌上练毛笔字。

秦博成平日里也没什么消遣，既不抽烟也不喝酒，除了在饭局上应付两根，私下里唯一的嗜好就是练练书法，偶尔也会画水墨画。

陆俨敲门进屋时，秦博成刚好写完最后一笔，并在落款后盖上印章。

听到声响，秦博成落笔起身，笑了："小俨，来，看看我这幅字写得如何。"

陆俨将门关上，走到桌边一看，只见用行草写成的"立地成佛"四个大字。

"秦叔叔的字，连书法界的行家见了都要自惭形秽，我只是个门外汉。"

话虽如此，陆俨的目光却一直顺着那行云流水般的笔画游走，安静片刻，这才抬眼，对上秦博成的目光，又道："虽然我不懂行，但这四个字却给人一种豁然开朗的感觉。"

秦博成拍了下陆俨的肩膀，和他一起走向沙发，坐下时说："你有这种感觉，说明我这幅字没有白写。"

陆俨意会："是准备送人吗？"

"送一位老朋友。他一直很喜欢我的书法，我也总惦记着送他一幅好字，但是这些年写来写去，总觉得送他的话，还差点什么。"

陆俨忽然想起一茬儿："说起这个，我刚好想到一句话。"

"哦，你说。"

"这句话就是，'悭贪者报以饿狗，毒害者报以虎狼'。我只知道这是一句佛教用语，秦叔叔博学，也许能为我解答。"

秦博成眼里流露出诧异："奇怪，你怎么突然对佛学感兴趣了？"

陆俨："不是我感兴趣，是刚好有个案子，死者在生前曾经写过这句话的前半句，我觉得很有意思，就去查了后半句。"

"原来是这样。"秦博成笑道，"'悭贪者'指的就是吝啬贪婪的人。这句话的意思就指贪婪者、毒害他人者，都会遭到报应。至于这里指的'饿狗'，我想应该说的是饿鬼道，就是六道轮回中的一道。"

陆俨听得很认真，一边理解秦博成提供的解释，一边联系着陈凌和钟钰的案子。

佛教很注重因果轮回的说法，很多人都相信"善恶到头终有报"的意义，显然陈凌和钟钰也是如此，她们坚信人做了恶就会遭到报应，只是高世阳的报应不是来自自然，而是出自人为。

这里说的"毒害者"倒是不难理解，如果毒气泄漏真的和高世阳有关，那他在陈凌、钟钰心中的确就是那个毒害者，但是"悭贪"呢，指的又是哪件事呢？

陆俨沉思片刻才醒神，见秦博成正微笑地看着他，连忙说："哦对了，秦叔叔，有件事我想查一下，可能要动用市政府的档案。"

"哦，你要查什么事？"

陆俨很快将三十五年前的毒气泄漏事件转述了一遍，跟着又问："不知道这件事您有印象吗？"

"毒气泄漏……"秦博成想了好一会儿，说，"在我印象里，南区工厂出的事可不止这一茬儿，尤其是三十多年前，接连出了好几次事故，当然都不是发生在同一家工厂。像是这种事故，一旦发生，政府就会勒令关闭整顿，能不能复开都不一定。这样吧，我先给你问问，你等一下。"

秦博成很快站起身，将办公桌上的手机拿起来，拨了个电话："李秘书，我这里有个事，你尽快让档案科查一下……"

秦博成交代完，折回来，又笑道："放心吧，我已经让李秘书去问人了，最晚明天也会有消息。"

陆俨也跟着笑了："果然，我来找您是对的，谢谢秦叔叔。"

"你啊，不要有事才想到回家，你妈妈老念叨你，有时间多回来陪我们吃吃饭，说说话。"秦博成明显是被齐韵之念叨得多了，又问，"对了，这几天工作怎么样，是不是比前段时间适应了？"

陆俨："越来越顺手，同事们也都很配合，刑事案件的调查也有它独特的魅力。"

秦博成听到这话，总算放心。

谁知陆俨话锋一转，又道："不过秦叔叔可不要忘记了，要是我在刑侦支队表现出色，一年后还是希望能按照约定，把我调回禁毒。"

秦博成："怎么，之前的事你还想查？"

"总得有始有终吧，就算钟隶人没了，也得有个说法，总不能死不见尸。这件事我是不会放弃的。"

这话落地，屋里陷入一阵沉默。

秦博成长叹一口气，先是朝门口看了看，随即才轻声说："如果你真的不死心，一年后我会让你回去，但这事儿就别在你妈妈面前提了，省得她担心。"

陆俨："我明白。"

同一时间，薛芃也已经回到市局，穿好防护服，戴上防毒面罩，踏进解剖室。

季冬允和助手已经准备就绪，见到来人是薛芃，都不觉得意外。

薛芃上前，和季冬允、助手小晨一起在高世阳尸体前站定，一起向逝者鞠躬。

随即季冬允说："开始吧。"

薛芃端起相机，小晨也准备开始做笔记。

首先就是尸表检查，只不过这次已在尸检之前就知道高世阳是死于慢性汞中毒。

高世阳和其他常见的汞中毒的死者一样，因为长期接触汞，或是吸入汞蒸气，所以口腔黏膜、牙龈、咽喉和食管均有不同程度的腐蚀现象，还有因为坏死而形成的白色假膜，结肠黏膜充血水肿，肾脏肿大，皮质肿胀苍白。

最主要的就是肺，刚一打开，水银珠子就噼里啪啦地掉在台子上，肺叶上全是水银，水银栓塞，窒息而死。

小晨一边做记录一边说："跟了季法医这么久，像这种水银栓塞的肺我还是第一次见。"

薛芃没接茬儿，一直在拍照。

季冬允说："汞中毒听上去好像距离生活很远，但其实离我们很近，稍微一个大意可能就会种下祸根。"

季冬允语速不快，一边取出高世阳的内脏器官，准备稍后做检材切片，一边随口讲述几例慢性汞中毒的案例：

"如果是液态汞，因为不溶于水，也不溶于胃酸和肠液，所以就算进入体内，也会随粪便排出，基本没有中毒风险。但像这种汞蒸气就很难说了。有些地方还在用含汞的偏方烟熏治病，如果是一次两次，汞蒸气进入肠胃，吸收量比较小，也会排出体内，可是高世阳长期吸入汞蒸气，早已深入肺腑。"

小晨接道："是啊，上学的时候还听老师讲过，国外就有病患是在接受腹部手术的时候，因为肠道需要插入减压管，结果减压管的水银袋进入咽喉的时候破裂了，患者直接吸入，之后很多年逐渐出现肺损伤症状，过了二十多年才死于呼吸衰竭。"

薛芃始终没有说话，只是安静地听他们描述。

季冬允取出所有检材，开始为尸体缝合，这才把话题扔给薛芃："今天可不像你啊。"

薛芃意会道："因为我没有提问题？"

"通常在案件分析或是尸检的时候，你会多说几句话，今天怎么这么沉默？"

薛芃无声地叹了一口气，隔了两秒才说："我只是不知道该说什么，感觉很奇怪。我想，这个下毒者应该具备一些医学知识，也一定是做足了功课，在杀人手法中仔细挑选，最终才选中这种杀人于无形的方法。"

"从某种程度上是可以这么说。"季冬允说，"慢性汞中毒症状隐匿，而且多样，就算是脑损伤、精神障碍，表现出来的也只是烦躁、焦虑、失眠、注意力不集中，偶尔还会情绪失控，这些症状其实很多老年人都会有。身体上还会伴有一些手指、口唇、眼睑的细小震颤，牙齿松动，牙龈出血。就算去看医生，也很容易被漏诊、误诊，一般人谁会想到自己是因为汞中毒呢？

"但是天网恢恢，事情还是败露了。只不过这个下毒者很高明，起码到目前为止，我们找到的证据也只能证明制作汞香烟的人是高力鸣。"

季冬允已经完成缝合，放下针线，转头看了薛芃一眼："看来钟钰已经被你咬死了。"

薛芃也看向他，尽管两人都戴着防毒面具，看不清面貌。

"我记得老师说过，以前技术还不发达，人心难测，警力有限，他年轻时经历过很多案子，经过各种分析和排除法，足以肯定犯罪嫌疑人就是'那个人'，可是因为证据不足，案子就是没法告破，这才成了悬案。所以当现在技术跟上以后，各地的刑技第一件要做的事，就是把以前的悬案再翻出来筛查一遍，那些十几二十年都没抓到的真凶，到最后还是会落网。"

高世阳的尸体已经包好，薛芃边说边和季冬允一起离开解剖室。

直到外间，薛芃将防毒面具摘下透了一口气，又继续道："所以我相信，只要钟钰做过，以目前的技术一定可以验出来。"

季冬允也摘下防毒面具，淡淡一笑："那么你认为，现在问题是出在哪里呢？"

"或许，是我们检查得还不够仔细。"

"是啊，技术再先进，也是人操作的，如果从根儿上就忽略了一些东西，那技术再发达，也是形同虚设。"

季冬允或许只是随口一说，但说者无心听者有意，这话进了薛芃的耳朵，就好像黑夜中忽然点亮一盏烛火。

薛芃怔怔地看着季冬允，一动不动。

季冬允扬了一下眉，问："怎么了？"

"哦。"薛芃又眨了下眼，醒过神时垂下眼帘，视线掠过手上的防毒面具，脑子里忽然闪过一道灵感，遂脚下一转，二话不说就推门往外走。

等小晨出来，薛芃已经没影了。

小晨问："咦，薛芃怎么走那么快？"

季冬允转身，说："我猜，她大概揪住某人的把柄了。"

薛芃快速换下防护服，又清理了一遍身上，很快回到痕检科。

孟尧远正在实验台前二次检查搜集回来的物证，见到薛芃进来，招呼道："哎，你还挺快的……"

薛芃来到台前，戴上口罩、护目镜和手套，随即深吸一口气，将防毒面具从证物袋中取出来，转而拿起多波段灯和放大镜，顺着灯光的照射寻找蛛丝马迹。

孟尧远问："防毒面具你不是查过了吗？"

薛芃半晌没说话，直到搜寻完每一个缝隙，才说："就是查过了才觉得奇怪，这面具你不觉得太干净了吗？"

孟尧远说："你的意思是，上面的指纹都被擦掉了，替换片上也只验到高力鸣一个人少量的DNA。"

薛芃："防毒面具咱们都会用，出一次任务，上面一定会沾到一些皮屑，替换片上也会残留很多飞沫。但是高力鸣这个面具，只在缝隙里找到很少的皮屑残留，替换片上也只有少量唾液。如果真是他下的毒，下毒过程起码一小时，而且香烟是消耗品，他一定制作过很多次，怎么会只留下这么点痕迹？"

也就是说，这个防毒面具根本就是为了证实高力鸣参与下毒而特意新买的，或许是钟钰哄骗高力鸣戴上它试了一次，这才只留下少量痕迹。

孟尧远："可能钟钰已经将原来的防毒面具处理掉了。"

是啊，如果已经处理掉了，那基本上就是大海捞针，难道真的去郊区的垃圾站，一包一包检查吗？

就算翻到了，那物证也经过多次转移，受到污染，无法再作为证据了。

薛芃半晌不语，只垂着眼皮，盯着防毒面具，似乎在思考什么。

她记得之前就和陆俨一起分析过，这个钟钰一直有点表演型人格，而且还很自负，她要实施一次完美的犯罪，还要令高世阳夫妇痛不欲生，不得好死，所以才会采用这种下毒方式。

那么……

薛芃忽然开口："尧远，如果你是钟钰，你做了这么多事，如果真的神不知鬼不觉，你会不会很难受？"

孟尧远说："那就憋死我了！反正我是干不了坏事，稍微有点成绩，就得跟朋友或是家人炫耀一下。"

"那你说，这世上会不会有人谁都不说，就自我欣赏呢？"

孟尧远想了一下，倏地笑了。

"你笑什么？"

"要是真有这种人，那他也要留下点东西才能欣赏啊。就拿你举例吧，你的话就够少了，平时有什么事也都自己藏着，除非分析案情和线索的时候，你的话才会变多。你看，连你这种性格的人，都需要沟通，钟钰怎么可能比你还能忍啊？人是群居动物，是需要'伙伴'的。"

人是需要伙伴的……

而钟钰的伙伴只有陈凌。

薛芃瞬间钉在原地，瞳仁微缩，脑海中忽然乍现一道灵感，连她自己都吓了一跳。

就在这时，手机响了。

薛芃翻出手机一看，是陆俨打来的。

电话接通，陆俨说："钟钰的身世我已经找渠道去市政府查了。尸检怎么样？"

"高世阳的确是慢性汞中毒，没有悬念。之前带回来的笔记本电脑，声像技术室正在检验。物证我们也开始复查了……"

薛芃说到这儿，声音略有迟疑。

陆俨听出来了："怎么了？"

薛芃拿着手机走到一旁，将刚才和孟尧远的讨论转述了一遍，随即说："同样的道理，不管钟钰是自我欣赏，还是找个最信任的人与她分享成果，她都得留下点东西才行。"

"就算留下东西，也不会放在自己家里。"陆俨喃喃道，"而她最信任的人，又和这个案子相关，就只有陈凌。"

薛芃吸了一口气，将音量放轻："陈凌已经去世了。但就算去世，也会留下痕迹，比如骨灰。如果我没记错，陈凌的'后事'应该是钟钰去办的？"

电话另一头，陆俨明显停顿了几秒，开口时声音里带着震惊："你想说的是……骨灰盒？"

"嗯。"

陈凌去世，按理说她的骨灰是要亲属认领的，如果没有亲属认领就会寄放在殡仪馆，听说有的骨灰长达近四十年都无人认领，依然存放在那里。

有些骨灰因为存放时间过长，已经"期满"，殡仪馆就会按照规定采用树葬、海葬的方式处理。

可是陈凌的情况与他人不同，她不是无名尸体，她的父母虽然很早就去世了，又没有其他亲属，但钟钰是她的朋友，也是陈凌生前唯一去监狱看她的人。以她们二人的关系，钟钰一定不会放任陈凌的骨灰"无人认领"，就算一时不便去办手续，也会先把寄存手续办了。

思及此，陆俨说："我这就让东区分局去查，等我消息。"

这之后长达一个小时的时间，薛芃和孟尧远都在专心复查物证，声像技术室传来消息，说是下班前就能出个结果。

直到陆俨的电话又一次打进来，薛芃飞快地接起。

只听陆俨说："钟钰去认过陈凌的骨灰，也交了寄存费，还将骨灰盒取出来祭拜过一次，祭拜之后就又送回寄存处。分局已经去办领手续了，手续一下来就去殡仪馆取证，到时候分局的技术员会过去，你们继续复查物证，不用跑了。"

"好，我知道了。"

薛芃将手机放下，握着手机的指尖还在微微战栗，背脊上也是一阵阵发麻。

就在刚才那一刻，她忽然有种预感，好像在冥冥之中和钟钰的"信号"连通了一样，就好像"亲眼"看到了钟钰打开骨灰盒的盖子，将东西放进去。

就在那个瞬间，钟钰或许还会对陈凌的骨灰说："看，我已经做到了。"

想到这里，薛芃闭上眼，深吸了两口气。也不知道为什么，这一次还没得到结果，心里已经有了十足的把握。

这之后整个下午，似乎变得格外漫长。

物证复查仍没有找到直接指向钟钰的证据，当然这结果也在预料之内。

薛芃有些失望，时不时地会看一下时间，等待陆俨的电话。

时间越逼近傍晚，她心里就越不踏实，心里生出两道声音：一道告诉她，是人都会有弱点，何况钟钰是个执念深重且十分自负的女人。而另一道则告诉她，万一呢，万一钟钰真的能克制住自己，那这就是一次完美的犯罪。

两道声音在她脑海中交织，混在一起，几乎要将精神割裂开。

直到电话响起的那一刻，薛芃脑子里的所有思绪都被瞬间抽空，她迅速接起，只"喂"了一声。

接着就听到陆俨说："找到了。"

那三个字，很轻，很淡，但陆俨的声音中却隐藏着一点细微的兴奋，显然他此前也一直提着心。

到了这一刻，一切都尘埃落定。

薛芃闭了闭眼，紧紧攥着手机，也轻声问出三个字："是什么？"

"一根香烟和一小包白色粉末，就在骨灰盒里。另外还有一张老照片。东区分局正在回来的路上，稍后把物证送过来检验。"

薛芃长长地吸了一口气，直到这一刻，浑身的细胞都活了。

"好，我等着。"

就在东区分局从骨灰盒里取得物证的同时，陆俨也接到了秦博成秘书的电话，通知他去一趟市政府。

李秘书和档案科打了招呼，翻查出三十五年前江城的所有重大事件的档案记录，足足两箱。

那个年代，政府还没有开始用电脑进行记录，所有档案都是手写。

陆俨进了档案室，不多会儿，就从纸箱里找到一份写着"会新化工厂毒气泄漏事件调查报告"。

严格来说，这份报告写得并不详细，不过大框架都在，包括事故的起因，到出事的过程，引发毒气泄漏的原因，再到后面如何妥善处理，以及在事故中丧生的三位员工的名单，都有记录。

果然，负责事故善后的小组组长就是高世阳，而三位遇害者分别是陈实川，也就是陈凌的父亲，还有李建宏和盛玥。

却没有姓钟的人。

陆俨皱起眉头，思路突然卡住了。

直到他又往后翻了一页，看到后面事故调查里提到的几个工厂员工的口供时，目光忽然掠过其中一个名字——钟强。

陆俨愣了片刻，遂拿出手机给齐昇拨了电话。

电话接通，齐昇率先开口："陆队，我正要找你。"

陆俨:"什么事,你先说。"

"是这样的,我们已经和历城那边联系过,调到了钟钰父母的资料,她父母在三十五年前的确是会新化工厂的员工,后来工厂关门,他们才搬去历城,我一会儿就把资料传给你……另外,资料里的照片我们也比对过,和现在这个钟钰的长相有一点出入,我们怀疑她应该做过微整形手术。"

微整形手术?

陆俨心里又落下疑问:钟钰是单纯出于爱美之心才做微整形手术?还是为了掩饰什么?

陆俨转而问:"对了,钟钰的父亲是不是叫钟强?"

"对。原来你已经知道了?"齐昇诧异道。

"我也是刚知道的,我这里也找到了三十五年前的事故报告,稍后我会将副本传给你。在这次事故里,遇害者除了陈凌的父亲陈实川,还有另外两个人,你们查一下户籍资料,一个叫李建宏,一个叫盛玥。"

齐昇没问陆俨报告是怎么找来的,连忙应了,挂断电话后就立刻让底下人去户籍派出所尽快调档案。

但是隐约间,齐昇也将陆俨的背景和外面的传言联系了起来。

陆俨是空降,比齐昇还要年轻几岁,却已经当上支队副队,还是齐昇的上级,其实各分局的同事都早就做过猜测了,唯一肯定的就是,陆俨的生父曾经是缉毒警察,还立过大功,而后殉职。

可这样的背景,也不至于让子女直接空降成支队副队,何况陆俨父亲去世早就是十多年前的事了。

另一边,陆俨也将需要的档案复印了一份,同时收到齐昇发来的钟钰一家三口的资料。

陆俨和李秘书寒暄了两句,很快就去停车场取车。

坐进车里,陆俨打开车顶灯,着着昏暗的光线翻看钟钰的资料。

就像齐昇所说的一样,钟钰以前的身份证照片和现在的她出入很大,当然这是排除掉五官随着年龄变化的因素之后。

尤其是钟钰的眼睛,过去的她有点三角眼,单眼皮,如今却是双眼皮,眼睛的形状也做了调整,还开了眼角。

还有眉毛,以前的照片里,钟钰是半截眉,而现在是柳叶眉。

不过现在的化妆术很厉害，有的堪比整容，而前面几次见到钟钰，她都是上了妆的，所以陆俨也看不出来她的眉毛是文上去的还是画上去的。

陆俨转而又翻看了钟钰的父母钟强夫妇的资料，先不说他们的经历，单单只看照片，就能看出明显差异。

钟强夫妇都是双眼皮，两人之中也没有三角眼，而且山根挺拔，下颌走线有棱有角，和钟钰的五官没有一点相似。

难道，钟钰不是钟强夫妇亲生的？

就在陆俨驱车离开市政府返回市局的路上，东区分局也将最新物证送到市局的实验楼。

薛芃拿到物证，第一时间在老照片、香烟和装着粉末的小纸包上做了指纹提取，随即孟尧远就将老照片送到声像技术室。

薛芃将骨灰盒里找到的香烟，和在钟钰家找到的水银香烟进行过比对，香烟中的确都有水银，而且烟丝的形态、气味，包括香烟纸的质地和花纹，都是一样的。

当然为了使结果更严谨，还是要通过技术进一步验证。

薛芃拿着香烟和白色粉末去做毒检时，理化实验室里只有姚素问一个人在，她正在给另外一个案子的物证进行化验。

薛芃走到跟前，姚素问连头都没抬，只专注地看着显微镜。

薛芃将情况描述了一遍，随即说："这个是高家那个案子的最新物证，东区分局要得很急。"

"我知道了，先放边上吧，等我做完这些。"姚素问抬了下眼皮，又不冷不热地补了一句，"再急，也得一件一件来。"

薛芃一顿，没再说话，也没有催姚素问先做高家案的检验，便拿着物证，走到一旁的实验台前站定。

眼下要做的工作，除了检验香烟里是否有水银，以及粉末是不是百草枯，还要将这两样东西和前面在钟钰家里搜到的毒物进行比对，包括烟丝的成分、浓度是否一致，香烟纸的质地，等等。

待会儿回到痕检科，还要比对指纹。

薛芃脑海中将所有流程过了一遍，心里渐渐定了，很快着手检验。

时间一分一秒地过去，直到半个小时后，陆俨到痕检科，不见薛芃，刚好见到拿着鉴定结果回来的孟尧远。

孟尧远："陆队，你来得正好，我正准备通知你，照片比对出结果了。这可是我用一顿午饭'贿赂'了声像技术室的同事，才说服人家帮我加急处理的！"

陆俨先是一愣，随即笑道："多谢，这顿午饭我来请吧。"

"哟，那可不行，要是你请，估计他就不敢去了。你只要记着我这份人情就好了。"

陆俨没接茬儿，直到和孟尧远一起进屋，接过鉴定结果一看，脸上的笑容渐渐收敛。

照片是老式的全家福，因时间久远，已经泛黄，而且有些模糊不清，现在的图像修复技术已经将照片里的人物五官清晰化了。

照片里，年轻男人和大肚子的妻子一同坐在椅子上，男人的膝盖上还有一个小女孩，看上去只有三四岁大。

通过人像分析对比，这个男人就是陈实川，而他膝盖上那个三四岁大的小女孩，分别继承了他们夫妻俩的部分五官特征，只是继承陈实川的明显更多。

再针对小女孩的五官轮廓进行推算，她三十年后的成像和陈凌有七八分相似。

事实上就算不做这个测试，基本上也可以猜到这一家三口是谁，钟钰总不会将陌生人的全家福照片放在陈凌的骨灰盒里。

但这张照片真正吸引陆俨的地方不在那个小女孩，而是陈实川夫妇俩。

和妻子相比，陈实川就显得格外英俊，大眼睛，双眼皮，鼻骨微凸，唯一美中不足的就是鲤鱼嘴，而陈实川的妻子是单眼皮，三角眼，脸形饱满，鼻梁塌陷，容貌上并不出色。

然而，陈实川妻子的模样，竟然和钟钰旧身份证上的照片有几分相似……

陆俨很快调出手机里钟钰的旧身份证，和陈凌一家三口的照片摆在一起，看了许久，怔怔出神。

直到孟尧远凑过来问："陆队，醒醒，怎么了这是……"

陆俨醒过神，第一句就是："看来我这顿午饭，声像技术室的同事是非吃不可了。"

孟尧远满脸问号。

几分钟后，正准备下班的声像技术室同事又被按回到电脑前，这次来的不仅有孟尧远，还多了陆俨。

要是孟尧远来，技术室同事还能抱怨几句，一见是陆俨，立刻客气起来，二话不说就接过陆俨递过来的照片，进行人像比对。

陆俨双手环胸，站在那儿一动不动，一双眸子就盯着显示器屏幕，看着钟钰的旧身份证照片扫进电脑，和陈凌一家三口的照片进行比对。

电脑很快给出结果，以钟钰旧身份证照片往后推十年，将年龄和环境对五官的影响都计算在内，得出的容貌再和陈凌一家三口进行比对，最终证实未整容的钟钰和陈实川妻子的容貌相似度高达百分之六十五。

而额头、嘴唇、颧骨这几处，则和陈实川一模一样。

陆俨眯起眼，脑海中飞快地浮现出一张完整的人物关系谱，所有疑问也在这一刻有了解释。

同一时间，薛芃通过高效液相色谱法，证实白色粉末正是百草枯。

而且和在李兰秀的泡脚包里找到的百草枯粉末进行比对，无论是成分、浓度、精密度，都完全吻合。

然而，就在薛芃得出结论的瞬间，刚完成上一步工作的姚素问也终于发现了她。

"师姐，你怎么还在这儿？"

薛芃一愣，刚抬头，姚素问已经来到桌前。

"你不会是自己在做检测吧？"姚素问诧异极了，"我今晚加班，结果一定会出，明早我就会将报告传给东区分局。可你现在这样，我很难办。检验是你做的，稍后这份报告我可不敢签字，我担不起。"

薛芃等姚素问说完，才站起身，收拾的同时淡淡道："当然，既然是我做的，字也应该由我来签。所以将来如果有什么问题，责任也是我担着。"

"可是……"

薛芃："有件事可能许科没有和你提过，因为理化这边人手不足，所以有时候会借我过来帮忙。我刚才看你那么忙，也不好多说，怕打搅你。稍后这件事，我会亲自和许科交代。而且这次是特殊情况，东区分局和支队都在等结果，要得很急。"

听到这话，姚素问笑了："我说过了，再急也得一件一件来。"

薛芃看了姚素问一眼，没接茬儿，只默默收拾台面的东西。

姚素问见状，心里有股气开始往上顶，也说不出个所以然，就是看着薛芃这样，觉得窝火。

姚素问盯了薛芃几秒，终于忍不住，问："你这是什么态度？"

她的声音很轻，却像是刀子一样飞过去。

薛芃手里动作一顿，再次对上姚素问的目光。

两个女人都戴着口罩，但彼此的眼神却很清晰，一个冷，一个淡。

片刻的对视，薛芃回："你本科是化工大学毕业的，研究生在公大就读，而我本科是公大，没念过研究生，所以严格来说，你不是我的师妹，也不必叫我师姐。"

"你……"

姚素问自小家境不俗，父母都是教授，她自己也争气上进，一直品学兼优，就没受过什么气，就算是与人有矛盾，她都是被人嫉妒和背后议论的那一个，而她也是心高气傲惯了，少有能看在眼里的对手，就没碰过这种软钉子。

更何况薛芃的语气很平和，目光淡漠，好像全然没有把她放在眼里似的，甚至还喧宾夺主把她的工作给做了，姚素问怎能不气。

"你真的确定你做的检验没问题，要不要我重做一份？我晚点走没关系的，反正都要加班。"

"不用了，你接着忙吧。"薛芃话落，拿起东西准备走。

姚素问却往左横了一步，将她拦住。

薛芃细微地皱了一下眉，盯着姚素问，没说话，却也不打算相让。

就在这时，门口传来一声轻咳："嗯哼。"

两个女人一同望去，只见门口站着两个男人，孟尧远人已经进来了，脸上透着震惊，而陆俨则靠在门框边，眉梢微挑着看着屋里。

孟尧远挤出一个笑容："那个，薛芃，陆队有事儿找你呢，赶紧的……"

"哦。"

薛芃直接绕过姚素问，走向门口。

刚跨出去，就听到屋里孟尧远的声音："都是同事嘛，不要为了一点小误会就……"

但他的话还没说完，就被姚素问打断了："师兄，我还要加班，没时间听你说闲话。"

走廊里，薛芃面无表情地走在前面，直到进了痕检科，陆俨将门合上。

来到实验台前，薛芃问："找我什么事？"

陆俨双手撑在台面上，似是笑了一下，说："这可不像是你的性格，怎么会和新同事起冲突？"

薛芃慢悠悠地抬眼："不是我挑起来的，我一直在避免正面冲突，你看不见吗？"

陆俨随口找了个解释："哦，她是初来乍到，很多事都还不了解，我想她也不是故意的。"

原本这事儿薛芃也没往心里去，转眼就能翻篇，没想到陆俨来了这么一句，反倒让她听着不舒服了。

"大家都是从新人过来的，'不了解''不是故意的'，这些都不是挑事儿的理由。"薛芃勾起唇，冷笑了一下，"你倒是挺护着她的，见色忘友？"

"……"一阵沉默，陆俨说，"我就是就事论事，没别的意思。"

薛芃横了他一眼，很快面无表情地将话题转移："白色粉末我已经做过检验了，和在李兰秀的泡脚包里找到的粉末一致，其他的检验还来不及做。等我做完指纹比对，会再去理化实验室把工作收尾，明天上午你就能看到结果了。"

"辛苦了，你今晚还是争取多睡几个小时。"一说到案子，陆俨瞬间就把刚才的篇翻过去了，"对了，我这里也有发现。"

薛芃："是什么？"

陆俨先将钟钰的照片摆在薛芃面前："你看，这是钟钰旧身份证上的照片，这是钟钰现在的照片。"

薛芃第一反应就是："她做过微整形？"

陆俨又摆出两张，说："如果钟钰没有微整形，这应该是她现在的模样，而这张是陈凌母亲的旧照。"

薛芃见了，先是一愣，隔了几秒才找回语言："要说没有血缘关系，我真不信……"

陆俨："从年龄上推断，她们应该是母女。毒气泄漏的时候，陈凌母亲正在附近学校里教书，而且怀孕已经八个月了。我们得到的资料，是她母亲送医之后就流产了，但那毕竟是三十五年前的事，现在什么都有联网记录，很难做手脚，但那个年代要想偷梁换柱，只要打通医院关系就可以了。"

听到这里，薛芃只觉得头皮渐渐开始发麻，脑子里更是有一瞬间的茫然。

"你的意思是，钟钰是陈凌的妹妹？"

"现在只要比对一下陈凌和钟钰的DNA，就可以得出结果。我已经通知DNA鉴定室了，结果明天就能出。"

薛芃喃喃道："如果真是这样，那么毒气泄漏事故就真的和高世阳有关，而钟钰、陈凌就是处心积虑，想要为父母报仇。可是……她们针对高世阳一个就好了，为什么连李兰秀都要毒害？"

陆俨很快打断薛芃的思路："好了，等明天出了结果再想吧。要是结果证实我的推断错了，现在的分析就都是白浪费脑细胞。"

薛芃醒神，扫了陆俨一眼，说："那没别的事，我就继续忙了。"

陆俨看了眼手机上的时间，诧异道："要不要先去饭堂吃晚饭，你不是打算空腹加班吧？"

"你自己吃吧。"薛芃淡淡一笑，随即一边戴着手套，一边慢条斯理地说，"或者，你可以邀请姚素问一起去，好让她早点消气。我就不送了，陆队。"

陆俨："……嗯？"

一夜的等待，周日上午，所有检验报告均已出炉，高家案最大的疑点也随之解开。

从骨灰盒里找到的水银香烟和白色粉末，都已经证实和在钟钰家找到的一样，而且骨灰盒里的物证有钟钰的指纹。

声像技术室加班的同事，也通过数据恢复钟钰的笔记本电脑，找回一段被删除的视频。

笔记本里最先恢复成功的视频文件，正是高力鸣在家里下毒的完整片段，而且就在片段里，钟钰现身了，同样戴着防毒面具和手套，就坐在一旁看着高力鸣。

紧接着，DNA鉴定室也出了检验结果，证实陈凌和钟钰是同父同母的亲姐妹。

也是在同一天早上，高力鸣的生命即将走到尽头，医生估计也就是这几个小时的事了。

陆俨和东区分局相继拿到报告，东区分局立刻将已经取保候审的钟钰带回警局审讯，陆俨也第一时间赶到。

而另一边，薛芃原本已经结束工作，可以回家补眠，一听到东区分局即刻开始审讯，又立刻来了精神。

薛芃来到东区分局，和刑警队的同事打了招呼，递了申请，被允许到审讯室隔壁旁观。

薛芃进去时，透过单向镜，正好看到面对单向镜而坐、一直低着头的钟钰，而此时负责审讯工作的正是陆俨和齐昇。

然而审讯室里却十分安静，无论是审讯的一方，还是被审讯的一方，都没有人说话。

薛芃等了片刻，问旁边的王志申："怎么回事？"

"僵住了。"王志申小声说，"钟钰进来以后一句话都不说，兴许她以为只要打死不认罪，就没法判。哎，真是太天真了，铁证如山，零口供也可以入罪啊！"

"不。"薛芃下意识地说道。

王志申："什么？"

薛芃吸了一口气，声音很轻："她不仅具备医学常识，也懂法。她不是不认罪，而是……"

而是什么呢？难道钟钰以为自己还有翻身的机会？

王志申："哦对了，钟钰已经通知律师了，估计是想等律师过来吧，不过就算来了也没用，审讯中律师是不能在场的。"

薛芃没接话，但心里却倏地升起警惕。

钟钰的律师是韩故，韩故的确不能在场，但钟钰绝对有权利和律师单独聊几分钟，而在这几分钟里，韩故也绝对有能力给钟钰划明重点。

薛芃刚想到这里，对面审讯室的门就被人敲响了，接着齐昇便起身出去，不一会儿又折回来，在陆俨耳边小声汇报。

从薛芃的角度，只能看到陆俨宽厚且笔直的背脊。

在听齐昇说话时，他微微侧了下头，露出挺拔的鼻梁和紧绷的颈部肌肉，垂着眸子，眉宇却在齐昇最后一句话落下时皱了一下，但很快又舒展。

接着，陆俨便站起身，令本就狭小的审讯室越发显得逼仄。

而钟钰也因为这番动静略抬了下眼，只是脖颈没有明显幅度，依然弯曲着，这样一个抬头的角度，眼睛向上看，便露出更多的下眼白。

直到审讯室里的人走光了，薛芃的目光依然直勾勾地看着对面。

这时房门推开，陆俨进来了。

王志申叫了声"陆队"，就出去了。

屋里陷入沉默，陆俨上前一步："我听说你来了。"

薛芃醒过神，侧头看他。

昏暗的灯光下，陆俨低眉敛目，眸色深沉，那两片漆黑的色泽中倒映着她的影子。

薛芃轻轻动了一下唇，说："我小时候曾经听我爸说过，有些人的形态很像动物。"

陆俨一顿，但很快就反应过来：

"你是指钟钰。"

薛芃说："也不知道是不是巧合，我见过钟钰三次，三次她都低垂着头，很少和人对视，偶尔抬眼看人，脖颈这里也不会动。当然，也有可能是因为面对的是警方，犯罪嫌疑人通常都是低着头的。"

陆俨说："你观察得没错，钟钰的确心思深沉，好像时刻都在低头琢磨事。"

"是啊，琢磨怎么害人。"薛芃轻声应了，遂话锋一转，"不过她的律师是韩故，你心里要有个数，他能周旋在那么多企业老板中间，必然不是善茬儿。"

陆俨勾了勾唇，但笑意很快消失："我会怕他吗？"

"人心险恶，暗箭难防。"

这话落地，屋里安静了几秒。

直到陆俨说："这个案子已经证据确凿，如果这个时候韩故还能教钟钰玩出花样，我反倒会高看他几眼。"

整个上午，韩故都在江城女子监狱见当事人，等离开监狱刚一上车，坐在副驾驶座的助手就接到了一通电话。

助手："好的刘总，我会转告给韩律师，他现在在外地出差，不方便接电话。好，您放心……"

一阵虚应过后，助手切断电话，侧头看向后座的韩故。

韩故正半眯着眼，一手捏着眉心，他看上去很疲倦，也很烦躁。

车玻璃上贴了两层黑膜，韩故就坐在光线并不充足的后车厢里，略一抬眼，就听助手低声汇报："是少阳的刘总。他说，希望您可以接他的案子。"

韩故一声轻笑："他不是破产了吗？"

助手："是啊，如果真帮他打赢官司，事后恐怕还要追讨律师费。但他的意思是，以前曾经给您介绍过不少业务，希望您这次看在人情分上帮帮他。"

韩故:"也就是让我免费了?"

助手停顿一秒,说:"换个角度来说,这事儿对您的名声也有好处,到时候我们会把消息散出去,再借此让几家媒体炒作一下。"

一阵沉默,韩故侧头看了看窗外,脸上的表情始终不明不暗,难辨喜怒。

助手也不敢再说话。

片刻后,韩故才低声道:"这种视金钱如粪土,只凭兴趣接案子的风格,倒是很适合某人。"

助手一愣:"您的意思是……"

韩故转过脸,似笑非笑道:"把徐烁的名片推给刘总。"

"是……"

半个小时后,韩故抵达东区分局,办好了手续,就跟着刑警一路来到会见室。

会见室里没有别人,空空荡荡,阴阴冷冷,助手就等在门外。

韩故点开手机里的程序,对着屋子扫了一圈,没有发现任何监听设备。

直到门再次开启,钟钰进来了。

韩故转身,目光淡漠地在她身上掠过,便走到桌前坐下,说:"咱们只有五分钟,长话短说。"

钟钰没吭声,坐下后,靠着椅背,这才抬眼看人。

韩故全然一副公事公办的口吻:"两件事:一件是,高力鸣快不行了;另一件是,监狱和看守所我都已经打点好了,你进去以后,只要不搞特权,日子就不会太难过。"

"是吗,那多谢了。"钟钰扯出一个很浅的笑,"除了这个,我也要谢谢你,一直都在关照我姐姐。"

韩故没接这茬儿,只说:"看来你一点都不关心高力鸣的情况。"

"你不是说了吗?他快不行了,我又不是医生,我关心了他就能活吗?"

韩故不置可否地扯下了嘴角,又道:"警方这次审讯,应该已经掌握了实据。我的意见是,你尽量配合调查,只有坦白才能从宽,这次的笔录对你很重要。等上了法庭,我也会尽力为你争取。"

钟钰又是一笑,说:"谢谢你这么尽心尽力,等案子了结了,不管是不是死刑,我都会遵守约定,把你想要的东西给你。"

"一言为定。"

五分钟转瞬即逝，钟钰再次被送进审讯室。

韩故跟着离开会客室，一出门，刚穿好西装外套，就见到从洗手间出来的薛芄。

薛芄见到韩故一点都不惊讶，反倒是韩故，扬了一下眉，率先问："你什么时候改在分局上班了？"

薛芄面无表情地回答："韩律师，你又忘了避嫌。"

"哦。"韩故微微一笑，似乎还想说点什么，余光瞄到旁边的刑警，又顿住。

薛芄已经越过他，直接进了审讯室隔壁屋。

王志申已经在了，而单向镜对面，钟钰也重新回到小桌前坐下。

这时，坐在对面审讯桌前的陆俨说："律师你已经见过了，现在咱们来说案子。我希望你能老实交代，不要浪费时间。而且这很可能是你最后一份笔录，对你的入罪判刑很重要，该怎么回答，你心里要有数。"

钟钰长长地吸了一口气，又吐出，随即第一次直起背，和陆俨的目光对上。

一个锐利深沉，一个出奇平静。

钟钰说："你们问吧，我什么都交代，我愿意配合你们的调查。"

陆俨心里暗暗起疑，表面却未露声色，说："我们的调查，已经证实你和陈凌是同父同母的亲姐妹我们调查过三十五年前江城南区会新化工厂的毒气泄漏事件，知道你们的父亲陈实川在那次事故中丧生。我们从你的电脑笔记本里恢复了视频文件，视频中有直接指向你参与下毒毒害高世阳夫妇的证据。还有，在陈凌的骨灰盒里，我们找到了你留在里面的水银香烟和百草枯。以上这些，你有什么要说的？"

钟钰脸上没有露出一点惊讶，就好像这些东西和她无关似的，她只说："我认罪。陈凌的确是我姐姐。我父亲叫陈实川，死于三十五年前的毒气泄漏事件，这件事和高世阳有直接关系，所以我才回来复仇。"

"既然你都承认了，我们也愿意给你这个机会，让你把事情讲清楚。"

听到这话，钟钰倏地笑了下，问："陆警官，你是从什么时候开始怀疑我的？"

陆俨没回答，只眯了眯眼。

钟钰又问:"好像是从医院那次吧。可我记得,那是咱们第一次见面,到底我做了什么,才会引起你的怀疑?"

陆俨双手就搁在桌上交握,淡淡道:"你的公公正在ICU里急救,生死未卜,你的婆婆死在家中两天,无人收尸,你在ICU外面哭得很伤心,那场戏演得不错,可惜还没有落幕,你就当着'观众'的面补起妆了。"

钟钰一顿,垂下眼帘开始回想。

陆俨:"你这个动作我一直都不知道为什么,开始我以为你只是过分爱美。后来我想,这大概和你的表演型人格有关,直到我们查到你的旧照,我才明白你这个动作是为了掩饰整容手术留下的疤痕。"

其实钟钰的整容手术很成功,疤痕也非常浅,不近距离仔细观察根本看不到,可钟钰太注意细节,是个完美主义者,她每天都在镜子里端详自己,吹毛求疵,眼里进不得沙子,哪怕是芝麻粒大的疤痕也无法接受。

钟钰说:"我不明白,就算我在意容貌更胜过在意高世阳的生死,这又能代表什么呢?我交给你们的下毒视频已经说明了毒是高力鸣下的,我最多只是知情,为什么你还一直盯着我不放?"

一直没有说话的齐昇忽然开口了:"现在是我们在问你,不是在为你答疑解惑。"

钟钰看向齐昇:"齐警官,我只是想死个明白,不然我脑子里会一直徘徊这些问题,我的精神就无法集中在你们的问题上。"

直到陆俨说:"我可以回答你。"

钟钰又看回来。

陆俨:"很简单,我们调查的高力鸣和你口中描述的高力鸣,完全没有一个下毒者该有的心机。高力鸣性格冲动,做事没有长性,虽然是高世阳夫妇收养的,但李兰秀对他一直很溺爱。高力鸣依赖父母惯了,让他独立做事,他上社会十几年,总是一事无成,一直受挫。这样一个人,他或许会怨天尤人,会想到报复社会,但他没有完成这种下毒计划的能力。而高力鸣恰好有你这样一个妻子,具备下毒者的所有条件。"

听到这里,钟钰自嘲地笑了,又一次低下头,说:"看来我就是想得太多,计划得太完美,才会将自己暴露。"

几乎同一时间,单向镜的另一边,薛芃低声说道:"聪明反被聪明误。"

鲁莽的人,只会想到鲁莽的方式,只有聪明且自负的想要耍聪明的人,才会用如此迂回的方式。

对面房间里，齐昇这时用笔尖在桌上敲了几下，催促道："行了，你的问题陆队已经回答了，现在该你了。"

钟钰的笑意又渐渐收了，低垂的眼睛看着地上，怔怔发直。

就在齐昇准备再次提醒她时，钟钰忽然开口了："我们的故事，要从三十五年前说起。"

这话很轻，落下的刹那，陆俨和薛芃不约而同地屏住呼吸。

我们的故事，要从三十五年前说起。

这是陈凌留给这个世界的最后一句话。

钟钰："我的父亲陈实川，那时候是会新化工厂的工人，他的工作表现很出色，对设备了解也深，很爱钻研，车间主任对他印象很好，早就想提拔他做小组长。那时候高世阳已经是小组长了，他心高气傲、嫉妒心重，一直看我父亲不顺眼。这些事，都是我养父钟强后来告诉我的。

"早在那次事故之前，我父亲就已经提议过要做好紧急预案，万一发生事故，就按照预案上的指示来办。可高世阳却说哪那么容易出事啊，还说我父亲是危言耸听。其实高世阳推三阻四，就是怕暴露自己的短处，他不学无术，进厂培训后也只是个半吊子，尤其讨厌开会讨论，还总觉得别人在背后嘲笑他没文化。"

就在事故发生当日，高世阳身为小组长，对组员下了错误的命令。

事发的那一刻，所有人都蒙了，脑子都有点空，因为这样的事谁都没遇到过，都有点慌。

陈实川是最先反应过来的，他立刻招呼大家，第一时间把反应釜的底阀打开，把废料排出去，流入地沟，同时还要打开消防水给地沟降温，然后尽快撤离。

可是高世阳却即刻制止了陈实川："在这个时候还摆起架子，说他才是组长，要听他的指挥，更当下质问陈实川，要是听你的出了事故，责任是不是你来担？"

接着，高世阳又问其他几人是不是要跟陈实川一起背锅。

陈实川是个老实人，被高世阳这样一呵斥就不说话了，其他几人也跟着沉默。

就在那一刻，根本没人想到后面会面临怎样恐怖的事。

高世阳很快下令，要将有机物料先放到铁桶里，不能浪费，尽可能减小损失。

几人照做，同时也听了陈实川的话，用毛巾遮掩口鼻。

可是物料放出来时还一直在反应，持续升温，铁桶经不住高温，当场炸裂。

那炸裂的铁桶直接伤到一名叫李建宏的工人，李建宏晕倒在地。

而另一名叫盛玥的工人想将他尽快拉出车间，但因为腾出来捂住口鼻的手，没多久也因吸入毒气而晕了过去。

这时，高世阳已经来到窗口，要往外跳。

跟在后面的陈实川一回头，见到两人晕倒，当下就放弃跳窗，折回去想救两人。

也就是在这个时候，第二个和第三个铁桶相继炸裂……

听到这里，陆俨很快质疑道："这些事都是在车间里发生的，那你养父钟强又是怎么知道的？"

钟钰回答道："钟强当时就在窗外。高世阳跳窗的时候是单手，行动不便，是钟强扶了他一把。钟强说，他原本是想进去救人的，但是高世阳却拉住他，还问他'你是不是不要命了'，然后就把他推走了。"

有机物料暴露在空气里，很快就形成毒气，蔓延出工厂，直接影响到附近一所小学。

陈实川的妻子当时是小学教师，怀孕八月，即将休产假，却在那天不慎吸入毒气，和学生们一起被送入医院。

而这之后的事，就是钟强做手脚的部分。

其实陈实川的妻子进医院后就一直昏迷不醒，因为怀孕，身体本就虚弱，再加上中了毒气，进医院没多久就早产了。

孩子生下来也很虚弱，在保温箱里足足待了一个月。

而这一个月，陈实川的妻子也终于醒来，得知自己的丈夫离开人世，伤心欲绝。

按理说，这次事故工厂应该予以补偿，可是经过调查，当时唯一生还的高世阳和在窗外经过的钟强都口口声声说，是陈实川操作不当，才引起铁桶炸裂。

这下，所有中毒学生的家长，还有盛玥、李建宏的家人，都要工厂和陈实川的妻子给个说法。

陈实川撒手人寰，除了两个女儿，什么都没留下。

陈实川的妻子在身体和精神上都遭受巨大打击，住院一个月，多次吐血。后来听医生说，她因为生产和毒气中毒，还有精神上的打击，有些器官已经出现了衰竭现象，以她当时的身体状况来看，就算治疗也只是维持时间，根本没能力抚育孩子。

陈实川生前工资就不高，离世后工厂也只是意思意思，给了少量的抚恤金，陈实川妻子不堪重负，就想到了死。

但在自杀之前，陈实川妻子还是联系到钟强，要当面问清楚。

钟强连日来也是精神不济，夜夜失眠，知道陈实川妻子不久于人世，还见她当着自己的面咳了一大口血，他在那个瞬间终于良心发现，知道这将是自己最后也是唯一一次忏悔的机会，当下便给陈实川的妻子跪下了。

说到这里，钟钰"咯咯"地笑出声，那笑声又冷又阴，随即说："钟强啊，还是没有当恶人的潜质，看看高世阳，人家就可以'心安理得'，吃得饱睡得香，后来换了工作，还将自己'立功'的事到处宣扬。"

钟钰收起笑，转而又道："钟强不知道，我母亲当时录了音。那盘磁带连同遗书，都在自杀前交给我姐姐陈凌了。我母亲真的很聪明，也很坚强，就算到了最后一刻，心里想的依然是为我们姐妹俩谋后路。

"她看钟强跪地忏悔，哭得很真，知道这个男人容易心软，性格懦弱，就在那一刻，她将我托付给钟强。"

陆俨的眼睛眯了起来，就在这一刻，他脑海中似乎浮现出陈实川妻子的模样，就那样奄奄一息地躺在病床上。

她看上去已经快不行了，好像随时都会离开，可她却用尽所有力量，紧紧抓着钟强的手，就像捏住了他的良心。

她很虚弱，脸色灰白，可她的眼神里却是极度的冷酷，充满了恨意。

她虽然即将离世，却给这个世界留下两颗种子。

或许这两枚种子可以延续她的恨意，终有一天为他们夫妇讨回公道。

陈凌、钟钰姐妹俩，就这样分开了。

陈凌很快就被送到了立心孤儿院，而钟钰则被钟强夫妇收养，他们收买了医院院长，将孩子抱走。

但钟强夫妇知道，会新工厂的老员工都知道他妻子没有怀孕，不可能突然蹦出来一个女儿，而工厂也在接受调查，复开无望，他们便趁此机会斩断所有联系，搬去历城投靠父母。

这之后，便是陈凌和钟钰的故事。

陈凌在立心孤儿院的日子并不好过，就像一只家猫突然被扔到了野外，是生是死全凭自己的本事。

孤儿院就像社会一样，有欺生现象，尤其这些孤儿心理都不健全，有的性格乖张，有的靠拳头说话，还有的狡猾多端，时常跟大人告小状。

陈凌被迫"揠苗助长"，起初的生存很艰难，连温饱都是问题。

但好在那时候的陈凌对母亲的印象还很深，比起父亲陈实川，母亲则更懂得这个世界的游戏规则，陈凌虽然还不到五岁，却已经学到了一点皮毛。

再加上那盘录音和那封遗书，陈凌虽然听不太懂，却也能明白一个重点，那就是父亲陈实川是被人害死的。

数年时间转瞬即逝，陈凌始终没有人收养，就一直在立心孤儿院长大，直到成年后离开，她已经成了这个小型社会的强者。

"适者生存，优胜劣汰"，这八个字对陈凌来说绝不是纸上谈兵，而是她十几年来在立心孤儿院身体力行学到的生存法则。

自然，那盘磁带和母亲的遗书，陈凌也反复听过、看过多次，早就会背了。

陈凌离开孤儿院后，第一件要做的事就是寻找仇人高世阳和失散多年的妹妹，但这对她一个没权没势也没背景的女生来说，并不是件容易的事。

而这十几年间，钟钰一直都生活在历城，在钟强夫妇的照顾下顺利长大。

只是钟钰自小多思、敏感，脑子也活络，这一点非常像陈实川的妻子，所以十来岁的时候，钟钰就已经隐隐感觉到这个家的奇怪之处。

钟钰总觉得她和父母长得不太像，同学和邻居也都这样说。

有一次，钟钰跟着钟强夫妇去看奶奶，偶然在厨房外面听到母亲和奶奶在里面小声说话。

奶奶问母亲，打算什么时候要一个自己的孩子。

母亲很为难，说一直怀不上，怀疑是不是钟强之前在工厂的时候把身体伤了。

奶奶又问，那是不是打算一直把钟钰当作亲生的，这抱养的能比亲生的贴心吗，就不怕以后是个白眼狼？

自那以后，钟钰对自己的身世就有了认知，心里很不是滋味，却又不知道该怎么办。

再一回想父母偶尔的古怪，甚至父亲对她的疏远，对她总是隔了一层纱，似乎这一切都有了答案。

后来那几年，钟钰就一直在这样不安和怀疑的情绪中长大，和父母也越发不亲，甚至还经常担心要是有一天养母怀孕了，她该怎么办，会不会被他们扔出去。

加上钟钰那时正值青春期，性格也越发内向，平日不爱说话，无论是站还是坐，总是低着头想事情，对周遭的一切也十分敏感，很善于分析。

别人不经间的一个举动，或是一句话，钟钰看在眼里，都能很快作出解读，明白这人背后的动机。

也正因为如此，钟钰会比同龄人甚至成年人更迅速地接触到他人的内心，甚至钟强夫妇偶尔表现出来的一点小动作、小眼神，无论是对她的防备，还是疏离，钟钰都能立刻捕捉到。

而这些细节也一点一滴地走进她的心里，渐渐消磨掉她对养父母本就不多的"亲情"。

这样的情况一直到钟钰上大学住校，她的生活里突然出现一个陌生又亲切的女人，就是陈凌。

陈凌经过多方打听，又花了很多钱托人寻找，终于找到钟钰的下落。

钟钰因为性格以及陈实川夫妇的死因，在钟强家里始终得不到真正的父爱母爱，所以可想而知，当陈凌对她无限包容、无限付出，无私地照顾、关爱她的时候，那种效果是直击心灵的。

当然，可能换一个人，钟钰也未必能接受这层温暖，或许这也和亲姐妹之间的血缘有关，钟钰第一次见到陈凌就觉得很亲切，好像有什么东西在吸引她。

经过一段时间的相处，钟钰和陈凌很快就成了知己，陈凌也在潜移默化之间，将自己的故事一点点透露给钟钰。

钟钰听了十分愤怒，甚至和陈凌产生共情。

对钟钰来说，她和陈凌一样，都是无父无母的孤儿，在这个世界上没有人是真心对她们好的，只有她们两人才是相依为命的"亲人"。

钟钰甚至多次幻想过，如果陈凌是她的姐姐，如果自己就是那个被人抱走的婴儿，那该多好。

直到某一天，钟钰的"幻想"实现了。

陈凌认为时机已经成熟，便把一切都和盘托出。

钟钰受到惊吓，起先是怀疑，不肯相信，后来冷静下来又要求看到证据，心底还隐隐有点高兴。

陈凌和钟钰很快就去做了DNA鉴定，证实两人是亲姐妹。

拿到结果之后，钟钰如释重负，流浪了二十年，突然寻找到唯一的亲人，那种喜悦和松弛，是她多年来未曾经历的。

但随之而来的，便是愤怒和不甘。

故事讲到这里，钟钰话锋一转，说："就这样，我和姐姐相认了，我们也开始寻找仇人，制订我们的复仇计划。"

而这一刻，站在单向镜另一边的薛芃，也因为这个故事和钟钰语气中的兴奋受到震动。

旁边的王志申嘴里念叨着："哎，也难怪她们姐妹俩会这么变态了。"

可薛芃脑海中浮现的却是姐姐薛奕的模样。

薛芃不禁自问，站在旁观者的角度，看到这样一对姐妹，目睹她们这样残忍的下毒方法，将高世阳夫妇折磨致死，她会反过来同情这对姐妹的身世吗？

答案肯定是不会。

任何案件都有它发生的原因，作案人也有他们的动机，无论是复仇，还是报复社会，他们都自觉无辜，自觉是这个世界的受害者。而这些动机和原因摆在案件面前，就会变成犯罪嫌疑人的"借口"。

很多人习惯用因果论的，这放在高家的案子里，陈凌和钟钰恐怕也是这样想的——如果不是高世阳谋害她们的父亲陈实川，又把责任推给他，还间接害死了她们的母亲，她们也不会处心积虑地找高家复仇。

只是薛芃转念一想，如果抛开这些理智的分析，如果将陈凌、钟钰替换成薛奕和她呢，她还会这么客观吗？

想到这里，薛芃轻微地眨了下眼，深呼吸的同时，也将脑海中再度浮现的薛奕临死前的模样深深埋了下去。

随即她集中精神，继续听钟钰的故事。

陈凌和钟钰相认之后，一切都发生得很快。

她们最初的调查并不顺利，江城太大，他们要找一个姓高的化工工人，并不是件容易事。

而最简单也最笨的方法，就是她们也去化工厂工作，通过这个圈子里的人际关系，一层一层地去打听。

她们做梦都想不到，这一找竟然找了十年之久，她们甚至一度认为高世阳已经离开江城，或者已经死了。

直到一次偶然的机会，她们才顺着蛛丝马迹寻找到一个当年会新工厂的老工人，得知高世阳的下落。

原来在这些年里，高世阳曾经找人算过一次命，还因此改了名，中间有十几年都叫高本顺，后来又改了回来。

而就在她们找到高世阳的时候，远在历城的钟强也因为肾衰竭，即将离世。

钟钰回到历城，见了钟强最后一面，还将当年的录音播放给他听。

钟强躺在病床上，终于松了一口气，也终于跟钟钰说了一次心里话。

其实钟钰小时候很可爱，只是越长大越像陈实川的妻子，尤其是那个眼神和她偶尔看人的神态，简直一模一样。

钟强每每对着钟钰，就会想到那天在病房里，那个人躺在床上奄奄一息，眼睛却带着满腔恨意，这就像压在他心口的一块儿大石，压了他半辈子。

钟强就像三十五年前跪在陈实川妻子的病床前一样，对着这时站在病床前俯视他的钟钰，做了这辈子最后一次忏悔。

他告诉钟钰，当年之所以不敢把真相说出来，一来是因为受到高世阳的威胁，二来是家里欠了一大笔债，需要填坑，而高世阳刚好帮他填上了。

可钟钰听到这些，就像当年陈实川的妻子一样，眼里迸射出恨意。

就在钟强咽气之前，钟钰低下头，在他耳边说："你可以去死了。"

后来，钟钰就回到江城，开始了她和陈凌的复仇计划。

钟钰说："这后面的事，你们应该都知道了，我是故意接近高世阳和李兰秀的。我们做过调查，知道高力鸣是从孤儿院领养的，刚巧也是立心。而我姐姐对他还有点印象，这还真是天助我也。"

这之后，钟钰就做了微整形，转而接近高力鸣，还申请做社工，经常参加街道活动，很快就认识了李兰秀。

就这样双管齐下，陈凌作幕后军师，钟钰来实施。钟钰一边被高力鸣追求着，另一边就在高世阳、李兰秀面前营造热心善良的形象。

李兰秀见钟钰人好，又漂亮，就想介绍给自己的儿子，谁知这一介绍，却发现原来高力鸣一直都很喜欢钟钰。

钟钰便这样开始半推半就地和高力鸣交往，一年后结婚，开始在高家三口中制造嫌隙。

"其实高力鸣就是个妈宝男。"钟钰说，"你们知道妈宝男长大以后会变成什么样吗？你们知道像他这种在母亲的溺爱下长大的人，出社会以后有多难过吗？李兰秀特别无知，她觉得爱孩子就是他要什么给什么，过犹不及。所以高力鸣就被她惯得脾气又臭又硬、自私自利、一无是处。

"高力鸣根本没朋友，他自小到大喜欢的女生也没有一个看得上他，所有人都烦他、嫌弃他，离他远远的，他在别人口中就是个讨厌鬼。可是高力鸣的性格已经养成了，他最不会的就是反省，他永远觉得错的是别人，是这个世界在与他为敌，他还讨厌每一个针对他的人。"

这时，沉默许久的陆俨开口了："也包括他的父母。"

"当然。"钟钰笑了，"这就是溺爱的下场。平日对他千般好，他习以为常，认为这是应该的，所以一旦稍有一点指责，他就会饱受挫折，不理解，也不能接受，还会反过来怨恨。高力鸣这辈子就没做成过一件事，毒害他的养父母是他唯一的'成就'，连他自己都觉得不可思议，还有点骄傲呢。"

齐昇拍了下桌子："这还不是你教唆的！"

钟钰"咯咯"地笑着。

陆俨说："说说李兰秀吧，你们对高世阳下毒是因为父母，那么李兰秀呢，她没有做过对不起你们的事。"

钟钰又收了笑，眼神里流露出阴狠："因为她比高世阳更烦人。我和高力鸣在一起后，李兰秀就老拉着我的手，在我面前想当年，还说离不开我，要我每天都去看她。我说，我要工作啊阿姨，我要是加班的话，就过不来了。李兰秀却说，那你就请假来陪我，或者干脆把工作辞了吧。

"有一次电梯坏了，他们住在十六楼，李兰秀完全不考虑那天高温三十七摄氏度，还要我去超市买两大袋东西，再爬到十六楼去看她。等我终于到了，气都喘不过来了，李兰秀又开始跟我念叨以前的事，反反复复，没完没了。也就在那一天，李兰秀跟我提到高世阳年轻时立的功，她还存了一份当时的旧报纸，拿给我看，还说那次事故多亏了高世阳，要不然全厂的员工，还有隔壁小学的学生，都得丧命。"

陆俨："你越听越生气，从此就生了杀心？"

"那倒没有。"钟钰说，"我当时是很生气，但我还没有气到要杀了她。我以为她只是被高世阳的故事骗了，就是个无知妇孺。我和高力鸣结婚之后，有一次我听到高世阳和李兰秀吵架，我才知道，原来李兰秀一直都知道高世阳才是事故元凶，但当时她和高世阳正在交往，人又虚荣，便毫无愧疚地选择隐瞒真相。

"事故发生之后，李兰秀就成了高世阳的代言人，走到哪儿都不忘宣传这段'功绩'。李兰秀换到第三方检测公司之后，还帮高世阳搭了线，在几家化工厂的检测上做了手脚，拿了不少好处。他们俩根本就是蛇鼠一窝。"

后来，钟钰花了一年的时间，去离间高家三口的关系。

她让高世阳以为，李兰秀有意把当年的事公布出来，让他晚节不保，他们大吵了一架，李兰秀就搬出来单住了。

那时候，高力鸣又换了一次工作，他每个月的开销比他的工资高了三倍，非常贪图物质享受，全靠家里给钱帮他还账。

因为李兰秀一直溺爱着高力鸣，所以高力鸣就算每个月都借走一两万块钱，李兰秀最多也就是念叨几句，该给还是会给，并且相信高力鸣都是用在投资和应酬上，早晚能十倍百倍地赚回来。

高力鸣虽然是领养的，但他并不知道这件事。

高世阳因为毒气泄漏事件，身体也受到损伤，导致不能生育，他和李兰秀就选择收养了高力鸣，两人也将高力鸣当作亲生的看待，还说好了一辈子都不告诉他这件事。

直到高力鸣持续跟家里借走了三十万，气着了高世阳，高世阳决定不再借钱给他，让李兰秀也不要借，还说要去公证处立遗嘱，等将来去世了就把房子捐出去。

可想而知，这对一直习惯了伸手的高力鸣是多大的打击。

钟钰："我就在这个时候，向高力鸣透露了他可能是领养的事实。他知道以后又震惊又害怕，甚至开始相信高世阳的话，也将高世阳的突然变脸归咎于他不是亲生的事情上。然后，我就陪他去做了亲子鉴定。出结果那天，高力鸣很久都不说话，他彻底蔫儿了，不知道该怎么办。"

陆俨："于是，你就开始给他洗脑，让他相信只有尽快拿到遗产，才能保住现在拥有的一切。"

"我没有给他洗脑,这是他自己想到的。我还是在他的电脑里发现了搜索痕迹才知道,原来他在网上询问过律师的意见,也去论坛上问过网友,如何能神不知鬼不觉地杀死一个人……"

说到这里,钟钰又一次笑了。

陆俨轻轻在桌上敲了两下,问:"为什么李兰秀会和邻居说,她觉得儿子要毒死她?李兰秀早就知道?"

钟钰说:"还不是高力鸣搬石头砸自己的脚么。有一次他又去找李兰秀拿钱,他们又吵了一架,情急之下,高力鸣就撂狠话说——你老了,以后得靠我,养儿才能防老,你要是对我不好,这些事我都会记着,早晚有一天,我会把你毒死,你的钱就都是我的,我还用得着跟你这里受气吗?

"呵,高力鸣那天真是把李兰秀气得不轻。他回家以后跟我说起这事儿,别提多得意了!"

陆俨忽而话锋一转,问:"那你姐姐陈凌呢,你说的故事后半段,几乎没有提过她。这些计划是她帮你想的,还是你自己想到的?"

"是我自己。"钟钰说,"她还不到三十岁就得了胃病,后来转成胃溃疡,身体一直不太好,不能劳神,也不能生气,只能养着。后面的事,我没有麻烦她,就是怕影响她的身体。而且她后来还坐了牢,我一个月只能去看她一次,还得以朋友的身份,每次见面的时间都不长,我一向都是报喜不报忧的。"

陆俨眯了眯眼,观察着钟钰的表情。

就这段描述来看,他是一个字都不信。

陆俨又问:"陈凌生前曾经在笔记本上写过半句话,'悭贪者报以饿狗',你知道吗?"

"我知道,她有几年沉迷过佛学,经常去听法会。我还记得她跟我提过后半句,是'毒害者报以虎狼'。她说,无论是高世阳、李兰秀、高力鸣,还是钟强,他们都是'悭贪者',自私,贪图利益,罔顾他人的性命,这种人是要遭报应的。而这里面,最坏的就是高世阳,他不仅贪,还害死了我们的父母,所以他也是'毒害者'。"

"那你和高力鸣呢?"陆俨说,"你们也毒害了高世阳和李兰秀。本质上你们没有区别。"

听到这话,钟钰的眼神倏地变了,又狠又厉:"我和他们不一样,有因才有果。高世阳如果老老实实做人，当初听我父亲的一句劝，我父母和那两个工人都不会死，我和姐姐都会有更好的人生！

"而且，高力鸣为了贪钱，才要去毒害他们的，高世阳和李兰秀对他有养育之恩，他不知回报却反咬一口，最狠毒的是他！高力鸣但凡明白知恩图报的道理，今天这件事我都办不成！"

钟钰越发激动，陆俨却淡淡将她打断："就算你说的是事实，高力鸣也没有能力完成，更没有这个耐心一点点下毒害人，是你在背后教他如何以慢性下毒的方式，实行一次'完美'的犯罪。可惜，百密一疏。只要你做过，就一定会被知道。"

钟钰深吸一口气，说："事实上，这的确是一次完美的犯罪。若不是我要给姐姐一个交代，在祭拜她的时候，留了一份'证据'在里面，你们也无法证明我参与下毒。"

齐昇接道："天网恢恢，疏而不漏。就算你把证据藏得再隐秘，我们也会找到。"

"你错了。"钟钰说，"不是我把证据藏起来，我根本不需要藏，只要我什么都不往骨灰盒里放，就可以了。所以说到底，是我指证了我自己，这世界上的确存在完美的犯罪。我输就输在太爱我姐姐了，我必须给她一个交代。"

说到这里，钟钰的眼圈渐渐红了，这还是她第一次流露出悲伤，远比她在ICU门外表演的那场戏要真诚得多。

或许陈凌的死，也带走了钟钰的一部分灵魂，她的精神支柱已经没有了，坚持了十几年的目标已经达成，就算不坐牢，恐怕以后的人生也不知道该何去何从吧。

钟钰低下头，深深地吸了一口气。

该说的，她已经都说完了。

可就在这一刻，陆俨开口了："是人就有弱点，只要这个弱点在，就不可能有完美的犯罪。你的弱点就是陈凌，如果你不在乎她，也不在乎亲情，这个弱点自然就不会存在，你也就不会在她的骨灰盒里留下证据。但话说回来，要是你真的不在乎，你也就不会报复高世阳了，那今天你也不会坐在这里。"

钟钰身体一震，没有抬头，也没有去看陆俨，放在桌上的双手渐渐握成拳，肩膀不自觉地开始颤抖。

接着，她像是从牙缝里龇出来一句话："你们根本什么都不懂。"

许久以后，对钟钰的审讯终于结束，她被带出审讯室，准备送去看守所。

陆俨也长舒了一口气，伸长一双腿。

齐昇站起身，主动伸出手，说："陆队，这次真的要多谢你！其实在这之前，我就听过陆队在禁毒支队立过两次大功，我那时候还有过怀疑，现在我终于相信了。"

陆队也笑着起身，伸手回握："客气，东区分局能在这么短的时间内破案，这是大家的功劳，稍后我会将报告交给潘队的，一定会论功行赏。"

几句寒暄，齐昇高兴地出去了。

陆俨慢了一步，出门时，刚好看到靠在隔壁房间门口、双手环胸的薛芃。

薛芃正歪着头瞅他，意味深长地好似在打量什么。

陆俨有点莫名其妙："为什么这么看着我？"

薛芃说："很精彩的审讯，很精彩的犯罪故事。"

陆俨笑了下，刚要接话，不料薛芃又道："不过有两个问题，我觉得很奇怪。"

"什么。"

"你第一次怀疑钟钰，真是因为她补妆的动作吗？"

"哦，也不完全是。"陆俨说，"其实以钟钰过分爱美，时刻想着修饰细节的习惯来看，补妆这个动作也可以解释。但我看到的那一刻正在和齐昇通电话，齐昇提到了'钟钰'这个名字，而'钟钰'就是陈凌生前唯一去探监的朋友。"

"然后齐昇就告诉你，李兰秀已经死在家里两天了，加重了你对钟钰的怀疑？"

"嗯。"陆俨点头，随即问，"你还有一个问题是什么？"

薛芃说："钟钰被钟强夫妇抱养的时候，还在襁褓中，她对亲生父母毫无记忆，也没有亲情寄托，按理说恨意不该这么强。"

"这个问题我也想过。"

"哦，结论呢？"

"遥控杀人。"

薛芃："你是说，陈凌遥控钟钰。"

陆俨说："你有没有注意到，她说到正式实施复仇开始，就再也没提过陈凌。这就只有两种可能，一种是陈凌对她不重要，最多也只是将身世告诉钟钰，后面的计划根本没参与。"

"不可能。"薛芃否定道，"人在这个世界上都需要一个支撑，不管是亲情、爱情还是其他东西，陈凌就是钟钰的支撑。如果陈凌都不参与，钟钰又有什么动力继续呢？"

"那么就是第二种可能，与其说钟钰为了父母复仇，倒不如说她是为陈凌复仇。这也很符合陈凌的为人。"

陆俨话锋一转，又道："你有没有发现，钟钰的'表演'很像是在模仿陈凌，看来她真的很崇拜这个姐姐。"

虽说他们都没见过陈凌，但是在陈凌案的调查中，通过环境证据和几个同宿狱友的表现，包括狱侦科的转述、陈凌的档案等，也能大概勾勒出陈凌的性格。

而且在陈凌案中，陆俨审讯赵枫的时候，提到了"教唆吸毒"四个字。

赵枫当时就反弹了，还叫嚷道："其实她心里什么都清楚，她要自杀是一早就决定好的，谁都拽不回来！而且她早就看出来我有意消磨她的意志，想她去死，她也一早就把我戳穿了！我这点伎俩，在她面前根本不够看。"

赵枫甚至还说，她现在这些本事都是陈凌一手教出来的，那么精明的一个人，怎么可能反被人教唆吸毒？

薛芃："如果是陈凌，她倒是有能力计划到这一步，钟钰和赵枫都是她的追随者……"

陆俨："若非陈凌时日无多，饱受病痛折磨，恐怕也不会想到自杀。她趁着最后一次见钟钰，教钟钰如何把事情推到高力鸣身上。

"她还特意留下一张字条在嘴里，以这种独特的方式引起注意。目的就是为这件事做铺垫，万一钟钰把自己暴露了，也算是给钟钰找个借口。万一警方会怀疑钟钰的动机，认为她没有这么大的恨意去实施报复，钟钰也好顺水推舟，说是被陈凌教唆、洗脑。"

以钟钰描述的故事和她的聪明来看，她绝对有机会推给陈凌。可钟钰并没有这么做，还在故事的后半段刻意将陈凌择出去。

"不过就算她算无遗策，恐怕也想不到高世阳夫妇的离世会闹出这么大动静。"陆俨说，"这个陈凌也真够狠的，亲妹妹也没放过。"

薛芃叹了一口气："其实陈凌已经是费尽心思了。如果不是钟钰对陈凌的思念太深，单独留了一份证据在骨灰盒里，能起诉钟钰最有力的证据，也就是那段视频。视频里，钟钰根本没有碰过毒药，只是坐在高力鸣旁边。钟钰依然可以辩解说，是高力鸣用不雅视频和照片威胁她。"

而且所谓上一代的恩怨，在钟钰自己招认之前，一切都只是猜测，根本没有实据证明是高世阳害死了陈实川夫妇，所以复仇"假设"也不能成立。

说到这儿，薛芃垂下眼睛，脑海中浮现出陈凌和钟钰的模样，接着又想到了薛奕。

姐妹之间那种依恋的关系，她也体验过，时至今日那种情感仍然在她的精神中、骨髓里流淌，那也是她的支撑。

她的父亲薛益东和母亲张芸桦都是极优秀的人，可是薛益东去世太早，给她留下的记忆，更深刻的部分都在他的笔记里，她几乎是靠着阅读那些笔记才将父亲的形象勾勒清晰的。

而母亲给她更多的是亲情、是爱护。

事实上，真正作为榜样、偶像，这些年来一直支撑着她的，始终是薛奕。

直到现在九年过去了，薛芃仍不免时常幻想，要是薛奕还在，将会成为多么优秀的刑事律师，或许还会被评为江城的杰出青年，甚至有更大的成就。

就像薛奕自己说的那样，她会为理想而战，为那些冤假错案而战。

而且，她绝对不会变成韩故这种人。

薛芃想得很入神，直到一只又大又厚实的手掌伸到她眼前，晃了晃。

薛芃一下子醒了，抬眼间，就听陆俨问："怎么说着说着就走神了，想什么呢？"

薛芃没好气地翻了个白眼，遂语气一转，说："我不得不说，你审讯时真的很厉害，能揪住所有蛛丝马迹，还能洞察人心，案情分析上也很有逻辑，我真是很佩服。"

陆俨："……"

也不知道为什么，这夸奖听着很真诚，却又好像没那么真诚。

陆俨轻咳一声，刚要开口。

谁知薛芃又甩出一个问题："可你生活里怎么就这样呢？"

陆俨："嗯？"

这样？

哪样？

陆俨愣住了："什么意思？"

薛芃要笑不笑地扫了他一眼："字面的意思，你不是很会查案吗，自己品吧。"

话落，她转身就走。

陆俨在原地定了一秒，箭步跟上。

他仗着人高腿长，没几步就和薛芃走成并排，放慢速度说："我品不出来，但我听出来你在'内涵'我。这没头没脑的，你为什么阴阳怪气的？"

"我一直都是这样，听不惯你可以'闭'上耳朵。"

陆俨："……"

两人穿过走廊，来到外面的小厅，这时王志申从里面出来了，说："陆队，高力鸣去世了，就在刚才。"

陆俨和薛芃皆是一愣。

王志申："已经通知钟钰了，她没什么反应。"

薛芃垂下眼帘，淡淡道："意料之中的事。"

接着脚下一转，就往外走。

陆俨跟了上去。

"耳朵是闭不上的，眼睛才能闭。"

"你怎么这么烦！"

（未完待续）

图书在版编目（CIP）数据

刑事技术档案 / 余姗姗著 . -- 北京：中国友谊出版公司 , 2023.11
ISBN 978-7-5057-5625-0

Ⅰ.①刑… Ⅱ.①余… Ⅲ.①侦探小说—中国—当代 Ⅳ.① I247.5

中国国家版本馆 CIP 数据核字 (2023) 第 058462 号

书名	刑事技术档案
作者	余姗姗
出版	中国友谊出版公司
发行	中国友谊出版公司
经销	新华书店
印刷	嘉业印刷（天津）有限公司
规格	700 毫米 ×980 毫米　16 开 20.75 印张　348 千字
版次	2023 年 11 月第 1 版
印次	2023 年 11 月第 1 次印刷
书号	ISBN 978-7-5057-5625-0
定价	49.80 元
地址	北京市朝阳区西坝河南里 17 号楼
邮编	100028
电话	（010）64678009

如发现图书质量问题，可联系调换。质量投诉电话：010-82069336